# Le flambeur

SARAH

# MACLEAN

LE CERCLE DES CANAILLES – 1

# Le flambeur

*Traduit de l'anglais (États-Unis)*
*par Béatrice Pierre*

J'AI LU

*Titre original*
A ROGUE BY ANY OTHER NAME

*Éditeur original*
Avon Books, an imprint of HarperCollins Publishers, New York

*Pour Meghan,*
*qui sait être une sœur en cas de besoin.*

# Bourne

*Londres, hiver 1821*

Ce fut le huit de carreau qui le ruina.

Si le six était sorti, il aurait pu s'en tirer. Avec le sept, il aurait triplé sa fortune.

Mais ce fut le huit qui sortit.

Le jeune marquis de Bourne vit la carte glisser sur le tapis vert et s'arrêter à côté du sept de trèfle qui parut soudain le narguer. Ses yeux se fermèrent, ses poumons se vidèrent d'un coup comme si tout l'air avait été aspiré hors de la pièce.

*Vingt-deux.*

Un point de plus que le vingt et un sur lequel il avait misé.

Sur lequel il avait tout misé.

Il y eut un murmure de stupéfaction de toute l'assistance, aussitôt suivi d'un brouhaha.

— Il a tout misé ?

— Tout ce qui n'est pas inaliénable.

— Trop jeune pour être raisonnable.

— Assez vieux, maintenant, car rien ne fait mûrir plus vite que pareille mésaventure.

— Il a vraiment perdu la totalité de sa fortune ?

— La totalité.

Le jeune marquis rouvrit les yeux et croisa le regard froid de celui qu'il connaissait depuis l'enfance. Le vicomte Langford avait été l'ami et le voisin de son père, qui l'avait désigné comme tuteur de son unique fils et héritier. Après la mort des parents du jeune garçon, c'est Langford qui avait géré le marquisat de Bourne et en avait décuplé la valeur.

Et qui s'en emparait aujourd'hui.

Un voisin, oui. Un ami, sûrement pas.

— Vous l'avez fait exprès, articula le jeune homme.

Le visage impassible, le vicomte prit sur la table la feuille sur laquelle son adversaire avait déclaré miser tous ses biens et au bas de laquelle il avait apposé sa signature

— C'était votre choix, déclara-t-il, placide.

C'était ce qu'on appelait se faire tondre, songea Bourne avec horreur. Langford l'avait incité à jouer encore et encore, le laissant gagner jusqu'à ce qu'il ne puisse imaginer perdre. La ruse était vieille comme le monde, mais Bourne était trop jeune pour la repérer. Trop orgueilleux aussi pour douter de sa bonne fortune.

— Et c'était votre choix de tout remporter, s'étrangla-t-il de colère et de frustration.

— Sans moi, il n'y aurait rien eu à remporter.

— Père, ne faites pas cela, supplia Thomas Alles, qui était à la fois le fils du vicomte et l'ami d'enfance de Bourne.

Ignorant la supplique de son fils, Langford plia tranquillement la feuille de papier et se leva.

— Vous devriez me remercier de vous avoir enseigné une leçon précieuse à un âge où on peut encore en profiter, dit-il en braquant sur Bourne un regard glacial. Malheureusement, vous ne possédez plus que les vêtements que vous portez et un manoir vide.

Fier de sa péroraison, le vicomte jeta un œil sur les pièces empilées à côté de lui – ses autres gains de la soirée.

— Je vais vous abandonner cet argent à titre de cadeau d'adieu. Après tout, que dirait votre père si je vous laissais sans de quoi souper ?

Bourne se leva d'un bond.

— Taisez-vous. Vous n'êtes pas digne de parler de mon père.

Le vicomte accueillit cette manifestation d'indignation d'un haussement de sourcils.

— Je crois que je vais prendre cet argent, finalement, reprit-il après un long silence, et faire annuler votre adhésion à ce club. Votre place n'est plus ici.

Les joues de Bourne s'embrasèrent. Son adhésion au club, son domaine, ses serviteurs, ses chevaux, ses vêtements, on lui prenait tout. Tout sauf une maison vide, les quelques hectares de parc qui l'entouraient et un titre.

Un titre déshonoré.

Un sourire ironique aux lèvres, le vicomte lui jeta une guinée. Bourne rattrapa instinctivement la pièce qui scintilla à la lumière des chandelles.

— Dépensez-la sagement, mon garçon. C'est la dernière que vous recevrez de moi.

— Père, supplia de nouveau Thomas.

Langford se retourna vers son fils.

— Pas un mot. Je ne veux pas t'entendre quémander pour cet imbécile.

Levant les mains en un geste d'impuissance, le plus vieil ami de Bourne lui adressa un regard triste. Thomas avait besoin de son père. De son argent. De son soutien.

Toutes choses que Bourne n'avait plus.

Une haine féroce l'envahit, qu'éteignit très vite une froide détermination. Il glissa la pièce dans sa poche et tourna le dos à ses pairs, son club, son milieu, la vie qu'il avait toujours connue.

Et jura de se venger.

# 1

*Londres, début janvier 1831*

La porte s'ouvrit et se referma doucement dans son dos mais il ne bougea pas.

Sa silhouette se détachait sur le vitrail qui éclairait la salle principale du club le plus privé de Londres. D'en bas, on ne voyait qu'une stupéfiante œuvre d'art représentant la chute de Lucifer. Peint de couleurs vives, l'ange immense – six fois la taille d'un homme – semblait basculer sur les joueurs.

*L'ange déchu.*

Rappel, non seulement du nom du club, mais aussi des risques que prenaient ses membres lorsqu'ils misaient, secouaient les dés en ivoire dans un cornet, regardaient la roulette tourner dans un kaléidoscope tentateur.

Et lorsque la banque de *L'ange* gagnait, ce qui était toujours le cas, le vitrail rappelait aux perdants d'où ils tombaient.

Le regard de Bourne se posa sur une table, à l'autre extrémité de la salle.

— Croix veut qu'on augmente sa ligne de crédit, signala l'homme qui venait d'entrer.

— Oui.

— Il doit déjà plus qu'il ne pourra jamais rembourser.

— Je vois, fit Bourne en se retournant vers son employé. Que propose-t-il en échange ?

— Une centaine d'hectares au pays de Galles.

Bourne reporta les yeux sur le lord en question, lequel attendait fébrilement son accord.

— Accorde-lui cette augmentation. Mais quand il aura perdu, fais-le sortir discrètement et reprends-lui sa carte de membre. Son adhésion est révoquée.

Les décisions de Bourne étaient rarement discutées. L'employé se dirigea vers la porte.

— Justin ? le rappela Bourne

Silence.

— Commence par mettre la main sur les terres.

La porte se referma sans bruit.

Une minute plus tard, Bourne vit Justin traverser la salle en contrebas, se pencher sur l'imprudent et lui faire signer un papier. Puis la partie commença, et le comte de Croix perdit. Une fois, deux fois, trois fois.

Et encore une fois.

Il y avait ceux qui ne comprenaient pas.

Ceux qui n'avaient jamais joué, qui n'avaient jamais éprouvé l'excitation de la victoire, qui n'avaient jamais négocié avec eux-mêmes pour s'autoriser un autre essai, et encore un autre – histoire de se refaire et après on s'en va, promis, juré.

Ceux qui ignoraient le sentiment voluptueux, euphorisant, inégalé, de sentir la chance les héler, la nuit leur appartenir, la table s'échauffer, et la quasi-certitude qu'une seule carte renverserait la situation en leur faveur.

Ils ne comprendraient jamais ce qui maintenait le comte de Croix sur sa chaise, le faisait parier encore et encore, jusqu'à ce qu'il ait tout perdu. De nouveau. Comme si rien de ce qu'il avait misé ne lui avait réellement appartenu.

Bourne, lui, comprenait.

Justin s'approcha du lord ruiné et lui chuchota à l'oreille. Le pair bondit sur ses pieds, l'air indigné.

Bourne savait ce qu'on lui avait dit, il l'avait entendu des centaines de fois – et il avait vu des centaines d'individus perdre d'abord leur argent, puis leur sang-froid, et s'emporter contre *L'ange*. Contre lui.

Il vit Justin lever les mains en un geste d'apaisement. Tenter de calmer le joueur malheureux – et échouer. Il vit les autres membres du club remarquer enfin l'agitation, et Temple, son associé au gabarit impressionnant, rejoindre les deux hommes, l'air belliqueux.

Bourne tira sur un cordon qui, relié à un système sophistiqué de poulies et de leviers, déclenchait une petite sonnette sous la table de jeu, signalant au croupier que Temple serait privé de bagarre, ce soir-là.

C'était Bourne qui y aurait droit.

Le croupier arrêta Temple d'un mot et lui indiqua du menton le vitrail d'où Bourne et Lucifer les observaient. Hochant la tête, Temple entraîna fermement le comte de Croix vers la porte.

Bourne descendit retrouver les deux hommes dans une petite antichambre. Croix jurait comme un charretier lorsque Bourne entra.

— Espèce de salaud ! s'écria-t-il, l'œil haineux. Vous ne pouvez pas me faire ça ! Vous ne pouvez pas vous emparer de ce qui appartient à ma famille depuis des générations !

Bourne s'adossa à la porte et croisa les bras.

— Vous avez creusé seul votre tombe, Croix. Rentrez chez vous. Et remerciez-moi de n'avoir pris que mon dû.

Le comte de Croix se rua sur lui. Esquivant avec agilité, Bourne lui agrippa le bras, le lui tordit dans le dos et le poussa, le visage contre le mur.

— Réfléchissez bien avant d'agir. Je me sens de moins en moins magnanime.

— Je veux voir Chase, balbutia le comte, la bouche contre le mur.

— Désolé, vous devrez vous contenter de nous.

— Je suis membre de *L'ange* depuis le début. Vous êtes mon débiteur. Chase est mon débiteur.

— Vous faites erreur. C'est vous qui êtes notre débiteur.

— J'ai donné assez d'argent à ce club…

— Quelle générosité de votre part ! Vous voulez qu'on apporte le livre de comptes pour voir combien vous nous deviez avant même de commencer à jouer ce soir ? Combien vous nous devez encore ?

Le comte de Croix se figea.

— Je vois que vous commencez à comprendre ! Les terres nous appartiennent à présent. Votre homme de loi nous apportera l'acte notarié demain, sinon je viendrai le chercher moi-même. Est-ce clair ?

Sans attendre sa réponse, Bourne lâcha le comte et recula.

— Sortez, monsieur.

Le malheureux se retourna, affolé.

— Gardez les terres, Bourne, mais laissez-moi revenir… Ne me prenez pas ma carte de membre. Je suis sur le point de me marier. La dot de ma fiancée couvrira toutes mes pertes, et plus encore. Ne me prenez pas ma carte.

La supplique désespérée écœura Bourne. Il savait que le comte de Croix ne pourrait résister au besoin de jouer, qu'il perdrait de nouveau, et ruinerait sa future épouse. Le jeu était une maladie, il le savait d'expérience. On ne pouvait en guérir que par l'abstinence absolue. S'il avait été capable de compassion, il aurait eu pitié de la jeune fille innocente.

Mais la compassion n'était pas un trait de caractère dont Bourne pouvait se targuer.

Le comte de Croix tourna un regard implorant vers Temple.

— Je vous en prie.

Temple arqua les sourcils et croisa les bras sur sa poitrine massive.

— Si vous devez réellement mettre la main sur une dot généreuse, l'un des enfers inférieurs de cette ville sera heureux de vous compter parmi ses membres.

Les tripots de Londres accueillaient à bras ouverts les joueurs malchanceux.

— Ce n'est pas possible, vous le savez bien ! s'emporta le comte de Croix. Que penseront mes pairs ? Voyons, combien vous faut-il ? Je paierai le double... le triple. Elle a plein de fric.

Bourne était avant tout un homme d'affaires.

— Épousez la fille et payez vos dettes, avec intérêt, et nous vous rendrons votre carte de membre.

— Et qu'est-ce que je fais en attendant ?

— Vous pourriez essayer l'abstinence, suggéra Temple.

— Vous êtes bien placé pour dire ça ! Tout le monde sait ce que vous avez fait.

Temple se figea.

— Et c'était quoi ? rétorqua-t-il d'un ton menaçant.

La terreur prit le pas sur le peu d'intelligence dont jouissait le comte. Il lança le poing en direction de Temple, qui le recueillit dans son énorme paume, avant d'attirer à lui le présomptueux.

— Et c'était quoi ? répéta-t-il.

Le comte se mit à geindre comme un bébé.

— Rien. Je suis désolé... je ne voulais pas... je vous en prie, ne me faites pas de mal. Je m'en vais. Je le jure. Je vous en prie, ne... ne me faites pas de mal.

— Vous ne méritez pas que je me fatigue, soupira Temple en le lâchant.

— Sortez, ordonna Bourne, avant que *je* décide que vous le méritez.

Le comte de Croix ne se le fit pas dire deux fois.

— J'ai cru qu'il allait souiller son pantalon quand tu l'as agrippé, commenta Bourne en rectifiant le tomber de sa redingote.

— Il n'aurait pas été le premier, observa Temple qui s'assit, allongea les jambes et croisa les chevilles. Je me demandais quand tu allais le faire.

Bourne brossa de la main ses manchettes immaculées.

— Faire quoi ?

— Tirer sur ton gilet, lisser ta redingote, brosser tes manchettes... répondit Temple avec un sourire railleur. On dirait une femme.

Bourne lui jeta un regard froid et précisa :

— Une femme avec un sacré bon direct du droit.

Le sourire de Temple s'élargit, ce qui mit en valeur son nez, cassé trois fois.

— Tu ne prétends quand même pas pouvoir me battre ?

— Si, justement, assura Bourne qui, planté devant un miroir, vérifiait son nœud de cravate.

— Puis-je t'inviter à faire un petit tour sur le ring ?

— Quand tu veux.

— Personne ne va monter sur le ring. En tout cas pas avec Temple.

Bourne et Temple se retournèrent vers la porte sur le seuil de laquelle venait de surgir Chase, le troisième associé de *L'ange déchu*.

— Tu vois ? s'esclaffa Temple. Chase en sait assez sur nous deux pour admettre que tu ne fais pas le poids.

Chase prit la carafe de whisky sur la console et se servit un verre.

— Ce n'est pas la faute de Bourne. Tu es bâti comme une forteresse. Personne ne peut faire le poids. Enfin, personne à part moi, ajouta-t-il d'un ton désabusé.

— C'est quand tu veux sur le ring, Chase, proposa Temple. Je me libérerai de mes nombreuses obligations.

Chase se tourna vers Bourne.

— Tu as complètement dépouillé ce pauvre Croix.

— Comme un bébé de ses friandises.

— Après cinq années dans ce métier, la faiblesse de nos clients continue à me surprendre.

— Ce n'est pas de la faiblesse, corrigea Bourne, c'est une maladie. Le désir de gagner est une espèce de fièvre.

La métaphore fit hausser les sourcils de Chase.

— Temple a raison. Tu as un côté féminin assez marqué.

Temple aboya de rire, puis se dirigea vers la porte.

— Il faut que je retourne en bas.

— Tu n'as pas eu ta bagarre du jour ? s'enquit Chase.

— Bourne me l'a arrachée des mains.

— La nuit n'est pas finie.

— Et l'homme vit d'espoir, acheva le colosse en quittant la pièce.

Chase servit un second verre qu'il apporta à Bourne. Les yeux rivés sur les flammes qui dansaient dans l'âtre, celui-ci en but une rasade et sentit avec plaisir l'alcool lui incendier la gorge.

— J'ai des nouvelles pour toi, annonça Chase.

Bourne tourna la tête et attendit.

— Au sujet de Langford, précisa son associé.

Il sursauta. Neuf ans durant, il avait attendu cet instant.

En une nuit, Langford l'avait dépouillé de ses terres, de sa fortune, de son honneur, en ne lui laissant qu'un manoir vide et trois hectares de parc au centre du domaine de Falconwell. À l'époque, Bourne n'avait pas compris les motifs de l'homme que son père avait chargé de veiller sur lui et ses intérêts. Des intérêts dont il avait pris grand soin. Il n'avait pas compris que son tuteur refusait tout simplement de lui rendre le domaine qu'il avait si bien valorisé.

À présent, une décennie plus tard, peu lui importaient les raisons de ce qu'il considérait comme un vol pur et simple.

Il voulait sa vengeance.

En neuf ans, Bourne avait rebâti sa fortune ; il l'avait même doublée grâce à *L'ange* et à quelques autres investissements lucratifs.

Mais il n'avait pas pu récupérer ce qui lui tenait le plus à cœur. Falconwell, le domaine de ses ancêtres. Langford avait refermé le poing dessus, et refusé de le vendre, quel que soit le prix proposé, quelle que soit l'influence de l'homme qui se portait acquéreur.

— Raconte.

— C'est compliqué.

— Je n'en doute pas.

Mais ce n'était pas pour acquérir des propriétés au pays de Galles, en Écosse, dans le Devonshire, et plusieurs immeubles à Londres qu'il avait travaillé jour et nuit.

Il l'avait fait pour reprendre Falconwell.

Ces hectares de collines verdoyantes et de forêts denses avaient jadis été la fierté du marquisat de Bourne. Les terres que ses pères avaient réunies autour du manoir avaient été transmises de marquis en marquis. Jusqu'à lui.

— Eh bien ? s'impatienta-t-il. Qu'est-ce qu'il a fait de Falconwell ?

Chase hésita.

— S'il a rendu l'opération impossible, je le tuerai.

*Ce que j'aurais dû faire il y a des années.*

— Bourne.

— Cela fait neuf ans que j'attends ! Il m'a tout pris. Tout. Tu n'as pas idée.

— J'ai une idée très précise.

Bourne s'en tint là. Rien n'était plus vrai. C'était Chase qui l'avait tiré de la misère. Qui l'avait recueilli, nourri, et lui avait donné du travail. C'était Chase qui l'avait sauvé.

Ou, du moins, qui avait essayé de le sauver.

— Bourne, reprit ce dernier d'un ton prudent, il ne l'a pas gardé.

— Comment cela, il ne l'a pas gardé ? s'écria Bourne qui sentit la peur s'insinuer en lui.

— Langford ne possède plus le domaine du Surrey.

Bourne secoua la tête comme si cela pouvait l'aider à comprendre.

— Qui le possède ?

— Le marquis de Needham et Dolby.

Un souvenir traversa l'esprit de Bourne – un homme corpulent, un fusil à la main, traversant un champ boueux du Surrey, suivi d'un troupeau de filles dont l'aînée avait un regard bleu empreint de gravité.

Ses voisins d'enfance, la troisième famille de la sainte trinité composant la noblesse locale.

— C'est Needham qui possède mes terres ? Comment les a-t-il eues ?

— Aux cartes. N'est-ce pas le comble de l'ironie ?

Bourne ne voyait là rien de drôle. Au contraire.

— Fais-le venir ici. Je me souviens qu'autrefois Needham aimait jouer à l'écarté. Mais c'est un amateur. Falconwell sera à moi.

— Tu jouerais pour le ravoir ?

— Je ferais tout.

— Tout ?

Bourne fut instantanément sur ses gardes.

— Qu'est-ce que tu sais que j'ignore ?

Chase haussa les sourcils.

— D'où tiens-tu que je sais quelque chose ?

— C'est toujours le cas. Et ça te plaît.

— Il se trouve simplement que je suis plus vigilant que toi.

— Eh bien, je t'écoute.

Le fondateur de *L'ange déchu* se brossa une manche puis l'autre en feignant un vif intérêt pour ce petit nettoyage intempestif.

— Les terres qui faisaient partie de Falconwell…

— Mes terres.

Chase ne releva pas.

— Tu ne peux pas les reprendre aux cartes.

— Pourquoi ?

— Elles ont été attachées à... quelque chose d'autre.

La rage submergea de nouveau Bourne. Bon sang, cela faisait une décennie qu'il attendait de pouvoir réunir le manoir de Falconwell et ses terres !

— Attachées à quoi ?

— À qui, plus exactement.

— Je ne suis pas d'humeur à jouer aux devinettes.

— Needham a fait savoir qu'il ajoutait les terres de Falconwell à la dot de sa fille aînée.

Bourne en tressaillit de surprise.

— Pénélope ? fit-il.

— Tu la connais ?

— Je ne l'ai pas vue depuis des années – presque vingt ans.

Seize, en fait. Elle était là lorsque, âgé de quinze ans, il avait enterré ses parents et quitté définitivement le Surrey. Elle l'avait regardé monter dans la voiture qu'elle avait suivie des yeux jusqu'au tournant qui menait à la route.

Il le savait parce qu'il s'était retourné sur la banquette et que lui non plus n'avait pas quitté Pénélope Marbury des yeux.

C'était son amie.

*Quand il croyait encore à l'amitié.*

C'était aussi la fille aînée d'un homme richissime, deux fois marquis. Pour quelle raison était-elle encore célibataire ? Elle aurait dû être mariée et pourvue d'une couvée de jeunes aristocrates.

— Pourquoi Pénélope a-t-elle besoin de Falconwell en plus de ce que son père a déjà dû lui attribuer ? s'étonna-t-il. Comment se fait-il qu'elle ne soit pas mariée ?

Chase soupira.

— Cela me serait très utile si l'un de vous s'intéressait à la société en général et pas seulement à notre dérisoire communauté de flambeurs.

— Notre dérisoire communauté représente plus de cinq cents membres. Et grâce à tes associés, chacun d'eux a un dossier épais comme mon pouce rempli d'informations extrêmement utiles.

— Certes, mais sache que j'ai des choses plus intéressantes à faire de mes soirées que te renseigner sur le monde dans lequel tu es né.

Bourne fronça les sourcils. Il n'aurait pas imaginé que Chase passait ses soirées autrement que seul.

— Quelles choses ?

Ignorant la question, Chase avala une autre gorgée de whisky.

— Il y a quelques années, les fiançailles de lady Pénélope ont été l'événement de la saison mondaine.

— Et ?

— Cet événement a été éclipsé par le mariage d'amour de son fiancé. Avec une autre.

C'était là une histoire vieille comme le monde, pourtant, Bourne éprouva une émotion inhabituelle à l'idée que son amie d'enfance ait subi un tel affront.

— Un mariage d'amour, ricana-t-il. Tu veux dire un mariage avec une fille plus jolie ou plus riche. Et c'est tout ?

— Il y a eu d'autres prétendants, mais lady Pénélope est toujours célibataire, répondit Chase qui, perdant apparemment tout intérêt à l'histoire, poursuivit avec un soupir d'ennui : Ce qui ne durera plus maintenant que Falconwell vient d'adoucir la potion. Les prétendants vont accourir.

— On va me traiter de haut.

— Probablement. Tu ne figures pas en tête de la liste des pairs favoris.

— Je ne figure pas du tout sur la liste des pairs favoris. Mais j'aurai les terres !

— Tu es prêt à faire ce qu'il faut pour les reprendre ? fit Chase, l'air amusé.

Une image vint à l'esprit de Bourne : la jeune et gentille Pénélope qu'il avait connue jadis, l'inverse de ce qu'il était. De ce qu'il était devenu.

Il la chassa. Depuis neuf ans il attendait ce moment. L'occasion de récupérer ce qui avait été bâti pour lui.

Ce qu'on lui avait légué.

Ce qu'il avait perdu.

Jamais il ne serait plus près de la rédemption. Et rien ne se mettrait en travers de son chemin.

— Tout, confirma Bourne avant de se diriger vers la porte. Si une épouse est comprise dans le lot, pas de problème.

Le battant claqua derrière lui.

Chase leva son verre.

— Toutes mes félicitations.

# 2

*Cher M.*

*Vous devez impérativement revenir. Le Surrey est mortellement ennuyeux sans vous ; Victoria et Valérie ne font pas de bons partenaires de jeux et je n'ai personne pour m'accompagner dans mes promenades sur les rives du lac.*

*Vous êtes vraiment sûr qu'il vous faut aller en pension ? Ma gouvernante semble très intelligente. Je suis persuadée qu'elle pourrait vous apprendre tout ce que vous devez savoir.*

*Votre P.*

*Needham Manor, septembre 1813*

***

*Chère P.*

*J'ai peur que vous ne deviez vous ennuyer mortellement jusqu'à Noël. Si cela peut vous consoler, je n'ai même pas accès à un lac. Puis-je vous suggérer d'apprendre aux jumelles à pêcher ?*

*Je suis sûr de devoir aller en pension… Votre gouvernante ne m'aime pas.*

*M.*

*Eton College, septembre 1813*

*Surrey, fin janvier 1831*

Étant bien née et bien éduquée, lady Pénélope Marbury savait qu'elle aurait dû être reconnaissante quand, un après-midi froid de janvier de sa vingt-huitième année, elle reçut sa cinquième (et probablement dernière) demande en mariage.

Elle savait aussi que la moitié de Londres ne la jugerait pas complètement folle si elle imitait l'honorable Thomas Alles et mettait un genou à terre pour le remercier, ainsi que le Créateur, de cette proposition excessivement généreuse. Après tout, le gentleman en question était beau et aimable, il avait toutes ses dents et des cheveux – ensemble de traits plutôt rares chez les messieurs qui n'avaient plus vingt ans. Elle-même n'était plus de première jeunesse et traînait derrière elle la casserole honteuse de fiançailles rompues. Après lesquelles elle n'avait eu à son actif qu'une poignée de prétendants plus cupides qu'intéressants.

Enfin, elle savait que son père avait sans aucun doute béni l'union d'avance. Le marquis de Needham et Dolby aimait « ce Thomas Alles » depuis que, quelque vingt ans plus tôt, le garçon avait remonté ses manches et s'était accroupi dans les écuries de Needham Manor pour aider l'une des chiennes de chasse à mettre bas.

Depuis ce jour, Thomas portait l'auréole du brave garçon.

Le genre de garçon que le père de Pénélope aurait aimé avoir pour fils. À la place de l'une de ses cinq filles.

À cela s'ajoutait le fait que Thomas serait un jour vicomte – un vicomte fortuné, de surcroît.

— Les mendiants ne peuvent pas se permettre de choisir, répétait souvent la mère de Pénélope, laquelle, au même instant, devait tendre l'oreille là où elle se trouvait.

Pénélope savait tout cela.

C'est pourquoi, lorsqu'elle croisa le regard brun et chaleureux de l'homme qu'elle connaissait depuis toujours, elle comprit que c'était la demande en mariage la plus généreuse qu'elle recevrait jamais, et qu'elle devait dire oui. Le claironner, même.

Sauf qu'elle ne le fit pas.

— Pourquoi ? se contenta-t-elle de demander.

Le silence qui suivit fut ponctué d'un dramatique : « Mais, à quoi joue-t-elle ? » provenant de l'endroit où se tenait sa mère. L'air amusé et pas du tout surpris, Thomas se releva.

— Pourquoi pas ? rétorqua-t-il gentiment, avant d'ajouter : Nous sommes amis depuis une éternité ; nous nous apprécions mutuellement ; j'ai besoin d'une épouse ; vous avez besoin d'un époux.

Ces raisons ne s'avéraient pas si terribles.

— Je sors dans le monde depuis neuf ans, Thomas. Vous avez eu tout le temps de faire cette demande.

Thomas eut l'élégance de prendre un air contrit.

— C'est vrai. Je n'ai aucune excuse sinon que... eh bien, je suis heureux de dire que je suis revenu à la raison.

— Balivernes ! Vous ne reviendrez jamais à la raison. Pourquoi moi, Thomas ? insista-t-elle. Et pourquoi maintenant ?

Lorsqu'il rit, ce ne fut pas de ce rire sonore qu'elle connaissait si bien, mais d'un rire nerveux. Celui auquel il avait recours pour tenter d'éluder une question.

— Il est temps de se caser, dit-il avec un sourire avenant. Allons, Pénélope, lançons-nous, voulez-vous ?

Jusqu'à présent, Pénélope avait reçu quatre demandes en mariage et en avait imaginé quantité d'autres, depuis l'irruption mi-dramatique mi-glorieuse de la question au beau milieu d'un bal jusqu'à la prière chuchotée dans un belvédère dominant quelque paysage romantique du Surrey. Elle avait imaginé des déclarations d'amour et de passion éternelle, des profusions de pivoines – sa fleur préférée –, une couverture étalée amoureusement dans un champ de pâquerettes, le pétillement du champagne sur sa langue tandis que le Tout-Londres portait un toast à son bonheur. Et puis, les bras de l'élu de son cœur se refermant autour d'elle tandis qu'elle lâchait dans un soupir : « Oui… oui ! »

C'étaient là des rêves – plus improbables les uns que les autres –, elle le savait. Après tout, une vieille fille de vingt-huit ans se trouvait rarement en situation d'avoir à repousser les prétendants.

Mais quand même, elle n'était sûrement pas tombée si bas qu'elle doive se contenter d'un « lançons-nous, voulez-vous ? ».

Craignant de peiner Thomas qui, visiblement, faisait de son mieux, elle lâcha un tout petit soupir. Mais ils étaient amis depuis trop longtemps pour qu'elle laisse les mensonges ternir leur amitié.

— Vous avez pitié de moi, c'est cela ?

— Quoi ? s'écria-t-il en écarquillant les yeux. Non ! Pourquoi dites-vous une chose pareille ?

— Parce que c'est la vérité, répliqua-t-elle avec un sourire. Vous avez pitié de votre pauvre vieille fille d'amie. Et vous êtes prêt à sacrifier votre bonheur pour la sauver du célibat.

Il lui jeta un regard agacé – le genre de regard qu'on peut s'adresser entre amis véritables – et, lui prenant les mains, il les porta à ses lèvres.

— Vous dites des bêtises, Pénélope. Il est temps que je me marie et vous êtes une amie.

Il s'interrompit, l'air si chagrin qu'il était impossible de lui en vouloir.

— J'ai fait un beau gâchis, non ?

Elle ne put retenir un sourire.

— Oui, en effet. Vous étiez censé promettre un amour éternel.

Il afficha une expression sceptique.

— La main sur le cœur, et tout le tintouin ?

Le sourire de Pénélope vira à la grimace sarcastique.

— Exactement. Et peut-être composer un sonnet.

*— Ô lady Pénélope, si belle et si douce… S'il vous plaît, acceptez de devenir mon « épouce » ?*

La rime tirée par les cheveux la fit pouffer. Thomas avait toujours su la faire rire. N'était-ce pas une qualité essentielle chez un mari ?

— Que voilà une piètre tentative, mon doux seigneur !

— Et si j'élevais pour vous une nouvelle race de chiens ? Et qu'on les appelait les Lady P. ?

— Très romantique. Mais cela risque de prendre un certain temps, vous ne pensez pas ?

Il y eut une pause durant laquelle ils se regardèrent avec affection, puis, soudain grave, il reprit :

— Je vous en prie, Pénélope, laissez-moi vous protéger.

C'était une chose étrange à dire, mais moins maladroite que ses propos précédents. Elle réfléchit à sa proposition. Sérieusement.

Thomas Alles était son plus vieil ami. L'un de ses deux amis d'enfance, en tout cas.

Il la faisait rire, et elle lui était très attachée. Il était en outre le seul homme à ne pas lui avoir tourné le dos après le désastre de ses fiançailles rompues. Rien que cela parlait en sa faveur.

Elle devait dire oui.

*Dis-le, Pénélope.*

Elle deviendrait lady Thomas Alles, sauvée à la dernière seconde d'une éternité de célibat morose.

*Dis : Oui, Thomas, je vais vous épouser. Comme c'est aimable à vous de me le proposer.*

Elle le devait.

Mais elle ne put s'y résoudre.

*Cher M.*

*Ma gouvernante n'aime pas les anguilles. Mais elle est sûrement assez maligne pour comprendre que ce n'est pas parce que vous nous en avez apporté une un jour que vous êtes quelqu'un de mauvais. Maudissez le péché, pas le pécheur.*

*Votre P.*

*P.-S. : Thomas est rentré le week-end dernier, et nous sommes allés pêcher. Il est officiellement mon meilleur ami.*

*Needham Manor, septembre 1813*

***

*Chère P.*

*On croirait entendre le pasteur Compton. Vous avez écouté le sermon. Je suis déçu.*

*M.*

*P.-S. : Non, il ne l'est pas.*

*Eton College, septembre 1813*

La grande porte en chêne venait à peine de se fermer derrière Thomas que la mère de Pénélope surgit sur le palier du premier étage, une volée de marches au-dessus de la tête de sa fille.

— Pénélope ! Qu'as-tu fait ?

Lady Needham descendit le grand escalier aussi vite qu'elle le put, suivie d'Olivia et de Philippa, les sœurs de Pénélope, et de trois des chiens de chasse de leur père.

Inspirant profondément, Pénélope fit face à sa mère.

— J'ai passé une journée agréable et paisible, répondit-elle avec nonchalance en se dirigeant vers la salle à manger. J'ai écrit à cousine Catherine ; saviez-vous qu'elle souffre toujours de ce terrible refroidissement qu'elle a attrapé avant Noël ?

Philippa pouffa de rire. Pas lady Needham.

— Je me moque complètement de l'état de santé de cousine Catherine ! glapit la marquise.

— Ce n'est pas gentil, voyons, Mère. Personne n'aime être malade, commenta Pénélope en poussant la porte de la salle à manger.

Encore en tenue de chasse, son père était déjà à table et lisait tranquillement le *Post* en attendant le contingent féminin de la maisonnée.

— Bonsoir, Père. Avez-vous passé une bonne journée ?

— Oui, mais il fait diablement froid dehors, répondit le marquis de Needham et Dolby sans lever les yeux de son journal. Et me voilà prêt à dîner. Quelque chose de chaud.

Prêt, il ne l'était sûrement pas pour affronter ce qui allait se passer pendant ce dîner-là, mais qu'y faire ? songea Pénélope en poussant doucement le chien à la langue pendante qui s'était juché sur sa chaise. Elle s'assit, à la gauche du marquis et en face de ses sœurs, visiblement curieuses de ce qui allait suivre. Feignant l'innocence, elle déplia sa serviette avec de petits gestes maniérés qui ne lui étaient pas habituels.

— Pénélope ! rugit lady Needham qui, toute droite et les poings serrés, était restée sur le seuil de la pièce, ce qui plongeait les valets dans la perplexité quant à ce qu'ils devaient faire, servir ou attendre. Thomas a fait sa demande !

— Oui, j'étais là, dit Pénélope.

Philippa leva son verre pour cacher son sourire et sa mère décida qu'il lui fallait un soutien supplémentaire.

— Needham ! Thomas a fait sa demande à Pénélope !

Lord Needham baissa son journal.

— Oh, vraiment ? J'ai toujours bien aimé ce Thomas Alles… Il te convient, Pénélope ?

Pénélope inspira profondément.

— Pas précisément, Père.

— Elle n'a pas accepté !

La voix stridente de sa mère aurait convenu à une veillée funèbre ou au chœur d'une tragédie grecque. Dans cette salle à manger de manoir anglais, elle eut pour résultat de faire aboyer les chiens.

Une fois qu'elle et les chiens eurent fini de se lamenter, lady Needham s'approcha de la table, la peau tachetée de rouge comme si elle avait traversé un buisson de ronces.

— Pénélope ! Les demandes en mariage de messieurs fortunés et de bonne famille ne poussent pas sur les arbres !

*En tout cas, pas en janvier.* Remarque que Pénélope eut la bonne idée de ne pas émettre à voix haute.

Un valet entra, portant la soupière.

— Remportez-la ! ordonna lady Needham en se laissant tomber sur sa chaise. Qui pourrait avaler quoi que ce soit un jour comme aujourd'hui ?

— J'ai assez faim, en fait, signala Olivia tandis que Philippa ravalait un sourire.

— Needham !

Le marquis soupira et se tourna vers sa fille aînée.

— Tu l'as refusé ?

— Pas exactement, biaisa Pénélope.

— Elle ne l'a pas accepté ! rugit lady Needham.

— Pourquoi donc ?

C'était une bonne question, dont tout le monde autour de la table désirait connaître la réponse. Y compris Pénélope elle-même.

Hélas, elle n'avait pas de réponse à fournir ! Pas de bonne réponse, du moins.

— Je voulais réfléchir.

— Ne fais pas la sotte, ma fille. Accepte, conseilla lord Needham comme si c'était aussi simple que cela, avant de faire signe au valet de servir la soupe.

— Peut-être qu'elle n'en a pas envie, suggéra Philippa, et Pénélope aurait volontiers embrassé sa sœur.

— Il ne s'agit pas d'avoir envie ou pas, décréta lady Needham. Il s'agit de saisir l'occasion quand elle se présente.

— Charmant, observa Pénélope en s'efforçant de garder le moral.

— C'est la vérité, Pénélope. Et Thomas est le seul homme de la bonne société qui semble intéressé par l'affaire.

— J'aimerais bien qu'on trouve une autre métaphore que ces histoires d'occasion et d'affaire, déclara Pénélope. En fait, je crois qu'il ne désire pas plus ce mariage que moi. Je crois qu'il veut juste être gentil.

— Ce n'est pas seulement de la gentillesse, intervint lord Needham.

Avant que Pénélope ait pu creuser cette information, lady Needham enchaîna :

— Il ne s'agit plus d'avoir envie de se marier, Pénélope. Tu n'en es plus là. Tu dois te marier ! Et Thomas était d'accord pour t'épouser ! Cela fait quatre ans que tu n'as pas eu de demande en mariage ! Tu l'avais oublié ?

— J'avais oublié, Mère. Merci beaucoup de me le rappeler.

Lady Needham leva le nez.

— Essaies-tu d'être drôle ?

Les sourcils d'Olivia se haussèrent comme si l'idée que sa sœur aînée puisse chercher à les amuser était incroyable. Pénélope se retint de défendre son sens de l'humour, dont elle aimait à penser qu'il était réel et, parfois, efficace.

Bien sûr qu'elle n'avait pas oublié ce détail. C'eût été impossible, du reste, dans la mesure où sa mère ne cessait de lui rappeler son célibat. Il était même surprenant que la marquise n'ait pas précisé le nombre de jours et d'heures qui s'étaient écoulés depuis sa dernière demande en mariage.

— Je ne cherche pas à être drôle, Mère, soupira-t-elle. C'est juste que je ne suis pas… certaine de vouloir épouser Thomas. Ni quiconque qui ne serait pas vraiment désireux de m'épouser.

— Pénélope ! aboya sa mère. Tes souhaits sont sans importance.

*Bien sûr. Ce n'était pas en fonction des souhaits qu'un mariage se faisait.*

— Vraiment, ton attitude est grotesque ! explosa la marquise de Needham et Dolby.

Après une courte pause pour reprendre son souffle, elle poursuivit :

— Pénélope… il n'y a personne d'autre ! Ce n'est pas faute d'avoir cherché ! Mon Dieu, que vas-tu devenir ?

Elle s'affaissa avec élégance sur sa chaise, la main sur le front en un geste dramatique dont aurait été fière n'importe quelle comédienne de la scène londonienne.

— Qui voudra de toi ? ajouta-t-elle.

Évidemment, Pénélope aurait dû réfléchir à cette question avant de révéler son incertitude quant à la réponse à donner à Thomas. Mais cet aveu lui avait échappé et, en réalité, elle ne le regrettait pas.

Elle avait eu maintes occasions d'être « voulue » quelques années auparavant. Il y avait eu une époque où l'on ne parlait que d'elle en société – passablement attirante, de bonne naissance et de bonne réputation, bien élevée, parfaitement… parfaite.

Elle avait été fiancée, même. À un jeune homme tout aussi parfait.

Oui, c'était une union parfaite, sauf que lui était parfaitement épris de quelqu'un d'autre.

Le scandale avait permis à Pénélope de rompre ses fiançailles avec dignité. Et sans en éprouver un grand chagrin.

Ce qu'elle n'avouerait jamais à sa mère.

— Pénélope ! reprit cette dernière en se redressant sur sa chaise. Réponds-moi ! Si ce n'est pas Thomas, qui, alors ? Qui, à ton avis, voudra de toi ?

— Moi, semble-t-il.

Olivia lâcha un petit cri. Philippa s'immobilisa, la cuillère remplie de soupe à mi-chemin entre l'assiette et sa bouche.

— Oh ! gémit la marquise en s'effondrant de nouveau. Tu ne parles pas sérieusement ! Ne sois pas ridicule ! Tu es faite d'une étoffe plus solide que les vieilles filles ! poursuivit-elle d'une voix où se mélangeaient panique et colère. Oh ! Je n'ose pas y penser ! Ma fille, une vieille fille !

Pénélope songea que c'était en réalité les vieilles filles qui étaient faites d'une étoffe plus solide qu'elle-même, mais elle s'abstint de le signaler à sa mère qui paraissait sur le point de tomber de sa chaise sous l'avalanche du désespoir.

— Et moi ? insista la marquise. As-tu pensé à moi ? Je ne suis pas née pour être la mère d'une vieille fille ! Que penseront nos amis, nos parents, nos relations ? Que diront-ils ?

Pénélope savait très bien ce qu'ils pensaient déjà. Ce qu'ils avaient déjà dit.

— Il y a eu une époque, Pénélope, où tu t'apprêtais à devenir l'exact contraire de ce que tu risques d'être. Et où je devais être la mère d'une duchesse !

Et voilà, le spectre qui se dressait entre lady Needham et sa fille aînée était de retour !

*Duchesse.*

Sa mère lui pardonnerait-elle jamais d'avoir rompu ses fiançailles ? Pénélope inspira profondément et déclara d'un ton qui se voulait raisonnable :

— Mère, le duc de Leighton était amoureux d'une autre femme…

— Un scandale ambulant que cette femme !

*Qu'il aime éperdument.* Encore aujourd'hui, huit ans plus tard, Pénélope éprouvait un pincement d'envie… non pas à cause du duc, mais à cause des émotions qu'elle ne connaîtrait sans doute jamais.

— Scandale ou pas, cette dame est aujourd'hui la duchesse de Leighton. Un titre, ajouterais-je, qu'elle détient depuis huit ans, durant lesquels elle a mis au monde le futur duc de Leighton, ainsi que trois autres enfants pour rassurer le duc.

— Qui auraient dû être ton mari, et tes enfants !

— Qu'auriez-vous voulu que je fasse ? demanda Pénélope avec un soupir las.

La marquise se redressa d'un bond.

— Tu aurais pu faire davantage d'efforts pour lui plaire ! Et, après cet échec, tu aurais pu accepter l'une ou l'autre des demandes que tu as reçues.

Elle retomba sur sa chaise, respira un grand coup et repartit sur sa lancée :

— Il y en a eu quatre ! Deux comtes, énuméra-t-elle comme si ces demandes en mariage étaient tout bonnement sorties de la mémoire de Pénélope. Puis George Hayes. Et maintenant Thomas. Un futur vicomte ! Je ne dirais pas non à un futur vicomte.

— C'est très magnanime de votre part, Mère.

Pénélope s'adossa à sa chaise. Dieu savait qu'elle avait été éduquée pour essayer de décrocher un mari – enfin, autant que faire se peut sans que cela soit trop évident.

Mais le cœur n'y était plus. L'année qui avait suivi la rupture de ses fiançailles, elle avait pu relâcher ses efforts avec l'excuse que le scandale de cette rupture la mettait momentanément hors de combat.

Ensuite, il y avait eu quelques demandes de la part d'hommes aux arrière-pensées trop visibles, tous désireux d'épouser la fille du marquis de Needham et Dolby pour assurer leur carrière politique ou leur avenir financier. Le marquis n'avait, du reste, pas reproché à Pénélope de refuser leurs propositions.

Il ne s'était pas inquiété non plus de la raison de ses refus.

Il n'avait pas imaginé qu'elle avait pu dire non parce qu'elle avait eu un aperçu de ce que pouvait être le mariage – parce qu'elle avait vu la façon dont le duc de Leighton plongeait amoureusement les yeux dans ceux de sa duchesse. Elle avait découvert qu'elle pouvait attendre plus du mariage si seulement on lui laissait le temps de trouver l'élu de son cœur.

Hélas, tandis qu'elle l'attendait, elle avait perdu ses chances. Elle était devenue trop vieille, trop moche, trop terne.

Et, aujourd'hui, alors que Thomas – un ami très cher, mais sans plus – lui offrait de passer le reste de sa vie avec lui… elle se trouvait incapable de dire oui.

Elle ne pouvait ruiner ses chances de trouver mieux.

Même si les siennes, à elle, étaient proches de zéro.

— Pense un peu à tes sœurs ! reprit sa mère. Que vont-elles devenir ?

Pénélope regarda ses sœurs qui suivaient la discussion comme s'il s'agissait d'une partie de badminton. Ses sœurs n'en souffriraient pas.

— La bonne société sera ravie d'accueillir en son sein les plus jeunes et les plus jolies de vos filles. Les deux Marbury déjà mariées étant comtesse et baronne, je pense que tout se passera bien.

— Remercions le ciel pour les excellents mariages qu'ont faits les jumelles.

Excellent n'était pas le mot que Pénélope aurait utilisé pour qualifier les mariages de Victoria et de Valérie – arrangés pour les titres et les dots, et pas grand-chose d'autre –, mais leurs maris étant relativement inoffensifs et discrets quant à leurs activités en dehors du lit conjugal, Pénélope s'abstint de répliquer.

Sa mère renchérit.

— Et pense un peu à ton pauvre père ! C'est à croire que tu as oublié qu'il était affligé d'une tripotée de filles. Les choses auraient été différentes si tu avais été un garçon, Pénélope. Mais il est positivement malade d'inquiétude pour toi.

Pénélope regarda son père qui, après avoir trempé un morceau de pain dans sa soupe, le tendait au labrador assis à sa gauche. Ni l'homme ni l'animal ne semblaient spécialement malades.

— Mère, je…

— Et Philippa ? Lord Castleton a montré qu'il s'intéressait à elle. Que fais-tu de Philippa ?

— Qu'est-ce que je fais de Philippa ? répéta Pénélope, perdue.

— Oui ! insista lady Needham en agitant théâtralement sa serviette. Que fais-tu de Philippa ?

Pénélope s'adressa à sa sœur :

— Philippa, crois-tu que si je dis non à Thomas, cela pèsera sur les intentions de lord Castleton ?

La jeune fille secoua la tête.

— Je ne vois pas pourquoi. Et quand bien même, franchement, je ne serais pas anéantie. Castleton est peu… eh bien, peu intéressant.

Pénélope aurait utilisé le mot intelligent.

— Ne dis pas de bêtises, Philippa, protesta la marquise. Lord Castleton est comte. Et les mendiants ne choisissent pas.

Pénélope grinça des dents en entendant l'adage dont sa mère abusait chaque fois que la conversation abordait le sort de ses filles encore à marier.

— Je ne pensais pas que je mendiais, répliqua Philippa en fixant leur mère de son regard bleu.

— Tu mendies. Vous êtes toutes les trois des mendiantes. C'est ainsi. Même Victoria et Valérie ont dû mendier. Un scandale ne s'efface pas d'un coup de baguette magique.

Pénélope entendit les mots qui n'avaient pas été prononcés. *Pénélope a gâché vos chances.*

Une pointe de remords la traversa, qu'elle tenta d'ignorer. Elle savait qu'elle n'avait pas à se sentir coupable ; ce qui s'était passé n'était pas sa faute.

Sauf que peut-être que si.

Non, ce n'était pas sa faute. Il aimait quelqu'un d'autre.

Mais pourquoi ne l'avait-il pas aimée, elle ?

C'était une question qu'elle avait tournée et retournée dans sa tête durant les mois qui avaient suivi la rupture. Elle les avait passés ici, à la campagne, à lire les journaux à scandales et à se répéter que le duc de Leighton avait choisi une femme plus belle, plus charmante, plus excitante qu'elle. À se dire qu'il était heureux et qu'elle-même était… indésirable.

Elle ne l'avait pas aimé, ne pensait pas grand-chose de lui, mais cela n'en était pas moins douloureux.

— Je n'ai aucune intention de mendier, intervint Olivia. C'est ma deuxième saison, je suis belle et charmante, et j'ai une très grosse dot. Trop grosse pour qu'on me néglige.

— Oui. Très charmante, c'est sûr, commenta Philippa, et Pénélope baissa la tête pour dissimuler un sourire.

Le sarcasme n'échappa pas à Olivia.

— Riez autant que vous voulez, mais je sais ce que je vaux. Je ne subirai pas le même sort que Pénélope. Je vais décrocher un véritable aristocrate.

— Quel magnifique programme, ma chérie ! s'exclama lady Needham, rayonnante de fierté.

— Grâce à Dieu, j'ai tiré la leçon de ton échec, Pénélope, poursuivit Olivia.

Pénélope ne put s'empêcher de se défendre.

— Ce n'est pas comme si je l'avais repoussé, Olivia. Père a rompu les fiançailles à cause du scandale de la sœur de Leighton.

— Balivernes. Si Leighton avait vraiment voulu t'épouser, il se serait battu pour t'avoir, et au diable le scandale. Mais il n'a pas voulu. De toi, je veux dire. Je suppose qu'il ne s'est pas battu non plus. Et j'imagine que s'il n'a rien fait de tout cela, c'est parce que tu ne t'es pas donné assez de mal pour retenir son attention.

Étant la plus jeune, Olivia n'avait jamais eu à se demander si sa façon de parler, toujours un peu trop directe, pouvait blesser. Pénélope se mordit l'intérieur de la joue pour s'empêcher de hurler : « Il en aimait une autre ! » C'était inutile, elle le savait. Les ruptures de fiançailles étaient toujours la faute des femmes. Même quand la femme en question était votre sœur aînée, apparemment.

— Oh, Olivia, une seule saison et te voilà déjà si maligne ! s'écria gaiement lady Needham, avant d'ajouter en gémissant : Et n'oublie pas les autres.

Visiblement, tout le monde semblait avoir oublié qu'elle n'avait pas désiré épouser les autres. Pénélope se sentit de nouveau obligée de se défendre.

— J'ai reçu une demande en mariage cet après-midi, je te rappelle, lança-t-elle à sa sœur.

Olivia eut un petit geste dédaigneux.

— Une demande en mariage de Thomas, ce n'est pas une vraie demande. Seule une bécasse penserait qu'il l'a faite parce qu'il veut t'épouser.

On pouvait toujours compter sur Olivia pour dire la vérité.

— Dans ce cas, pourquoi l'a-t-il faite ? demanda Philippa.

Elle n'avait pas eu l'intention d'être cruelle, Pénélope en était certaine. Après tout, elle-même avait posé la question à Thomas moins d'une heure auparavant.

Elle aurait aimé pouvoir dire : « Parce qu'il m'aime. »

Mais ce n'était pas exact. Elle aimerait prononcer ces mots, oui, mais pas à propos de Thomas.

— Peu importe la raison de sa demande, intervint lady Needham. Ce qui compte, c'est qu'il l'ait faite ! Qu'il était d'accord pour lui offrir un toit et un nom, et veiller sur elle comme votre père l'a fait toutes ces années. Pénélope, il faut que tu réfléchisses, ma chérie ! Que se passera-t-il quand ton père mourra ?

— Je vous demande pardon ? fit lord Needham en levant les yeux de son faisan.

Lady Needham agita la main comme pour signifier qu'elle n'avait pas de temps à consacrer aux états d'âme de son époux, et insista :

— Ton père n'est pas éternel, Pénélope ! Que deviendras-tu quand il nous quittera ?

— Eh bien, ce sera très triste, j'imagine, répondit Pénélope qui ne voyait pas le rapport avec le mariage, Thomas, le duc de Leighton et les demandes refusées.

— Pénélope ! s'écria lady Needham sans cacher son exaspération.

— Mère, je ne vois vraiment pas où vous voulez en venir.

— Qui prendra soin de toi quand ton père mourra ?

— Père compte mourir bientôt ?

— Non, assura ce dernier.

— On ne sait jamais, tempéra la marquise dont les yeux s'emplissaient déjà de larmes.

— Oh, pour l'amour de Dieu ! jeta lord Needham, excédé. Je ne suis pas mourant. Et je suis blessé que l'idée vous ait traversé l'esprit. Quant à toi, acheva-t-il en se tournant vers Pénélope, tu vas te marier.

Pénélope redressa les épaules.

— Nous ne sommes plus au Moyen Âge, Père. Vous ne pouvez pas m'obliger à épouser quelqu'un contre mon gré.

Les droits des femmes n'intéressaient nullement lord Needham.

— J'ai cinq filles, et pas de fils, et il n'est pas question qu'une seule de vous reste célibataire et soit contrainte de se débrouiller seule pendant que mon idiot de neveu mènera mon domaine à la ruine. Je veux te voir mariée, Pénélope, insista-t-il avec un mouvement énergique de la tête, et bien mariée. Il est temps que tu cesses de faire ta bégueule et que tu acceptes un prétendant.

— Vous trouvez que je fais ma bégueule ? s'exclama Pénélope, abasourdie.

— Pénélope, ton langage, s'il te plaît.

— Mère, elle ne fait que répéter un mot que Père a utilisé en premier, souligna Philippa.

— Peu importe ! Je ne vous ai pas élevées pour que vous parliez comme de vulgaires… de vulgaires… vous savez bien.

— Bien sûr que tu as fait ta bégueule. Il s'est passé huit ans depuis la débâcle Leighton. Et tu es la fille d'un homme qui est deux fois marquis et plus riche que Midas.

— Needham ! Que c'est grossier de parler ainsi !

Lord Needham leva les yeux au ciel.

— Je ne sais pas ce que tu attendais, mais je sais que je t'ai dorlotée trop longtemps, sans prendre garde au fait que la débâcle Leighton avait eu des conséquences pour toutes mes filles.

Pénélope jeta un coup d'œil à ses sœurs, lesquelles fixaient leur assiette. La culpabilité murmura son petit discours perfide tandis que son père poursuivait :

— Cela suffit. Tu te marieras cette année, Pénélope.

La gorge de Pénélope s'activa follement pour tenter d'avaler le tapon de sciure qui semblait s'y être logé.

— Mais... en quatre ans, personne d'autre que Thomas n'a fait de demande.

— Thomas n'est qu'un début. Ils vont te demander à présent.

Elle avait vu suffisamment souvent cette expression de certitude chez son père pour savoir qu'il ne se trompait pas.

— Pourquoi ? risqua-t-elle.

— Parce que j'ai ajouté Falconwell à ta dot, répondit-il du même ton que s'il avait dit : *Il fait un peu frais* ou *Ce poisson n'est pas assez salé*.

Comme si tout le monde autour de la table accepterait cette déclaration comme une évidence. Comme si quatre têtes ne se tourneraient pas vers lui, bouche bée.

— Needham ! s'exclama lady Needham.

— Je vous demande pardon ? fit Pénélope.

Une image lui revint brusquement. Un garçon aux cheveux bruns qui grimpait en riant sur la branche basse d'un saule et lui tendait la main pour qu'elle le rejoigne.

Le troisième du trio.

Falconwell était à Michael.

Même si cette propriété ne lui appartenait plus depuis une décennie, pour Pénélope il en était toujours le maître. Qu'elle-même soit à présent la détentrice de ce vaste domaine, à l'exception du manoir et du parc – la partie inaliénable – lui parut le comble de l'injustice.

— Comment êtes-vous entré en possession de Falconwell ?

— Le comment n'a aucun intérêt, rétorqua le marquis sans lever les yeux de son assiette. Je ne peux pas te laisser mettre en danger plus longtemps les succès matrimoniaux de tes sœurs. Tu ne seras pas une vieille fille. Falconwell le garantira. Il l'a déjà fait, apparemment. Si Thomas ne te plaît pas, tu n'auras qu'à choisir parmi la demi-douzaine de gentlemen qui m'ont écrit de toute l'Angleterre.

Des gentlemen dont l'unique objectif était de s'emparer de Falconwell.

*Laissez-moi vous protéger.*

Les paroles étranges de Thomas prenaient tout leur sens. Il voulait la protéger des demandes en mariage qui allaient déferler. Il lui avait demandé sa main parce qu'il était son ami.

Et aussi, il fallait l'admettre, parce que sa dot ne le laissait pas indifférent. Une petite parcelle des terres appartenant au vicomte Langford jouxtait l'extrémité de Falconwell. Un jour, les deux domaines ne feraient plus qu'un si elle épousait Thomas.

Il s'était bien gardé de le lui dire.

— Bien sûr ! s'écria Olivia. Tout s'explique.

Pénélope avait deviné qu'il ne désirait pas réellement l'épouser, mais en avoir la preuve laissait un goût amer.

— La dot, reprit-elle en fixant son père. C'est public ?

— Bien sûr que c'est public. Quel intérêt y a-t-il à tripler la dot de sa fille si on en fait secret ?

Pénélope ratissa tristement sa purée de navets du bout de sa fourchette.

— Ne prends pas cet air misérable, s'agaça son père. Remercie le ciel puisque tu finiras par avoir un mari. Avec Falconwell dans ta dot, tu pourrais même t'offrir un prince.

— Je suis lasse des princes, Père.

— Enfin, Pénélope, personne ne se lasse des princes ! protesta sa mère.

— J'aimerais bien rencontrer un prince, intervint Olivia. Si Pénélope ne veut pas de Falconwell, je serai heureuse de l'avoir.

— Oui, j'imagine que cela te plairait, dit Pénélope en la regardant. Mais je doute que tu en aies besoin.

Olivia avait les mêmes cheveux clairs, la même peau claire et les mêmes yeux bleu clair que son aînée, mais contrairement à celle-ci, loin de paraître fade, elle était d'une beauté renversante – le genre à attirer tous les hommes, dot ou pas.

Et elle le savait.

— Toi, tu en as besoin. Surtout maintenant, insista lord Needham, pragmatique, en regardant brièvement sa fille aînée. À une époque, tu étais assez jeune pour attirer l'attention d'un parti convenable, mais tu as largement dépassé ce stade.

Pénélope aurait aimé que l'une de ses sœurs prenne sa défense. Dise par exemple : « Pénélope n'en a pas du tout besoin. Un homme merveilleux va surgir et tomber éperdument amoureux d'elle. »

Elle s'efforça d'ignorer la tristesse qui s'empara d'elle comme les paroles de son père étaient accueillies par un lourd silence. Il n'y avait rien à ajouter. Pénélope sut qu'elle serait mariée ainsi que le voulait son père, comme s'ils vivaient au Moyen Âge et qu'il découpait un petit morceau de son fief pour la caser coûte que coûte.

— Comment se fait-il que Falconwell vous appartienne ?

— Ne te tracasse pas pour cela.

— Je ne peux m'en empêcher, répliqua Pénélope. Que s'est-il passé ? Est-ce que Michael le sait ?

— Je l'ignore, avoua le marquis en prenant son verre de vin. Mais j'imagine qu'il le saura bientôt.

— Qui peut savoir ce que Michael sait ? railla sa mère. Cela fait des années que personne dans la bonne société n'a vu le marquis de Bourne.

« Depuis qu'il a disparu, englouti par un scandale, songea Pénélope. Depuis qu'il a tout perdu au profit du père de Thomas. »

— Avez-vous essayé de le lui rendre ?

— Pénélope, ne sois pas ingrate ! glapit la marquise. L'addition de Falconwell à ta dot est une splendide preuve de la générosité de ton père !

*Une preuve de son désir de se débarrasser de son encombrante fille.*

— Je n'en veux pas.

Elle mentait. Les terres attachées à Falconwell étaient belles, luxuriantes et remplies de souvenirs d'enfance.

De souvenirs de Michael.

Elle ne l'avait pas vu depuis des années – elle n'était qu'une enfant lorsqu'il avait quitté Falconwell, et à peine plus grande quand la perte de son domaine avait fait jaser les aristocrates de Londres et les serviteurs qu'il avait laissés dans le Surrey. Désormais, elle n'entendait parler de lui qu'à travers des ragots saisis ici ou là dans les salons mondains. Michael vivait à Londres et possédait une maison de jeu, avait un jour raconté devant elle un petit groupe de dames particulièrement bavardes, mais les jeunes filles de son milieu ne fréquentaient pas ce genre d'endroits, aussi elle n'avait pas demandé où elle se trouvait.

— Tu n'as pas le choix, Pénélope. Falconwell m'appartient. Et bientôt ce sera la propriété de ton mari. Des hommes viendront de toute l'Angleterre pour essayer de mettre la main dessus. Épouse Thomas maintenant, ou un autre un peu plus tard, à ta guise. Mais tu te marieras cette saison.

Il se renversa contre son dossier, et posa les mains sur son estomac volumineux.

— Un jour, tu me remercieras, conclut-il.

*Tu te marieras cette saison.*

— Pourquoi n'avez-vous pas rendu Falconwell à Michael ?

Lassé de cette discussion, Needham soupira, jeta sa serviette sur la table et se leva.

— Il s'est montré trop désinvolte, déclara-t-il en quittant la pièce, lady Needham sur ses talons.

Elle ne l'avait peut-être pas vu depuis seize ans, mais elle considérait toujours Michael Lawler, marquis de Bourne, comme un ami, et elle n'aimait pas la façon dédaigneuse dont son père en parlait.

Cela dit, elle ne connaissait pas l'homme qu'il était devenu. Lorsqu'elle s'autorisait à penser à lui, plus souvent qu'elle ne voulait l'admettre, il n'était pas le garçon de vingt et un ans qui avait tout perdu dans un stupide jeu de hasard.

Non, dans sa tête, Michael demeurait son ami d'enfance – le premier qu'elle ait eu. Il avait douze ans, il l'entraînait à travers la campagne dans une aventure ou une autre, riait aux moments les plus inopportuns jusqu'à ce qu'elle ne puisse s'empêcher de l'imiter, se crottait les genoux dans les champs qui séparaient leurs demeures pour aller jeter des cailloux contre sa fenêtre et l'emmener pêcher dans le lac qui chevauchait les terres des Needham et des Bourne.

Le lac aussi devait faire partie de sa nouvelle dot.

Michael devrait demander la permission d'y pêcher.

*Il devrait demander à son mari la permission d'y pêcher.*

Ce serait risible si ce n'était aussi… injuste.

Et personne ne semblait s'en apercevoir.

Levant les yeux, Pénélope croisa d'abord le regard de Philippa de l'autre côté de la table – de grands yeux bleu pâle qui clignaient derrière des lunettes – puis celui d'Olivia, qui semblait… soulagée ?

Répondant à son regard interrogateur, Olivia déclara :

— J'avoue que je n'aimais pas l'idée d'avoir une sœur vieille fille. Pour moi, c'est beaucoup mieux ainsi.

— Je suis heureuse de constater qu'au moins une personne est satisfaite.

— Franchement, Pénélope, insista Olivia, reconnais que ton mariage nous rendra service. C'est à cause de toi que Victoria et Valérie se sont résignées à prendre de vieux maris ennuyeux.

*Était-ce sa faute, vraiment ?*

— Olivia ! intervint Philippa. Ce n'est pas très gentil ce que tu dis là.

— Oh, voyons, Pénélope sait que c'est la vérité !

*Ah bon ?*

— Et toi, demanda Pénélope à Philippa, je t'ai compliqué les choses ?

— Pas du tout. La semaine dernière, Castleton a fait savoir à Père qu'il comptait me courtiser sérieusement, et ce n'est pas comme si j'étais une débutante à la manière des autres.

C'était là un euphémisme. Philippa tenait plutôt du bas-bleu, elle qui se passionnait pour les sciences, et était fascinée par tous les organismes vivants, des plantes aux animaux. Elle avait chipé un jour une oie à la cuisine et l'avait disséquée dans sa chambre. Tout s'était bien passé jusqu'à ce qu'une servante entre, découvre Philippa plongée jusqu'aux coudes dans les entrailles de la volaille et hurle comme si elle était tombée sur une scène de crime dans les bas-fonds de Londres.

Philippa avait été copieusement grondée et la servante assignée à un autre étage de la maison.

— Ton Castleton devrait s'appeler lord Nigaud, déclara Olivia sans détour.

— Arrête, s'esclaffa Philippa. Il est plutôt gentil. En plus, il aime les chiens. Comme Thomas, ajouta-t-elle à l'adresse de Pénélope.

— C'est à cela que nous sommes réduites ? Choisir notre mari selon qu'il aime les chiens ou pas ? s'emporta Olivia.

Philippa haussa une épaule.

— C'est déjà cela, dit-elle. Beaucoup de couples de la bonne société n'ont même pas l'amour des chiens en commun.

Elle avait raison.

Mais ce n'était pas ainsi que cela devrait être, songea Pénélope. Des jeunes filles avec le physique et l'éducation de ses sœurs devraient pouvoir choisir leurs maris en se fondant sur autre chose que l'amour des chiens. Elles devraient être les chéries de la bonne société, avoir les plus beaux partis à leurs pieds.

Mais ce n'était pas le cas, à cause d'elle qui, comble de l'ironie, avait été considérée comme la chérie des chéries lors de sa première apparition dans le monde – l'épouse que s'était choisie l'irréprochable duc de Leighton. Après que leurs fiançailles avaient été anéanties par un ouragan – une jeune fille à la réputation ruinée, un enfant illégitime, et un mariage d'amour –, Pénélope avait perdu ce statut, malheureusement pour ses sœurs. Elle avait été reléguée à la place de bonne amie, puis de relation aimablement accueillie et, récemment, d'invitée dont on attend le départ avec impatience.

Elle n'était pas belle. Elle n'était pas intelligente. Elle n'avait pas de qualités particulières en dehors d'être la fille d'un gentilhomme très riche et très titré. Née et élevée pour devenir l'épouse d'un gentilhomme également riche et titré.

Ce qu'elle avait failli être.

Mais s'il n'était pas juste qu'elle souffre pour avoir rompu ses fiançailles près d'une décennie plus tôt, il l'était encore moins que ses sœurs en souffrent aussi.

— Je n'ai jamais voulu vous empêcher de vous marier, observa-t-elle posément.

— Dans ce cas, tu as de la chance de pouvoir rattraper les choses, fit remarquer Olivia, qui se souciait visiblement peu des sentiments de son aînée. Après tout, si tes chances de trouver un homme de qualité sont minces, les miennes sont très bonnes. Et elles le seront encore plus si tu épouses un futur vicomte.

La culpabilité l'assaillit de nouveau, et Pénélope se tourna vers Philippa qui l'observait attentivement.

— C'est aussi ton avis, Philippa ?

Sa sœur inclina la tête de côté, réfléchit, puis lâcha :

— Que tu te maries ne peut pas faire de mal.

« Pas à toi, du moins », songea Pénélope qui, mélancolique, comprit qu'elle allait devoir accepter l'offre de Thomas.

Pour le bien de ses sœurs.

Il y avait pire, après tout. Peut-être, avec le temps, parviendrait-elle à l'aimer.

*Cher M.*

*On a brûlé l'effigie de Guy Fawkes, hier soir, à Coldharbour, et le clan Marbury au grand complet a tenu à aller fêter l'échec de l'attentat d'il y a deux siècles contre notre bon roi Jacques Ier. J'ai été très choquée de voir qu'aucun des jeunes gens présents n'a osé escalader le mât pour voler le chapeau de M. Fawkes.*

*Peut-être qu'à Noël vous pourrez leur enseigner une chose ou deux.*

*Votre loyale amie P.*
*Needham Manor, novembre 1813*

***

*Chère P.*

*Ils n'ont pas besoin de moi pour apprendre à voler ce galurin défoncé alors que vous êtes là. À moins que vous ne soyez devenue une vraie dame ?*

*Je serai à la maison à Noël. Si vous êtes sage, je vous apporterai un cadeau.*

*M.*
*Eton College, novembre 1813*

La nuit venue, lorsque la maisonnée fut endormie, Pénélope enfila sa cape la plus chaude, prit son manchon et la lanterne sur sa table à écrire, et partit se promener sur ses terres.

Enfin, pas exactement ses terres. Les terres que Thomas et un certain nombre de prétendants – combien ? – accepteraient avec plaisir contre un mariage avec elle.

Que c'était romantique !

Elle avait passé trop d'années à espérer autre chose. À croire, envers et contre tout, qu'elle pourrait trouver mieux que ses sœurs jumelles et les neuf dixièmes des jeunes filles de la bonne société.

Non. Elle n'y penserait plus.

Il n'en était plus question maintenant qu'elle se dirigeait vers le genre de mariage qu'elle avait toujours espéré éviter. Maintenant que son père était déterminé à marier rapidement sa fille aînée – à Thomas ou à un autre. Elle songea aux célibataires de la bonne société suffisamment désespérés pour convoler avec une femme de vingt-huit ans qui avait rompu ses fiançailles autrefois. Pas un seul ne lui apparaissait comme un mari digne d'intérêt.

*Un mari qu'elle pourrait aimer.*

Restait Thomas.

Ce serait donc Thomas.

Elle enfouit le visage dans le col de sa cape, rabattit sa capuche sur le front. Une jeune fille de bonne famille ne se promenait pas au milieu de la nuit, elle le savait, mais tout le Surrey dormait, le plus proche voisin habitait à plusieurs kilomètres, et ce froid mordant convenait à l'irritation dans laquelle l'avaient plongée les événements de la journée.

Ce n'était pas juste que des fiançailles rompues par le passé rendent le présent aussi éprouvant. On aurait pu penser qu'au bout de huit ans, Londres aurait oublié ce fameux automne de 1823. Hélas, il n'en était rien ! Dans les salles de bal, les chuchotements continuaient et, dans les salons où les dames se retiraient pour se refaire une beauté, les éventails battaient comme des ailes de colibris, étouffant à demi des conversations dont elle surprenait des bribes de temps à autre – spéculations sur ce qu'elle avait bien pu faire pour cesser d'intéresser son duc, ou sur l'orgueil absurde qui lui faisait décliner toutes les autres demandes.

Ce n'était pas qu'elle avait une haute idée d'elle-même, bien sûr. C'était qu'elle avait une haute idée de ce qu'elle pouvait espérer.

Une autre vie que celle de la femme que son mari respecte sans la regarder, et dont les enfants grandissent sans la connaître.

Était-ce trop demander ?

Apparemment.

Elle gravit une colline enneigée, s'arrêta au sommet et contempla la surface noire du lac en contrebas, le lac qui marquait la frontière entre les terres des Needham et celles des Bourne… Ou, plus précisément, les anciennes terres des Bourne. Et tandis qu'elle scrutait l'obscurité et pensait à son avenir, elle découvrit qu'elle ne désirait pas une vie paisible aux couleurs pastel, dont les plaisirs se limitaient au quadrille et à la citronnade tiède.

Elle voulait plus.

Le mot traversa ses pensées sur une vague de tristesse.

*Plus.*

Plus qu'elle n'aurait, finalement.

Ce n'était pas qu'elle était malheureuse. Elle était bien soignée, bien nourrie et il lui manquait peu de choses. Elle avait une famille qui était, en grande partie, supportable, et des amies avec qui elle pouvait passer de temps à autre un après-midi agréable. Somme toute, ses journées actuelles n'étaient guère différentes de ce qu'elles seraient si elle épousait Thomas.

Pourquoi, dans ce cas, l'idée de ce mariage l'attristait-elle autant ?

Après tout, Thomas était gentil et généreux, il avait de l'humour et un sourire chaleureux. Il n'était ni assez beau ni assez intelligent pour l'intimider, et lui faire regretter ses propres déficiences.

Elle l'imagina l'emmenant à un bal, au théâtre, à un dîner. Elle s'imagina danser avec lui. Elle se vit lui sourire. Puis sentit sa main dans la sienne.

Elle était…

La main de Thomas était moite.

Pénélope n'avait aucune raison de supposer que Thomas avait les mains moites. Elles étaient probablement chaudes et sèches. Elle essuya pourtant ses mains gantées sur ses jupes. Les maris n'étaient-ils pas censés avoir des mains chaudes et sèches ? En particulier dans les rêveries ?

Pourquoi n'était-ce pas le cas de Thomas ?

Elle inspira profondément, ferma les yeux et s'efforça de nouveau… s'efforça vraiment de s'imaginer dans la peau de lady Thomas Alles.

Elle leva les yeux sur son mari et sourit. Amoureusement.

Il baissa les yeux sur elle. *Lançons-nous, voulez-vous ?*

Elle rouvrit les yeux.

Flûte !

Elle descendit vers le lac gelé.

Elle épouserait Thomas.

Pour son propre bien.

Pour le bien de ses sœurs.

Sauf qu'en ce qui la concernait, ce projet n'avait pas l'air si bien que cela. Pas vraiment.

Tant pis. C'était ce que les gentilles filles faisaient.

Elles faisaient ce qu'on leur disait.

Même si elles ne le voulaient pas.

Même si elles désiraient plus.

Et c'est à ce moment-là qu'elle vit scintiller brièvement une lumière de l'autre côté d'un bosquet clairsemé, à l'extrémité du lac.

Elle s'immobilisa, scruta l'obscurité. Peut-être était-elle la proie de son imagination. Peut-être était-ce la réverbération de la lune sur la neige.

Hypothèse qui aurait été plausible si la neige qui continuait à tomber ne cachait pas la lune.

La lumière apparut de nouveau. Bouche bée, Pénélope la vit se déplacer entre les arbres. Elle se pencha en avant comme si quelques centimètres de plus en équilibre précaire pouvaient lui permettre de voir la source lumineuse.

— Il y a quelqu'un, murmura-t-elle.

Un serviteur ? Non, c'était peu probable. Les domestiques de Needham Manor n'avaient aucune raison de traîner près du lac au milieu de la nuit, et cela faisait des années qu'il n'y avait plus de personnel à Falconwell. Après leur départ, les meubles avaient été emportés et l'énorme édifice laissé à l'abandon.

Elle devait faire quelque chose.

Cette lumière pouvait avoir quantité d'origines. Le feu. Un intrus. Un fantôme.

Enfin, non. Probablement pas un fantôme.

Mais il était très possible que ce soit un intrus qui cherchait à pénétrer dans la maison. Si c'était le cas, il fallait agir. On ne pouvait pas laisser des intrus s'installer chez le marquis de Bourne.

Si celui-ci ne protégeait pas son manoir, la charge en revenait à Pénélope. Désormais, elle avait autant que lui intérêt à le sauvegarder. S'il était envahi par des pirates ou des brigands, cela amoindrirait la valeur de sa dot, non ?

La lumière brilla de nouveau.

Si c'étaient des brigands, ils n'étaient pas nombreux, ou bien ils avaient été imprévoyants quant au nombre de lanternes.

À la réflexion, il était peu probable que des pirates projettent de s'installer à Falconwell, l'océan était trop loin.

Il n'empêche, il y avait quelqu'un là-bas.

Qui ?

Et pour faire quoi ?

Pénélope l'ignorait, mais il y avait une chose dont elle était sûre. Les filles de bonne famille n'enquêtaient pas sur d'étranges lumières au beau milieu de la nuit.

Ce serait vraiment trop aventureux. Ce fut ce *trop* qui emporta la décision. Elle avait dit qu'elle voulait plus, et on le lui offrait sur un plateau.

Elle inspira un grand coup, carra les épaules et, tout excitée, avança bravement. C'est en approchant d'un gros buisson de houx au bord du lac qu'elle comprit sa stupidité.

Elle était dehors.

En pleine nuit.

Dans un froid mordant.

Et elle se dirigeait vers des inconnus probablement dangereux.

Aucun membre de sa famille ne savait où elle était.

Soudain, épouser Thomas ne lui parut pas si dramatique que cela.

En tout cas, moins que d'être assassinée par des brigands.

Entendant la neige crisser, elle s'arrêta et leva sa lanterne pour scruter les ténèbres au-delà du bosquet de houx. Elle ne vit rien.

Rien en dehors de la neige qui tombait et d'une silhouette sombre qui pouvait très bien être celle d'un ours.

— Quelle sottise, grommela-t-elle, et le son de sa voix la réconforta. Il n'y a pas d'ours dans le Surrey.

Nullement convaincue, elle décida de ne pas s'attarder. Elle avait un tas de choses à faire à la maison.

Sauf qu'au moment précis où elle s'apprêtait à tourner les talons un homme surgit entre les arbres, une lanterne à la main.

# 3

*Cher M.*

*Un cadeau ! Quelle extravagance ! La pension fait de vous un homme vraiment charmant ; l'année dernière, vous m'avez offert un morceau de pain d'épice à moitié mangé. J'ai hâte de voir ce que vous avez prévu cette fois-ci.*

*Du coup, me voilà obligée de vous trouver un cadeau à mon tour.*

*Votre P.*

*Needham Manor, novembre 1813*

***

*Chère P.*

*C'était un délicieux pain d'épice. J'aurais dû deviner que vous n'apprécieriez pas ma générosité jusque dans les petites choses. C'est l'intention qui compte, dit-on, que faites-vous de cela ?*

*Ce sera bien agréable d'être à la maison. Le Surrey me manque. Et vous aussi, Sixpence (même si cela m'ennuie de l'admettre).*

*M.*

*Eton College, novembre 1813*

*Fuis !*

Le mot résonna en elle comme s'il avait été hurlé, mais les membres de Pénélope refusèrent de lui obéir. Incapable de prendre ses jambes à son cou, elle s'accroupit derrière un buisson en priant pour que l'homme ne la voie pas. Puis, entendant la neige crisser comme les pas se rapprochaient, elle se déplaça le long de la haie vers le lac, prête à courir, ou à essayer. Son pied se prit dans le bas de sa cape, elle perdit l'équilibre et tomba dans le buisson de houx.

— Aïe !

Elle tendit spontanément la main et une feuille épineuse lui déchira la peau. L'inconnu s'immobilisa et elle retint son souffle.

Peut-être qu'il ne l'avait pas vue. Après tout, il faisait très sombre.

*Sauf qu'elle tenait une lanterne.*

Elle la fourra dans le buisson.

Inutilement, car une autre lumière l'enveloppa.

Celle de l'intrus.

Il fit un pas vers elle.

Elle recula dans le buisson, préférant les feuilles acérées à l'affrontement.

— Bonsoir, dit-elle cependant.

L'individu s'immobilisa, mais ne répondit pas. Le cœur de Pénélope, qui battait déjà sourdement, s'affola. Un long silence suivi, si insupportable qu'elle finit par le rompre et lança d'un ton qu'elle espérait ferme :

— Vous êtes dans une propriété privée.

— Ah bon ?

Pour un brigand, il avait une voix très agréable – profonde et grave. Elle secoua la tête. Le moment était vraiment mal choisi pour s'extasier sur sa voix.

— Oui, confirma-t-elle. La maison qui se trouve un peu plus loin s'appelle Falconwell. Elle appartient au marquis de Bourne.

Il y eut un bref silence.

— Impressionnant, commenta le brigand.

Et elle eut la très nette impression qu'il n'était pas le moins du monde impressionné.

Elle tenta de se relever le plus dignement possible. Échoua. Réessaya. Avec succès.

— N'est-ce pas ? fit-elle en brossant ses vêtements. Et le marquis sera très mécontent de savoir que vous êtes en train de… enfin, quoi que vous fassiez… vous êtes sur ses terres.

— Il sera mécontent ? répéta-t-il.

Baissant sa lanterne, ce qui laissait le haut de son corps dans l'obscurité, il s'avança vers Pénélope.

— Absolument, assura-t-elle. Et, croyez-moi, ce n'est pas quelqu'un qu'on peut traiter à la légère.

— À vous entendre, il semblerait que le marquis et vous soyez très proches.

Levant sa lanterne, elle recula de trois pas.

— Oh oui, nous le sommes !

Ce n'était pas vraiment un mensonge. Après tout, ils l'avaient été enfants.

— J'en doute, rétorqua l'inconnu d'une voix sourde. En fait, je ne pense pas que le marquis soit dans les parages. Ni lui ni personne.

Le ton était menaçant ; Pénélope passa en revue les choix qui s'offraient à elle.

— Je ne m'enfuirais pas si j'étais vous, poursuivit-il comme s'il lisait dans ses pensées. Il fait très sombre et la neige est épaisse. Vous n'iriez pas très loin avant que…

Il s'interrompit, mais elle devina la suite.

*Avant qu'il la rattrape et la tue.*

Elle ferma les yeux.

Quand elle disait qu'elle voulait plus, ce n'était pas du tout à cela qu'elle songeait. Elle allait mourir ici. Dans la neige. Et on ne retrouverait son corps qu'au printemps.

À condition que les loups ne l'aient pas dévorée entre-temps.

Il fallait qu'elle fasse quelque chose.

Elle rouvrit les yeux pour découvrir que l'homme s'était rapproché.

— Restez où vous êtes ! s'écria-t-elle. Je…

Elle chercha une menace efficace.

— Je suis armée !

— Vous comptez m'étouffer avec votre manchon ? demanda-t-il sans s'émouvoir.

— Vous n'êtes pas un gentleman, monsieur ! fut tout ce qu'elle trouva à riposter.

— Ah. Enfin une vérité.

Elle recula.

— Je rentre chez moi.

— Je ne pense pas, Pénélope.

Le cœur de la jeune femme cessa de battre, avant de repartir si violemment qu'elle fut convaincue que ce… ce… forban allait l'entendre.

— Comment connaissez-vous mon nom ?

— Je sais beaucoup de choses.

— Qui êtes-vous ?

Elle leva sa lanterne et il avança dans la lumière.

Il n'avait pas du tout l'allure d'un brigand.

Il y avait chez lui quelque chose de… familier.

Les angles nets du visage, le modelé des lèvres, la mâchoire volontaire – laquelle aurait eu bien besoin d'un coup de rasoir…

Oui, il y avait là quelque chose…

Il portait une casquette dont la visière projetait une ombre sur ses yeux.

Elle ne saurait jamais à quel instinct elle avait obéi, mais elle ne put s'empêcher de tendre la main pour repousser sa casquette. Ce qu'il la laissa faire avec une complaisance surprenante.

Les yeux qu'elle découvrit étaient une mosaïque de bruns, de verts et de gris, surmontée de longs cils noirs. Elle les aurait reconnus entre mille.

À la stupéfaction succéda un flot de bonheur.

— Michael ?

Il se raidit en entendant son prénom, mais elle ne prit pas le temps de se demander pourquoi.

Posant la main sur sa joue froide – geste amical dont elle s'étonnerait plus tard –, elle éclata d'un rire joyeux.

— C'est vous, n'est-ce pas ?

Il écarta son poignet. Il ne portait pas de gants, mais sa main était chaude – et pas du tout moite.

Avant qu'elle puisse l'arrêter, il repoussa sa capuche, puis promena le regard sur son visage.

— Vous avez grandi, dit-il enfin.

Elle ne put retenir un autre éclat de rire.

— Alors, c'est bien vous ? Espèce d'animal ! Vous m'avez fait une peur bleue ! Mon Dieu, pourquoi avez-vous… ? Où avez-vous… ? Quand donc avez-vous… ? Oh, je ne sais même pas par où commencer ! avoua-t-elle en secouant la tête.

Elle lui sourit, l'examina de nouveau. La dernière fois qu'elle l'avait vu, il était à peine plus grand qu'elle, un garçon dégingandé, affligé de bras et de jambes interminables. Ce n'était plus le cas. Le Michael qui se tenait devant elle était grand, solidement bâti.

*Et très, très beau.*

Elle avait encore du mal à croire que c'était lui.

— Michael ? répéta-t-elle.

Il la regarda droit dans les yeux, et une bouffée de plaisir la traversa comme si cet échange de regards était un contact intime.

— Que faites-vous là ? s'étonna-t-elle.

Elle était si contente de le voir qu'elle ne s'attarda pas sur le fait que lui-même ne semblait pas aussi content.

— Pourquoi traînez-vous en pleine nuit au milieu de nulle part ? demanda-t-il enfin.

Il n'avait pas répondu à sa question, mais Pénélope s'en moquait.

— Je ne suis pas au milieu de nulle part. Nous sommes à moins de un kilomètre de chacune de nos maisons.

— Vous auriez pu tomber sur un brigand, un voleur, un ravisseur, un…

— Un pirate. Ou un ours. J'ai déjà envisagé toutes ces éventualités.

Le Michael d'autrefois aurait souri. Celui-ci garda son sérieux.

— Il n'y a pas d'ours dans le Surrey.

— Ni de pirate, je pense. De toute façon, je préfère un vieil ami à un pirate ou un ours, Michael.

— Bourne.

— Pardon ?

— Appelez-moi Bourne.

Elle fut stupéfaite, et embarrassée. Il était marquis, certes, mais elle ne s'attendait pas qu'il s'accroche ainsi à son titre… après tout, ils étaient amis d'enfance.

— Très bien, lord Bourne.

— Pas le titre. Juste le nom. Bourne.

— Bourne ? répéta-t-elle, de plus en plus ahurie.

Il hocha brièvement la tête en réponse, puis :

— Répondez-moi maintenant : que faites-vous ici ?

— J'ai aperçu votre lanterne. Je suis venue voir de quoi il s'agissait.

— Vous apercevez une lumière étrange dans les bois d'une maison inhabitée depuis seize ans et vous venez voir de quoi il s'agit ?

— Neuf ans, corrigea-t-elle.

— Je ne me rappelais pas que vous étiez aussi exaspérante, lâcha-t-il après une pause.

— C'est que vous ne vous souvenez pas bien de moi. J'étais une enfant vraiment exaspérante.

— Non. Vous étiez une enfant sérieuse.

Elle sourit.

— Vous vous rappelez que vous essayiez toujours de me faire rire ? Je m'efforce juste de vous rendre la pareille ; j'y parviens ?

— Non.

Elle leva haut sa lanterne et il se laissa examiner à la lumière. Pénélope avait toujours pensé qu'il deviendrait un homme séduisant, mais il était plus que séduisant à présent… il était carrément beau. Si l'on faisait abstraction de son air dur, de son regard sombre, de sa bouche qui semblait ne plus savoir sourire.

Enfant, il avait une fossette qui, lorsqu'elle se creusait, annonçait une aventure. Elle examina sa joue gauche, mais ne l'y trouva pas.

Elle avait beau scruter ce visage, elle ne retrouvait pas le compagnon d'autrefois.

— Que c'est triste, murmura-t-elle pour elle-même.

— Quoi donc ?

Elle secoua la tête et plongea son regard dans le sien.

— Il a disparu.

— Qui ?

— Mon ami.

Elle ne l'aurait pas cru possible, mais les traits de Michael se durcirent davantage, et, l'espace d'un instant, elle craignit d'avoir été trop loin. Il demeura immobile, la fixant de ce regard si pénétrant.

L'instinct lui recommandait de partir, mais elle ne l'écouta pas.

— Combien de temps comptez-vous rester dans le Surrey ? risqua-t-elle.

Il ne répondit pas.

— La maison est vide, insista-t-elle.

Il l'ignora.

— Où dormez-vous ?

Pourquoi ? fit-il en arquant un sourcil. Vous voulez m'inviter dans votre lit ?

Sa grossièreté lui fit l'effet d'une gifle. Elle se crispa. Puis attendit, persuadée qu'il allait lui présenter des excuses.

Silence.

— Vous avez changé, lâcha-t-elle.

— Souvenez-vous-en la prochaine fois que vous aurez envie d'une aventure nocturne.

Sans mot dire, elle tourna les talons et prit la direction de Needham Manor. Au bout de quelques pas, elle se retourna. Il n'avait pas bougé.

— J'ai été très heureuse de vous revoir, jeta-t-elle.

Elle se remit en marche, consciente du froid qui la pénétrait jusqu'à la moelle. Puis, incapable de résister, pivota de nouveau pour lui lancer une dernière pique.

— Michael ?

Elle ne voyait plus son visage, mais elle savait qu'il la regardait.

— Vous êtes sur mes terres.

À peine ces mots lui eurent-ils échappés qu'elle les regretta. Ils auraient été plus appropriés dans la bouche d'une enfant hargneuse que d'une femme de vingt-huit ans.

Elle les regretta encore plus lorsqu'il s'élança vers elle, tel un loup surgissant de la nuit.

— Vos terres ? gronda-t-il d'un ton si menaçant qu'elle recula.

— Eh bien… oui.

Décidément, elle n'aurait jamais dû sortir.

— Votre père essaie de vous décrocher un mari à l'aide de mes terres ?

*Il savait.*

C'était pour Falconwell qu'il était revenu, songea-t-elle avec tristesse. Et non pour elle.

Il continuait d'avancer, et Pénélope, le souffle court, s'efforçait de reculer au même rythme. En vain. Elle secoua la tête. La sagesse eût été de tenter d'apaiser l'animal blessé qui fondait sur elle dans la neige.

Elle ne le fit pas. Elle était trop en colère.

— Ce domaine n'est plus à vous. Vous l'avez perdu. Et je me suis déjà trouvé un mari.

Il se figea.

— Vous êtes mariée ?

— Non, mais nous le serons… bientôt. Et nous vivrons heureux, ici, sur *nos* terres.

Quelle mouche la piquait donc ? Les mots avaient jailli avec impétuosité, et ne pouvaient être retirés.

Il se remit en marche, bien visible à présent.

— Bien sûr, dit-il. Tous les hommes de la bonne société rêvent de s'emparer de Falconwell, sinon pour les terres, du moins pour me narguer.

Pourquoi continuait-il à avancer ? Très inquiète, elle décida de ne plus discuter et de s'enfuir en courant. Hélas, une souche en travers du chemin la fit chanceler ; écartant les bras pour tenter de garder l'équilibre, elle lâcha sa lanterne.

Il la rattrapa et l'accula contre un arbre.

Le garçon dont elle se souvenait avait cédé la place à un homme qu'on ne pouvait repousser d'un éclat de rire.

Il était tout près. Trop près. Et lui chuchotait à l'oreille :

— Ils seraient même prêts à épouser une vieille fille pour s'emparer du domaine.

Jamais le garçon qu'il avait été n'aurait prononcé des paroles aussi cruelles. Elle détesta l'homme qu'il était devenu. Les larmes menacèrent.

Non. Elle ne pleurerait pas.

Elle se débattit. Sans succès. Ce Michael-là était beaucoup plus grand, plus fort, plus autoritaire. La peur la saisit, suivie par la colère.

— Laissez-moi partir.

Il ne bougea pas. L'avait-il seulement entendue ?

— Non, répondit-il finalement.

Elle se débattit de nouveau, décochant des coups de pied dont l'un atteignit le tibia de Michael, lui arrachant un grognement très satisfaisant.

— Bon sang ! cria-t-elle bien qu'elle sût que les dames ne juraient pas et qu'elle le paierait sans doute d'une année de purgatoire supplémentaire, mais comment communiquer avec une brute pareille ? Qu'allez-vous faire ? reprit-elle. Me laisser mourir de froid dans la neige ?

— Non, souffla-t-il.

— M'enlever, alors ? M'échanger contre Falconwell ?

— Non, bien que la suggestion soit intéressante.

Il était si près qu'elle pouvait sentir son odeur, bergamote et cèdre, et son souffle sur sa joue.

— J'ai une idée bien pire en tête.

Elle s'immobilisa. *Il ne la tuerait pas.*

Ils avaient été amis avant qu'il ne devienne aussi beau que le diable et deux fois plus insensible.

Il ne la tuerait pas.

*Vraiment ?*

— Qu'est-ce… qu'est-ce que c'est ?

Il fit glisser le doigt le long du cou de Pénélope, laissant une traînée de feu dans son sillage. Elle en eut le souffle coupé… La sensation était presque insupportable.

— Vous avez mes terres, Pénélope, chuchota-t-il. Et je veux les récupérer.

Elle ferma les yeux. Si elle survivait à cet épisode, elle ne mettrait plus jamais le nez dehors. Ni de jour ni de nuit.

— Il n'est pas en mon pouvoir de vous les rendre, balbutia-t-elle.

Il fit courir sa main le long de son bras en une longue et troublante caresse, et referma les doigts autour de son poignet.

— Je sais, dit-il, mais je les aurai quand même.

Elle rouvrit les yeux et les plongea dans les siens.

— Qu'est-ce que cela signifie ?

— Cela signifie, ma chérie, expliqua-t-il, prononçant le mot tendre d'un ton moqueur, que nous devons nous marier.

Sur ce, il la souleva, la hissa en travers de son épaule et prit la direction du manoir de Falconwell.

*Cher M.*

*Je n'en reviens pas : vous m'avez caché que vous avez été nommé chef de classe si bien que c'est votre mère qui me l'a appris (elle en était très fière). Je suis choquée et peinée que vous n'ayez pas voulu me le confier… et épatée que vous ayez réussi à ne pas vous en vanter.*

*Il y a sûrement des quantités de choses au sujet de votre école que vous ne m'avez pas dites. J'attends.*

*Votre P. toujours patiente.*

*Needham Manor, février 1814*

***

*Chère P.*

*Hélas, être chef de classe ne signifie pas grand-chose quand on est un nouveau ; dès que je sors de la salle de classe, je suis la proie des caprices de mes aînés. C'est la tradition. Mais n'ayez crainte : si je suis de nouveau chef de classe l'année prochaine, je me vanterai sans vergogne.*

*Il y a en effet des quantités de choses à raconter… mais pas aux filles.*

*M.*

*Eton College, février 1814*

Bourne avait imaginé une demi-douzaine de solutions pour arracher Pénélope à sa famille, l'épouser et récupérer ses terres. Il avait pensé à la séduction, à la coercition, et même – au pire – à l'enlèvement.

Mais dans aucune de ces hypothèses, une femme dotée d'un net penchant pour le danger et de très peu de bon sens ne s'approchait de lui en titubant dans la neige au cœur de la nuit.

Elle lui avait épargné un sacré boulot.

Naturellement, il aurait été déplacé de sa part d'examiner les dents de ce cheval-là.

Aussi s'en était-il emparé sans ménagement.

— Espèce de brute !

Elle lui flanquait des coups de poing dans le dos et agitait les jambes, mais ne pouvait heureusement pas l'atteindre aux endroits critiques de son anatomie.

— Reposez-moi immédiatement !

Ignorant ses protestations, il lui coinça les jambes du bras, l'inclina jusqu'à ce qu'elle se cramponne à sa cape pour éviter de tomber, puis la recala sur son épaule. Et c'est avec un certain plaisir qu'il entendit grogner lorsque son épaule s'enfonça dans son ventre tendre.

— Vous avez un problème d'audition ? lâcha-t-elle d'un ton condescendant, si tant est qu'on puisse être condescendant dans sa position.

Il ne répondit pas.

C'était d'ailleurs inutile. Ses vitupérations suffisaient à combler le silence.

— Je n'aurais jamais dû… sortir de la maison… Si j'avais su que vous étiez là… j'aurais verrouillé les portes et les fenêtres… Dire que… j'étais si heureuse de vous voir !

C'était vrai, il l'avait constaté, elle avait été heureuse de le voir et son rire avait fusé comme un rayon de soleil. Il s'interdit d'évoquer la dernière fois où quelqu'un avait été heureux de le voir.

Il avait douché son enthousiasme, froidement, efficacement, afin de l'effrayer, de l'affaiblir.

En vain, semblait-il, car elle lui avait rappelé l'insupportable vérité.

*Vous êtes sur mes terres.*

En quelques mots, elle lui avait rappelé qu'elle était le dernier obstacle se dressant entre lui et l'unique chose qu'il désirait depuis qu'il était adulte.

Falconwell.

La terre de ses ancêtres.

La terre qu'il avait stupidement perdue et s'était juré de reprendre.

Quel qu'en soit le prix.

— Vous ne pouvez pas me porter comme… comme un mouton !

Il ralentit l'allure une fraction de seconde.

— Un mouton ?

Elle garda le silence, réfléchissant visiblement à sa comparaison.

— Les fermiers ne portent pas les moutons sur l'épaule ?

— Je n'ai jamais vu cela, mais vous avez vécu à la campagne plus longtemps que moi, donc... si vous dites que je vous traite comme un mouton, ce doit être vrai.

— À l'évidence, cela vous est égal que je me sente maltraitée.

— Si cela peut vous réconforter, sachez que je n'ai pas l'intention de vous tondre.

— Cela ne me réconforte pas du tout ! Je vous le répète une fois de plus : posez-moi par terre !

Elle se tortilla si violemment qu'il la sentit glisser et qu'un pied s'approcha dangereusement d'une partie précieuse de son anatomie.

Il grommela, raffermit sa prise.

— Arrêtez, s'écria-t-il en lui flanquant une tape sur les fesses.

Elle se raidit.

— Ce n'est pas possible... Je ne peux pas... Vous m'avez frappée !

Il poussa la porte des cuisines de Falconwell, entra, posa sa lanterne sur la table et déposa Pénélope au milieu de la pièce.

— Vous portez une telle quantité de vêtements que je suis surpris que vous ayez senti quelque chose, répliqua-t-il.

— Peu importe ! s'écria-t-elle, le regard brillant de fureur. Jamais un gentleman ne se permettrait de me... de me...

S'amusant de son embarras, il proposa :

— Le mot que vous cherchez ne serait-il pas « fesser » ?

Elle écarquilla les yeux.

— Oui. C'est cela. Les gentlemen ne…

— D'abord, je croyais que nous avions admis que je ne suis pas un gentleman. Je ne le suis plus depuis longtemps. Ensuite, vous seriez surprise si je vous disais ce que font les gentlemen… et ce que les dames apprécient.

— Pas cette dame-ci. Vous me devez des excuses.

— À votre place, je ne retiendrais pas mon souffle en les attendant.

Il l'entendit émettre un petit cri de dépit tandis qu'il s'emparait de la bouteille de whisky qu'il avait laissée sur la table.

— Vous voulez un verre ?

— Non, merci.

— Dieu, que vous êtes polie.

— Il faut bien que l'un de nous le soit, non ?

Il se retourna pour lui faire face, amusé et surpris de la découvrir si prompte à répliquer.

Elle avait beau ne lui arriver qu'à l'épaule, à ce moment précis, elle lui évoquait une Amazone.

Elle avait repoussé sa capuche et ses longs cheveux blonds brillaient à la lumière vacillante de la lanterne. Son menton pointait en avant, ses épaules étaient raides et son souffle saccadé.

Elle semblait vraiment avoir envie de lui infliger quelques sévices physiques d'importance.

— C'est un enlèvement, déclara-t-elle.

Il but une longue rasade, s'essuya la bouche de la manche. Et jubila en la voyant frémir de dégoût.

— Vous ne pouvez pas m'enlever, reprit-elle comme il gardait le silence.

— Je n'en ai pas l'intention.

Il se pencha jusqu'à ce que son visage soit au niveau de celui de Pénélope.

— Je vous l'ai dit, je compte vous épouser, ma chérie.

Elle le fixa un long moment, puis :

— Je m'en vais.

— Non.

— Je ne suis pas attachée. Je peux très bien m'en aller.

— Les liens, c'est pour les amateurs, dit-il en s'adossant au buffet. Essayez donc de partir si vous y tenez.

Elle lui jeta un regard incertain puis, haussant une épaule, se dirigea vers la porte. Il se planta devant. Elle s'immobilisa.

— Je me rends compte que cela fait longtemps que vous avez quitté la société, mais sachez que cela ne se fait pas d'enlever ses voisins.

— Comme je l'ai dit, ce n'est pas un enlèvement.

— Enfin, quel que soit le nom, cela ne se fait pas, décréta-t-elle avec hauteur.

— Vous n'avez pas remarqué que je me soucie très peu de ce qui se fait et ne se fait pas ?

Elle réfléchit une fraction de seconde avant de riposter :

— Eh bien, vous devriez.

Ce port droit, ce ton moralisateur lui étaient tellement familiers.

— Ah, la voilà, murmura-t-il.

— Qui ?

— La Pénélope de mon enfance. Si soucieuse des convenances. Vous n'avez pas du tout changé.

— Ce n'est pas vrai, protesta-t-elle en levant de nouveau le menton.

— Non ?

— Pas du tout. J'ai beaucoup changé. Je suis complètement différente.

— En quoi ?

— Je…

Elle s'interrompit, et il attendit, curieux d'entendre la suite.

— Je suis différente, c'est tout, reprit-elle. À présent, laissez-moi partir.

Elle tenta de le contourner. Voyant qu'il ne bougeait pas, elle s'arrêta pour ne pas le toucher.

Dommage, songea-t-il, se rappelant soudain sa main gantée sur sa joue. Apparemment, sa réaction avait été due à la surprise.

Et au plaisir.

Il se demanda ce qu'elle pourrait faire d'autre en réponse au plaisir. Une image lui traversa l'esprit : des cheveux blonds déployés sur des draps de soie noire, des yeux bleus écarquillés tandis qu'il faisait découvrir à la sage Pénélope quelques-uns des plaisirs de la chair.

Un peu plus tôt, au bord du lac, il avait bien failli l'embrasser. Son objectif initial était de l'intimider, et de la compromettre. Mais à présent, alors qu'ils étaient face à face dans cette cuisine désaffectée, il se demandait quel goût auraient ses lèvres pleines et sa peau laiteuse. Ce qu'il éprouverait en l'étreignant. En la sentant se refermer autour de lui.

— C'est stupide.

Ces mots le ramenèrent brutalement au présent.

— Vous êtes sûre que vous ne voulez pas boire quelque chose ?

Elle ouvrit de grands yeux.

— Je... Non !

Elle était facile à agacer. Elle l'avait toujours été.

— La politesse n'exige-t-elle pas d'offrir des rafraîchissements à ses invités ?

— Pas du whisky ! Et, en tout cas, pas au goulot !

— Je suppose que j'ai tout gâché, alors. Peut-être pourriez-vous me rappeler ce que je devrais vous offrir en pareille situation ?

— Je ne sais pas, c'est la première fois qu'on m'enlève au milieu de la nuit et qu'on m'emmène dans une maison abandonnée... J'aimerais rentrer chez moi. Me coucher.

— Cela peut s'arranger sans que vous retourniez chez vous, vous savez.

Elle émit un petit bruit exaspéré.

— Michael !

Il détestait l'entendre prononcer son prénom.

*Non, il mentait.*

— Bourne.

— Bourne, répéta-t-elle en le regardant droit dans les yeux. Eh bien, vous avez raison. Me promener dans les bois au milieu de la nuit était idiot. Je me rends compte que j'aurais pu être agressée. Ou enlevée. Ou pire. Et je suis prête à admettre que vous m'avez donné une bonne leçon.

— C'est très aimable de votre part.

Comme elle tentait à nouveau de le contourner, il lui barra le chemin. Elle s'arrêta et darda sur lui un regard brillant de ce qu'il supposa être de la frustration.

— Je suis aussi prête à passer sur le fait que vous avez enfreint gravement les convenances en me déplaçant – physiquement – d'un lieu public à un autre complètement inapproprié… et trop privé.

— Et n'oubliez pas la fessée.

— Cela, aussi. C'est tout à fait… inconvenant.

— Les convenances ne semblent pas vous avoir menée bien loin.

Elle se raidit, et il sut qu'il avait fait mouche. Un regret stupide l'envahit brièvement. Il s'empressa de le refouler.

Il projetait de l'épouser, certes, mais pas de l'aimer.

— J'ai des projets pour vous, Pénélope, et vous n'irez nulle part cette nuit.

Il lui tendit la bouteille de whisky et reprit, très sérieux :

— Buvez. Cela vous calmera en attendant demain.

— Que doit-il se passer demain ?

— Demain, nous nous marierons.

# 4

Pénélope arracha la bouteille des mains de Michael et songea un instant à la vider, la situation lui apparaissant idéale pour commencer une vie d'excès.

— Je ne vous épouserai pas !

— Je crains que ce ne soit fait.

— Ce n'est pas fait du tout, voyons ! protesta-t-elle, indignée.

La bouteille pressée contre son sein, elle fit un pas, puis deux vers la porte, et dut de nouveau s'arrêter, sa cape touchant la sienne. Refusant de céder, elle croisa le regard noisette de Michael.

— Écartez-vous, lord Bourne, je rentre chez moi. Vous êtes un fou et un malotru.

— Quel ton, railla-t-il. Vous allez devoir trouver une autre solution, car je ne suis pas d'humeur à me déplacer.

— Ne m'obligez pas à faire quelque chose que je regretterai.

— Pourquoi le regretter ? dit-il, soulevant du doigt le menton de la jeune femme. Pauvre Pénélope, qui a tellement peur de prendre des risques.

*Pauvre Pénélope.*

L'expression la hérissa.

— Je n'ai pas peur de prendre des risques. Ni de vous.

— Non ?

— Non.

Il se pencha sur elle. Si près que son parfum de cèdre et de bergamote l'enveloppa tout entière. Si près qu'elle remarqua que ses yeux avaient pris une jolie teinte mordorée.

— Prouvez-le, la défia-t-il.

Sa voix était basse et légèrement rocailleuse, et un frisson couru le long de la colonne vertébrale de Pénélope.

Il s'approcha encore, elle sentit sa chaleur tandis que ses doigts se refermaient sur sa nuque pour l'empêcher de s'écarter. Comme s'il la voulait. Comme s'il était venu pour elle.

Ce qui était faux, bien sûr. Car, sans Falconwell, il n'aurait jamais remis les pieds dans le Surrey. Elle ferait bien de ne pas l'oublier.

Il ne la voulait pas plus que les autres hommes. Il était comme eux.

Indignée, elle leva les mains sans lâcher la bouteille de whisky et poussa Michael de toutes ses forces – des forces insuffisantes naturellement pour lutter contre un homme de ce gabarit, mais auxquelles s'ajouta l'effet de surprise.

Il chancela, et elle se rua en avant. Elle avait presque atteint la porte lorsqu'il la rattrapa, lui agrippa le bras et la fit pivoter face à lui.

— Laissez-moi partir ! cria-t-elle, furieuse.

— Impossible. J'ai besoin de vous.

— Pour Falconwell.

Il ne répondit pas. C'était inutile. *Il la compromettait.* Comme s'ils vivaient au Moyen Âge. Comme si elle n'était qu'un bien. Comme si elle ne valait rien en dehors des terres attachées à sa personne par le mariage.

Cette pensée l'accabla.

Il était pire que les autres hommes.

— Dommage pour vous, mais je suis déjà promise, lança-t-elle.

— Après cette nuit, vous ne le serez plus, affirma-t-il. Personne ne vous épousera lorsque vous aurez passé la nuit seule avec moi.

Ces mots auraient pu exprimer une menace. Au lieu de quoi, ils établissaient un fait. Cet homme était le pire des scélérats. Dès le lendemain, la réputation de Pénélope serait en miettes.

Il ne lui avait pas laissé le choix.

Comme son père un peu plus tôt.

Comme le duc de Leighton par le passé.

De nouveau, un homme la piégeait.

— Est-ce que vous l'aimez ?

La question la prit de court.

— Je vous demande pardon ?

— Votre fiancé. Vous croyez-vous très amoureuse ?

Le ton était ironique, comme si l'amour et Pénélope formaient une association risible.

— Êtes-vous follement heureuse ?

— Cela a-t-il une importance ?

Elle l'avait surpris. Elle le vit dans son regard avant qu'il ne croise les bras et hausse un sourcil narquois.

— Pas le moins du monde.

Une rafale de vent froid s'engouffra dans la cuisine, et Pénélope resserra sa cape autour d'elle. Michael marmonna – probablement un juron –, ôta sa cape, puis sa redingote, les plia avec soin avant de les déposer sur le bord de l'immense évier creusé dans la pierre.

— Reculez, ordonna-t-il en s'emparant de la hache plantée dans la table.

Avant qu'elle ait compris quelle mouche le piquait, il brandit l'outil au-dessus de sa tête. Sidérée, Pénélope battit en retraite dans un coin de la pièce.

Il était magnifiquement bâti, nota-t-elle.

Les muscles gonflés sous le tissu de sa chemise, les doigts serrés sur le manche, il laissa la lame d'acier retomber avec un bruit sourd sur le panneau de chêne, projetant une volée d'échardes.

Il plaqua la main sur la table, arracha la hache du bois. Puis il vérifia d'un coup d'œil que Pénélope était hors d'atteinte d'un projectile éventuel – réaction qu'elle ne put s'empêcher de trouver réconfortante – et attaqua de nouveau la table d'un grand coup de hache.

La lame s'enfonça dans le bois mais la table tint bon.

Secouant la tête, il s'en prit à l'un des pieds.

*Vlan.*

Le regard de Pénélope s'attarda sur le pantalon de laine qui moulait ses cuisses. Elle ne devrait pas remarquer… elle ne devrait pas prêter attention à toute cette… virilité.

Mais elle n'avait jamais vu des jambes aussi musclées.

*Vlan !*

Elle n'avait jamais imaginé que ce spectacle pouvait être aussi… fascinant.

*Vlan !*

C'était plus fort qu'elle.

*Vlan !*

Des morceaux de bois jaillirent, et le pied se brisa sous le poids du plateau dont l'extrémité tomba sur le sol. Michael jeta la hache de côté, empoigna le moignon encore en place et l'arracha.

Il se retourna vers la jeune femme en tapotant le bout du pied de la table sur la paume de son autre main.

— Victoire, annonça-t-il.

Comme si la table pouvait résister.

— Bravo, fit-elle, ne sachant que dire d'autre.

— Vous n'en avez pas profité pour vous sauver.

— Non, en effet, admit-elle, bien qu'elle n'aurait su dire ce qui l'avait retenue.

Il posa le pied de la table sur l'évier, récupéra sa redingote qu'il défroissa avec soin avant de l'enfiler.

Le vêtement, bien coupé, mettait en valeur le physique parfait dont elle avait eu un aperçu.

Non, il fallait qu'elle arrête.

— Je ne vous épouserai pas, déclara-t-elle.

Il tira sur les poignets de sa chemise, et essuya une tache d'humidité sur la manche de sa redingote.

— Vous feriez un mari épouvantable.

— Je n'ai jamais prétendu le contraire.

— Alors, vous me condamneriez à une vie de malheur ?

— Il le faut. Mais votre malheur n'est pas mon objectif, si cela peut vous consoler.

Elle cilla. Il était sérieux. Cette conversation absurde avait vraiment lieu.

— Et c'est tout ce que vous avez trouvé pour me convaincre ?

Il haussa négligemment une épaule.

— Je ne me leurre pas. Le but du mariage n'est pas le bonheur de l'un ou de l'autre, ni même des deux. Mon but à moi est de rabouter les terres de Falconwell au manoir et, malheureusement pour vous, il nous faut nous marier pour que j'y parvienne. Je ne serai pas un bon mari, mais je n'ai pas non plus la moindre envie de vous garder à portée de main.

Tant de franchise était déconcertante. Pénélope était abasourdie. Il ne feignait même pas de l'intérêt. De la sollicitude.

— Je vois, murmura-t-elle.

— Vous pourrez avoir tout ce que vous voudrez, aller où bon vous semblera. J'ai assez d'argent pour que vous le gaspilliez à faire tout ce que les femmes dans votre genre aiment faire.

— Les femmes dans mon genre ?

— Les vieilles filles qui rêvent d'autre chose.

L'air parut quitter la pièce avec un sifflement sinistre. Quelle horrible description ! Horrible et exacte. Une vieille fille qui rêve d'autre chose. C'était comme si, caché derrière un rideau du salon de Needham Manor, il avait été témoin de sa frustration lorsque Thomas l'avait demandée en mariage. Comme s'il avait senti l'envie d'autre chose qui l'habitait.

Eh bien, ceci en tout cas était autre chose que tout ce qu'elle aurait pu imaginer.

Il tendit la main et lui caressa la joue du bout du doigt, lui arrachant un tressaillement.

— Ne faites pas cela, souffla-t-elle.

— Vous allez m'épouser, Pénélope.

Elle écarta vivement la tête, refusant qu'il la touche.

— Pourquoi le devrais-je ?

— Parce que, ma chérie, articula-t-il d'une voix lourde de promesses, tout en faisant glisser son doigt sur le cou de la jeune fille, demain matin, personne ne croira que je ne vous ai pas compromise.

Il attrapa le haut de sa robe et de sa chemise, tira d'un coup sec, dénudant Pénélope jusqu'à la taille.

Elle poussa un cri et lâcha la bouteille pour plaquer sa robe sur sa poitrine. Le whisky l'aspergea dans sa chute.

— Vous… vous…

— Prenez votre temps, chérie, dit-il en reculant pour admirer son œuvre. J'attendrai que vous ayez trouvé les mots qui vous manquent.

Pénélope étrécit les yeux. Elle n'avait pas besoin de mot. Elle avait besoin d'une cravache.

N'en ayant pas, elle fit la seule chose qui lui vint à l'esprit. Elle gifla Michael de toutes ses forces – le bruit mat de la chair contre la chair aurait été immensément satisfaisant si elle n'avait été aussi humiliée.

La tête de Michael pivota sous le choc et il porta spontanément la main à sa joue. Pénélope recula vers la porte et s'écria d'une voix tremblante :

— Je n'épouserai jamais… *jamais*… un homme comme vous. Avez-vous oublié tout ce que vous étiez ? Tout ce que vous auriez pu être ? On dirait que vous avez été élevé par des loups.

Elle tourna les talons, et fit ce qu'elle aurait dû faire dès qu'elle l'avait aperçu dans le bois : elle s'enfuit

Ouvrant la porte à la volée, elle s'élança aveuglément en direction de Needham Manor. Elle n'avait pas parcouru plus de quelques mètres lorsqu'un bras d'acier s'enroula autour de sa taille et la souleva du sol.

— Lâchez-moi ! Brute ! Au secours !

Elle se débattit comme un beau diable et son pied heurta le tibia de Michael qui fulmina :

— Tenez-vous tranquille, espèce de harpie !

Elle redoubla d'efforts.

— Au secours ! À l'aide !

— Il n'y a personne à deux kilomètres à la ronde.

Les mots aiguillonnèrent Pénélope, et il grogna lorsque son coude entra en contact avec son flanc alors qu'ils regagnaient la maison.

— Posez-moi ! hurla-t-elle.

— Pas question, dit-il en traversant la cuisine.

— Comment comptez-vous procéder ? demanda-t-elle sans cesser de se débattre. Me violer et me rendre à mon père une fois déshonorée ?

Michael ouvrit une porte et ils se retrouvèrent dans un long couloir d'où partait l'escalier de service. Tendant la main, elle agrippa la rampe.

Il s'arrêta, et attendit qu'elle la lâche.

— Je ne viole pas les femmes, dit-il d'un ton patient. À moins qu'elles ne me le demandent très gentiment.

La déclaration la fit réfléchir.

Bien sûr qu'il ne la violerait pas. La compromettre suffirait. Il ne voyait en elle que la personne très ennuyeuse et très correcte qui se tenait entre lui et ce qui lui appartenait de plein droit.

Était-ce mieux ou pire ? Elle l'ignorait. Mais cela la blessa. Il se souciait si peu d'elle qu'il ne se donnait même pas la peine de feindre un quelconque intérêt. D'essayer de la séduire.

Il se servait d'elle pour mettre la main sur Falconwell.

Mais n'était-ce pas aussi le cas de Thomas ?

Si, bien sûr. En la regardant, Thomas n'avait pas vu le bleu de ses yeux, mais le bleu du ciel du Surrey au-dessus de Falconwell. Certes, il était son ami, mais ce n'était pas pour cette raison qu'il l'avait demandée en mariage.

Au moins Michael était-il honnête.

— C'est la meilleure demande en mariage que vous pourrez espérer désormais, Pénélope, dit-il doucement.

Elle lâcha la rampe.

— Votre réputation n'est pas usurpée.

— Oui. Et ceci n'est pas ce que j'ai fait de pire. Sachez-le, dit-il en la reposant sur la marche au-dessus de lui.

Il ne se vantait pas, elle n'en doutait pas.

Imaginer ce que serait la vie avec ce nouveau et étrange Michael était impossible. Un homme qui attaquait une table de cuisine à la hache ? Et transportait une femme hurlante sur son épaule dans une maison abandonnée ?

Ce ne serait en tout cas pas un mariage normal selon les critères de la bonne société.

Elle le regarda au fond des yeux.

— Si je vous épouse, ma réputation sera ruinée.

— Le grand secret, c'est qu'une réputation ruinée n'est pas aussi dramatique que la bonne société voudrait le faire croire à ceux qu'elle cherche à retenir en son sein. Cela donne accès à des libertés qui ne sont pas négligeables.

Il parlait d'expérience.

— Il ne s'agit pas seulement de moi, répliqua-t-elle. Mes sœurs en subiront les conséquences. Elles n'auront plus la moindre chance de trouver un bon parti. Tout le monde les croira aussi... scandaleuses que moi.

— Je ne me soucie pas de vos sœurs.

— Moi, si.

— Êtes-vous certaine d'être en mesure d'exiger quoi que ce soit ?

Non, elle n'en était pas du tout certaine. Mais elle tint bon.

— Vous oubliez qu'aucun pasteur ne nous mariera si je refuse.

— Vous pensez que je n'irais pas raconter dans tout Londres que je vous ai compromise ?

— Je le pense, oui.

— Vous vous trompez. L'histoire que je concocterai fera rougir les plus endurcies des prostituées.

Ce fut Pénélope qui rougit, mais elle refusa de se laisser impressionner. Inspirant profondément, elle sortit sa meilleure carte.

— Je n'en doute pas, mais en ruinant ma réputation, vous ruineriez aussi vos chances en ce qui concerne Falconwell.

Il se raidit. Le souffle court, Pénélope attendit sa réponse.

— Quel est votre prix ?

*Elle avait gagné.*

Elle eut envie de crier victoire, mais un reste de prudence l'en empêcha.

— Cette nuit ne doit pas affecter la réputation de mes sœurs.

— Vous avez ma parole.

— La parole d'un scélérat notoire ? répliqua-t-elle, la main crispée sur sa robe déchirée.

Elle s'obligea à ne pas frémir lorsque, se penchant vers elle, il déclara d'une voix lourde de menace :

— Il y a de l'honneur chez les voleurs, Pénélope. Et deux fois plus chez les joueurs.

Elle avala péniblement sa salive.

— Je... je ne suis ni l'un ni l'autre.

— Taratata, murmura-t-il, et elle eut l'impression de sentir ses lèvres lui effleurer la tempe. Vous êtes une joueuse-née. Il ne vous manque que quelques leçons.

Nul doute qu'il pouvait lui enseigner plus de choses qu'elle ne l'imaginait.

Elle chassa cette pensée – et les images incongrues qui l'accompagnaient – comme il ajoutait :

— Nous sommes d'accord ?

L'euphorie de la victoire avait fui, chassée par la peur. Elle aurait aimé voir les yeux de Michael.

— Ai-je le choix ?

— Non, répondit-il.

Nulle trace de chagrin ou de remords dans sa voix. Juste une froide honnêteté.

Il lui tendit la main, paume ouverte.

*Hadès offrant des pépins de grenade.*

Si elle s'en emparait, sa vie changerait radicalement. Il n'y aurait pas de retour en arrière possible. Mais y en avait-il encore ? Rassemblant le tissu déchiré de sa robe dans une seule main, elle prit la sienne.

Il la précéda dans l'escalier. Sa lanterne était la seule source lumineuse dans les ténèbres, et Pénélope ne put s'empêcher de s'accrocher à lui. Elle aurait aimé avoir le courage de le lâcher, de lui résister au moins sur ce point, mais il y avait quelque chose de mystérieux et d'effrayant – qui n'avait rien à voir avec l'obscurité – dans cette lente montée des marches et elle ne put s'y résoudre.

— Vous avez toujours peur du noir ? demanda-t-il soudain.

La référence à leur enfance la déconcerta.

— C'était un trou de renard. Il aurait pu y avoir n'importe quoi à l'intérieur.

— Par exemple ?

— Un renard, peut-être.

— Il n'y avait pas de renard dans ce trou.

Il avait vérifié. Sinon elle aurait refusé d'y entrer.

— Eh bien, quelque chose d'autre. Un ours, peut-être.

— Ou peut-être que vous aviez tout simplement peur du noir.

— C'est possible. Mais c'est fini.

— Vraiment ?

— Je suis sortie dans le noir ce soir, non ?

Le palier de l'escalier donnait sur un couloir dont on ne distinguait pas l'extrémité.

— C'est vrai, reconnut-il.

Lorsqu'il lui lâcha la main pour ouvrir une porte, Pénélope se sentit abandonnée, ce qui l'agaça grandement.

— Je vais vous dire quelque chose, Pénélope, lui chuchota-t-il à l'oreille. Si vous n'avez pas de raison de craindre le noir, vous avez tout à fait raison de redouter ce qui s'y tapit.

Le ventre noué, le souffle court, Pénélope s'avança sur le seuil de la pièce obscure et plissa les yeux pour tenter d'y voir. Michael passa devant elle en murmurant :

— Allons, courage.

La lumière de sa lanterne se mit à danser sur les murs de la petite pièce, jetant une lueur dorée sur les tentures rose fané. Une cheminée occupait presque tout un panneau, deux fenêtres un autre ; l'espace était exigu.

Tandis que Michael s'accroupissait pour faire du feu, Pénélope s'approcha d'une fenêtre et contempla le paysage neigeux sur lequel la lune jetait ses rayons livides.

— Quelle chambre est-ce ? s'enquit-elle. Je n'y suis jamais venue.

— Vous n'en avez sans doute pas eu l'occasion. C'était le boudoir de ma mère.

Elle se remémora la marquise. C'était une grande et belle femme avec un sourire aimable et un regard bienveillant. On l'imaginait sans peine se retirer dans cette petite pièce à l'écart.

— Michael, commença-t-elle en se tournant vers lui. Je n'ai jamais eu l'occasion de…

Elle hésita, cherchant les mots justes.

— C'est inutile. Ce qui est arrivé est arrivé.

La froideur de son ton la choqua.

— J'ai écrit, reprit-elle. Je ne sais pas si vous avez reçu ma…

— C'est possible, coupa-t-il, la tête dans la cheminée pour allumer le feu. Beaucoup de gens ont écrit.

La désinvolture de sa réponse la blessa. La nouvelle de la mort du marquis et de la marquise de Bourne dans un accident de voiture l'avait anéantie. Contrairement à ses propres parents, qui semblaient n'entretenir que des rapports courtois, les parents de Michael paraissaient s'aimer sincèrement, aimer leur fils, aimer même Pénélope.

Elle lui avait écrit des dizaines de lettres durant des années, avant que son père refuse d'en poster d'autres. Elle avait pourtant continué à écrire, dans l'espoir qu'il apprenne d'une façon ou d'une autre qu'elle pensait à lui. Qu'il avait toujours des amis à Falconwell même s'il se sentait très seul. Elle avait imaginé qu'un jour il reviendrait.

Il n'était pas revenu. Et elle avait cessé de l'attendre.

Une étincelle jaillit et les brindilles prirent feu. Il se redressa.

— Il faudra vous contenter de la lumière des flammes. Votre lanterne est restée dehors.

— Je m'en contenterai, acquiesça-t-elle, ravalant sa tristesse.

— Ne quittez pas cette pièce. La maison est délabrée, vous risqueriez de passer au travers d'un plancher, et je ne vous ai pas encore épousée.

Sur ce, il tourna les talons et sortit.

# 5

Elle se réveilla avec le nez glacé et le reste de sa personne bouillant.

Désorientée, elle cligna des yeux à plusieurs reprises avant de reconnaître l'endroit où elle se trouvait à la lueur des braises rougeoyantes.

Elle était allongée sur le dos dans le nid de couvertures qu'elle avait disposé avant de tomber de sommeil ; une autre grande couverture qui sentait merveilleusement bon – un mélange de bergamote et de tabac – la recouvrait.

Elle tourna la tête.

*Michael.*

Au choc initial succéda un flot de panique.

*Michael dormait à côté d'elle.*

Enfin, pas exactement à côté d'elle. Contre elle.

Il était couché sur le flanc, la tête sur son bras replié, l'autre bras reposant sur Pénélope. Elle prit une brève inspiration en découvrant à quel point sa main se trouvait près de certains endroits de son anatomie… qu'on n'était pas censé toucher.

Non qu'il y ait beaucoup d'endroits autorisés.

Le bras de Michael n'était pas l'unique problème. Il était carrément pressé contre elle, torse, bras, jambes et… le reste. Elle n'aurait su dire si elle était horrifiée ou excitée.

*Les deux ?*

Mieux valait ne pas s'interroger trop avant.

Elle se tourna vers lui, s'efforçant d'éviter tout geste ou bruit inutiles, mais incapable d'ignorer la caresse de son bras tandis qu'elle pivotait dessous. Une fois face à lui, elle expira doucement et réfléchit à la suite.

Après tout, ce n'était pas tous les jours qu'elle se réveillait dans les bras – enfin, sous le bras – d'un gentleman. Quoiqu'il ne soit plus vraiment un gentleman.

Éveillé, il était tout en angles et en tension – mâchoires serrées comme s'il se contenait en permanence. Mais à présent, plongé dans le sommeil, la peau dorée par la lueur des braises, il était…

À couper le souffle.

Les angles étaient toujours là, bien nets, comme sculptés par un artiste, ainsi que la mâchoire carrée, le nez droit, la courbe parfaite des sourcils, et les cils incroyablement longs et fournis.

Quant aux lèvres, elles formaient plus une ligne sévère, mais étaient pleines et entrouvertes. Si celles du petit garçon avaient été promptes à sourire, celles de l'homme apparaissaient dangereusement attirantes. Combien de femmes avait-il embrassées ? se demanda-t-elle tandis qu'elle en suivait les courbes du regard. Et une autre question suivit aussitôt : sa bouche était-elle douce ou ferme, traîtresse ou accueillante ?

Elle soupira.

Dieu qu'elle avait envie d'y goûter !

Une telle pensée était si étrangère à la jeune fille sage qu'elle avait toujours été qu'elle se pétrifia.

Michael était devenu un animal, se rappela-t-elle. Grossicr, égoïste, insensible, très éloigné du garçon qu'elle avait connu et surtout du mari qu'elle avait imaginé. Les pensées de Pénélope revinrent à la soirée de la veille, au vieux mari ennuyeux auquel le destin semblait la condamner.

Non. Michael n'avait rien de commun avec cet époux-là.

Peut-être était-ce pour cela qu'elle avait envie de lui effleurer les lèvres. De plonger les doigts dans ses cheveux bruns, aussi ondulés qu'autrefois mais sans le désordre insouciant de la jeunesse.

Oui. Caresser ces cheveux était très tentant.

*Les cheveux de l'homme qu'elle allait épouser.*

Sa main se leva d'elle-même.

— Michael, souffla-t-elle sans réfléchir lorsque ses doigts frôlèrent les mèches soyeuses.

Il ouvrit aussitôt les yeux, et ses doigts se refermèrent sur le poignet de Pénélope en une étreinte d'acier.

— Pardon, murmura-t-elle. Je ne voulais pas…

Il la lâcha et drapa de nouveau le bras en travers du ventre de Pénélope.

Elle avala sa salive, hésita, puis dit la seule chose qui lui vint à l'esprit :

— Vous êtes dans mon lit.

Comme il ne répondait pas, elle insista :

— Cela ne se…

Elle s'interrompit, gênée.

— Cela ne se fait pas ? suggéra-t-il.

Sa voix était rauque de sommeil et pourtant si douce que Pénélope ne put retenir un frisson d'émoi. Elle hocha la tête.

Comme il ôtait le bras, elle s'efforça d'ignorer la pointe de regret qui l'assaillit.

— Que faites-vous là ?

— Je dormais.

— Je veux dire, pourquoi êtes-vous dans mon lit ?

— Ce n'est pas votre lit, Pénélope. C'est le mien.

Que répondre à cela ? Discuter du lit de Michael n'était pas convenable. Ni du sien, d'ailleurs.

Il bascula sur le dos, déplia le bras qui était glissé sous sa joue, et s'étira voluptueusement avant de se tourner de l'autre côté.

Elle essaya de se rendormir. Vraiment.

En commençant par examiner la façon dont le tissu de la chemise de Michael se tendait sur ses épaules. Elle était dans un lit. Avec un homme. Un homme qui, bien qu'il ait décidé de l'épouser, n'était pas encore son mari. La situation aurait dû la scandaliser au plus haut point. Et pourtant… quoi que penserait sa mère lorsqu'elle l'apprendrait, Pénélope n'était pas scandalisée.

Ce qui était quelque peu décevant. Apparemment, même lorsqu'elle se trouvait face à la possibilité d'une aventure, elle s'arrangeait pour que cela n'en soit pas une.

Son futur mari avait beau avoir une épouvantable réputation… elle n'était pas le genre de femme qui poussait au péché. C'était on ne peut plus évident.

Même à présent, alors qu'ils étaient seuls dans une maison à l'abandon, elle ne parvenait pas à capter son attention.

Elle lâcha un soupir et il tourna la tête vers elle, lui offrant un point de vue imprenable sur une oreille parfaitement ourlée.

C'était la première fois qu'elle remarquait l'oreille de quelqu'un.

— Qu'est-ce que c'est ? demanda-t-il d'une voix ensommeillée.

— Quoi donc ?

Il se remit sur le dos et repoussa la couverture, découvrant l'un des bras de Pénélope qui sentit l'air froid. Il répondit, s'adressant au plafond :

— Je connais assez les femmes pour savoir que leurs soupirs ne sont jamais uniquement des soupirs. Ils peuvent indiquer deux choses. Celui-ci indique le déplaisir féminin.

— Que vous l'ayez reconnu ne m'étonne pas, dit Pénélope qui, cédant à la curiosité, ajouta : Et l'autre, qu'indique-t-il ?

Il vrilla sur elle son beau regard noisette.

— Le plaisir féminin.

— Oh !

Elle sentit ses joues s'embraser.

— Cela vous ennuierait de me dire ce qui vous rend malheureuse ? s'enquit-il en regardant de nouveau le plafond.

— Rien.

— Le couchage est inconfortable ?

— Non.

Les couvertures rassemblées sous elle formaient un matelas moelleux.

— Vous avez peur ?

Elle réfléchit une seconde.

— Non. Je le devrais ?

— Je ne maltraite pas les femmes, assura-t-il en lui jetant un coup d'œil.

— Vous vous contentez de les enlever et de les fesser ?

— Vous avez mal ?

— Non.

Estimant la conversation finie, il lui tourna de nouveau le dos. Elle fixa longuement ce dernier, puis, fatigue ou exaspération, elle lâcha :

— C'est juste que, lorsqu'une femme se fait enlever et se retrouve contrainte au mariage, elle espère un peu plus de… d'aventure. Un peu plus d'enthousiasme.

Il se retourna avec une lenteur exaspérante, ce qui permit à Pénélope de prendre pleinement conscience de la situation : ils étaient allongés à quelques centimètres l'un de l'autre, sur un grabat de fortune mais douillet, dans une maison vide, recouverts tous deux de la même couverture – qui n'était autre que la cape de Michael. Se plaindre du manque d'aventure était sans doute excessif.

D'autant qu'elle n'était pas certaine d'être prête à en affronter davantage.

— Je ne voulais pas dire…

— Oh, je trouve que vous vous faites très bien comprendre ! déclara-t-il d'une voix grave, et soudain elle ne fut pas certaine non plus de ne pas avoir peur. Vous me trouvez ennuyeux ?

— Pas *vous*… C'est l'ensemble… tenta-t-elle d'expliquer avec un geste de la main qui souleva la couverture. Mais peu importe, n'y pensons plus.

Le regard de Michael était rivé sur elle, intense et implacable, et, bien qu'il n'ait pas bougé, il apparaissait soudain plus grand, plus impressionnant. Elle avait du mal à respirer comme s'il avait aspiré tout l'air de la pièce.

— Que puis-je faire pour vous rendre cette nuit plus satisfaisante ?

La façon dont il avait prononcé le mot « satisfaisante » fit battre le cœur de Pénélope et lui tourneboula l'estomac.

La nuit devenait très, très aventureuse, semblait-il.

— Ne faites rien, répondit-elle d'une voix anormalement aiguë. Tout va bien.

— Bien ?

— Très bien. La soirée a été palpitante, assura-t-elle avant de feindre un bâillement. Au point que je suis épuisée. Je vous souhaite une bonne nuit.

Sur ce, elle fit mine de lui tourner le dos.

— Je ne crois pas, jeta-t-il en lui attrapant le poignet pour arrêter son mouvement. Je déteste l'idée que cette soirée ne vous ait pas… comblée.

*Comblée.*

Le sous-entendu était si embarrassant que Pénélope dut prendre une profonde inspiration pour calmer son trouble. En vain.

La main de Michael se posa résolument sur sa hanche, et aussitôt toutes ses facultés de perception se concentrèrent sur cet endroit. Il ne l'attira pas à lui, ne l'agrippa pas. Elle savait qu'elle pouvait s'écarter… qu'elle le devrait… et cependant…

Elle ne le voulait pas.

Elle demeurait immobile, chancelant au bord d'un abîme qui exerçait sur elle une attraction violente.

Elle croisa le regard de Michael, sombre à la lueur du feu, et quêta silencieusement son aide.

Il se contenta de murmurer :

— À vous de jouer, Pénélope.

Elle en resta bouche bée. C'était la première fois de sa vie qu'un homme lui donnait la possibilité de choisir ce qui lui convenait.

Le comble de l'ironie voulait que ce soit cet homme-là. Celui qui lui avait enlevé toute possibilité de choix en l'espace de quelques heures.

Mais soudain elle était là, la liberté qu'il avait évoquée. Celle qu'il avait promise. Le pouvoir de choisir la grisa.

— Embrassez-moi, dit-elle.

Déjà, il s'approchait, capturait les mots sur ses lèvres.

*Cher M.*

*C'est carrément épouvantable ici – aussi chaud qu'en enfer au beau milieu de la nuit. Je suis sûre que je suis la seule à être encore éveillée, mais comment dormir au cœur de l'été dans le Surrey ? Si vous étiez là, je suis sûre que nous serions en train de faire mille bêtises au bord du lac.*

*Je l'avoue, j'aimerais aller me promener… mais je suppose que c'est une chose que les jeunes filles de bonne famille ne font pas, n'est-ce pas ?*

*Chaudement, P.*

*Needham Manor, juillet 1815*

***

*Chère P.*

*Taratata. Si j'étais là,* je *ferais des bêtises pendant que vous énuméreriez tous les châtiments que nous encourrions.*

*Je ne sais pas très bien ce que les jeunes filles de bonne famille doivent ou ne doivent pas faire, mais vos secrets ne risquent rien avec moi, même si votre gouvernante ne les approuve pas. Surtout si elle ne les approuve pas.*

*M.*

*Eton College, juillet 1815*

Pénélope Marbury avait un secret.

Ce n'était pas un secret d'importance, rien qui risque de faire tomber le Parlement ou de renverser le roi... rien qui puisse détruire sa famille, ni celle de quelqu'un d'autre... mais c'était tout de même un secret qui la tourmentait beaucoup et auquel elle s'efforçait de ne pas penser.

Il se trouvait que, jusqu'à ce soir-là, Pénélope avait mené une vie parfaitement convenable. Après avoir été une enfant sage, elle était devenue un modèle de bienséance et avait fait tout ce qu'on attendait d'une jeune fille de bonne famille.

À ceci près que, bien courtisée par une poignée de messieurs et même fiancée à l'un des hommes les plus puissants d'Angleterre – lequel montra ensuite qu'il savait très bien manifester de la passion quand le désir l'y poussait –, Pénélope Marbury n'avait jamais été embrassée.

C'était parfaitement ridicule, elle le savait.

On était en 1831, pour l'amour du ciel ! Les jeunes filles humidifiaient leurs jupons et dévoilaient de larges portions de peau, et elle savait, pour avoir quatre sœurs, qu'une chaste caresse des lèvres de la part d'un soupirant n'était en rien condamnable.

Sauf que cela ne lui était jamais arrivé avant cette nuit et que ce baiser-là n'avait rien de chaste.

Michael s'écarta juste assez pour murmurer :

— Arrêtez de penser.

*Comment le savait-il ?*

Peu importait. L'essentiel était qu'il aurait été grossier d'ignorer sa requête.

Aussi s'abandonna-t-elle à la sensation inédite des lèvres de Michael, à la fois fermes et douces, sur les siennes, à son souffle haletant sur sa joue, à la caresse de ses doigts sur son cou, puis sous son menton tandis qu'il le lui soulevait pour accéder plus facilement à sa bouche.

— C'est beaucoup mieux, souffla-t-il.

Un petit cri étouffé échappa à Pénélope lorsqu'il reprit ses lèvres et se permit une caresse stupéfiante… et délicieuse.

Était-ce là sa *langue* ?

Elle se promenait sur les lèvres closes de Pénélope, cherchant à les lui entrouvrir avec une telle habileté qu'elle n'eut d'autre choix que de céder. La langue audacieuse se mit à jouer avec la sienne et elle se demanda s'il était possible que l'on devienne fou de plaisir.

Sûrement, tous les hommes n'embrassaient pas de cette façon…

Il s'écarta.

— Vous pensez de nouveau.

En effet. Elle pensait qu'il était magnifique.

— C'est plus fort que moi.

— Alors, c'est que je m'y prends mal.

Doux Jésus… S'il s'y prenait ne serait-ce qu'un tout petit peu mieux, sa santé mentale serait gravement menacée.

Peut-être l'était-elle déjà.

Ce qui lui était parfaitement égal tant qu'il continuait.

Les mains de Pénélope se levèrent d'elles-mêmes, plongèrent dans les cheveux de Michael, l'attirèrent plus près, jusqu'à ce que leurs lèvres se rejoignent, et cette fois… cette fois, elle lui rendit son baiser. Elle savoura le son rauque qui monta de la gorge de

Michael – et qui lui apprit qu'en dépit de son manque total d'expérience elle avait fait ce qu'il fallait.

Les mains de Michael remontèrent plus haut, puis plus haut encore, et elle sut qu'elle mourrait s'il ne la touchait pas… là, sur les seins, si elles ne s'insinuaient pas perfidement sous le tissu de sa robe – tissu qu'il avait déchiré pour la compromettre sans se donner la peine de la séduire.

Elle fit glisser sa main le long du bras de Michael afin d'accentuer la pression de ses doigts sur sa poitrine, et ne put se retenir de murmurer son nom contre ses lèvres.

Il s'écarta, rabattit la cape qui les recouvrait et repoussa ce qui restait des vêtements de Pénélope. Sa main revint sur elle, flatteuse, attentive, perfide. Elle se cambra vers lui.

— Vous aimez cela ?

Elle entendit la réponse dans sa question. Il savait qu'elle n'avait jamais rien éprouvé d'aussi intense.

— Je ne devrais pas, dit-elle en maintenant la main de Michael sur elle.

— Mais vous aimez cela.

Il l'embrassa à la base du cou tandis que ses doigts experts trouvaient l'endroit où elle désirait tant être caressée.

— Parlez-moi.

— C'est incroyable, articula-t-elle.

— Continuez, murmura-t-il tout en soulevant l'un de ses seins.

Il le contempla tandis que l'extrémité durcissait, et Pénélope se sentit soudain affreusement embarrassée. Elle connaissait ses imperfections, et souhaita mille fois être ailleurs, plutôt que dans les bras de ce magnifique spécimen de virilité.

Elle voulut remonter la cape sur elle pour se protéger de son regard. De peur qu'il ne la juge.

*De peur qu'il ne se ravise.*

Vif comme l'éclair, il lui saisit le poignet.

— Non, gronda-t-il. Ne vous cachez jamais de moi.

— Je ne peux pas m'en empêcher. Je ne veux pas… vous ne devriez pas regarder.

— Vous devez être folle pour croire que je ne vais pas vous regarder.

Il poussa la cape hors de portée de Pénélope, et déchira davantage sa robe.

Il l'examina longuement, jusqu'à ce qu'elle ne supporte plus son regard tant elle craignait qu'il ne la rejette. Car c'était au rejet qu'elle était habituée. Au rejet, au refus, au désintérêt. Et elle ne pensait pas pouvoir supporter cela de nouveau. De sa part. Ce soir.

Elle ferma les yeux et inspira profondément, attendant qu'il se détourne. Elle était sûre qu'il allait s'écarter.

Lorsque les lèvres de Michael se posèrent sur les siennes, elle crut qu'elle allait pleurer.

Et voilà qu'il s'emparait de sa bouche en un long baiser profond, et que la honte et la gêne cédaient la place au désir.

Un doigt entreprit de dessiner un cercle paresseux à l'extrémité de son sein, comme s'ils avaient tout leur temps, et un flot de plaisir l'envahit, là… et en d'autres endroits encore plus scandaleux.

— Vous aimez cela ? demanda-t-il.

Pénélope se mordit la lèvre et hocha la tête.

— Dites-le.

— Oui… oui, c'est fabuleux.

Elle savait qu'elle devait apparaître innocente et dépourvue de sophistication, mais elle ne pouvait s'empêcher d'être émerveillée.

Les doigts de Michael continuaient de s'activer.

— Tout devrait être fabuleux. Dites-moi si ce n'est pas le cas, et je ferai en sorte que ça le soit.

Il l'embrassa dans le cou, laissa courir ses dents sur sa peau.

— Et cela, c'est fabuleux ?

— Oui.

Il la récompensa de baisers dans le cou, suça la peau délicate de l'épaule, lécha la courbe d'un sein avant de faire le tour de la pointe érigée, mordillant, caressant – et évitant avec soin l'endroit où elle l'attendait avec une impatience grandissante.

— Je vais vous corrompre, promit-il tandis que sa main glissait sur l'arrondi de son ventre dont les muscles frémirent. Je vais vous faire passer de la lumière à l'obscurité, du bien au mal. Je vais vous ruiner.

Elle s'en moquait. Elle lui appartenait. Il la possédait rien qu'en la caressant.

— Et vous savez comment ce sera ?

Elle lâcha le mot dans un soupir :

— Fabuleux.

*Plus que cela.*

*Plus que tout ce qu'elle n'avait jamais imaginé.*

Il chercha son regard et, sans le lâcher, aspira la petite pointe durcie de son sein entre ses lèvres, en travailla la chair de la langue et des dents avant de le téter avec une avidité qui arracha un gémissement à Pénélope.

— Michael… souffla-t-elle en enfouissant les doigts dans ses cheveux.

Elle ferma les yeux. À son grand désarroi, il releva la tête.

— Regardez-moi, ordonna-t-il.

Elle obéit et il glissa la main sous ses jupes ; ses doigts frôlèrent le triangle bouclé au creux de ses cuisses et elle serra abruptement celles-ci en laissant échapper un petit cri d'effroi.

*Il ne pouvait quand même pas… pas là !*

Mais il reporta son attention sur ses seins, les embrassant et les tétant jusqu'à ce que Pénélope se détende et que ses cuisses s'écartent, lui permettant d'y insérer les doigts. Elle se raidit de nouveau, mais ne le repoussa pas.

— Je vous promets que vous aimerez cela. Faites-moi confiance.

— Dit le lion à l'agneau, fit-elle avec un petit rire tremblant comme les doigts de Michael s'animaient, lui écartaient davantage les cuisses pour s'insinuer au cœur de sa féminité.

Il fit courir sa langue sur le renflement d'un sein, puis de l'autre, et elle se tortilla sous lui en murmurant son nom, consciente de ses doigts habiles qui s'activaient, se faufilaient entre les replis secrets jusqu'à l'orée de son sexe.

Il souleva la tête, chercha son regard tandis qu'il glissait lentement un doigt en elle ; le plaisir qu'elle en éprouva était tellement inattendu qu'elle en sursauta.

— Vous êtes déjà prête à m'accueillir, murmura-t-il. Merveilleusement humide.

— Je suis désolée, balbutia-t-elle, au comble de l'embarras.

En réponse, il la gratifia d'un long baiser, sa langue s'enfonçant dans sa bouche comme son doigt au creux de son corps. Puis il s'écarta et appuya son front contre le sien.

— Ne soyez pas désolée. Cela signifie que vous me désirez. Cela signifie que, après toutes ces années, après tout ce que j'ai fait et ce que je suis devenu, je peux faire en sorte que vous me désiriez.

Plus tard, elle repenserait à ces mots, regretterait de n'avoir rien dit, mais en cet instant, c'était au-dessus de ses forces, d'autant qu'un second doigt avait rejoint le premier et que son pouce s'agitait délicieusement.

— Je vais vous explorer... découvrir votre chaleur et votre douceur.

Il la sentit se crisper autour de ses doigts, savoura le mouvement spontané de ses hanches qui se cambrèrent vers lui tandis que son pouce dessinait un cercle autour de la petite crête, source de tous les plaisirs.

— J'en ai l'eau à la bouche.

Elle ouvrit de grands yeux, visiblement déconcertée par ses paroles. Sans lui laisser le loisir d'y réfléchir, il retroussa sa robe et s'agenouilla entre ses jambes qu'il écarta sans vergogne. Puis il s'inclina et entreprit de déposer une traînée de baisers à l'intérieur de ses cuisses, juste au-dessus de ses bas.

— En fait...

Il s'interrompit et dessina de la langue un cercle.

— ... je ne crois pas pouvoir...

Un deuxième cercle, sur l'autre cuisse.

— ... attendre...

Un autre plus haut, près de l'endroit qui palpitait presque douloureusement.

— ... de vous goûter.

Et sa bouche fut sur elle, sa langue léchant doucement sa chair intime, là où le plaisir s'amoncelait. Elle cria et se redressa brutalement. Il pressa la main sur son estomac.

— Allongez-vous... laissez-moi vous goûter. Laissez-moi vous montrer combien ça peut être bon. Observez. Dites-moi ce que vous aimez. Ce dont vous avez besoin.

Et, Dieu lui pardonne, elle fit ce qu'il lui demandait. Tandis qu'il la suçait et la tétait, elle murmura des encouragements, découvrant ce qu'elle désirait alors même qu'elle ignorait comment cela se terminerait.

— Oui, Michael...

Les mains de Pénélope s'enfouissaient dans les boucles brunes, maintenant sa tête contre elle.

— Encore...

Elle écarta grand les cuisses telle une dévergondée.

— Là, oui...

Il n'y avait plus que lui, lui seul, et rien d'autre au-delà de l'instant.

Et voilà qu'il ajoutait les doigts à la langue, et elle crut mourir lorsqu'il pressa plus fermement, frotta plus délibérément, lui offrant tout ce qu'elle ignorait pouvoir demander. Elle ouvrit les yeux et cria son nom.

La langue de Michael s'activa frénétiquement là où le désir la tenaillait. Toute honte bue, elle ondulait, se laissait porter par la vague de plaisir qui gonflait en elle, en chevauchait la crête, uniquement préoccupée par ce qui se trouvait de l'autre côté.

— Je vous en supplie, ne vous arrêtez pas...

Il ne s'arrêta pas.

Son nom au bord des lèvres, elle s'abandonna à la volupté, réclamant plus alors même qu'il le lui donnait de la langue, des lèvres, des doigts, jusqu'à ce qu'elle oublie tout ce qui n'était pas ce glorieux, ce fabuleux plaisir qui la balayait.

Tandis qu'elle redescendait sur terre, elle sentit qu'il picorait ses cuisses de délicieux baisers. Avec un soupir d'aise, elle tendit la main vers ses boucles sombres, ne désirant rien d'autre que de rester allongée près de lui une heure... une journée... une vie entière.

Il s'immobilisa et ils demeurèrent ainsi un long moment. Bien qu'alanguie, Pénélope éprouvait avec acuité la douceur des cheveux de Michael sous sa main, le picotement de sa barbe naissante contre ses cuisses.

Elle gardait le silence, attendant qu'il parle. Attendant qu'il dise ce qu'elle-même pensait... à savoir, que s'ils se fiaient à ce qui venait de se passer, leur mariage s'annonçait beaucoup plus satisfaisant qu'ils ne l'imaginaient.

Il se redressa enfin, non sans réticences, sentit-elle, la recouvrit de la grande cape odorante, avant de se lever d'un mouvement fluide. Il ramassa la redingote soigneusement pliée sur le sol et l'enfila.

— Votre réputation est bel et bien ruinée à présent, déclara-t-il froidement.

Elle s'assit, retenant la cape sur sa poitrine, tandis qu'il ouvrait la porte. Il se retourna vers elle.

— Notre mariage ne fait plus aucun doute.

La porte se referma derrière lui, ponctuant sèchement sa déclaration. Éberluée, Pénélope fixa le battant, persuadée qu'il allait revenir, qu'elle avait mal entendu, ou mal compris ses paroles.

Que tout irait bien.

De longues minutes s'écoulèrent avant que, les doigts tremblants, elle ne se résigne à admettre qu'il ne reviendrait pas. Elle se rallongea sur son grabat en s'interdisant de pleurer.

# 6

*Cher M.*

*Peut-être pensez-vous que depuis que vous avez regagné Eton, je meurs d'*ennui[1]*, mais ce serait une erreur. Je suis presque submergée par tout ce qui m'arrive de passionnant.*

*Un taureau s'est échappé du pré de lord Langford il y a deux soirs, et il (le taureau, pas le vicomte) a pris du bon temps à défoncer les clôtures et à faire la connaissance des vaches des environs avant d'être capturé ce matin et ramené à l'étable par ce brave M. du Taureau.*

*Je parie que vous aimeriez être avec nous, pas vrai ?*

*Votre fidèle P.*

*Needham Manor, septembre 1815*

***

*Chère P.*

*Je vous ai crue jusqu'à la partie où ce brave M. du Taureau, que je n'ai pas l'honneur de connaître, capturait son homonyme. À présent, je suis convaincu que vous essayez juste de me pousser à rentrer en inventant des histoires extravagantes.*

1. En français dans le texte.

*Cependant, je mentirais si je vous disais que cela ne marche pas. J'aurais aimé être là pour voir l'expression de Langford. Et la vôtre, hilare à coup sûr.*

*M.*

*P.-S. : Je suis très heureux de voir que votre gouvernante vous a appris un mot de français. Toutes mes félicitations.*

*Eton College, septembre 1815*

L'aube pointait à peine lorsque Bourne s'immobilisa devant la porte de la petite chambre où il avait laissé Pénélope la veille. Le froid et des pensées dérangeantes l'empêchant de dormir, il avait arpenté la maison de haut en bas, hanté par les souvenirs qu'éveillaient les pièces vides, attendant que le soleil se lève et que Falconwell revienne enfin à son propriétaire légitime.

Bourne ne doutait pas une minute que le marquis de Needham et Dolby céderait Falconwell. Cet homme n'était pas stupide. Il avait trois filles célibataires, et le fait que l'aînée ait passé la nuit avec un homme – l'abominable Bourne, qui plus est – dans une maison vide retiendrait tout prétendant potentiel d'approcher des demoiselles Marbury.

L'unique solution était le mariage. Un mariage rapide.

Et avec ce mariage, la passation de Falconwell.

Falconwell, et Pénélope, puisqu'ils étaient désormais indissociables.

Un autre que lui aurait éprouvé des remords pour avoir obligé Pénélope à jouer ce rôle malheureux, mais Bourne n'était pas fait de ce bois. Il s'était servi de la demoiselle, certes, mais n'était-ce pas ainsi que le mariage fonctionnait ? Toutes les relations conjugales ne reposaient-elles pas sur ce principe : un bénéfice mutuel ?

Elle y gagnerait l'accès à sa fortune, à des libertés dont bien peu de femmes de son milieu jouissaient et à toutes les fantaisies qui lui passeraient par la tête.

Lui y gagnerait Falconwell.

Ils n'étaient pas les premiers à se marier pour des terres, et ils ne seraient pas les derniers. C'était une belle proposition qu'il lui avait faite. L'avenir d'une vieille fille contre celui d'une marquise. Plus tout ce dont elle aurait envie. Il le lui donnerait avec plaisir.

Échange équitable. Ne lui donnait-elle pas la seule chose qu'il désirait vraiment ?

Non, ce n'était pas exact. Personne ne donnait rien à Bourne. Ce qu'il voulait, il le prenait.

*Il la prenait.*

Une image jaillit soudain, de grands yeux bleus au fond desquels le plaisir le disputait à quelque chose d'autre. Quelque chose qui s'approchait dangereusement du registre des sentiments.

Voilà pourquoi il l'avait abandonnée. Froidement. À dessein.

Pour qu'elle comprenne bien que leur mariage serait un arrangement financier.

Et non pas parce qu'il n'avait pas eu envie de rester.

En réalité, s'arracher à ce corps malléable avait été l'une des choses les plus difficiles qu'il se soit jamais imposée. Au point qu'il avait été tenté de faire le contraire – de s'enfouir en elle, de se délecter d'elle, de vérifier qu'elle était douce et tendre là où les femmes sont censées l'être. D'autant plus que les petits soupirs qui lui échappaient lorsqu'il l'embrassait étaient follement érotiques, et qu'elle avait le goût de l'innocence.

Il se força à s'écarter de la porte ; il n'avait pas de raison de frapper. Il serait de retour avant qu'elle se réveille, l'emmènerait dare-dare devant le pasteur le plus proche, présenterait la dispense de bans qui lui avait coûté une jolie somme, et l'épouserait.

Après quoi, ils retourneraient à Londres et mèneraient des existences séparées.

Il inspira profondément et, satisfait de son plan.

C'est alors que retentirent presque simultanément une détonation, un fracas de verre brisé et le hurlement de Pénélope.

Michael se rua sur la porte, l'arracha à moitié de ses gonds et, le cœur battant à tout rompre, s'immobilisa sur le seuil.

Elle se tenait près de la fenêtre, dos au mur, pieds nus, sa cape entrouverte révélant sa robe déchirée et une portion de peau laiteuse.

Un bref instant, Bourne fixa, fasciné, la boucle blonde qui s'enroulait au-dessus d'un sein à la pointe fièrement dressée.

La bouche sèche, il s'obligea à ramener le regard sur le visage de la jeune femme qui regardait, épouvantée, les débris de verre à ses pieds.

*Quelqu'un avait tiré sur la fenêtre !*

Il se rua vers la jeune fille et la poussa dans le couloir.

— Restez là.

Elle hocha la tête, trop choquée pour protester. Il revint dans la pièce mais, avant qu'il ait pu inspecter les dégâts, une deuxième vitre vola en éclats, le manquant de peu.

*Nom de Dieu !*

Il s'aplatit contre le mur. Qui était le fou qui leur tirait dessus ?

— Faites attention… cria Pénélope en passant la tête par la porte.

— Écartez-vous ! ordonna-t-il en lui jetant un de ces regards qui avaient fait battre en retraite les pires éléments des bas-fonds londoniens.

Elle ne bougea pas.

— Ce n'est pas prudent de rester là, insista-t-elle. Vous pourriez…

Une autre détonation explosa, et il bondit sur Pénélope, la poussant sans ménagement dans le couloir jusqu'à ce qu'ils se retrouvent plaqués contre le mur opposé.

— Vous pourriez être blessé ! acheva-t-elle au bout d'une minute, sa voix étouffée par le corps de Michael pressé contre le sien.

Avait-elle perdu la tête ?

Il l'empoigna par les épaules, et la colère l'emporta.

— Espèce d'idiote ! Qu'est-ce que j'ai dit ?

Comme elle ne répondait pas, il ne put s'empêcher de la secouer.

— Qu'est-ce que j'ai dit ? répéta-t-il.

Elle écarquilla les yeux.

Bien. Qu'elle ait peur de lui !

— Répondez-moi, Pénélope.

Et tant pis si sa voix avait pris un ton hargneux.

— Vous... vous m'avez dit de rester là, balbutia-t-elle.

— Et vous êtes incapable de comprendre un ordre aussi simple ?

Elle étrécit les yeux.

— Non.

Elle se sentait insultée. Là encore, tant pis.

— Ne bougez pas d'ici, nom de Dieu !

Ignorant son expression blessée, il regagna la chambre et s'approcha prudemment de la fenêtre.

Il s'apprêtait à risquer un œil dehors lorsqu'une voix monta d'en bas :

— Vous vous rendez ?

*Se rendre ?*

Pénélope avait peut-être raison. Il y avait peut-être des pirates dans le Surrey. Il n'eut pas le temps de réfléchir à la question, car elle s'écria dans son dos :

— Oh, mon Dieu !

La main crispée sur le col de sa cape, elle rentra dans la pièce et se précipita vers la fenêtre.

— Arrêtez !

Bourne l'attrapa par la taille et la tira en arrière.

— Si vous vous approchez de cette fenêtre, vous aurez droit à une autre fessée. Vous m'entendez ?

— Mais...

— Non.

— Mais c'est juste…

— Non !

— C'est mon père !

Michael la fixa d'un air ahuri.

Ce n'était pas possible, elle devait se tromper !

— Je suis venu chercher ma fille, scélérat ! Et je ne partirai pas sans elle !

— Comment a-t-il su quelle chambre viser ? s'interrogea Michael à haute voix.

— Je… je me tenais devant la fenêtre. Il a dû remarquer un mouvement.

Une autre balle fit voler du verre dans la pièce. Bourne attira Pénélope à lui pour la protéger de son corps.

— Il ne se rend donc pas compte qu'il pourrait vous toucher ?

— Apparemment pas, admit-elle.

Il lâcha une bordée de jurons, puis lâcha :

— Il mérite un bon coup de crosse de fusil sur le crâne.

— À mon avis, il n'en revient pas d'avoir atteint sa cible. Deux fois. Bien sûr, la cible étant une maison, il eût été surprenant qu'il la rate.

*Cherchait-elle à être drôle ?*

Ce n'était vraiment pas le moment. Un autre coup partit, et la colère de Bourne se déchaîna. Il fonça vers la fenêtre sans se soucier d'offrir une cible parfaite.

— Bon Dieu, Needham ! hurla-t-il. Vous pourriez la tuer !

Le marquis de Needham et Dolby braqua son fusil sur lui. À ses côtés, un valet de pied en rechargeait un autre.

— Je pourrais aussi vous tuer. J'en prends le risque.

Pénélope rejoignit Bourne.

— Si cela peut vous rassurer, dit-elle, je doute sincèrement qu'il puisse vous tuer. Il tire très mal.

Michael lui adressa un regard noir.

— Éloignez-vous de la fenêtre. Immédiatement.

Miracle, elle obéit.

— J'aurais dû deviner que vous enlèveriez ma fille ! J'aurais dû deviner que votre comportement serait à la hauteur de votre immonde réputation !

Bourne s'efforça d'apparaître serein.

— Voyons, Needham, est-ce une façon de parler à son futur gendre ?

— Il vous faudra d'abord me passer sur le corps !

— Ça peut s'arranger, répliqua Bourne.

— Rendez-moi ma fille. Tout de suite. Elle ne vous épousera pas.

— Après la nuit qu'elle vient de passer, la question ne se pose plus, Needham.

Pour toute réponse, le père de Pénélope arma son fusil. Bourne s'écarta de la fenêtre, poussant la jeune femme derrière lui. Une autre vitre explosa.

— Canaille !

Bourne aurait volontiers injurié ce père qui ne craignait pas de prendre le risque de blesser sa propre fille. Au lieu de quoi, il jeta d'un ton désinvolte :

— Je l'ai trouvée dans les bois. Je la garde.

Il y eut un long silence, si long que Michael finit par tendre le cou, histoire de voir si le marquis était parti.

Il n'était pas parti.

Une balle se logea dans la façade, à quelques centimètres de la tête de Michael.

— Vous n'aurez pas Falconwell, Bourne. Et vous n'aurez pas non plus ma fille !

— Eh bien, pour être franc, Needham… j'ai déjà eu votre fille…

— Salopard ! hurla Needham.

Pénélope lâcha un cri.

— Vous ne venez pas de dire à mon père que vous m'avez eue !

Il aurait dû prévoir ce rebondissement. Que reprendre Falconwell, ce ne serait pas aussi facile. La situation lui échappait et Bourne n'aimait pas perdre le contrôle. Il inspira lentement, s'efforça de recouvrer un peu de sa patience légendaire.

— Pénélope, nous sommes coincés tous les deux dans cette pièce pendant que votre fou furieux de père nous prend pour cibles. Vous ne voyez pas que je fais de mon mieux pour que nous survivions tous les deux à cet accès de démence ?

— Et nos réputations ? Survivront-elles, elles aussi ?

— La mienne est foutue depuis longtemps.

— Mais pas la mienne ! protesta-t-elle. Avez-vous perdu la tête ? Et votre langage est épouvantable, ajouta-t-elle après une pause.

— Vous allez devoir vous habituer à mon langage, chérie. Quant au reste, lorsque nous serons mariés, votre réputation sera aussi foutue. Autant que votre père l'admette dès maintenant.

Il ne put s'empêcher de se tourner vers elle pour voir comment elle réagissait à ses paroles ; il vit la lumière quitter ses yeux... et son corps se raidir comme s'il l'avait frappée.

— Vous êtes horrible, dit-elle simplement.

Et devant ce regard accusateur, il se détesta. Mais il était passé maître dans l'art de dissimuler ses émotions.

— On dirait, en effet, admit-il d'un ton délibérément désinvolte.

— Pourquoi faites-vous cela ? demanda-t-elle sans cacher son dégoût.

Il n'y avait qu'une seule raison – un seul désir avait guidé ses actes. Un seul objectif avait fait de lui cet être froid et calculateur.

— Falconwell compte donc tant que cela ?

Dans le silence qui suivit, une sorte de malaise s'empara de lui. Un malaise qui ne lui était que trop familier. Durant neuf ans, il avait tout fait pour récupérer ses terres. Restaurer son histoire. Assurer son avenir. Ce n'était pas maintenant qu'il allait y renoncer.

— Oui, bien sûr, reprit-elle avec un petit rire d'autodérision. Je ne suis qu'un moyen au service d'une fin.

Ces dernières heures, il l'avait vue irritée, surprise, offensée, en proie à la passion... mais pas ainsi, pas résignée.

Pour la première fois depuis très longtemps – depuis neuf ans –, il éprouva l'envie de s'excuser auprès de quelqu'un dont il s'était servi. Il se l'interdit. Dieu seul savait où cela le mènerait.

Tête baissée, elle resserra sa cape autour d'elle.

— Venez là, s'entendit-il dire.

Il ne put s'empêcher d'être surpris lorsqu'elle lui obéit.

Elle traversa la pièce, et le bruit qu'elle fit – froufrou de ses jupes, piétinement léger, respiration saccadée – le troubla plus qu'il n'aurait voulu l'admettre. Lorsqu'elle s'arrêta près de lui, il s'interrogea sur les prochains coups à jouer dans cette partie d'échec. La laisser partir ? s'interrogea-t-il fugitivement.

*Non.*

Ce qui était fait était fait.

— Épousez-moi, Pénélope.

— Ce n'est pas parce que vous me le demandez poliment que j'ai le choix, vous le savez, jeta-t-elle d'un ton irrité qui donna à Michael envie de sourire.

Il se retint. Elle le dévisagea longuement, et lui qui avait fait fortune en déchiffrant les expressions les plus fermées fut incapable de deviner ce qu'elle pensait. Craignant qu'elle ne refuse, il se prépara à la bataille et fit le compte des pasteurs qui lui devaient assez d'argent pour accepter de célébrer un mariage avec une épouse récalcitrante.

Ce serait un élément de plus à ajouter à la liste interminable de ses méfaits.

— Vous tiendrez votre promesse d'hier soir ? Mes sœurs n'auront pas à souffrir de notre mariage ?

Alors même qu'elle se trouvait confrontée à la perspective d'une vie entière avec un scélérat, c'était à ses sœurs qu'elle pensait.

Elle était dix fois trop bien pour lui.

Il chassa aussitôt cette pensée.

— Je tiendrai parole.

— Je veux une garantie.

Elle était finaude. Elle avait raison de douter de lui.

Il sortit de sa poche une guinée presque lisse tant il l'avait tripotée ces neuf dernières années, et la lui tendit.

— Ma garantie.

— Que dois-je faire de cela ? demanda-t-elle en prenant la pièce.

— Me la rendre quand vos sœurs seront mariées.

Elle haussa les sourcils, inspira profondément, et glissa la pièce dans sa poche. Michael se surprit à en regretter le poids.

— Je vous épouserai.

Il hocha la tête.

— Et le fiancé ?

Elle hésita, son regard erra au-delà de l'épaule de Michael.

— Il trouvera une autre femme, répondit-elle doucement, d'un ton affectueux.

Trop affectueux. Bourne en voulut d'emblée à cet homme qui n'avait pas su la protéger et lui avait rendu la tâche si facile.

Il y eut un mouvement sur le seuil derrière eux. Lassé d'attendre, Needham était venu chercher sa fille.

Bourne vit là le signal pour enfoncer le dernier clou dans le cercueil conjugal, tout en sachant qu'une fois de plus il se servait d'elle, et qu'elle ne le méritait pas.

Mais cela n'avait pas d'importance.

Relevant le menton de la jeune femme, il déposa un baiser sur ses lèvres. Et essaya de ne pas remarquer son soupir quand il s'écarta…

Le bruit d'un fusil qu'on armait accompagna les mots du marquis de Needham et Dolby :

— Bon sang de bois, Pénélope, regarde dans quel fichu pétrin tu t'es fourrée !

*Cher M.*

*Mon père pense que nous devons cesser de nous écrire. Il est convaincu que les « garçons comme lui » (c'est-à-dire vous) n'ont pas de temps à perdre avec les « lettres stupides » de « filles stupides » (c'est-à-dire moi). Il prétend que vous répondez uniquement parce que vous êtes bien élevé et que vous vous en sentez obligé. Je me rends compte que vous avez presque seize ans, et que vous avez probablement plus intéressant à faire que m'écrire, mais rappelez-vous : moi, je n'ai pas de choses intéressantes à faire. Ayez pitié de moi.*

*Stupide P.*

*P.-S. : Rassurez-moi, il se trompe, n'est-ce pas ?*

*Needham Manor, janvier 1816*

***

*Chère P.*

*Ce que votre père ignore, c'est que la seule chose qui rompt la monotonie du latin, de Shakespeare et des péroraisons ennuyeuses de nos maîtres sur les responsabilités que les garçons comme moi auront à assumer à la Chambre des lords, ce sont les lettres stupides des filles stupides. Vous, plus que n'importe qui, devriez savoir que j'ai été très mal élevé et que je me sens rarement des obligations.*

*M.*

*P.-S. : Il se trompe complètement.*

*Eton College, janvier 1816*

— Vous n'êtes qu'un salaud !

Bourne leva les yeux du verre de whisky qu'il savourait au pub du *Grand Cerf*, et soutint le regard furieux de son futur beau-père. S'adossant à sa chaise, il afficha cet air vaguement amusé qui avait déconcerté des adversaires d'une autre trempe que le marquis de Needham et Dolby, et désigna la chaise libre de l'autre côté de la table.

— Je vous en prie, Père, joignez-vous à moi, proposa-t-il, narquois.

Assis dans un coin de la taverne, Bourne attendait depuis des heures que Needham lui apporte les papiers qui lui rendraient Falconwell. La nuit était tombée, et tandis que la salle se remplissait d'un joyeux brouhaha, il avait pensé à ce qui adviendrait ensuite.

À sa vengeance.

Et s'était efforcé d'oublier qu'il était fiancé.

D'oublier Pénélope – si sérieuse et innocente, pas du tout le genre de femme qui lui convenait.

Non qu'il sache quelle femme lui convenait.

Peu importait, de toute façon. Il n'avait pas eu le choix.

Le seul chemin qui menait à Falconwell passait par Pénélope. Ce qui faisait d'elle la femme qui lui convenait.

Et Needham le savait.

Le marquis s'assit et héla une servante d'un geste de sa grosse main. Elle eut l'intelligence d'apporter la bouteille de whisky en même temps que le verre, et de ne pas s'attarder.

Needham vida son verre et le reposa brutalement sur la table.

— Salaud ! répéta-t-il. C'est du chantage.

Michael prit un air de profond ennui.

— Allons donc. Je vous paie généreusement, et je vous débarrasse de votre fille aînée célibataire.

— Vous allez la rendre malheureuse.

— Probablement.

— Elle n'est pas assez forte pour vivre avec vous. En outre, vous allez ruiner sa réputation.

Bourne se retint de souligner que Pénélope était plus forte la plupart des femmes qu'il connaissait.

— Vous auriez dû y songer avant d'attacher mes terres à sa main. Le contrat, Needham, insista-t-il en tapotant le plateau de chêne éraflé. Je me sens peu disposé à épouser votre fille sans avoir ce papier en ma possession. Je le veux maintenant. Avant d'emmener Pénélope devant le pasteur.

— Sinon ?

Bourne allongea les jambes dans la travée et croisa les chevilles.

— Sinon Pénélope n'aura pas droit à la bénédiction d'un pasteur.

Le regard de Needham plongea dans le sien.

— Vous ne feriez pas cela. Cela la détruirait. Ainsi que sa mère et ses sœurs.

— Dans ce cas, je vous suggère de réfléchir sérieusement. Cela fait neuf ans, Needham. Neuf longues années à attendre Falconwell. Et si vous pensez que je vais vous laisser m'empêcher de rattacher ces terres au marquisat, vous vous trompez. Il se trouve que je suis un ami du directeur de *La feuille à scandales*. Un mot de moi, et plus une seule personne de la bonne société n'approchera les demoiselles Marbury.

Il s'interrompit, le temps de se verser un autre verre et de laisser la menace faire son effet.

— Allez-y. Essayez pour voir, acheva-t-il.

Needham étrécit les yeux.

— C'est donc ainsi ? Vous menacez tout ce que j'ai afin d'obtenir ce que vous voulez ?

— Je joue pour gagner, répliqua Bourne.

— N'est-ce pas ironique venant d'un homme qui a tout perdu ?

La pique fit mouche. Bourne se garda bien de le montrer. Sachant que rien ne déconcertait plus l'adversaire que le silence, il ne répondit pas.

— Vous êtes un âne, jeta Needham en sortant de sa poche une grande feuille pliée en deux.

Bourne lut le document, grisé par sa victoire. Falconwell lui appartenait par le mariage, lequel aurait lieu le lendemain. Son seul regret était que le pasteur Compton n'officiait pas la nuit.

Il empocha le contrat, avec la sensation d'en sentir le poids contre sa poitrine.

— Je ne veux pas que ses sœurs souffrent de ce mariage, reprit Needham.

Ils s'inquiétaient tous des sœurs de Pénélope. Et d'elle, non ?

— C'est Pénélope que j'épouse. Demain, Falconwell m'appartiendra. Dites-moi pourquoi je devrais me soucier de la réputation de vos autres filles. C'est votre problème, non ?

Bourne vida son verre et le reposa bruyamment.

Needham se pencha en travers de la table et cracha :

— Vous êtes un salaud, et votre père serait horrifié de voir ce que vous êtes devenu.

Les yeux de Needham n'étaient pas bleus comme ceux de Pénélope, mais bruns, et éclairés d'une certitude que Bourne ne connaissait que trop bien – la certitude d'avoir blessé son adversaire. Bourne se raidit tandis qu'un souvenir lui revenait : son père en tenue de chasse, planté au milieu du vestibule de Falconwell, et riant de lui.

— Alors, c'est une chance qu'il soit mort, lâcha-t-il.

Needham parut comprendre qu'il se risquait dangereusement près d'un terrain interdit. Il s'adossa à sa chaise.

— Les détails de vos fiançailles ne doivent jamais être révélés. J'ai deux autres filles à marier. Personne ne doit savoir que Pénélope est tombée entre les mains d'un coureur de dot.

— Ma fortune est le triple de la vôtre, Needham.

— Mais il vous manquait ce que vous désiriez le plus, non ?

— Je l'ai désormais, rétorqua Bourne en s'écartant de la table. Vous n'êtes pas en situation d'exiger quoi que ce soit. Si vos filles survivent à mon entrée dans la famille, ce sera parce que je l'aurai permis, et rien d'autre.

— Non, répliqua Needham. Ce sera parce que je possède ce que vous désirez encore plus que les terres.

Bourne le dévisagea longuement, puis :

— Vous ne pouvez pas me donner la seule chose que je désire plus que Falconwell.

— La perte de Langford ne vous intéresse pas ? Dommage, je possède de quoi le faire définitivement couler.

*De quoi obtenir vengeance.*

— Vous mentez.

— Je devrais vous prier de me suivre dehors.

— Ce ne serait pas mon premier duel.

Il attendit. Needham ne mordant pas à l'hameçon, il reprit :

— J'ai cherché et je n'ai rien trouvé qui puisse le perdre.

— Vous n'avez pas cherché au bon endroit.

C'était un mensonge. Forcément.

— Vous croyez qu'avec mes relations, avec celles de *L'ange*, je n'ai pas mis Londres sens dessus dessous pour dénicher ne serait-ce qu'un relent de scandale ?

— Même les dossiers de votre précieuse maison de jeu ne peuvent contenir ce genre de choses.

— Je sais tout ce qu'il a fait, je connais tous les endroits où il est allé. Je connais la vie de cet homme mieux que lui-même. Et je vous le dis, il a pris tout ce que je possédais et a passé ces neuf dernières années à mener une existence irréprochable en vivant du revenu de *mes terres*.

Needham plongea de nouveau la main dans son manteau et en sortit un autre document, plus petit et visiblement plus ancien.

— Ce qui est raconté là a eu lieu il y a bien plus de neuf ans.

Bourne repéra immédiatement le sceau Langford sur le papier. Il leva les yeux sur son futur beau-père. Quelque chose qui ressemblait à de l'espoir lui fit battre le cœur.

— Vous croyez pouvoir m'appâter avec une vieille lettre ? dit-il néanmoins.

— Pour vous venger, il vous faut cette lettre, Bourne. Elle vaut une douzaine de vos fameux dossiers. Et elle est à vous si vos turpitudes ne viennent pas souiller les noms de mes filles.

Le marquis n'était pas homme à y aller par quatre chemins. Il disait ce qu'il pensait, quand il le pensait. Détenir deux des titres les plus vénérables de la noblesse anglaise le lui permettait, certes, mais Bourne ne pouvait s'empêcher d'admirer sa franchise. Son futur beau-père savait ce qu'il voulait, et faisait ce qu'il fallait pour l'obtenir.

Ce que le marquis ignorait, c'était que sa fille aînée avait déjà négocié et obtenu les mêmes conditions la veille au soir. Le marquis n'était donc pas obligé de se séparer de ce document, quel qu'il soit.

Mais il méritait un châtiment pour avoir laissé Langford dépouiller le fils de leur voisin et ami décédé, et pour s'être servi de Falconwell pour marier sa fille.

— Vous êtes stupide si vous croyez que je vais accepter sans savoir ce qu'il y a dedans, déclara Michael. J'ai bâti ma fortune sur le scandale. C'est à moi de juger si ce document en vaut la peine.

Needham ouvrit la lettre, la posa sur la table face à Bourne et la maintint d'un doigt. Ce fut plus fort que lui, Bourne se pencha en avant avec plus de hâte qu'il ne l'aurait voulu et parcourut le texte.

*Nom de Dieu !*

Il releva la tête, croisa le regard de Needham.

— C'est vrai ?

Le marquis acquiesça.

Bourne relut la lettre. Et remarqua la signature griffonnée en bas de la page, indéniablement celle de Langford. Et la date.

Vingt-neuf ans auparavant.

— Pourquoi me montrer cela ? Pourquoi me le donner ?

— Vous ne me laissez pas le choix, éluda Needham. J'aime bien ce garçon… j'ai gardé ce document secret parce que j'ai pensé que peut-être Pénélope l'épouserait, et qu'il aurait besoin d'être protégé. Aujourd'hui, ce sont mes filles qui ont besoin d'être protégées. Un père doit faire son devoir. Si vous veillez à ce que la réputation de l'aînée ne souffre pas de cette union et que mes filles cadettes trouvent des partis convenables, ce document est à vous.

Bourne fit tourner lentement son verre, les yeux rivés sur le liquide doré qui scintillait à la lueur des chandelles.

— Je n'attendrai pas le mariage de vos filles.

— Je me contenterai des fiançailles, concéda le père.

— Non. Les fiançailles sont incertaines lorsqu'il s'agit de vos filles, ai-je cru comprendre.

— Faites attention à vos paroles ou je m'en vais sur-le-champ, menaça Needham.

— Vous ne le ferez pas. Nous formons une fameuse équipe à présent, vous et moi.

Michael se détendit, savourant sa victoire.

— Amenez vos filles en ville dès que possible. Je ferai en sorte qu'on les courtise. Elles n'auront pas à souffrir du mariage de leur sœur.

— Que de bons partis les courtisent, précisa Needham. Des partis qui ne doivent pas à *L'ange* la moitié de leur domaine.

— Amenez-les en ville. Je ne tiens pas à attendre de me venger plus longtemps que nécessaire.

Le regard de Needham s'assombrit.

— Je regretterai sans doute de vous avoir accordé la main de Pénélope.

Bourne vida son verre et le retourna sur la table.

— Dommage que vous n'ayez pas le choix.

# 7

*Cher M.*

*Je viens de vous voir partir et je rentre aussitôt pour vous écrire.*

*Je n'ai pas grand-chose à dire, en réalité, rien que d'autres n'aient déjà dit. Cela paraît idiot de répéter « Je suis désolée », n'est-ce pas ? Bien sûr que nous sommes tous désolés. Ce qui est arrivé est horrible.*

*Mais je ne suis pas seulement désolée de la mort de vos parents. Je suis désolée que nous n'ayons pas pu parler, vous et moi. Je suis désolée de n'avoir pas eu le droit d'assister aux funérailles… c'est une règle stupide, et je regrette de n'être pas née de sexe masculin afin de pouvoir être près de vous (je compte avoir bientôt une conversation avec le pasteur Compton au sujet de cette ânerie). Je suis désolée de n'avoir pas pu être… encore davantage une amie.*

*Me voilà donc la plume à la main, puisque cela seul est permis aux filles. Je vous en prie, écrivez quand vous en aurez le temps. Ou l'envie.*

*Votre amie, P.*
*Needham Manor, avril 1816*

Lettre restée sans réponse.

À coup sûr, il n'y avait jamais eu de trajet en voiture plus long et ennuyeux que celui-ci – quatre heures de silence mortel du Surrey à Londres. Pénélope aurait préféré faire ce voyage dans la malle-poste avec Olivia et une collection de revues pour dames.

Elle jeta un coup d'œil à son mari de quelques heures qui, les jambes étendues devant lui et les yeux clos, semblait somnoler, puis s'efforça de mettre un peu d'ordre dans les pensées qui tourbillonnaient dans sa tête, et semblaient centrées sur une poignée de faits extraordinairement dérangeants. À savoir :

Elle était mariée.

Elle était la marquise de Bourne.

Elle voyageait dans une grosse voiture chargée à ras bord de ses possessions, et serait bientôt à Londres où elle vivrait avec son nouveau mari.

Pour être plus précise :

*Michael* était ce nouveau mari.

Ce qui signifiait qu'elle passerait sa nuit de noces avec lui.

*Peut-être l'embrasserait-il, la caresserait-il.*

*Et plus encore.*

Il le devait, non ? Puisqu'ils étaient mariés. C'était ce que faisaient des époux, après tout.

Elle l'espérait.

*Oh, Seigneur !*

Cette seule pensée lui donnait envie d'ouvrir la porte et de sauter à bas de la voiture.

Leur mariage avait été si rapide qu'elle se souvenait à peine de la cérémonie – et d'avoir promis d'aimer, de réconforter, d'honorer et d'obéir, ce qui était aussi bien, vu que ce qui concernait l'amour était un mensonge.

Il l'avait épousée pour récupérer ses terres et rien d'autre.

Et peu importait qu'il lui ait fait découvrir des sensations physiques dont elle ignorait l'existence, car, en définitive, ce mariage n'était ni plus ni moins celui auquel elle avait été préparée dès l'enfance : un mariage de raison.

Sur ce point, il avait été très clair.

La voiture rebondit sur une bosse de la route et Pénélope poussa un petit cri en se sentant glisser de la banquette capitonnée. Elle se rassit et planta solidement les pieds sur le plancher. Un coup d'œil à Michael lui apprit qu'il s'était contenté d'entrouvrir les yeux – probablement pour vérifier qu'elle ne s'était pas blessée.

Une fois rassuré, il referma les paupières.

Il n'était même pas capable de feindre de s'intéresser à elle.

Si elle avait été moins agitée, peut-être aurait-elle pu demeurer silencieuse elle aussi – rendre silence pour silence.

Peut-être. Mais pour l'heure, ça lui était impossible.

Elle se racla la gorge comme pour se préparer à une annonce importante. Il rouvrit les yeux et lui jeta un regard en coin, mais ne bougea pas.

— Je pense qu'il serait bien que nous mettions au point notre plan, lâcha-t-elle.

— Notre plan ?

— Le plan pour que mes sœurs aient une saison réussie. Vous vous souvenez de votre promesse, n'est-ce pas ?

Pénélope posa la main sur la poche de sa robe dans laquelle se trouvait la pièce qu'il lui avait donnée à titre de garantie.

Une expression qu'elle ne reconnut pas s'afficha brièvement sur les traits de Michael.

— Je m'en souviens.

— Comment comptez-vous vous y prendre ?

Il s'étira.

— Eh bien, je vais trouver des maris pour vos sœurs.

— Vous voulez dire des soupirants, rectifia-t-elle.

— Si vous voulez. J'en ai deux en tête.

— Comment sont-ils ?

— Titrés.

— Et ? insista-t-elle.

— À la recherche d'une épouse.

Dieu, qu'il était exaspérant !

— Ont-ils les qualités qu'il faut pour faire de bons maris ?

— Oui, ils sont de sexe masculin et célibataires.

Pénélope ouvrit de grands yeux. Il était sérieux.

— Ce ne sont pas les qualités auxquelles je faisais référence.

— Vous êtes experte en la matière, semble-t-il. Je vous en prie, éclairez-moi.

La tête inclinée de côté, il se moquait visiblement d'elle. Elle se redressa et commença à compter sur ses doigts.

— Gentillesse. Générosité. Un minimum de bonne humeur…

— Un minimum seulement ? Le mardi et le jeudi vous paraissent acceptables ?

Elle plissa les yeux, mais ne releva pas.

— Un sourire chaleureux, enchaîna-t-elle. Encore que dans votre cas, j'accepterais n'importe quel sourire.

Il ne sourit pas.

— Ont-ils ces qualités ? demanda-t-elle. Est-ce qu'ils plairont à mes sœurs ? reprit-elle comme il ne répondait pas.

— Je n'en ai aucune idée.

— Et vous, vous les appréciez ?

— Pas particulièrement.

— Vous êtes un homme obstiné.

— Considérez cela comme l'une de mes qualités.

Il détourna la tête. De toute évidence, le sujet était clos. Personne n'avait jamais autant agacé Pénélope que cet homme. *Son mari.* Qui l'avait arrachée sans ciller à une vie paisible. Qu'elle avait accepté d'épouser pour éviter d'entacher davantage la réputation de ses sœurs. Qui avait consenti à l'aider. Ce n'était que maintenant qu'elle comprenait qu'aider pour lui signifiait arranger un autre mariage sans amour. Deux, précisément.

Il n'en était pas question.

Elle ne pouvait pas faire grand-chose, mais elle pouvait au moins veiller à ce qu'Olivia et Philippa aient la possibilité de faire un mariage heureux.

Possibilité qu'elle-même n'avait pas eue.

— Pour commencer, vous ne savez même pas si ces messieurs voudront d'elles.

— Ils voudront d'elles, affirma-t-il, les yeux clos.

— Comment le savez-vous ?

— Parce qu'ils me doivent beaucoup d'argent et que j'oublierai leurs dettes en échange de leur accord.

Pénélope en resta bouche bée.

— Vous achèterez leur fidélité ?

— Je ne suis pas certain que la fidélité soit comprise dans le marché.

Se penchant en avant, elle lui planta l'index dans la jambe. Avec force.

Il rouvrit les yeux.

— Non ! jeta-t-elle indignée.

— Non ?

— Non, répéta-t-elle. Vous m'avez donné votre parole que notre mariage ne nuirait pas à mes sœurs.

— Ce sera le cas. En épousant ces hommes elles seront respectées par toute la haute société.

— Épouser des hommes titrés qui vous doivent de l'argent et risquent d'être infidèles causera leur perte différemment. Mais tout aussi gravement.

Michael arqua un sourcil, affichant cette expression agaçante qu'elle commençait à détester.

— Mais tout aussi gravement ?

Elle ne se laissa pas intimider.

— Oui. Le mariage de mes sœurs ne se fera pas sur la base de marchés sordides liés au jeu. C'est déjà suffisamment triste que je doive en passer par là. Elles choisiront leurs maris. Leur union sera bâtie sur autre chose. Bâtie sur…

Elle s'interrompit de peur qu'il ne se moque d'elle.
— Bâtie sur… ?
Elle ne répondit pas. Et, curieusement, il n'insista pas.
— Je suppose que vous avez un plan pour capturer ces hommes bardés de qualités ?
Non, elle n'en avait pas. Pas vraiment, du moins.
— Oui, bien sûr.
— Alors ?
— Vous réintégrez la bonne société et vous prouvez à tout le monde que notre union n'est pas un mariage forcé.
Il parut perplexe.
— Votre dot comprend mes terres. Vous croyez qu'on ne devinera pas que je vous ai obligée à m'épouser ?
Logique haïssable. Elle se mordilla la lèvre et dit la première chose qui lui vint à l'esprit. La plus folle, la plus ridicule qui soit.
— Nous devons feindre d'avoir fait un mariage d'amour.
Il ne parut pas le moins du monde choqué.
— Voyons… Je vous ai vue traverser la place du village et, aussitôt, j'ai décidé de m'amender ?
Au point où elle en était…
— Cela semble… plausible.
— Vraiment ? fit-il, haussant de nouveau un sourcil. Alors que, la vérité, c'est que je vous ai compromise dans une maison abandonnée avant que votre père ne la prenne d'assaut ?
— Je n'appellerais pas sa façon de procéder un assaut, protesta-t-elle.
— Il a tiré plusieurs fois sur mes fenêtres. Si ce n'est pas prendre d'assaut, je ne sais pas ce que c'est.
Certes, il n'avait pas tort.
— D'accord. Il a pris d'assaut votre maison. Mais ce n'est pas l'histoire que nous raconterons… Vous m'avez donné votre parole que mes sœurs feraient un bon mariage.

Il demeura silencieux un long moment, et elle craignit qu'il ne refuse. Et que ferait-elle dans ce cas, maintenant qu'elle avait dit oui devant le pasteur ?

— Très bien, dit-il finalement d'un ton railleur. Racontez-moi notre belle histoire. Je suis tout ouïe.

Il ferma les yeux, façon comme une autre de l'exclure.

Elle aurait tout donné pour trouver une repartie acerbe qui lui cloue le bec. Bien sûr, rien ne lui vint à l'esprit.

— Puisque nous nous connaissons depuis toujours, commença-t-elle, nous pourrions avoir refait connaissance à la Saint-Étienne.

Il entrouvrit les yeux.

— La Saint-Étienne ?

— Il serait préférable que notre histoire commence avant que l'on ait annoncé que Falconwell... faisait partie de ma dot.

La gorge nouée par ce rappel de ce que son père avait été contraint de faire pour lui trouver un mari, Pénélope feignit d'inspecter une tache sur son manteau.

— J'ai toujours aimé la période de Noël, et la fête de la Saint-Étienne à Coldharbour est un événement tout à fait... joyeux.

— Avec puddings aux figues, et tout le reste, j'imagine ?

La question n'en était pas une.

— Oui, et des chants de Noël.

— Et une foule de gamins turbulents ?

— Pour la plupart, oui.

— C'est exactement le genre de réunions où je me précipite, l'histoire est très crédible.

Le sarcasme n'échappa pas à Pénélope, mais elle refusa de s'y attarder.

— Si vous aviez passé des vacances de Noël à Falconwell, vous auriez aimé.

Il parut sur le point de répliquer, mais se ravisa. La carapace se fissurait visiblement, ce qui emplit la jeune femme de fierté.

Il referma les yeux.

— Donc, j'étais en train de m'amuser comme un fou à la Saint-Étienne lorsque je suis tombé sur mon amour d'enfance.

— Nous n'étions pas amoureux.

— La vérité n'a pas d'importance. Ce qui compte, c'est que ce soit crédible.

— C'est la règle de base chez les gredins ? s'enquit-elle, agacée par sa logique imparable.

— La règle de base chez les joueurs.

— Cela revient au même, répliqua-t-elle d'un ton acide.

— Allons, vous pensez que quelqu'un se souciera de confirmer le premier épisode de notre merveilleuse histoire, celui qui traite de notre enfance ?

— Je suppose que non, grommela-t-elle.

— Dommage, c'est la partie qui se rapproche le plus de la vérité.

*Ah bon ?*

Elle mentirait si elle disait qu'elle n'avait jamais imaginé l'épouser, ce premier garçon qu'elle ait jamais connu, celui qui la faisait sourire et rire. Lui en revanche n'y avait jamais songé, n'est-ce pas ? Peu importait puisqu'en examinant l'homme, elle ne retrouvait rien du garçon d'autrefois… qui voyait peut-être en elle son amoureuse.

— Donc, reprit-il, vous étiez là, resplendissante dans la lumière du pudding que l'on flambait, et, tout à coup, je n'ai plus supporté l'idée de continuer à mener une existence débridée de célibataire endurci. J'ai vu en vous mon cœur, ma raison de vivre, mon âme sœur.

C'était ridicule, pourtant Pénélope sentit une douce chaleur l'envahir tandis qu'ils prononçaient ces mots d'une voix grave dans la quiétude de la voiture.

— Cela… cela me paraît bien.

Il émit un bruit qu'elle ne sut interpréter.

— Je portais un manteau de velours vert, enchaîna-t-elle.

— Très seyant.

— Et vous aviez un brin de houx fixé au revers de votre manteau.

— Un clin d'œil à l'esprit de la fête.

— Nous avons dansé.

— Une gigue ?

Le ton moqueur de Michael l'arracha à sa rêverie.

— C'est possible.

— Voyons, Pénélope, la gronda-t-il, ces retrouvailles merveilleuses ne datent que de quelques semaines et vous avez déjà oublié un détail aussi important ?

— Très bien. C'était un quadrille.

— Parfait ! Un quadrille. C'est beaucoup plus excitant qu'une gigue.

Il était vraiment exaspérant.

— Dites-moi maintenant ce qui m'a poussé à aller fêter la Saint-Étienne à Coldharbour ?

— Je l'ignore, répondit Pénélope, que cette conversation commençait à irriter.

— Vous qui savez que je portais un brin de houx au revers de ma veste, vous connaissez sûrement la raison de ma présence, non ?

Son ton condescendant, presque cinglant, horripila Pénélope. Peut-être était-ce ce qui l'incita à répondre :

— Vous vous rendiez sur la tombe de vos parents.

Il se raidit.

— La tombe de mes parents, répéta-t-il.

— Oui. Vous y allez tous les ans à Noël. Vous déposez des roses sur la pierre tombale de votre mère, des dahlias sur celle de votre père.

— Vraiment ? Il faut que j'aie de bons rapports avec une serre du voisinage.

— Vous en avez. Philippa, ma sœur cadette, fait pousser des fleurs toute l'année dans la serre de Needham Manor.

Se penchant en avant, il chuchota :

— La première règle en matière de mensonges, c'est de n'en faire qu'à propos de soi-même, chérie.

Elle tourna la tête vers la fenêtre et regarda la neige ensevelir les bouleaux filiformes qui bordaient la route.

— Ce n'est pas un mensonge. Philippa est horticultrice.

Il y eut un long silence avant qu'elle ne se risque à regarder Michael de nouveau, et découvre qu'il l'observait avec attention.

— Si quelqu'un était venu voir les tombes de mes parents à la Saint-Étienne, qu'aurait-il trouvé ?

Elle aurait pu mentir. Mais elle ne le voulut pas. Cela avait beau être idiot, elle voulait qu'il sache qu'elle avait pensé à lui tous les ans à Noël… qu'elle s'était demandé ce qu'il devenait. Qu'elle s'était toujours souciée de lui. Même si lui ne s'était pas soucié d'elle.

— Des roses et des dahlias, répondit-elle. Comme chaque année.

Ce fut au tour de Michael de se tourner vers la fenêtre. Elle en profita pour examiner ses traits, la mâchoire ferme, le regard dur, la façon dont ses lèvres – des lèvres dont elle savait à présent combien elles étaient douces – se pinçaient en une ligne mince. Il se tenait tellement sur ses gardes, était si tendu, qu'elle aurait aimé le secouer pour qu'il exprime enfin une émotion et cesse de se contrôler si parfaitement.

Il était autrefois si vif, toujours en mouvement. À le voir aujourd'hui, il semblait impossible qu'il s'agisse de la même personne.

En cet instant, elle aurait payé cher pour lire dans ses pensées.

— Eh bien, on dirait que vous avez tout prévu, dit-il sans la regarder. Je ferai de mon mieux pour mémoriser l'histoire de notre coup de foudre.

Elle hésita, puis :

— Merci, milord.

Il tourna vivement la tête.

— *Milord ?* Seigneur, Pénélope, vous comptez jouer les épouses cérémonieuses ?

— On attend d'une femme qu'elle montre de la déférence envers son mari.

Michael fronça les sourcils.

— C'est ainsi qu'on vous a appris à vous comporter, je suppose.

— Vous oubliez que je devais être duchesse.

— Je suis désolé que vous deviez vous contenter d'un marquis à la mauvaise réputation.

— J'essaierai de tenir bon, rétorqua-t-elle sèchement. Il faut que vous repreniez votre place dans la société, ajouta-t-elle après un silence. Pour mes sœurs.

— Vous êtes de plus en plus à l'aise pour me faire part de vos exigences.

— Je vous ai épousé. Je crois que vous pouvez faire un sacrifice ou deux, dans la mesure où j'ai renoncé à *tout* pour que vous récupériez vos terres.

— Vous avez renoncé à votre mariage parfait, vous voulez dire ?

— Il n'aurait pas été parfait, admit-elle avant d'ajouter : Mais il l'aurait sûrement été davantage que celui-ci.

*En tout cas, Thomas ne l'aurait pas autant exaspérée.*

Un long silence s'ensuivit avant qu'il ne déclare :

— Je me rendrai aux soirées requises, fit-il, le regard tourné vers le paysage, image même de l'ennui. Nous commencerons par Tottenham. C'est l'homme qui se rapproche le plus d'un ami pour moi.

Pénélope était déconcertée. Michael avait toujours eu des amis. Garçon brillant, plein de vie, charmant, tout le monde l'aimait. *Elle l'avait aimé.* Il avait été son ami le plus cher. Que lui était-il arrivé ? Comment avait-il pu se transformer en un individu aussi sinistre ?

Elle préféra ne pas y penser. Le vicomte Tottenham était l'un des célibataires les plus recherchés de la bonne société, et sa mère était une grande dame.

— Excellent choix. Il vous doit de l'argent ?

— Non. Nous dînerons avec lui cette semaine, ajouta-t-il après un bref silence.

— Vous avez une invitation ?

— Pas encore.

— Alors, comment…

Il soupira.

— Que les choses soient claires : je possède la maison de jeu la plus lucrative de la capitale. Peu d'hommes en Angleterre ne trouvent pas le temps de me recevoir.

— Et leurs femmes ?

— Oui ?

— Vous pensez qu'elles ne vous jugent pas ?

— Je pense qu'elles me veulent toutes dans leur lit, alors elles me trouveront bien une place dans leur salon.

Pénélope sursauta. Dire une chose pareille à son épouse, quelle indélicatesse ! Et quelle fatuité !

— Je crains que vous ne surestimiez le désir de ces dames de vous avoir dans leur chambre.

— Vous ne tiendrez plus ces propos demain.

Le sous-entendu était on ne peut plus clair, et Pénélope s'agaça de sentir son pouls s'emballer à l'évocation de leur nuit de noces alors même qu'elle avait envie de lui cracher au visage.

— Oui, eh bien, quels que soient vos talents, je peux vous garantir que les femmes sont beaucoup plus perspicaces en public qu'elles ne le sont en privé. Et vous n'êtes pas à la hauteur.

Elle n'en revenait pas d'avoir dit cela. Mais il la mettait tellement en colère !

Lorsqu'il la regarda, il y avait dans ses yeux mordorés quelque chose qui ressemblait à de l'admiration.

— Je suis heureux que vous ayez découvert la vérité à mon sujet, ma chère épouse. Il vaut mieux que vous perdiez dès le début de notre vie commune l'espoir d'avoir un mari convenable. Je me passerai des dames de la bonne société, acheva-t-il en ôtant une poussière sur sa manche.

— Elles en sont les gardiennes. Vous avez besoin d'elles.

— C'est pourquoi je vous ai.

— Je ne suffis pas.

— Pourquoi ? N'êtes-vous pas une parfaite lady ?

Il se moquait encore. Quel être odieux !

— Cela fait bien des années que j'ai été la reine du bal. Je ne représente plus rien.

— Vous êtes marquise de Bourne, ma chérie. Je ne doute pas que tout le monde s'intéressera à vous désormais.

— Je ne suis pas votre chérie, répliqua-t-elle en lui jetant un regard noir.

— Vous me faites de la peine. Auriez-vous oublié la Saint-Étienne et notre quadrille endiablé ?

S'il tombait de la voiture et roulait dans le fossé, elle s'en ficherait. Elle ne ferait même pas arrêter la voiture pour ramasser ses restes.

Qu'il reprenne Falconwell lui était complètement égal. Mais elle aimait ses sœurs, et ne voulait pas qu'elles souffrent par sa faute. Elle inspira profondément et s'exhorta au calme.

— Vous devrez montrer votre valeur. Les gens auront besoin d'en avoir la preuve. De croire qu'elle m'a séduite.

— Je vaux trois fois plus que la plupart de ces gens.

Elle secoua la tête.

— Je parle de votre valeur en tant que marquis, en tant qu'homme.

Il se figea.

— Tous ceux qui connaissent mon histoire peuvent vous dire que je ne vaux pas grand-chose sur ces deux plans-là. J'ai tout perdu il y a une décennie. Vous n'êtes pas au courant ?

Le ton était condescendant, et la question de pure rhétorique, mais Pénélope ne se laissa pas intimider.

— Je suis au courant. Et vous êtes prêt à laisser une stupide peccadille de gamin souiller votre image pour l'éternité ? Et la mienne, à présent ?

Il se pencha vers elle, le visage dur. Elle ne recula pas, refusa de fuir son regard.

— J'ai tout perdu, articula-t-il. Plusieurs centaines de milliers de livres. Sur une seule carte. Une perte colossale. Historique. Et vous appelez ça une peccadille ?

Elle avala sa salive.

— Plusieurs centaines de milliers ?

— Oui.

Elle résista à l'envie de demander combien exactement.

— Sur une seule carte ?

— Oui.

— Ce n'est pas une peccadille, dans ce cas. Mais c'est à coup sûr stupide.

Elle ignorait d'où lui venaient les mots, mais ils sortaient vaillamment, car elle savait qu'elle avait le choix entre braver Michael ou montrer sa peur. Miraculeusement, elle parvint à garder les yeux fixés sur lui.

— Vous venez de dire que j'étais stupide ? gronda-t-il.

Le cœur de Pénélope se mit à battre – si fort qu'il lui parut impossible que Michael ne l'entende pas. Elle agita la main d'un geste qui se voulait désinvolte.

— Là n'est pas le sujet. Si nous devons convaincre la société que mes sœurs sont dignes d'un beau mariage, vous devez prouver que vous êtes une escorte plus que respectable. Il faut que vous vous rachetiez une conduite.

Il garda le silence un long moment et elle craignit d'être allée trop loin.

— Me racheter une conduite ? dit-il enfin.

Elle hocha la tête.

— Je vous aiderai.

— Dites-moi, est-ce que vous négociez toujours aussi habilement ?

— Non, pas du tout. En fait, je ne négocie jamais. Je cède.

— Vous n'avez pas cédé une seule fois en trois jours, observa-t-il, les yeux plissés.

— C'est faux. J'ai accepté de vous épouser, non ?

— En effet, reconnut-il. Quoi d'autre ?

— Pardon ?

— Je n'aime pas découvrir constamment de nouvelles clauses dans notre accord. Mettons cartes sur table, voulez-vous ? Vous exigez que la prochaine saison soit un succès pour vos sœurs et qu'elles trouvent un bon parti. Vous exigez que je réintègre la bonne société. Quoi d'autre ?

— Il n'y a rien d'autre.

L'espace d'un instant, Michael parut… déçu ?

— Si votre adversaire se comporte de telle façon qu'il vous est impossible de perdre, Pénélope, il faut miser gros.

— Une autre règle de joueur ?

— Une autre règle de gredin. Qui marche aussi avec les maris. Surtout les maris dans mon genre.

Les maris dans son genre. Elle se demanda ce qu'il entendait par là, mais elle n'eut pas le temps de poser la question qu'il enchaînait :

— Quoi d'autre, Pénélope ? C'est maintenant ou jamais qu'il faut le dire.

La question était si vaste, tellement ouverte… et les réponses si nombreuses. Elle hésita, son cerveau en ébullition. Que voulait-elle ? *Réellement.*

Que voulait-elle de lui ?

Elle rencontra son regard tacheté de vert et d'or.

— Cela risque de ne pas vous plaire.

— J'en suis certain.

— Mais puisque vous avez posé la question…

— J'assume cette faute.

Elle pinça les lèvres, puis se lança :

— Je veux autre chose que la vie ennuyeuse et convenable d'une épouse ennuyeuse et convenable.

Sa déclaration le prit visiblement de court.

— Qu'est-ce que cela signifie ?

— J'ai passé ma vie dans la peau d'une jeune fille exemplaire – glissant imperceptiblement vers celle d'une vieille fille exemplaire. Et c'était… atroce.

L'adjectif la surprit. C'était la première fois qu'elle trouvait atroce sa vie de jeune fille sage. Elle n'en avait jamais imaginé d'autre. Jusque-là.

— Je veux un mariage d'un autre genre. Un mariage dans lequel je serai davantage qu'une femme dont les journées sont consacrées à la broderie et aux bonnes œuvres, et qui connaît si mal son mari qu'elle sait tout juste quel pudding il préfère.

— Vous pouvez broder ou ne pas broder, cela m'est complètement égal et, si je me souviens bien, vous n'excellez pas dans cette activité.

— Excellent début, sourit-elle.

— Si vous n'accordez pas une minute de votre temps aux œuvres de charité… honnêtement, cela ne me tracassera pas non plus.

Le sourire de Pénélope s'élargit.

— Très prometteur. Et je suppose que vous n'avez pas de pudding préféré ?

— Non, reconnut-il. Il y a autre chose, je suppose.

— Oui, j'aimerais vivre une aventure.

— Quelle aventure, lady Pénélope ?

— Lady Bourne, s'il vous plaît.

Une lueur de surprise passa dans son regard.

— Lady Bourne, en effet.

Elle découvrit qu'elle aimait la façon dont cela sonnait. Elle n'aurait pas dû. Il ne lui avait donné aucune raison de l'aimer.

— J'aimerais voir votre fameuse maison de jeu.

— Pourquoi ?

— Ce serait une aventure pour moi.

— Assurément.

— Je suppose que les femmes ne fréquentent pas ce genre d'endroit ?

— Pas les femmes comme vous, non.

Le sous-entendu lui déplut. Il impliquait qu'elle était de ces êtres banals et ennuyeux, incapables de faire quoi que ce soit d'aventureux. Elle tint bon, cependant.

— Peu importe, j'aimerais quand même y aller. Le soir, ajouta-t-elle.

— Pourquoi le soir ?

— Les événements de la soirée me paraissent plus aventureux. En tout cas plus illicites.

— Que savez-vous de ce qui est illicite ?

— Pas grand-chose. Mais je suis sûre que j'apprendrai vite.

Son pouls s'emballa au souvenir des plaisirs qu'il lui avait fait découvrir cette nuit à Falconwell, puis elle se rappela qu'il l'avait quittée, dès qu'il l'avait jugée suffisamment compromise. Elle s'éclaircit la voix, soudain mal à l'aise.

— Quelle chance j'ai d'avoir un mari qui peut m'emmener dans ce genre d'endroit !

— Quelle chance, en effet, renchérit-il. Si votre désir d'aventure n'allait pas à l'encontre de cette respectabilité dont vous voulez que je me pare, je vous rendrais volontiers ce service. Malheureusement, je dois refuser.

La colère embrasa Pénélope. Il trichait. Il était d'accord pour satisfaire des caprices, et payer le prix qu'il fallait pour récupérer Falconwell – mais c'était un prix fixé par lui.

Il était comme les autres, finalement. Comme son père, comme son fiancé, comme tous les hommes qui avaient voulu la courtiser.

Elle avait accepté ce mariage parce que les événements avaient échappé à son contrôle. Elle avait accepté d'accorder sa main à un gredin. Mais elle n'accepterait pas qu'on la manipule.

— Cela faisait partie de notre accord. Vous me l'avez promis la nuit où j'ai accepté de vous épouser. Vous m'avez dit que je pourrais avoir la vie que je désirais. Vous m'avez affirmé qu'assumer le titre vilipendé de marquise de Bourne ruinerait peut-être ma réputation, mais qu'il me donnerait la liberté.

— C'était avant que vous me demandiez de redevenir un gentleman, répliqua-t-il. Vous voulez que vos sœurs fassent un mariage convenable ? Ne pariez pas ce à quoi vous tenez, chérie. Troisième règle du joueur.

— Et du gredin, ajouta-t-elle, irritée.

— Oui, aussi.

Il l'étudia un moment avant de reprendre :

— Votre problème, c'est que vous ne savez pas ce que vous voulez vraiment. Vous savez ce que vous devriez vouloir. Mais ce n'est pas la même chose que le vrai désir, n'est-ce pas ?

Quel homme horripilant !

— Vous voilà bien dépitée, remarqua-t-il, amusé, en s'adossant de nouveau à la banquette.

— Au moins, parlez-m'en.

— De quoi ?

— De votre maison de jeu.

— Que voulez-vous savoir ?

— Tout, répondit-elle. Vous pourriez vous épargner cette conversation si vous me la faisiez visiter.

Le coin des lèvres de Michael se retroussa imperceptiblement.

— Je vois que vous êtes d'accord, commenta-t-elle.

Il haussa un sourcil.

— Pas complètement.

— Mais vous m'y emmènerez ?

— Quelle femme têtue ! Oui, je vous y emmènerai, admit-il après une pause, puis, la voyant sourire, il estima prudent de préciser : Une seule fois.

Elle s'en contenterait, décida-t-elle.

— Est-ce vraiment excitant ?

— Si vous aimez jouer.

— Je n'ai jamais joué, avoua-t-elle en fronçant le nez.

— Sottise. Vous n'avez pas cessé de parier depuis que nous nous sommes retrouvés. D'abord, pour vos sœurs et, aujourd'hui, pour vous-même.

Elle réfléchit une seconde et admit :

— Oui, peut-être. Et j'ai gagné.

— Parce que je vous ai laissée gagner.

— Je suppose que cela n'arrive pas dans votre maison de jeu ?

— Non, répondit-il avec un petit rire. Nous préférons laisser les joueurs perdre.

— Pourquoi ?

— Parce que leurs pertes font nos gains.

— L'argent, vous voulez dire ?

— L'argent, les terres, les bijoux... tout ce qu'ils sont assez bêtes pour miser.

Elle trouvait cela fascinant.

— Et cet endroit s'appelle *L'ange* ?

— *L'ange déchu.*

Elle réfléchit de nouveau un long moment.

— C'est vous qui avez choisi ce nom ?

— Non.

— Il semble approprié en ce qui vous concerne.

— J'imagine que c'est pour cela que Chase l'a choisi. Il est approprié en ce qui nous concerne tous.

— Tous ?

Il soupira.

— Vous êtes avide.

— Je préfère dire curieuse.

Il se redressa, tripota le bord de sa manche.

— Nous sommes quatre.

— Et vous êtes tous... déchus ?

Le dernier mot avait été murmuré.

— En un sens.

Elle considéra la façon dont il avait répondu, sans honte ni fierté. Avec franchise. Et elle se rendit compte qu'il y avait quelque chose de séduisant dans sa chute. Dans le fait d'avoir tout misé et tout perdu – *des centaines de milliers de livres !* – et tout regagné en si peu de temps. Sans l'aide de quiconque. Avec sa seule volonté et son courage.

Pas seulement séduisant.

Héroïque.

Elle croisa son regard ; elle le voyait soudain sous un jour entièrement nouveau.

Il se pencha vers elle, et la voiture devint d'emblée trop petite.

— Ne faites pas cela.

— Quoi ? s'inquiéta-t-elle en reculant.

— Vous êtes en train d'en faire un roman. De faire de *L'ange* ce qu'il n'est pas. De faire de *moi* ce que je ne suis pas.

Troublée d'avoir été percée à jour, elle secoua la tête.

— Non, je ne...

— Bien sûr que si. Vous croyez que je n'ai pas vu cette expression dans le regard d'une douzaine de femmes ? D'une centaine ? Ne faites pas cela, insista-t-il. Vous seriez très déçue.

Dans le silence qui suivit, il décroisa ses longues jambes bottées, et les recroisa, une cheville en travers de l'autre, avant de fermer les yeux.

Pénélope ne pouvait s'empêcher d'être étonnée. Il se comportait comme s'ils étaient de simples compagnons de voyage. Et peut-être avait-il raison, car il n'y avait rien en lui d'un époux, et elle-même ne se sentait pas du tout une épouse.

Les épouses se sentaient plus sûres d'elles, imaginait-elle.

Non pas qu'elle-même se soit sentie sûre d'elle neuf ans auparavant lorsqu'elle avait failli se marier avec un homme qu'elle ne connaissait pas.

L'idée la fit réfléchir. Il n'était guère différent du duc, ce Michael adulte qu'elle ne reconnaissait pas. Elle chercha sur son visage des traces de l'ami d'antan.

Peine perdue.

Le garçon charmant avait été remplacé par un être froid et inflexible qui se frayait un chemin à travers l'existence d'autrui et prenait sans vergogne ce qui le tentait.

*Son mari.*

Tout à coup, Pénélope se sentit très seule. Que faisait-elle là, en compagnie de cet étranger, loin de ses parents, de ses sœurs, de Thomas, se dirigeant vers Londres et ce qui s'annonçait comme le jour le plus étrange de sa vie ?

Ce matin-là, tout avait changé.

Désormais, il y aurait un avant et un après mariage.

Avant, il y avait Dolby House à Londres, Needham Manor et sa famille. Après, il y aurait… Michael.

Michael, et personne d'autre.

Michael, un inconnu devenu son mari.

Une douleur lui étreignit la poitrine. De la tristesse ? Non, de l'impatience.

Elle prit une inspiration tremblante. Michael rouvrit les yeux et demanda avant qu'elle puisse feindre de dormir :

— Qu'y a-t-il ?

Elle aurait dû être touchée qu'il pose la question, au lieu de quoi, elle se découvrit agacée par son ton froid. Ne comprenait-il donc pas ce que cette journée pouvait avoir de perturbant pour elle ?

— Vous pouvez revendiquer ma vie, ma dot et ma personne, milord, mais mes pensées m'appartiennent.

Il la dévisagea, et Pénélope eut la désagréable impression qu'il lisait en elle.

— Pourquoi vous fallait-il une si grosse dot ?

— Je vous demande pardon ?

— Pourquoi étiez-vous toujours célibataire ?

Elle éclata de rire. Ce fut plus fort qu'elle.

— Vous êtes sûrement la seule personne en Angleterre à ignorer mon histoire. J'ai été victime de la pire sorte de rupture de fiançailles, expliqua-t-elle avec concision.

— Il y a différentes « sortes » de ruptures ?

— Oh, oui ! La mienne a été particulièrement pénible. Pas la rupture elle-même – les circonstances m'ont permis d'en prendre l'initiative –, mais le reste… le fait qu'avant la fin de la semaine suivante il avait épousé la femme qu'il aimait. Ce n'était guère flatteur. Il m'a fallu des années pour apprendre à ignorer les chuchotements qui s'élevaient sur mon passage.

— À propos de quoi les gens pouvaient-ils bien chuchoter ?

— Eh bien, pourquoi est-ce que l'Anglaise parfaite, choyée, dotée, titrée, etc., que j'étais avait été incapable de retenir un duc ne serait-ce qu'un mois ?

— Et ? Pourquoi en avez-vous été incapable ?

Elle détourna les yeux.

— Il était éperdument amoureux d'une autre. Il semblerait que l'amour vienne bel et bien à bout de tout. Y compris les mariages aristocratiques.

— Vous croyez cela ?

— Oui. Je les ai vus ensemble. Ils sont… parfaits. Du moins, j'aime à le penser.

— En quoi cela vous importe-t-il ?

— Cela ne devrait pas, j'imagine… mais j'aime à croire que s'ils n'étaient pas faits l'un pour l'autre, s'ils ne s'aimaient pas autant… alors, il n'aurait pas fait ce qu'il a fait, et…

— Et vous seriez mariée.

Elle le regarda, un sourire désabusé sur les lèvres.

— Je le suis, de toute façon.

— Mais vous auriez eu le mariage que vous attendiez, et non celui-ci, qui est un scandale potentiel.

— Je ne le savais pas, mais ce mariage-là devait couvrir un autre scandale potentiel, expliqua-t-elle. La sœur du duc était célibataire, elle n'avait pas encore fait son entrée dans le monde, et elle attendait un enfant. Mon fiancé voulait que notre mariage fasse diversion.

— Il comptait vous utiliser pour étouffer ce scandale ? Sans vous en parler ?

— Est-ce différent que de m'utiliser pour de l'argent ? Ou des terres ?

— Bien sûr que c'est différent. Je n'ai pas menti.

En effet, et cela comptait. Suffisamment pour qu'elle se rende compte qu'elle n'échangerait pas ce mariage-ci contre l'autre.

Il commençait à faire froid dans la voiture et Pénélope disposa ses jupes de façon à profiter de ce qui restait de chaleur dans la brique chaude à ses pieds.

— Vous vous souvenez de mes sœurs, Victoria et Valérie ? reprit-elle.

Il hocha la tête, et elle enchaîna :

— Elles ont fait leur entrée dans le monde juste après la rupture de mes fiançailles. Et elles en ont souffert. Ma mère craignait tant qu'elles ne soient condamnées au célibat par ma faute qu'elle les a pressées d'accepter la première demande en mariage qu'elles ont reçue. Victoria a épousé un comte vieillissant affolé à l'idée de ne pas avoir d'héritier, Valérie a épousé un vicomte, beau garçon, mais plus riche qu'intelligent. Je doute qu'elles soient heureuses… mais peut-être n'ont-elles jamais espéré l'être.

Elle s'interrompit, et reprit après réflexion :

— Nous n'avons pas été élevées dans l'idée que le mariage puisse être autre chose qu'un arrangement entre deux familles. Mais, à cause de moi, elles n'auraient de toute façon pas pu avoir mieux.

Elle n'aurait su dire ce qui la poussait à expliquer les tenants et aboutissants de cette histoire à Michael.

— Mon mariage devait être le plus calculé, le plus pragmatique de tous. J'étais censée devenir duchesse de Leighton, me taire, obéir à mon mari et mettre au monde le futur duc de Leighton. Et je l'aurais fait. Avec joie… Il s'est trouvé que le duc avait d'autres projets, conclut-elle avec un haussement d'épaules.

— Vous l'avez échappé belle.

Jamais personne ne lui avait présenté la chose sous cet angle. Il est vrai que retrouver sa petite vie tranquille après le tohu-bohu de la rupture avait été réconfortant, sans qu'elle ose se l'avouer. Même à présent, elle ne pouvait se résoudre à approuver Michael.

— Je doute que la plupart des femmes de la bonne société soient d'accord avec vous. C'est curieux comme ce petit événement a tout changé.

— Pas si petit que cela, j'imagine.

Elle lui jeta un coup d'œil, étonnée qu'il lui accorde une telle attention.

— Non… en effet.

— Qu'est-ce que ça a changé pour vous ?

— Je n'étais plus un modèle. Je n'étais plus l'épouse idéale, répondit-elle en lissant ses jupes. Je n'étais plus parfaite. Plus à leurs yeux.

— L'expérience m'a appris que la perfection aux yeux de la société était grandement surfaite.

Michael la fixait, une lueur dans les yeux qu'elle ne pouvait identifier.

— C'est facile à dire pour vous qui l'avez quittée, répliqua-t-elle.

Il refusa de la laisser le prendre pour sujet.

— Ce que vous venez de dire, c'est en quoi cette rupture vous a transformée aux yeux des autres. Mais en quoi vous a-t-elle changée, *vous*, Pénélope ?

Pour la première fois, elle osa s'interroger honnêtement. Et la vérité surgit.

Ce scandale avait rendu le bonheur possible.

Elle s'empressa de chasser cette pensée, mais Michael se pencha en avant, et la dévisagea avec insistance.

— Voilà. Vous venez de répondre à ma question.

— Je…

— Dites-le.

— Cela n'a plus d'importance.

— Plus, répéta-t-il. À cause de moi ?

« Je n'étais pas destinée à avoir ce qu'ils ont », songea-t-elle.

Elle répondit, pesant ses mots :

— Cela m'a permis de comprendre que le mariage n'était pas forcément un arrangement. Le duc aime sa femme. Leur mariage… est tout sauf ennuyeux.

— Et c'est ce que vous vouliez ?

Seulement lorsqu'elle avait su que c'était possible.

Elle haussa les épaules.

— Peu importe ce que je voulais. Je suis mariée à présent.

Remarquant qu'elle tremblait légèrement, il grommela et vint s'asseoir près d'elle.

— Vous avez froid.

Il drapa le bras autour de ses épaules et l'attira dans sa chaleur.

— Voilà, fit-il en disposant la couverture de voyage sur leurs genoux. Nous serons mieux.

Elle se blottit contre lui en s'efforçant de ne pas penser à la dernière fois où elle s'était trouvée aussi près de lui.

— Décidément, milord, vous n'arrêtez pas de partager vos couvertures avec moi.

— Bourne, corrigea-t-il. C'est que, si je ne les partage pas, vous me les volez.

Elle ne put retenir un éclat de rire.

Ils demeurèrent silencieux un long moment avant qu'il ne murmure :

— Ainsi donc, toutes ces années, c'est un mariage heureux que vous attendiez.

— Je ne sais pas si j'utiliserais le mot attendre. Espérer plutôt.

— Et votre fiancé, celui à qui je vous ai volée, vous l'aurait-il donné ?

*Peut-être. Ou peut-être pas.*

Elle aurait dû lui dire la vérité à propos de Thomas. Qu'ils n'avaient jamais été vraiment fiancés. Quelque chose la retint.

— La question n'a plus de raison d'être, dit-elle. Mais on ne me reprochera pas deux mariages malheureux de plus. Je ne me leurre pas au point de croire que mes sœurs trouveront l'amour, mais elles pourraient au moins être heureuses, non ? Trouver l'une et l'autre quelqu'un qui leur convienne... ou est-ce trop demander ?

— Franchement, je ne sais pas, dit-il en la retenant d'une main contre lui tandis que la voiture brinquebalait sur un pont. Je ne suis pas qualifié pour trancher cette question.

Tout en se le reprochant, elle s'abandonna avec plaisir contre Michael, savoura la pression de la main qui allait et venait le long de son bras, poussa la folie jusqu'à imaginer que cette conversation paisible entre époux serait suivie de beaucoup d'autres.

— Philippa est presque fiancée à lord Castleton, reprit-elle. Il fera probablement sa demande lorsqu'elle aura regagné Londres.

La main de Michael s'immobilisa une seconde avant de reprendre son va-et-vient sur le bras de Pénélope.

— Comment Castleton et elle ont-ils fait connaissance ?

Elle pensa au comte si terne et ennuyeux.

— Comme tout le monde, en fait. Les bals, les dîners, les promenades au parc. Il a l'air assez gentil, mais… l'imaginer avec Philippa me chagrine.

— Pourquoi ?

— Certaines personnes trouvent Philippa bizarre, mais c'est faux. Elle est juste studieuse, et passionnée par les sciences. Elle cherche toujours à comprendre comment les choses fonctionnent. Castleton ne me semble pas être à la hauteur. Cela dit, elle se moque de savoir qui elle épousera ; du moment qu'elle aura accès à une bibliothèque et qu'il y aura des chiens dans la maison, elle se débrouillera pour être heureuse. J'aimerais seulement qu'elle trouve quelqu'un de plus… euh, je déteste être cruelle, mais… de plus intelligent.

— Mmm, fit Michael. Et votre autre sœur ?

— Olivia est très belle.

— Alors, elle n'aura pas de problème pour trouver un mari.

— C'est aussi simple que cela ?

— La beauté est un atout.

Pénélope n'avait jamais été considérée comme belle. Passable, oui, et, bien habillée et pomponnée, plaisante à regarder. Même lorsqu'elle était sur le point de devenir duchesse de Leighton, elle ne passait pas pour belle, mais pour la perfection incarnée.

Elle maudit la franchise de Michael. Aucune femme n'aimait qu'on lui rappelle que d'autres étaient plus belles.

— Oui, Olivia est belle, et elle le sait…

— À vous entendre, elle semble délicieuse.

Ignorant le sarcasme, elle poursuivit :

— Il lui faudra un homme riche et prêt à la gâter.

— C'est l'inverse de ce dont a besoin Philippa, on dirait.

— Non. Vous verrez.

Le silence retomba entre eux. Bercée par le mouvement de la voiture, elle allait céder au sommeil lorsque Michael demanda :

— Et vous ?

— Moi ? fit-elle en rouvrant les yeux.

— Oui, vous. Quel genre d'homme vous conviendrait ?

« J'aimerais que ce soit vous », aurait-elle pu lui répondre.

C'était son mari, après tout. Il était naturel qu'elle voie en lui plus qu'un compagnon de voyage. Plus qu'une relation. Plus qu'un ami. Plus que l'homme froid et dur dont il donnait l'image. Celui qui la serrait contre lui et lui parlait en cet instant, oui, celui-là lui convenait fort bien.

Bien sûr, elle n'en dit rien.

— Cela n'a plus d'importance, maintenant, n'est-ce pas ?

— Et si cela en avait ? insista-t-il.

Cédant à la calme intimité du moment, elle répondit :

— Je suppose que j'aimerais quelqu'un d'intéressant... de gentil, quelqu'un qui serait d'accord pour m'apprendre...

*À vivre.*

Impossible de dire une chose pareille. Il éclaterait de rire.

— Quelqu'un avec qui danser et rire... quelqu'un pour qui j'aurais de l'affection.

— Quelqu'un comme votre fiancé ?

Elle songea à dire à Michael que l'homme dont il parlait, c'était Thomas, leur ami d'enfance. Le fils de l'homme qui l'avait dépouillé. Mais elle ne pu se résoudre à rompre la magie de l'instant.

— Comme mon mari, peut-être, murmura-t-elle.

Michael ne répondit pas, et elle se demanda s'il avait entendu. Lorsqu'elle se risqua à lever les yeux vers lui, elle découvrit qu'il la contemplait avec une insistance troublante, son regard noisette presque doré dans la lumière déclinante.

L'espace d'une seconde, elle crut qu'il allait l'embrasser. *Elle le souhaita.* Ses joues s'enflammèrent, et elle se hâta de reposer la tête contre la poitrine de Michael en se maudissant de sa sottise.

# 8

*Cher M.*

*Juste un mot pour vous dire que nous pensons tous à vous, moi surtout. J'ai demandé à mon père si nous pouvions vous rendre visite à Eton, et bien sûr il a répondu que ce ne serait pas convenable puisque nous ne sommes pas de votre famille. C'est stupide, vraiment. Pour moi, vous avez toujours autant fait partie de ma famille que mes sœurs. Et beaucoup plus que ma tante Hester.*

*Thomas passera chez lui les vacances d'été. Je croise les doigts pour que vous nous rejoigniez.*

*À jamais, votre P.*
*Needham Manor, mai 1816*

Lettre restée sans réponse.

Le soir de son mariage, Bourne déposa son épouse et ses bagages dans son hôtel particulier de Londres, et repartit aussitôt. Direction *L'ange déchu*.

Il aurait menti s'il avait prétendu ne pas avoir honte de l'abandonner aussi cavalièrement, dans une nouvelle maison avec un personnel qu'elle ne connaissait pas, mais il avait un but, et plus vite il l'atteindrait, mieux ce serait pour tout le monde.

Il enverrait l'annonce de leur mariage au *Times*, trouverait des partis pour les jeunes Marbury, et se vengerait.

Il n'avait pas de temps à perdre avec son épouse, ses sourires sereins, ses reparties acides et les souvenirs qu'elle lui rappelait.

Il n'y avait pas de place dans sa vie pour des conversations amicales, des plaisanteries innocentes et des confidences.

Il n'y en avait pas non plus pour les envies de meurtre qu'il éprouvait à l'égard de l'homme qui, en lui préférant une autre femme, l'avait fait douter d'elle.

Peu importait qu'elle dépose des fleurs sur la tombe de ses parents à Noël.

Maintenir une certaine distance entre eux était primordial – c'était cette distance qui établirait dès le début les conditions de leur mariage, à savoir que chacun mènerait sa vie comme il l'entendait.

Il la laissa donc, les paupières lourdes de sommeil et les vêtements froissés par le voyage, en s'efforçant d'oublier qu'elle allait passer seule sa nuit de noces, et qu'il le paierait probablement d'un surcroît de tortures en enfer.

Quatre heures dans la même voiture, et déjà elle l'attendrissait.

Il inspira profondément, prit plaisir à sentir ses poumons s'emplir de l'air froid et humide de janvier. Mayfair, Regent Street, St. James... la promenade nocturne le rassérénait. Des silhouettes surgissaient du brouillard, s'approchaient de lui sans mot dire puis, l'instinct leur soufflant que ce qu'elles avaient à vendre n'intéresserait pas ce passant-là, s'évanouissaient aussi vite qu'elles étaient apparues.

Le club n'était pas encore ouvert et les servantes achevaient de brosser les tapis, d'astiquer les appliques et d'épousseter les tableaux.

Bourne aimait arriver le premier. Il aimait le silence de l'établissement avant que les employés vérifient le poids des dés, l'huile des roulettes, l'état des cartes, se préparant à accueillir la foule bruyante qui allait fondre sur eux telle une nuée de sauterelles.

Il aimait quand le club était désert, vide de tout sauf de possibilités. De tout sauf de tentations.

Il plongea les doigts dans la poche de son gilet et y chercha le talisman qui lui rappelait que c'était la tentation et rien d'autre qui maintenait ces tables animées.

Que c'était la tentation qui ruinait les imprudents.

*Que l'on ne devait pas risquer ce que l'on ne pouvait se permettre de perdre.*

La pièce n'était plus là. Autre rappel de cette épouse qu'il privait de sa nuit de noces.

Il s'approcha de la roulette, la fit tourner. Le tourbillon de couleurs capta son attention. Il prit la boule sur laquelle tant d'espoirs se fondaient – et se perdaient – et la jeta. Le choc de l'ivoire sur le métal le fit frissonner.

Rouge, paria-t-il malgré lui.

Il se détourna avant que la roulette ralentisse, avant que le hasard fasse son choix.

— Tu es rentré.

La silhouette de Cross, l'un des quatre propriétaires associés de *L'ange déchu*, se détachait sur le seuil du bureau, de l'autre côté de la pièce. C'était Cross qui tenait les comptes du club et veillait à ce que chaque penny qui en franchissait la porte aboutisse dans leur escarcelle. En matière de chiffres, c'était un génie, mais son allure et sa façon de vivre ne correspondaient pas au financier sans égal qu'il était. Il mesurait bien trente centimètres de plus que Michael ; il était même plus grand que Temple, mais, si ce dernier avait les dimensions d'une petite maison, Cross était efflanqué, tout en angles aigus. Bourne le voyait rarement manger, et à en juger par ses yeux creux, cela faisait au moins deux jours qu'il n'avait pas dormi.

— Tu es en avance, s'étonna Bourne.

Cross frotta sa joue hérissée de chaume.

— En retard, en fait.

Il s'effaça pour permettre à une femme ravissante de sortir de la pièce derrière lui. Elle adressa un sourire timide à Bourne, rabattit sa capuche afin de dissimuler son visage, et se hâta de sortir sans mot dire.

— Je vois que tu as travaillé très dur, commenta-t-il.

— Elle est douée avec les chiffres, affirma Cross avec un sourire en coin.

— J'en suis sûr.

— Nous ne t'attendions pas si tôt.

— Il y a eu un revirement.

— En mieux ou en pire ?

Le souvenir de ce qu'il avait juré à Pénélope devant le pasteur le mit mal à l'aise.

— Ça dépend du point de vue où l'on se place.

— Je vois.

— J'en doute.

— Falconwell ?

— M'appartient.

— Tu as épousé la fille ?

— Oui.

Cross émit un long sifflement bas.

— Où est-elle ?

— À la maison.

— Quelle maison ? La tienne ?

— Je n'ai pas jugé convenable de l'amener ici.

Cross garda le silence un moment, puis :

— J'avoue que j'ai hâte de rencontrer cette femme que la perspective d'épouser ce butor de Bourne n'a pas fait fuir.

*Elle n'a pas eu le choix.*

Il était tout ce qu'elle n'était pas, grossier, coléreux, et sans espoir de regagner un jour le monde dans lequel il était né, dans lequel *elle* était née.

Ce monde-ci – celui du jeu, de l'alcool, du sexe et de pire encore – la ferait mourir de peur.

Mais elle avait demandé à le voir.

Il le lui montrerait donc.

Parce qu'il ne pouvait résister à la tentation de la corrompre. C'était trop attirant. Trop délicieux.

Elle ne se rendait pas compte de ce qu'elle avait demandé. Pour elle, l'aventure se résumait à une promenade nocturne dans les bois autour de la maison de son enfance. L'étage principal de *L'ange déchu* la rendrait hystérique.

— Tu parlais d'un revirement, reprit Cross qui s'adossa au mur et croisa les bras sur la poitrine. Tout ne s'est pas passé comme prévu ?

— Il a fallu que j'accepte de trouver des maris pour ses sœurs.

Cross arqua les sourcils.

— Il y en a combien ?

— Deux. Je pense que la tâche ne sera pas difficile. Il faut que tu saches que c'est un mariage d'amour, ajouta-t-il en croisant le regard gris de son associé. Nous nous sommes mariés ce matin. Je ne pouvais pas supporter de rester séparé d'elle un instant de plus.

Un silence se fit, le temps que Cross saisisse la signification de ce mensonge.

— Parce que tu es très amoureux.

— Exactement.

— Le mariage a eu lieu ce matin, répéta Cross.

Sachant ce qui allait suivre, Bourne se détourna, s'appuya des deux mains sur la table de jeu.

— Tu l'as laissée seule le soir de votre mariage ?

— Oui.

— Elle est très laide ?

*Non.*

Lorsqu'elle était dans les affres de la passion, elle était à couper le souffle. Le souvenir de leur nuit à

Falconwell le troubla physiquement de façon très gênante.

Il se frotta le visage comme pour en effacer le mensonge.

— J'avais besoin d'une petite séance sur le ring avec Temple.

— Ah, je vois qu'elle l'est !

— Non, elle ne l'est pas.

— Alors, peut-être que tu devrais rentrer chez toi et consommer le mariage avec cette femme que tu aimes si passionnément. Dieu sait que ce sera une expérience plus agréable que de se faire tabasser par Temple.

« Même si tu le mérites », aurait pu ajouter Cross.

Bourne réfléchit. Il s'imagina au lit avec sa jeune épouse innocente pour réclamer son dû, la faire sienne. Ses cheveux soyeux s'accrocheraient à sa barbe naissante, ses lèvres pleines s'écarteraient sur un soupir lorsqu'il la caresserait, et elle pousserait un cri lorsqu'il la ferait jouir.

Tentation perfide !

Mais elle ne se contenterait pas de cette unique expérience. Elle demanderait plus. Plus qu'il n'était prêt à donner.

Son regard se porta sur la roulette, sur l'endroit où la boule s'était arrêtée.

*Noir.*

Bien sûr.

— Il y a autre chose, dit-il en se retournant vers son associé.

— Il y a toujours autre chose.

— J'ai accepté de réintégrer la bonne société.

— Grands dieux ! Pourquoi donc ?

— Il faut trouver des partis pour ses sœurs.

— Needham a négocié ton retour chez les honnêtes gens ? s'esclaffa Cross. Bien joué, le beau-papa.

Bourne s'abstint de préciser que sa fille l'avait obtenu avant lui.

— Il détient une information qui causera la perte de Langford.

— Comment est-ce possible ? On a fouillé partout ! s'écria Cross, stupéfait.

— Nous n'avons pas cherché au bon endroit.

— Tu es sûr que…

— C'est suffisamment grave pour l'anéantir.

— Et Needham te donnera ce qu'il a quand ses filles seront casées ?

— Cela ne devrait pas prendre très longtemps. Apparemment, l'une d'elle est déjà à mi-chemin de l'autel au bras de Castleton.

— Castleton est un abruti, remarqua sobrement Cross.

— Il ne sera pas le premier à épouser une femme plus intelligente que lui, déclara Bourne avec un haussement d'épaules. Et pas le dernier.

— Tu laisserais ta sœur l'épouser ?

— Je n'ai pas de sœur.

— Il me semble que tu en as deux maintenant.

Bourne perçut la critique sous-jacente, et comprit ce que voulait dire Cross. À savoir qu'un mariage avec Castleton condamnerait n'importe quelle femme un tant soit peu intelligente à périr d'ennui.

Et si une autre de ses sœurs faisait un mauvais mariage, Pénélope en souffrirait. *Je ne me leurre pas au point de croire que mes sœurs trouveront l'amour, mais elles pourraient au moins être heureuses, non ?*

— C'est quasiment fait, répliqua-t-il pourtant. Et cela me rapproche de Langford. Pas question que je freine le processus. Du reste, n'est-ce pas le lot de la plupart des femmes de l'aristocratie de supporter leur mari ?

Cross haussa un sourcil.

— Reconnais qu'un mariage avec Castleton serait une épreuve. Surtout pour une jeune personne qui espère, disons, un peu de conversation. Tu devrais la présenter à quelqu'un d'autre. Qui serait au moins doté d'un cerveau.

— Tu proposes tes services ? railla Bourne.

— Il y a sûrement quelqu'un, insista Cross, le regard sévère.

— Pourquoi chercher alors qu'on a Castleton sous la main ?

— Tu es vraiment devenu un salaud au cœur froid.

Bourne demeura silencieux.

— Tu recevras peut-être quelques invitations sans te donner trop de mal, reprit Cross, mais pour le reste – pour réintégrer vraiment la bonne société –, tu vas avoir besoin de Chase. Lui seul peut t'aider à rouvrir les portes les plus fermées.

Occupé à tirer sur les manches de sa redingote, Bourne acquiesça d'un hochement de tête.

— Eh bien, je vais me mettre à sa recherche. Et toi, s'il te plaît, commence à raconter que…

— Que tu as été terrassé par l'amour.

Bourne hésita une fraction de seconde avant d'acquiescer. Cross le remarqua.

— Tu devras te comporter autrement si tu veux qu'on te croie. Autre chose, jeta-t-il comme Bourne faisait demi-tour sans répondre. Si ta vengeance dépend de ton mariage, dépêche-toi de le garantir.

— Qu'est-ce que tu veux dire ? riposta Bourne, les sourcils froncés.

— Tout simplement que tu as intérêt à ne pas laisser à ta femme un motif d'annulation. Emmène-la au lit, Bourne. Et vite.

Bourne n'eut pas le temps de répondre qu'un remue-ménage leur parvint depuis l'entrée principale.

— Je me contrefiche de ne pas être membre de ce club. Laissez-moi le voir où je me ferai un devoir de détruire cet endroit et vous avec.

Bourne et Chase échangèrent un regard entendu.

— C'est toujours la même promesse, observa ce dernier, mais jamais de la part de quelqu'un de taille à la tenir.

— Ta compagne de tout à l'heure aurait-elle un mari ?

— Je ne joue pas à ça, répliqua Cross, le visage de marbre.

— Ce n'est donc pas toi qu'on cherche.

Bourne ouvrit la porte et trouva Bruno et Asriel, deux des portiers, maintenant fermement un homme le visage contre le mur.

— Messieurs, fit-il d'une voix nonchalante, qu'avez-vous trouvé d'intéressant ?

— Ce gentleman qui vous cherche, répondit Asriel.

À ces mots, l'homme se débattit furieusement.

— Bourne ! Ou tu me reçois maintenant, ou nous nous retrouvons à l'aube.

*Thomas*.

Neuf années s'étaient écoulées depuis que Michael avait vu Thomas Alles pour la dernière fois ; depuis que son père l'avait dépouillé en jubilant méchamment ; depuis que Thomas avait préféré son héritage – *l'héritage de Bourne* – à l'amitié. Neuf années, et la trahison de son ami lui faisait toujours aussi mal.

— Ne va pas croire que je ne te rencontrerais pas volontiers à l'aube, répondit-il. Mais j'y réfléchirais à deux fois si j'étais fois.

— Rappelle tes chiens, jeta Thomas en tournant la tête de côté.

Asriel gronda, et Bruno repoussa brutalement le jeune homme contre le mur.

— Méfie-toi, dit Bourne. Ils n'aiment pas les gens mal élevés.

— Ce n'est pas leur combat, mais le tien, rétorqua Thomas dont le bras fut remonté brutalement dans le dos.

Needham l'avait probablement averti de ses projets de vengeance, supposa Bourne, et de leur arrangement.

Rien d'autre ne pouvait expliquer la présence de Langford.

— Ce que tu cherches n'est pas ici.

— J'espère bien qu'elle n'est pas là.

*Elle.*

D'un coup, tout s'éclaira. Thomas n'était pas venu réclamer le document de Needham – dont il ignorait probablement l'existence. Il était venu pour Pénélope. Pour Falconwell.

— Lâchez-le.

Une fois libre, Thomas remit de l'ordre dans sa tenue, et adressa un regard méprisant aux portiers.

— Merci, grommela-t-il.

Bruno et Asriel reculèrent, mais restèrent dans l'entrée, prêts à voler au secours de leur employeur si besoin était.

— Je serai très clair, déclara Bourne sans attendre. Ce matin, j'ai épousé Pénélope et repris Falconwell. Ni toi ni ton père n'y auront accès désormais. Si j'apprends que l'un de vous a posé le pied sur mes terres, je vous ferai arrêter.

Thomas palpa sa lèvre tuméfiée et lâcha un petit rire amer.

— Tu crois que j'ignorais ce que tu allais faire ? Pourquoi penses-tu que j'ai demandé la main de Pénélope avant que tu ne débarques ?

Bourne fut content que la pénombre dissimule son expression étonnée. Ainsi, donc, c'était Thomas, le fiancé mystérieux. Il aurait dû s'en douter. Il aurait dû deviner qu'il faisait toujours partie du monde de Pénélope. De sa vie. Et qu'il chercherait à récupérer Falconwell à la seconde où son père l'aurait perdu.

Il avait demandé Pénélope en mariage, et cette petite sotte avait accepté. Elle se croyait probablement amoureuse de lui, de ce garçon qu'elle connaissait depuis si longtemps. N'était-ce pas ce dont les petites filles naïves rêvaient ? Épouser un ami d'enfance ? Le compagnon amical et sans prétention, le gentil garçon qui n'exigeait rien d'autre que de rire ensemble ?

— Toujours ligoté par les cordons de la bourse de papa, Thomas ? Contraint d'épouser une fille pour t'offrir un domaine ? *Mon domaine ?*

— Il n'est plus à toi depuis une décennie, répliqua Thomas. Et tu ne le mérites pas. Elle non plus, tu ne la mérites pas.

Un souvenir jaillit dans l'esprit de Michael. Thomas, Pénélope et lui-même sur une barque au milieu du lac de Falconwell. Thomas debout à la proue, prenant l'attitude d'un grand capitaine. Pénélope riant aux éclats, les yeux rivés sur lui, ses cheveux blonds scintillant au soleil.

Agacé, Michael avait agrippé les bords du bateau et l'avait secoué une fois, deux fois, trois fois jusqu'à ce que Thomas bascule dans l'eau avec un cri d'effroi. « Thomas ! » avait hurlé Pénélope en se penchant par-dessus bord tandis que celui-ci émergeait en riant, cherchant de l'air. Elle s'était retournée vers le coupable, l'air sévère. « C'est méchant, ce que tu as fait », avait-elle déclaré.

Bourne chassa ce souvenir et revint au présent, avec l'envie de faire tomber Thomas de nouveau. Il aurait dû se réjouir de lui avoir arraché Falconwell, mais ce n'était pas du plaisir qu'il ressentait ; c'était de la fureur.

De la fureur à la pensée qu'il avait failli mettre la main avant lui sur Falconwell et Pénélope.

— Quoi qu'il en soit, les terres et la dame sont à moi, déclara-t-il. Ton père et toi arrivez trop tard.

Thomas fit un pas vers lui en se redressant de toute sa hauteur.

— Ceci n'a rien à voir avec Langford.

— Tu te trompes. Cela a tout à voir avec lui. Tu crois qu'il ne s'attendait pas que je cherche à récupérer Falconwell après que Needham l'eut gagné ? Bien sûr que si. Mais il doit aussi savoir que je ne m'arrêterai pas là. Que je causerai sa perte. Et la tienne, dans la foulée, ajouta-t-il après avoir considéré un instant l'homme qui avait été son ami autrefois.

Dans le regard de Thomas, une brève lueur s'alluma, qui ressemblait à de la compréhension.

— Tu y prendras du plaisir, je n'en doute pas. Tu prendras aussi du plaisir à détruire Pénélope.

Bourne croisa les bras sur sa poitrine.

— Mes objectifs sont clairs : Falconwell et me venger. Que Pénélope et toi vous teniez en travers de mon chemin est regrettable.

— Je ne te laisserai pas lui faire du mal.

— Quelle noblesse d'âme ! Que feras-tu ? L'emmener au loin ? Tels Guenièvre et Lancelot ? Dis-moi, était-il issu de la main gauche, lui aussi ?

Thomas se pétrifia.

— C'est donc cela, ton plan ? Détruire mon père en me détruisant.

Bourne haussa un sourcil.

— Son héritage en échange du mien. Son fils en échange de celui de mon père.

— La mémoire te fait défaut si tu penses qu'il n'a jamais vu en moi un fils bien-aimé.

C'était vrai, hélas ! Michael n'avait jamais entendu Langford avoir un mot ou un geste gentil envers Thomas.

— Ce qui importe, c'est ce que le monde pensera. Sans toi, il n'a plus d'héritier légitime.

Thomas se balança sur les talons, les mâchoires crispées, rappelant à Michael le gamin d'autrefois.

— Tu es une canaille notoire, déclara-t-il finalement. Alors que je suis un gentleman. Jamais personne ne te croira.

— On me croira quand j'en montrerai la preuve.

— Il n'y a pas de preuve, assura Thomas.

— Tu verras.

Thomas se rua sur Bourne, qui évita le coup en se déplaçant de côté. Sortant de l'ombre, Bruno s'interposa.

— Que veux-tu de moi ? demanda Thomas.

— Tu n'as rien que je désire. J'ai Falconwell, le moyen de me venger, et Pénélope.

— Elle a été mienne avant d'être à toi, jeta Thomas avec rancœur. Quand tu n'étais pas là, moi, je l'étais. Et quand elle verra qui tu es... ce que tu es devenu... elle me reviendra.

L'idée que Thomas et Pénélope soient restés amis toutes ces années, alors que lui ne pouvait plus revenir dans le Surrey et reprendre sa place dans leur trio, lui était odieuse.

— Je te trouve bien audacieux de me menacer... Fais-le sortir, ordonna-t-il à Bruno.

Thomas écarta le colosse.

— Je peux sortir seul.

Il se dirigea vers la porte donnant sur la rue, s'arrêta sur le seuil, pivota sur ses talons et regarda Bourne droit dans les yeux.

— Ramène-la dans le Surrey, Michael. Avant que ta colère et ton obsession de la vengeance ne la détruisent.

Il aurait aimé nier ce dernier point. Mais il n'était pas idiot. Il la détruirait, bien sûr.

— À ta place, je me soucierais davantage de protéger mon propre nom que mon épouse, rétorqua-t-il. Parce que, quand j'en aurai terminé avec ton père, tu ne pourras plus te montrer à Londres.

Thomas répliqua d'une voix dure que Bourne ne lui connaissait pas :

— Je ne me leurre pas en croyant pouvoir me protéger du scandale que tu as l'intention de déclencher, mais je ferai tout ce qui est en mon pouvoir pour protéger Pénélope. Pour lui rappeler qu'à une époque, ses amis auraient fait n'importe quoi pour qu'il ne lui arrive rien de mal.

— On dirait que tu as échoué, non ?

— En effet, admit Thomas d'un air de regret. Mais ce n'était pas censé être mon rôle.

Si Michael l'avait permis, la réplique l'aurait blessé. Il s'en défendit par la raillerie.

— Rassure-toi, Thomas, le scandale que je mijote ne l'éclaboussera pas.

— Peut-être, mais il lui restera le regret de t'avoir épousé. N'en doute pas.

Il n'en doutait pas le moins du monde.

La lourde porte se referma derrière Thomas, et Michael haussa les épaules, bien décidé à oublier ces vaines menaces.

# 9

*Cher M.*

*Je vous écris d'une voiture dans laquelle je voyage depuis six jours en compagnie de ma mère et mes quatre sœurs. Nous faisons route vers le nord afin de rendre visite à ma tante Hester (dont je vous ai parlé dans ma dernière lettre, rappelez-vous). Je ne comprends pas ce qui a poussé les Romains à aller se perdre dans cette contrée inhospitalière et à y construire le mur d'Hadrien. Ils n'avaient sûrement pas de sœurs, sinon ils n'auraient pas quitté la Toscane.*

*Votre persévérante P.*

*Quelque part sur la route du Grand Nord, juin 1816*

Lettre restée sans réponse.

Il l'avait quittée.

Il avait fallu un moment à Pénélope pour que, debout au milieu de ses bagages dans le vestibule de l'hôtel particulier de Michael, elle se rende compte de ce qui lui arrivait.

Son mari l'avait purement et simplement abandonnée sur un simple « bonsoir ».

Fixant la porte en chêne par laquelle il était sorti, elle s'efforçait d'accuser le coup.

Il l'avait quittée.

À peine arrivés à Londres.

Sans même prendre le temps de la présenter au personnel.

Le soir de leur nuit de noces.

Préférant ne pas s'attarder sur ce dernier point, elle se concentra sur le fait qu'elle se tenait comme une idiote dans le hall de l'hôtel particulier de son mari, sans d'autre compagnie que celle de deux très jeunes valets de pied à l'air totalement indécis. Devait-elle se réjouir de ce qu'ils n'avaient visiblement pas l'habitude d'accueillir des dames seules dans cette maison, ou devait-elle être offensée qu'ils ne l'aient pas fait asseoir au salon le temps de réfléchir à la situation ?

Affichant un sourire affable, elle s'adressa au plus âgé des deux – qui n'avait sûrement pas plus de quinze ans :

— Je suppose qu'il y a une gouvernante dans cette maison.

Le jeune garçon parut soulagé, et elle l'envia quelque peu. Lui au moins pouvait demander de l'aide à quelqu'un.

— Oui, Madame.

— Parfait. Peut-être pourriez-vous aller la chercher ?

Le valet s'inclina, une fois, deux fois, visiblement anxieux de faire de son mieux.

— Oui, milady. Tout de suite, milady.

Il s'éclipsa, abandonnant son camarade de plus en plus mal à l'aise. Sentiment qu'elle connaissait bien. Mais ce n'était pas parce qu'elle-même était en plein désarroi que le pauvre garçon devait souffrir.

— Vous n'êtes pas obligé de rester là, dit-elle avec un sourire encourageant. Je suis sûre que la gouvernante ne va pas tarder.

Le valet de pied – beaucoup trop jeune pour être valet de pied, franchement – marmonna un remerciement et disparut. Pénélope laissa échapper un long soupir et examina le luxueux vestibule, tout en marbre et en dorures – un peu trop extravagant à son goût, mais elle en comprit la raison.

Après avoir tout perdu au jeu, Michael s'était bâti une fortune dix fois plus importante, et quiconque entrait ici s'en rendait compte.

L'idée du jeune marquis travaillant dur pour réparer sa faute l'émut. Quel courage, quelle opiniâtreté il lui avait fallu !

« Et quel dommage qu'il ne se donne pas autant de mal pour séduire sa femme ! » songea-t-elle.

Son regard s'arrêta sur la plus volumineuse de ses malles. Eh bien, puisqu'on ne l'avait pas introduite au salon, autant s'installer un peu plus confortablement. Elle déboutonna sa cape et s'assit sur la malle.

Un petit remue-ménage lui parvint du fond de la maison : des chuchotements, suivis de pas précipités. Pénélope ne put retenir un sourire. Apparemment aucun des domestiques n'avait été prévenu que leur maître leur ramenait une maîtresse. Ce qui n'était pas étonnant, vu qu'elle-même l'ignorait aussi deux jours plus tôt.

Elle était quelque peu agacée par son mari. Il aurait au moins pu prendre le temps de la présenter à la gouvernante avant de courir régler l'affaire, quelle qu'elle soit, qui l'appelait dehors le jour de son mariage.

Elle soupira, entre impatience et irritation, sentiments malséants que les dames n'étaient pas censées manifester. Et espéra que les règles étaient moins strictes quand on se retrouvait l'épouse d'un aristocrate déchu. Et puis, il y avait sûrement des circonstances atténuantes lorsque, abandonnée au milieu d'un vestibule inconnu, on attendait que l'on vous montre votre chambre. Ou n'importe quelle pièce.

Comment réagirait Michael, se demanda-t-elle, si, en rentrant, d'ici quelques heures, il la trouvait assise sur cette malle, attendant toujours qu'on s'occupe d'elle ? Imaginant son expression ahurie, elle lâcha un gloussement.

Elle s'agita sur son siège improvisé. Une marquise pouvait-elle décemment se plaindre d'avoir mal aux fesses ?

— Milady ?

Pénélope bondit sur ses pieds et fit volte-face. La femme la plus belle qu'elle ait jamais vue se tenait derrière elle.

Elle avait beau porter l'uniforme austère des gouvernantes et avoir tiré ses cheveux roux flamboyants en un chignon sévère, cette jeune femme aux grands yeux bleus était vraiment à couper le souffle. Elle ressemblait à une peinture d'un maître hollandais. Et pas du tout à une domestique.

Et elle vivait chez Michael.

— Je...

S'apercevant qu'elle la dévisageait de manière éhontée, Pénélope s'interrompit, avant de reprendre :

— Je... Oui ?

Affectant de ne pas remarquer la surprise de sa nouvelle maîtresse, la gouvernante fit une révérence.

— Veuillez nous excuser de ne pas vous avoir accueillie dès votre arrivée. Mais nous ne...

Elle s'interrompit à son tour. « Nous ne vous attendions pas », entendit Pénélope bien que les mots n'aient pas été prononcés.

La gouvernante reprit :

— Bourne ne nous a...

*Bourne.* Pas lord Bourne.

Pénélope en éprouva un pincement de... de *jalousie.*

— Je comprends. Lord Bourne a été très occupé ces derniers jours et n'a pas pu vous prévenir, dit-elle en insistant sur le titre, ce qui n'échappa pas à la domestique. Vous êtes la gouvernante, je suppose ?

La belle jeune femme esquissa un sourire et la gratifia d'une autre révérence.

— Mme Worth.

Pénélope se demanda si Mme Worth était mariée ou si son statut dans la maison impliquait qu'on l'appelle madame. Que Michael ait pour gouvernante une aussi jolie femme et qu'elle soit célibataire la mettait mal à l'aise.

— Voulez-vous visiter la maison ? Ou rencontrer le personnel ? hasarda Mme Worth.

— Pour l'heure, j'aimerais voir mes appartements, dit Pénélope. Nous avons voyagé toute la journée, je me sens lasse.

— Bien sûr, dit Mme Worth en la précédant vers le grand escalier. Les garçons vont vous monter vos bagages.

Comme elles gravissaient les marches, Pénélope céda à la curiosité.

— Votre mari travaille aussi pour lord Bourne ?

Il y eut un silence, puis la gouvernante répondit :

— Non, milady.

— Dans une maison voisine, peut-être ?

— Je n'ai pas de mari, répondit Mme Worth après un autre silence.

Pénélope refoula un nouvel accès de jalousie… ainsi que l'envie de poser d'autres questions.

Mme Worth ouvrit la porte d'une chambre.

— Nous allons faire du feu tout de suite, milady.

Elle se hâta d'allumer les chandelles disposées un peu partout, révélant une pièce joliment décorée dans les tons de bleu et de vert.

— Et je vais demander qu'on vous monte un plateau, continua-t-elle. Vous devez avoir faim.

Sa tâche achevée, elle se tourna vers Pénélope.

— Nous n'avons pas de femme de chambre dans le personnel, mais je serais heureuse de…

— Ma femme de chambre ne va pas tarder à arriver, l'interrompit Pénélope.

La gouvernante acquiesça, l'air soulagé. Pénélope l'étudia avec attention, fascinée par cette magnifique créature qui semblait être à la fois une domestique compétente et pas du tout une domestique.

— Depuis combien de temps êtes-vous ici ? s'enquit-elle.

Mme Worth leva vivement la tête.

— Avec Bour... Avec lord Bourne ?

— Oui.

— Deux ans.

— Vous paraissez bien jeune pour être gouvernante.

Le regard de Mme Worth se fit circonspect.

— J'ai eu la chance que lord Bourne trouve à m'employer ici.

Une dizaine de questions assaillirent Pénélope, mais elle avait beau être très curieuse, le moment était mal choisi. Elle ôta les épingles qui retenaient son chapeau et les posa sur la coiffeuse. Puis, se retournant vers la gouvernante, elle déclara :

— Mes bagages et un souper, ce serait parfait. Et un bain, je vous prie.

— Tout de suite, milady, répondit Mme Worth.

Restée seule, Pénélope pivota lentement sur place pour examiner la pièce. Elle était ravissante, avec ses murs tendus de soie, son mobilier ouvragé et son grand tapis qui devait venir d'Asie. Tout était de bon goût. Mais le foyer éteint confirmait qu'on ne l'attendait pas.

Elle s'approcha de la cuvette en porcelaine, y versa de l'eau avant d'y plonger les mains. Le bruit de la porte qui s'ouvrait la fit sursauter. L'eau gicla sur le tapis. Elle se retourna. Une jeune fille, qui devait avoir treize ou quatorze ans, fit une révérence rapide.

— Je suis venue allumer le feu, milady.

Comme elle s'accroupissait devant la cheminée, Pénélope revit Michael dans la même position à Falconwell, quelques jours plus tôt. Le petit bois s'enflamma, et les joues de Pénélope aussi au souvenir de cette nuit-là... et du matin qui avait suivi.

Souvenir qui s'accompagna d'un pincement de regret à la pensée qu'il n'était pas là.

— Je peux faire autre chose pour vous, milady ? demanda la jeune fille en se relevant.

— Comment vous appelez-vous ? demanda Pénélope, cédant de nouveau à la curiosité.

La question parut surprendre la jeune fille.

— Comment je m'appelle ?

— Si cela ne vous ennuie pas de me le confier, dit Pénélope avec un sourire.

— Alice.

— Quel âge avez-vous, Alice ?

— Quatorze ans, milady, répondit la jeune fille en s'inclinant.

— Et depuis combien de temps travaillez-vous ici ?

— À La Maison de l'enfer, vous voulez dire ?

— La Maison de l'enfer ? répéta Pénélope, ahurie.

— Oui, milady, s'empressa de répondre Alice comme si c'était un nom parfaitement raisonnable pour un hôtel particulier situé en plein Londres. Trois ans. Mon frère et moi, on a eu besoin de travailler après que nos parents...

Elle s'interrompit, mais Pénélope n'eut aucun mal à deviner la suite.

— Votre frère travaille aussi ici ?

— Oui, milady. Il est valet de pied.

Voilà qui expliquait que les domestiques soient si jeunes.

— Vous avez besoin d'autre chose ? demanda Alice, l'air soudain extrêmement nerveux.

— Pas ce soir, Alice.

— Merci, milady, murmura la jeune fille avant de se diriger vers la porte.

Elle l'avait presque atteinte lorsque Pénélope s'exclama :

— Ah, si, il y a encore une chose !

Alice se retourna, les yeux écarquillés.

— Pourriez-vous me dire où se trouve la chambre du maître ?

— Vous voulez dire, la chambre de Bourne ?

*Bourne, de nouveau.*

— Oui.

— Nous, on prend la porte voisine dans le couloir, mais, vous, vous avez une porte de communication, expliqua la jeune domestique en indiquant du doigt une porte à demi cachée par le paravent de la toilette.

Le pouls de Pénélope s'emballa.

Certes, il était normal qu'elle puisse entrer directement dans la chambre de son mari.

*L'utiliserait-il ?*

Quelque chose vibra en elle. De la peur, peut-être. De l'excitation.

— Je suis certaine que ça ne le gênera pas que vous soyez là, milady. Il ne dort pas souvent ici.

— Je vois, dit Pénélope, les joues de nouveau en feu.

Il dormait ailleurs. Avec quelqu'un d'autre.

— Bonne nuit, milady.

— Bonne nuit, Alice.

La jeune fille partie, Pénélope fixa la porte de communication en proie à une vive curiosité. Curiosité qui la tenaillait encore lorsque ses bagages arrivèrent, suivis de son souper – un repas simple et délicieux composé de pain frais, de fromage, de jambon chaud et de chutney. Elle la rongeait toujours tandis qu'elle mangeait, que sa femme de chambre, enfin arrivée, déballait ses vêtements, que les garçons qui avaient apporté les malles lui préparaient un bain, qu'elle se baignait, s'essuyait et se rhabillait, puis essayait, sans succès, d'écrire une lettre à sa cousine Catherine.

Lorsque minuit sonna et qu'elle se rendit compte que le jour de son mariage faisait désormais parti du passé, sa curiosité vira à la déception.

Puis à la colère. Sa décision fut vite prise.

Elle alla à la porte et l'ouvrit à la volée. Seules les ténèbres l'accueillirent.

Les domestiques savaient qu'il ne rentrerait pas de la nuit car ils n'avaient pas allumé de feu. Elle seule avait attendu son retour. Elle seule avait pensé que, peut-être, leur nuit de noces serait… un événement particulier.

Quelle idiote !

Il ne l'avait épousée que pour récupérer Falconwell. Pourquoi diable n'arrivait-elle pas à se fourrer cela dans le crâne ? Elle avala sa salive – une boule d'amertume lui obstruait la gorge. Elle ne pleurerait pas. Pas cette nuit. Pas dans cette nouvelle maison, entourée de domestiques certainement aux aguets. Pas lors de ce qui était censé être sa nuit de noces.

La première nuit du reste de sa vie.

Sa première nuit en tant que marquise de Bourne, sa première nuit de liberté à en croire Michael.

Non, elle ne pleurerait pas. À la place, elle s'offrirait un début d'aventure.

S'emparant d'un bougeoir, elle entra dans la chambre d'un pas décidé. Elle découvrit un long mur d'étagères remplies de livres et une cheminée en marbre devant laquelle étaient disposés deux fauteuils confortables. Elle s'arrêta au milieu de la pièce, leva le bougeoir pour éclairer le tableau suspendu au-dessus de la cheminée.

Falconwell.

Non pas la maison, mais les terres. Les collines verdoyantes entourant le lac qui marquait l'extrémité ouest de la propriété – le joyau du Surrey.

Lorsqu'il ouvrait les yeux, le matin, c'était Falconwell que Michael voyait.

Du moins quand il dormait là.

À cette pensée, la compassion qu'elle avait pu ressentir fit de nouveau place à l'irritation et à la déception. Comme elle se retournait, la chandelle éclaira l'extrémité d'un lit gigantesque qui la laissa bouche bée. Les énormes piliers de chêne étaient finement sculptés, le baldaquin, d'une hauteur incroyable, était orné de rideaux de velours qu'elle ne put s'empêcher de caresser.

C'était luxueux, extravagant.

Et terriblement viril.

Comme elle se détournait, la lueur de la bougie se refléta sur une carafe de cristal emplie d'un liquide sombre. À côté, sur la console, il y avait des verres assortis.

Pénélope se demanda s'il se servait souvent un doigt de whisky et l'emportait au lit. Et s'il en préparait un second pour quelqu'un d'autre.

L'idée d'une femme dans le lit de Michael, aussi belle qu'il était beau, aussi hardie que lui, attisa sa colère.

Il l'avait abandonnée dès le premier soir de sa vie d'épouse pour aller boire un verre avec une déesse.

Peu importait qu'elle n'en ait pas la preuve ; elle n'en était pas moins furieuse.

Leur conversation dans la voiture n'avait donc servi à rien ? Comment allaient-ils prouver à la bonne société que leur mariage n'était pas du tout scandaleux s'il sortait batifoler avec… avec… une belle de nuit ?

Et qu'était-elle censée faire pendant qu'il jouait les libertins ? Rester assise ici avec son ouvrage et attendre qu'il se décide à l'honorer de sa présence ?

— Pas question, affirma-t-elle d'un ton triomphant comme si, une fois prononcés, les mots ne pouvaient plus être annulés.

Et peut-être était-ce le cas.

Elle regarda de nouveau la carafe, et remarqua sa base élargie. Conçue pour éviter de se renverser en cas de mer agitée, elle avait dû appartenir au commandant d'un navire. L'objet était vraiment à sa place dans cette chambre décadente de pirate.

Eh bien, elle lui en ferait voir, des mers agitées !

Cédant à une impulsion, elle posa son bougeoir et se servit un verre de whisky, probablement plus que ce qu'une dame bien née devait boire. Encore qu'elle ignorât quelle quantité d'alcool une dame bien née était censée boire.

Que penserait Michael s'il arrivait soudain et découvrait sa très convenable épouse se servant un verre de whisky ?

Un sourire ironique aux lèvres, Pénélope leva son verre au reflet que lui renvoyait un grand miroir et avala une rasade de whisky.

Et crut mourir.

Elle n'était pas préparée à la traînée de feu qui dévala dans sa gorge et lui souleva l'estomac.

Pourquoi diable les gens – et en particulier les plus riches d'Angleterre – choisissaient-ils de boire un liquide aussi amer ? Ce breuvage insensé avait un goût de feu. De feu et... d'arbres.

Et c'était infect.

S'appuyant à la console, elle se demanda si son acte irréfléchi n'avait pas causé des dégâts irréversibles dans ses entrailles. Elle respira plusieurs fois profondément et la brûlure commença à s'estomper, laissant la place à une douce chaleur vaguement encourageante.

Elle se redressa. Ce n'était pas si mauvais que cela, après tout.

Reprenant son bougeoir, elle s'approcha de la bibliothèque et inclina la tête pour lire les titres des livres. Elle était surprise que Michael en possède autant. Elle avait du mal à l'imaginer restant suffisamment longtemps inactif pour lire plus de quelques pages. Mais ils étaient là : Homère, Shakespeare, Chaucer, des agronomes allemands, et tout un rayonnage sur les rois d'Angleterre. Ainsi que le *Debrett's Peerage* – l'histoire exhaustive de l'aristocratie britannique.

Elle le tira du rayonnage et il s'ouvrit presque spontanément sur la page du marquisat de Bourne.

Pénélope suivit du doigt la longue lignée de ceux qui avaient détenu le titre avant Michael. Et tomba sur lui. *Michael Henry Stephen, né en 1800, dixième marquis de Bourne, deuxième comte d'Arran, depuis 1816, le titre allant aux héritiers mâles issus de son corps.*

Il avait beau feindre de ne pas se soucier de son titre, il ne le reniait pas pour autant. Sinon ce livre n'aurait pas été aussi manipulé. Elle ne put s'empêcher de ressentir du plaisir à la pensée que, peut-être, il lui arrivait de songer aux années passées dans le Surrey, aux terres du marquisat, à son enfance, à *elle*.

Son index revint sur la dernière ligne. *Les héritiers mâles issus de son corps.* Elle imagina une petite troupe de garçons aux cheveux ébouriffés et aux vêtements froissés, une fossette sur la joue.

Des petits Michael. Issus de son corps à elle aussi. *À condition qu'il rentre.*

Ayant remit le livre à sa place, elle s'approcha du lit. Elle posa son bougeoir sur la table de chevet et passa la main sur le couvre-lit.

Il était en fourrure, découvrit-elle. Une fourrure extraordinairement douce, épaisse et moelleuse.

Dieu que cela devait être agréable de dormir là, blottie dans la fourrure ! Et dans les bras de Michael.

C'était une canaille, et son lit, une aventure en soi.

Elle eut très envie de s'y allonger, de plonger dans sa chaleur. À peine cette pensée lui eut-elle traversé l'esprit qu'elle passa à l'action, laissant le verre tomber sur le sol tandis qu'elle grimpait sur le lit telle une enfant escaladant les étagères du garde-manger.

C'était une expérience inouïe.

Elle s'allongea sur le dos, bras et jambes écartés, s'enfonçant dans les plumes et la fourrure avec bonheur.

Aucun lit ne devait être aussi confortable.

Mais, bien sûr, celui Michael l'était.

— Quel dépravé, déclara-t-elle à voix haute.

Elle leva les bras, qui lui parurent plus lourds que d'habitude, et les tendit vers le dais, tout en se tortillant pour s'enfoncer plus profondément dans la fourrure.

Elle soupira et ferma les yeux. Quel gâchis que ce lit inutilisé…

Les pensées lui venaient lentement comme si elles remontaient du fond d'un lac, et son corps lui paraissait incroyablement lourd.

« Voilà pourquoi les gens buvaient, devina-t-elle. Pour se détendre. »

— On dirait que vous vous êtes égarée, fit une voix grave.

Elle ouvrit les yeux, et découvrit son mari debout près du lit, qui la contemplait.

# 10

*Cher M.*

*N'ayant reçu de vous aucune réponse en anglais, je me suis dit que vous répondriez peut-être dans une autre langue. Soyez prévenu, il y a du latin probablement incorrect dans ce qui suit.*

*Écrivez, s'il vous plaît*
*Placet scribes*
*Bitte schreiben Sie*
*Scrivimi, per favore*
*Ysgrifennwch, os gwelwch yn dda*

*J'avoue que, pour la dernière phrase, je me suis fait aider par l'une des filles de cuisine qui vient du pays de Galles, mais le sentiment demeure.*

*Écrivez, je vous en prie, P.*
*Needham Manor, septembre 1816*

Lettre restée sans réponse.

En tant qu'associé de la maison de jeu la plus célèbre de Londres, Bourne n'était pas exempt de tentations. Il connaissait l'attirance qu'exerçait un tapis vert, il connaissait la façon dont le cœur s'emballait au tintement des dés, il connaissait l'abîme au bord duquel vacille le joueur lorsqu'il attend la carte qui va lui offrir – ou lui arracher – une fortune.

Mais il n'avait jamais éprouvé de tentation aussi aiguë que celle-ci – l'appel du péché et de la vilénie qui lui incendiait les tripes tandis qu'il regardait sa virginale épouse se tortiller sur son lit, vêtue d'une simple chemise de nuit.

Le désir le submergea avec force, et il dut lutter pour ne pas déchirer sa chemise de nuit en deux et s'en repaître des yeux, des mains et de la bouche.

Le sourire timide qu'elle lui adressa lorsqu'elle ouvrit les yeux ne fit qu'aviver son instinct de mâle.

— Michael, murmura-t-elle avec une joie non dissimulée qui n'arrangea pas la situation. Vous n'êtes pas censé être là.

Et pourtant il l'était, tel un renard faisant irruption dans le poulailler.

— Vous attendiez quelqu'un d'autre ? demanda-t-il d'un ton dur dont elle ne comprit pas la raison. C'est toujours ma chambre, non ?

— Bien sûr que c'est votre chambre, répondit-elle sans cesser de sourire.

— Alors, pourquoi ne devrais-je pas être là ?

La question parut la tracasser. Elle fronça le nez.

— Vous êtes censé être avec votre déesse.

Fermant les yeux, elle se blottit dans la fourrure avec un ronronnement de plaisir.

— Ma déesse ?

— Mmm… Alice m'a dit que vous ne dormiez pas ici.

Elle tenta de se redresser, ce que la fourrure rendit difficile, et Michael regarda le haut de sa chemise de nuit glisser dangereusement, magnifiquement, sur la courbe d'un sein nu.

— Que vous êtes silencieux, Michael. Tenteriez-vous de m'intimider ?

— Je vous intimide ?

— Parfois. Mais pas maintenant.

Elle rampa vers lui, se redressa, un genou tendit le tissu et Bourne se prit à espérer que le bord de sa chemise de nuit glisse plus bas. Juste assez pour dénuder la pointe rose d'un sein.

Il se secoua. Il était un homme fait, voyons, pas un gamin de douze ans. Des seins, il en avait vu des quantités. Il n'avait pas besoin de convoiter sa propre épouse, qui oscillait devant lui, mettant à l'épreuve la solidité de son vêtement et la santé mentale de son mari par la même occasion.

Ce n'était pas le désir qui l'avait fait revenir, mais la colère contre Pénélope qui avait failli épouser Thomas et ne le lui avait même pas dit.

Il la prit par la taille pour la stabiliser.

— Je suis désolée de ne pas être parfaite, marmonna-t-elle.

Pour l'heure, la seule imperfection qu'il voyait en elle, c'était qu'elle soit encore habillée.

— Qu'est-ce qui vous fait dire cela ? demanda-t-il.

— Nous nous sommes mariés ce matin. Vous l'avez oublié ?

— Je m'en souviens.

Comment oublier une chose pareille ?

— Vraiment ? Pourtant, vous m'avez laissée ici, toute seule.

— Je m'en souviens aussi.

Mais il était revenu et allait consommer leur union afin de conforter ses droits sur Falconwell. Et réaffirmer que Pénélope Marbury lui appartenait, à lui, Bourne, et non à Thomas.

— Les épouses ne s'attendent pas à être abandonnées le soir de leurs noces, Michael.

Comme il ne répondait pas, elle s'arma de courage et lui agrippa les bras.

— Nous n'aimons pas cela. Surtout quand c'est pour aller retrouver une… une beauté aux cheveux de jais.

— Pour retrouver qui ? articula-t-il, abasourdi.

— Elles ont toujours les cheveux de jais, celles qui gagnent…

— Qui gagnent quoi ?

Mais déjà elle poursuivait :

— … Peu importe que celle-ci ait des cheveux de jais ou pas, à vrai dire. Ce qui compte, c'est qu'elle existe. Et que ça ne me plaît pas.

— Je vois.

Elle pensait qu'il était allé rejoindre une autre femme ? Eh bien, s'il était allé rejoindre une autre femme, il ne serait pas là, taraudé par le désir.

— Je ne crois pas. Vous vous moquez de moi, non ? s'écria-t-elle en le regardant attentivement.

— Non, protesta-t-il, et pour une fois, il était sincère.

— Vous dirais-je ce que les épouses n'aiment pas non plus le soir de leurs noces ?

— Je vous en prie.

— Nous n'aimons pas rester seules à la maison.

— J'imagine que c'est la même chose qu'être abandonnées.

Elle fronça les sourcils, le lâcha, et vacilla en arrière. Il raffermit sa prise pour l'empêcher de tomber – pour sentir la chaleur de son corps, se rappeler combien elle était souple sous ses mains… sa bouche… son corps.

— Vous vous moquez de moi.

— Je vous jure que non.

— Nous n'aimons pas non plus qu'on se moque de nous.

Il devait absolument se ressaisir avant de perdre la tête.

— Pénélope.

— J'aime bien la façon que vous avez de prononcer mon nom, dit-elle avec un sourire.

Il ignora la remarque et le ton enjôleur qu'elle n'avait sûrement pas prémédité. Visiblement, elle ne savait pas ce qu'elle faisait.

— Pourquoi n'êtes-vous pas dans votre propre lit ?

Inclinant la tête de côté, elle s'accorda un temps de réflexion.

— Nous nous sommes mariés pour de mauvaises raisons, commença-t-elle. Ou de bonnes… si vous cherchiez un mariage de convenances. Mais, dans un cas comme dans l'autre, nous ne nous sommes pas mariés par passion. Je veux dire, réfléchissez un peu. Vous ne m'avez pas vraiment compromise à Falconwell.

Il la revit se pressant contre lui, se cambrant sous ses mains, sous sa bouche.

— Je suis tout à fait certain que si.

Elle secoua la tête.

— Non. Vous ne l'avez pas fait. J'en sais assez pour comprendre le processus, vous savez.

Il eut brusquement envie de le vérifier. En profondeur.

— Je sais qu'il y a… plus.

Beaucoup plus, oui, et il mourait d'envie de l'initier. C'était pourquoi il était revenu. Sauf que…

— Vous avez bu.

— Juste un peu, admit-elle dans un soupir en scrutant l'obscurité par-dessus l'épaule de Michael. Mais vous m'aviez promis l'aventure.

— En effet.

— Une aventure nocturne, insista-t-elle.

Les doigts de Michael se crispèrent sur sa taille, et il l'attira à lui. À moins qu'elle n'ait oscillé dans sa direction. En tout cas, il ne la repoussa pas.

— Je vous ai promis une visite de mon club.

— Oui, mais pas ce soir, décréta-t-elle en secouant la tête. Plus ce soir.

— Que voulez-vous à la place ?

— Nous nous sommes mariés aujourd'hui.

*Oui, en effet.*

— Je suis votre femme.

Les mains de Michael remontèrent le long du dos de la jeune femme, ses doigts glissèrent sous les boucles dorées, se refermèrent sur sa tête qu'ils firent basculer légèrement en arrière.

Puis il se pencha et frôla ses lèvres des siennes. Elle soupira, se rapprocha de lui. Il recula, lui refusant l'initiative. Elle l'avait épousé. Elle lui avait donné la possibilité de récupérer ses terres. Ce soir, il voulait l'en remercier en l'initiant à la volupté.

— Pénélope.

— Oui ?

— Quelle quantité d'alcool avez-vous bu ?

— Je ne suis pas ivre. J'ai bu juste assez pour trouver le courage de demander ce que je veux.

Elle avait donc trop bu.

— Et qu'est-ce que vous voulez, chérie ?

Elle soutint bravement son regard.

— Je veux ma nuit de noces.

Si simple, si franche. Tellement irrésistible. Il reprit ses lèvres, bien qu'il sût que c'était une erreur, et l'embrassa comme s'ils avaient tout le temps, comme s'il ne mourait pas d'envie de la prendre sur-le-champ. D'être en elle. Il lui suça la lèvre inférieure, la mordilla, la lécha, la caressa de la langue jusqu'à ce qu'elle gémisse de plaisir.

Puis il déposa une pluie de baisers sur sa joue et murmura :

— Dites mon nom.

— Michael.

— Non. Bourne.

Il lui prit le lobe de l'oreille dans sa bouche, l'asticota et répéta :

— Dites-le.

— Bourne, souffla-t-elle avant de se presser contre lui. Je vous en prie.

— Après cela, il n'y aura pas de retour en arrière, promit-il, les lèvres sur la tempe de Pénélope, les mains sur ses reins.

Elle s'écarta, ouvrit de grands yeux et murmura :

— Pourquoi voudrais-je revenir en arrière ?

La franchise de sa question le troubla. C'était l'alcool qui parlait. Forcément. Il était inconcevable qu'elle ne comprenne pas ce qu'il voulait dire. Qu'elle ne voie pas qu'il ne ressemblait en rien aux messieurs policés qui l'avaient courtisée.

— Je ne suis pas l'homme que vous aviez prévu d'épouser.

Il aurait dû lui parler de Thomas. Mais il ne voulait pas que le nom d'un autre s'interpose entre eux en cet instant. En cet endroit.

Elle le rendait déjà faible.

Elle lui adressa un sourire, peut-être un peu triste.

— Néanmoins, vous êtes l'homme que j'ai épousé. Je sais que vous ne m'aimez pas, Michael. Je sais que vous m'avez épousée pour Falconwell. Mais il est déjà trop tard pour revenir en arrière, non ? Nous sommes mariés. Et j'aimerais avoir une nuit de noces. Je la mérite, il me semble, après toutes ces années d'attente et de rebuffades. Je vous en prie. Enfin, si ça ne vous ennuie pas trop.

Les mains de Michael remontèrent jusqu'au col de sa chemise de nuit et, d'un coup sec, il déchira l'étoffe. Elle poussa un cri.

— Elle est perdue, à présent ! s'exclama-t-elle.

Et il y avait dans son ton un émerveillement qui arracha un grognement à Bourne.

Il la débarrassa de ce qui restait de son vêtement, et sa peau pâle apparut à la lumière vacillante de la chandelle. Lumière trop faible. Il voulait voir chaque centimètre carré de son corps… regarder son pouls palpiter sous sa main, sa bouche frémir lorsqu'il lui caresserait l'intérieur des cuisses, ses yeux se voiler lorsqu'il la pénétrerait.

Lorsqu'il la ferait sienne.

Il la fit s'allonger et s'enchanta de l'entendre soupirer lorsque sa peau nue toucha la fourrure. Il se pencha pour réclamer sa bouche.

— Je vais vous faire l'amour sur cette fourrure, murmura-t-il contre ses lèvres. Elle avivera vos sensations. Et je vous donnerai plus de plaisir que vous ne l'imaginez possible. Et vous crierez *mon* nom lorsqu'il vous submergera.

Il l'abandonna le temps d'ôter ses vêtements qu'il plia soigneusement sur une chaise. Lorsqu'il revint près du lit, elle avait une main sur la poitrine, et l'autre sur le triangle soyeux aux creux de ses cuisses. Il s'allongea à côté d'elle, posa la tête sur sa main tandis que l'autre s'aventurait sur la cuisse de Pénélope, sa hanche et enfin son ventre frémissant. Elle avait fermé les yeux et sa respiration était saccadée. Se penchant sur elle, il lui murmura :

— Ne vous cachez pas de moi. Jamais.

Elle secoua la tête, et ouvrit les yeux.

— Je ne peux pas... je ne peux pas... juste rester allongée là. Toute nue.

— Je n'ai jamais dit cela, chérie.

S'emparant de la main dont elle se couvrait la poitrine, il glissa l'un de ses doigts dans sa bouche et le lécha.

— Oh... fit-elle, les yeux rivés sur les lèvres de Michael. Vous faites cela très bien.

Il sortit lentement son doigt de sa bouche et s'inclina pour lui donner un long baiser.

— Ce n'est pas la seule chose que je fais bien.

Pénélope battit des paupières, puis :

— J'imagine que vous avez eu davantage d'expériences que moi.

Peu importait de qui il tenait sa science. Tout ce qu'il voulait à présent, c'était initier Pénélope au plaisir.

— Montrez-moi à quel endroit vous me voulez, murmura-t-il.

Elle rougit, ferma les yeux et fit non de la tête.

— Je ne pourrais pas.

Il reprit son doigt dans la bouche, le téta doucement jusqu'à ce qu'elle rouvre les yeux et fixe ses lèvres, et ce qu'il éprouva fut si intense qu'il crut qu'il allait jouir. Il libéra son doigt.

— Montrez-moi. Dites « je vous en prie, Bourne », et montrez-moi.

Fasciné, il regarda le doigt qu'il venait de lâcher glisser le long de sa poitrine, tourner doucement autour de la pointe érigée d'un sein.

— Je vous en prie…

— Je vous en prie, qui ? demanda-t-il en relevant la tête.

— Je vous en prie, Bourne.

Et il eut envie de la récompenser d'avoir dit son nom – le sien et pas celui d'un autre. Il se pencha et entreprit de téter le sein qu'elle avait désigné. Elle exhala un long soupir tremblant.

— Oui…

La main de Michael descendit en une lente caresse sur son abdomen, s'y attarda avant de remonter pincer la peau fine sous les seins.

— Ne vous arrêtez pas, chérie.

Le doigt de Pénélope s'aventura plus bas, alla se perdre dans le fouillis de boucles blondes. Il l'observait en chuchotant des encouragements, mais la voir ainsi se découvrir, s'initier, s'explorer devint vite insoutenable.

Il appliqua un long baiser sur l'arrondi de son ventre, sur l'intérieur de son poignet, et le petit gémissement qu'elle ne put retenir le combla.

— Que sentez-vous là ? murmura-t-il, sa main se posant sur celle que Pénélope avait plaquée sur son pubis.

Elle secoua la tête.

— Je ne peux pas, balbutia-t-elle.

Il joignit ses doigts à ceux de la jeune femme dans la chaleur de son intimité.

— Moi, je peux.

Il nicha résolument un doigt en elle, lui arrachant un cri de surprise.

— Vous êtes prête pour moi, ma douce… Pour moi. Et personne d'autre.

— Michael, murmura-t-elle.

Affichant un sourire timide, elle écarta les cuisses et l'accueillit avec une confiance ahurissante. Incapable d'attendre davantage, il se hissa au-dessus d'elle, nicha sa virilité à l'orée de son sexe. Son poids reposant sur ses bras, il contempla un instant son visage où l'émerveillement le disputait au plaisir, puis l'embrassa. Il se tenait en équilibre au bord d'un précipice, retardant la chute qui s'ensuivrait – et s'annonçait comme un délice inouï –, et c'était la chose la plus difficile qu'il ait jamais faite.

Il entra lentement en elle, à peine, puis murmura comme elle fermait les paupières :

— Regardez-moi.

Elle obéit et il recommença à se mouvoir en elle aussi délicatement que possible. Elle prit une brève inspiration. La douleur assombrit son regard et il s'arrêta. Il reprit ses lèvres, la gratifia d'un baiser profond.

— Cela fait mal ? souffla-t-il.

— Pas du tout, assura-t-elle avec un sourire peu convaincant.

— Menteuse.

Glissant la main entre eux, il trouva la petite crête érigée, la caressa d'un doigt léger, et vit les yeux de Pénélope se voiler de plaisir. Il poursuivit sa caresse intime tout en continuant sa lente progression.

— Et maintenant ? demanda-t-il lorsqu'il fut entièrement en elle.

Elle inspira et il la pénétra davantage, ce qui les prit de court l'un et l'autre. Il appuya le front contre celui de Pénélope.

— Dites-moi que tout va bien. Dites-moi que je peux bouger.

Son innocente petite épouse leva la main jusqu'à sa nuque, glissa les doigts dans ses cheveux, et chuchota :

— Je vous en prie, Michael.

Il ne put résister à sa supplique. Capturant sa bouche, il se mit à aller et venir avec précaution, tandis que son pouce continuait à s'activer entre les cuisses de Pénélope.

— Michael, murmura-t-elle.

Craignant de lui faire mal, il s'immobilisa.

— Non, ne vous arrêtez pas, supplia-t-elle en se cambrant sous lui. C'est parfait. C'est…

Un gémissement voluptueux lui échappa comme il s'enfonçait en elle d'un puissant coup de reins, et il faillit perdre tout contrôle.

Elle tournait la tête de droite et de gauche, ses mains, qui se promenaient fébrilement sur les épaules et le dos de Michael, s'arrêtèrent sur ses fesses qu'elle étreignit tandis qu'il continuait de la pilonner en rythme.

— Michael !

Il ne s'était jamais donné le mal d'attendre sa partenaire, ne s'était jamais soucié de partager le paroxysme du plaisir. Et voilà que, soudain, il eut follement envie de rejoindre Pénélope, de l'accompagner jusqu'au bout.

— Attendez-moi, lui murmura-t-il à l'oreille. Ne partez pas sans moi.

— Je ne peux pas attendre, cria-t-elle. Je ne peux pas…

Ses muscles intimes se crispèrent autour de lui, l'enserrant spasmodiquement, vagues après vagues, et il bascula dans l'orgasme le plus extravagant qu'il ait jamais connu.

Il s'effondra sur Pénélope, haletant, enfouit le visage au creux de son cou et s'abandonna à la jouissance qui le submergeait telle une mer déchaînée.

Il revint lentement à lui, et, craignant d'écraser Pénélope, roula sur le côté. Incapable de la lâcher, il l'attira contre lui.

C'était le rapport charnel le plus incroyable qu'il avait jamais eu, dut-il admettre.

Époustouflant.

Jamais il n'aurait imaginé cela possible.

Et que ce soit avec Pénélope qu'il ait connu pareille expérience avait de quoi l'effrayer.

Cela ne voulait rien dire, tenta-t-il de se convaincre.

Cette femme n'était qu'un instrument. Celui de sa vengeance.

Sa vie durant, il n'avait fait que détruire ce qu'il possédait de précieux. Quand Pénélope se rendrait compte… à quel point il était décevant, elle le remercierait de ne pas avoir laissé s'installer entre eux une trop grande intimité.

*Tu ne la mérites pas.*

Les paroles de Thomas le hantaient. C'était à cause d'elles qu'il était rentré chez lui. Pour prouver que Pénélope lui appartenait, qu'il pouvait user de son corps comme aucun autre homme n'en avait la possibilité.

Et il avait été pris à son propre piège.

— Michael, murmura-t-elle en lui caressant le torse.

Ce contact déclencha en lui une délicieuse vague de plaisir, aussitôt suivie d'un flot de désir lorsqu'elle ajouta :

— C'était magnifique.

Il voulut lui dire de ne pas se sentir trop à son aise dans son lit. Dans sa vie.

Il voulut lui dire que cette nuit n'était qu'un moyen d'atteindre une fin. Que leur mariage ne serait jamais celui qu'elle espérait.

Mais elle dormait déjà.

*Cher M.*

*J'admets que vous n'avez peut-être pas envie de répondre à mes lettres, mais je continuerai quand même à vous écrire. Un an, deux ans, dix ans… Je ne voudrais pas que vous croyiez que je vous ai oublié. Non pas que vous penseriez une chose pareille, n'est-ce pas ?*

*C'est votre anniversaire la semaine prochaine. Je vous aurais volontiers brodé un mouchoir, mais, comme vous le savez, les travaux d'aiguille ne sont pas mon fort.*

*Celle qui n'oublie pas, P.*
*Needham Manor, janvier 1817*

Lettre restée sans réponse.

Le lendemain matin, Pénélope entra dans la salle du petit-déjeuner en pensant y trouver son mari – l'homme qui avait transformé sa nuit commencée si tristement en un feu d'artifice, lui laissant espérer que leur mariage pouvait être plus qu'un marché, et ressembler un peu à... eh bien, à un mariage d'amour.

Car il n'existait sûrement rien de plus merveilleux que ce qu'elle avait éprouvé dans ses bras la veille. Et peu importait qu'elle ne se soit pas réveillée sur le couvre-lit en fourrure, mais entre les draps immaculés de son propre lit.

En fait, elle était touchée qu'il ait réussi à la transporter dans sa chambre sans la réveiller. Il se révélait un mari aimant et plein de sollicitude, et leur union, qui avait commencé comme une farce de mauvais goût, semblait destinée à devenir beaucoup plus que cela.

Et tandis qu'elle s'asseyait dans l'élégante salle du petit-déjeuner, elle espéra qu'il allait la rejoindre, et se demanda fugitivement s'il aimait toujours les saucisses le matin.

Elle espéra le voir arriver lorsqu'elle accepta une assiette d'œufs au plat et des toasts (pas de saucisse en vue) des mains du jeune valet de pied, lequel fit claquer ses talons d'une manière plutôt excessive avant de rejoindre son poste dans un coin de la pièce.

Elle espérait encore la venue de Michael lorsqu'elle grignota son toast. Puis sirota son thé qui refroidissait.

Le journal plié à côté du couvert disposé en face d'elle était la preuve qu'elle avait raison d'espérer, non ?

Après une attente d'une heure, elle cessa d'espérer.

Il ne viendrait pas.

Elle perçut soudain avec acuité la présence du valet de pied, censé deviner immédiatement ce dont sa maîtresse avait besoin tout en feignant de l'ignorer.

Les joues en feu, elle lui jeta un coup d'œil.

Il ne la regardait pas, mais pensait sûrement un tas de choses embarrassantes.

Michael ne viendrait pas.

*Stupide, stupide Pénélope.* Bien sûr qu'il ne viendrait pas. Les événements de la nuit n'avaient rien de magique pour lui. Ils avaient été nécessaires. Il l'avait officiellement prise pour femme, puis, comme n'importe quel mari, il l'avait abandonnée à elle-même.

Pénélope regarda son assiette sur laquelle le jaune de l'œuf s'était figé, apposant sa signature grotesque sur la porcelaine.

C'était la première journée de sa vie de femme mariée, et elle prenait son petit-déjeuner seule. C'était ironique, dans la mesure où elle avait toujours pensé que déjeuner avec un mari que l'on connaissait à peine était forcément une activité solitaire. Sauf que, ce matin-là, elle aurait préféré déjeuner avec Michael plutôt qu'en compagnie d'un jeune garçon au moins aussi gêné qu'elle.

Finalement, après avoir souhaité un mari qui attendrait d'elle un peu plus que ce que l'on demandait d'ordinaire à une épouse, le sien ne voulait même pas d'elle pour cela.

Peut-être l'avait-elle déçu la veille au soir.

De plus en plus rouge, elle se demanda quelle erreur elle avait pu commettre, et en quoi sa nuit de noces aurait pu être différente.

Du coin de l'œil, elle nota que le valet de pied s'était mis lui aussi à rougir. Le pauvre devait prier le ciel qu'elle achève son petit-déjeuner et quitte la pièce.

Elle se leva de table avec toute la grâce requise chez une aristocrate et, affichant une indifférence qu'elle était loin d'éprouver, se dirigea vers la porte. Par chance, le valet ne croisa pas son regard tandis qu'elle progressait à une allure aussi proche de la course que le permettaient les convenances.

Avant qu'elle l'atteigne, la porte s'ouvrit sur Mme Worth. Pénélope s'arrêta net et la jupe de sa robe, choisie pour son élégance sans tenir compte du froid hivernal, s'enroula autour de ses jambes.

Imperturbable, la gouvernante fit une révérence.

— Bonjour, milady.

Pénélope faillit l'imiter. Croisant les mains devant elle, elle répondit :

— Bonjour, madame Worth.

Les deux femmes se dévisagèrent un moment, puis la gouvernante reprit :

— Lord Bourne m'a demandé de vous informer que vous souperez à Tottenham House mercredi.

Dans trois jours.

Que Michael lui transmette cette information par l'intermédiaire d'une domestique montrait à quel point elle s'était leurrée quant à ce qui s'était passé entre eux la veille. S'il ne pouvait trouver le temps de parler à sa femme d'une invitation, c'était qu'il s'intéressait bien peu à elle.

Elle ravala sa déception.

— Il m'a aussi demandé de vous rappeler que ce dîner sera le premier auquel vous vous rendrez en tant que mari et femme.

À la déception succéda la colère. Un instant, Pénélope se demanda si c'était Mme Worth qui avait pris sur elle d'apporter cette précision, comme si elle était un peu demeurée. Mais à en juger par son expression navrée, elle comprit à qui elle devait cette humiliation.

Sans réfléchir, elle arqua un sourcil et lança :

— Quelle bonne idée ! Je n'avais pas réalisé que nous étions mariés depuis moins de vingt-quatre heures et qu'entre-temps je n'avais pas quitté la maison. Quelle chance, n'est-ce pas, d'avoir un mari soucieux de me rappeler les choses les plus simples !

Le ton sarcastique fit ciller Mme Worth.

— Dommage qu'il n'ait pas pris la peine de s'en charger lui-même au petit-déjeuner, poursuivit Pénélope. Il est à la maison ?

La gouvernante hésita avant de répondre :

— Non, milady. Il n'est pas rentré depuis votre retour du Surrey.

Pénélope en déduisit que Michael était reparti tout de suite après leur interlude nocturne et que personne ne l'avait vu.

Sa colère grimpa d'un cran.

Il n'était rentré que pour consommer leur mariage et, son devoir accompli, s'était empressé de partir.

Voilà ce que serait sa vie, songea-t-elle. Aller et venir au gré des caprices de son mari, faire ce qu'il demandait, l'accompagner ici ou là quand l'invitation l'incluait et rester seule quand il n'avait pas besoin d'elle.

Quel désastre.

Croisant le regard de Mme Worth, elle y lut de la sympathie. Qu'elle exécra.

Elle le détesta, lui, de l'humilier ainsi. De la rendre aussi malheureuse. De lui donner l'impression qu'elle n'était pas à la hauteur.

Mais ce mariage, elle l'avait choisi. Quand bien même Michael l'avait manipulée, elle n'avait pas refusé. Parce qu'elle avait cru que cette union pourrait être autre chose qu'un arrangement cynique.

Pauvre sotte qu'elle était !

Redressant les épaules, elle déclara :

— Vous pourrez dire à mon mari que je le verrai mercredi. À Tottenham House.

# 11

*Cher M.*

*Thomas dit qu'il vous a vu en ville au début des vacances, mais que vous avez eu à peine le temps de lui parler. Je le regrette, et lui aussi.*

*Philippa a adopté un chien qui n'a que trois pattes, et (bien que cela paraisse peu flatteur) lorsque je le vois gambader près du lac, il me fait penser à vous. Sans vous, Thomas et moi sommes comme un chien à trois pattes. Doux Jésus. Voilà le genre de métaphore auquel je suis réduite en votre absence. La situation devient catastrophique.*

*Désespérément P.*
*Needham Manor, juin 1817*

Lettre restée sans réponse.

Le problème avec les mensonges était qu'il était trop facile d'y croire. Même si c'était vous qui les profériez. Surtout si c'était vous.

Trois jours plus tard, Michael et Pénélope étaient les invités d'honneur du dîner donné à Tottenham House ; événement qui leur fournissait l'occasion idéale pour raconter l'histoire de leur mariage d'amour à plusieurs des commères les plus réputées de la bonne société.

Commères très désireuses de mériter leur titre à en juger par la façon dont elles étaient suspendues aux lèvres de Pénélope et de Michael.

Sans parler des regards.

Ils n'avaient pas échappé à Pénélope – dès leur arrivée, qu'ils avaient planifiée avec soin – que les autres invités s'étaient arrangés pour les devancer afin de ne rien manquer de la première soirée dans le monde du marquis et de la marquise de Bourne.

Les regards des uns et des autres ne lui avaient pas non plus échappé lorsque Michael avait délibérément mis la main au creux de ses reins pour l'entraîner au salon. Il avait accompagné ce geste d'un sourire affectueux – qu'elle ne lui connaissait pas –, et elle avait eu du mal à cacher à la fois son admiration et le plaisir qu'elle avait ressenti.

Ces regards avaient été suivis de battements d'éventails et de murmures étouffés qu'elle avait feint de ne pas entendre tandis qu'elle levait sur son mari des yeux énamourés.

— Bravo, avait-il chuchoté. Vous vous débrouillez très bien.

Et, sotte qu'elle était, elle avait senti son cœur s'émouvoir.

— Ce rose sur vos joues est parfait, ma petite innocente, avait-il déclaré, ajoutant à son émoi.

Ils avaient été séparés pour le dîner, bien sûr, et le vicomte Tottenham l'avait fait asseoir entre lui et le blond M. Donovan West, directeur de deux des journaux les plus lus d'Angleterre. West était un charmeur au regard vif.

— Ne leur donnez pas l'occasion de vous embrocher, dit-il à mi-voix. Elles s'en saisiront immédiatement. Et vous serez fichue.

Il faisait allusion aux six femmes dispersées autour de la table, qui affichaient des lèvres pincées et des regards dédaigneux, et dont chaque mot semblait avoir un double sens connu d'elles seules.

Ce qui aurait agacé Pénélope si Michael et elle n'avaient pas eu leur propre secret.

C'est à la fin du repas que la conversation se concentra sur eux.

— Racontez-nous, lord Bourne, lança la vicomtesse douairière Tottenham d'une voix forte. Comment lady Bourne et vous vous êtes-vous fiancés ? J'adore les mariages d'amour.

Bien sûr. Les mariages d'amour n'étaient-ils pas à l'origine des scandales les plus croustillants ? Après les ruptures de fiançailles.

Les convives firent silence, attendant la réponse de Michael. Ce dernier adressa à Pénélope un regard ardent avant de déclarer :

— Je défie n'importe qui de passer plus d'un quart d'heure en compagnie de ma chère épouse et de ne pas prendre feu.

Propos très éloignés de ce que les membres de l'aristocratie se risquaient à dire à haute voix, même s'il leur arrivait d'y croire, et qui déclencha un soupir collectif ponctué de murmures surpris, et peut-être envieux. Sans se soucier des réactions de son auditoire, Michael ajouta :

— J'ai eu la chance d'être là où elle se trouvait. Son rire m'a rappelé tout ce qui chez moi demandait à être corrigé.

Le pouls de Pénélope s'emballa tandis que les lèvres de son mari s'incurvaient sur un sourire. Le pouvoir des mots était stupéfiant. Même quand ils mentaient. Elle ne put s'empêcher de lui rendre son sourire et n'eut pas à feindre l'embarras.

— Vous avez eu aussi la chance que sa dot s'accompagne des terres du marquisat, lâcha la comtesse de Holloway, une femme qui se vengeait de ses malheurs en proférant des propos blessants.

Pénélope, qui ne l'avait jamais aimée, garda les yeux fixés sur son mari et répliqua :

— C'est tout à fait fortuit, lady Holloway. Car, si nous n'avions pas été amis d'enfance, mon mari ne m'aurait jamais trouvée.

Le regard brillant d'admiration, Michael leva son verre dans sa direction.

— À un moment ou à un autre, j'aurais fini par comprendre ce qui me manquait, ma chérie, et je me serai lancé à votre recherche.

Ces mots lui réchauffèrent le cœur, avant qu'elle se rappelle qu'il s'agissait d'une comédie.

Elle inspira profondément tandis que Michael racontait leur prétendue histoire d'amour.

Il était séduisant, intelligent, charmant et drôle, avec juste ce qu'il fallait de contrition… comme s'il tentait réellement de se faire pardonner ses méfaits et qu'il était prêt à faire ce qu'il fallait pour retrouver sa place dans la bonne société.

Bref, il était parfait.

En l'écoutant, elle n'était pas loin de croire qu'entouré de croyants sincères, il avait bel et bien fêté la Saint-Étienne dans le presbytère de Coldharbour. Qu'il avait croisé son regard, et que, prise de vertige, elle avait eu l'impression d'être la seule femme au monde.

En cet instant, elle ne pouvait s'empêcher d'être fascinée par ses paroles. Comme toutes les personnes présentes.

— … Honnêtement, je n'avais jamais dansé de quadrille de ma vie. Mais elle m'a donné l'envie d'en danser toute une série sans reprendre mon souffle !

Toute la tablée s'esclaffa.

— Ce n'était plus qu'une question de temps avant que je revienne à Coldharbour et me rende compte que je n'avais pas laissé que Falconwell derrière moi… Dieu merci, je l'ai trouvée avant qu'un autre ne la découvre, conclut-il en regardant sa femme droit dans les yeux.

Des soupirs féminins ponctuèrent les battements de cœur de Pénélope.

— Cela dit, les prétendants n'étaient pas légion, commenta lady Holloway en riant un peu trop fort. N'est-ce pas, lady Bourne ?

L'allusion cruelle à son célibat prolongé fit blêmir Pénélope qui chercha vainement une riposte. Son mari vint à la rescousse.

— Je ne supportais pas l'idée qu'on la courtise, voilà pourquoi nous nous sommes mariés si rapidement.

Lady Holloway émit un grognement dubitatif tandis que M. West demandait avec un sourire aimable :

— Et vous, lady Bourne ? Est-ce que ces retrouvailles vous ont… surprise ?

— Faites attention, ma chérie, lança Michael. Il vous citera dans le journal de demain.

Les rires fusèrent. Lorsque Pénélope répondit, ce fut à son mari qu'elle s'adressa et non au journaliste.

— Je n'ai pas été surprise du tout. Pour être franche, c'était comme si j'attendais le retour de Michael depuis des années… Pardon – pas Michael, lord Bourne, rectifia-t-elle avec un petit rire. Je savais qu'il ferait un merveilleux mari. Et je suis très heureuse qu'il soit devenu *mon* merveilleux mari.

Un éclair de surprise traversa le regard de Michael, aussitôt suivi de ce rire chaleureux qui lui ressemblait si peu.

— Vous voyez ? dit-il. Comment ne pas vouloir corriger mes mauvaises manières ?

— Comment, en effet, acquiesça M. West en regardant Pénélope par-dessus le bord de son verre.

Et elle sut d'emblée qu'il avait vu à travers leur petit jeu aussi clairement que si elle avait brodé le mot Menteuse sur sa robe. Peut-être même se doutait-il qu'une fois le mariage consommé son mari n'était pas resté près d'elle et que, depuis, il passait ses nuits Dieu seul savait où et Dieu seul savait avec qui.

Elle feignit de s'intéresser à sa crème caramel en priant pour que M. West n'insiste pas.

Michael reprit la parole, plus charmant que jamais :

— Ce que dit mon épouse est faux, bien sûr. Je n'ai rien d'un mari merveilleux. Je ne supporte pas l'idée d'être loin d'elle ; je déteste que d'autres hommes retiennent son attention ; et je vous préviens : je serai un véritable ours quand viendra la saison et qu'elle sera censée danser et dîner avec d'autres que moi.

La pause qui suivit était habile, et dans ses yeux brillait un humour que Pénélope ne lui avait pas vu depuis l'enfance. *Un humour factice.*

— Vous serez sans doute tous navrés d'apprendre que j'ai décidé de reprendre mon titre, annonça-t-il.

— Pas du tout, protesta la vicomtesse douairière. Nous sommes enchantés de votre retour parmi nous, lord Bourne. Car, en vérité, rien ne purifie davantage qu'un mariage d'amour.

C'était un mensonge, bien sûr. Les mariages d'amour étaient scandaleux en soi, mais Michael et Pénélope étaient d'un rang supérieur au sien, et c'était le jeune Tottenham qui les avait invités. La douairière n'avait plus qu'à approuver.

Michael accueillit néanmoins sa déclaration avec un sourire, et Pénélope se retrouva une fois de plus sous le charme. Tout en lui s'éclairait lorsqu'il souriait ainsi.

— Et c'est assurément un mariage d'amour, renchérit le vicomte Tottenham. Regardez comme votre épouse est suspendue à vos lèvres.

Le sourire de Michael s'effaça lorsqu'il se tourna vers Pénélope, qui baissa les yeux, gênée.

Sautant sur l'occasion, la douairière adressa un regard aigu à son fils.

— Si seulement vous pouviez imiter Bourne, et vous trouvez une épouse.

Le vicomte secoua la tête en riant.

— Je crains que Bourne n'ait trouvé la dernière épouse idéale.

— Elle a des sœurs, intervint Michael.

— Je serai heureux de les rencontrer, assura Tottenham aimablement.

Pénélope ne put qu'admirer l'habileté avec laquelle Michael, l'air de ne pas y toucher, avait préparé le terrain pour une rencontre entre Olivia et lord Tottenham.

— Je suis si épris de ma propre femme, continua-t-il tranquillement, que je ne peux qu'encourager tous les célibataires à trouver la leur.

Quel mensonge. Si bien présenté. Si facile à croire.

— Eh bien, c'est une merveilleuse idée, décréta la douairière. Je suggère à présent que nous laissions ces messieurs à leur discussion, ajouta-t-elle en se levant.

Les dames l'imitèrent, et Pénélope leur emboîta le pas à contrecœur, sachant qu'elle allait être au centre de l'attention. Mais à peine était-elle entrée dans le petit salon qu'une main s'empara de la sienne.

— Veuillez m'excuser, mesdames, fit la voix grave de Michael. J'aimerais m'entretenir une minute avec mon épouse, si cela ne vous ennuie pas. Je vous l'ai dit, je ne supporte pas d'être séparé d'elle.

Un petit hoquet collectif accueillit sa déclaration, ce qui ne l'empêcha pas d'entraîner Pénélope à sa suite.

— Que se passe-t-il ? chuchota-t-elle une fois dans le couloir. Cela ne se fait pas !

— J'aimerais bien que vous cessiez de me dire ce qui ne se fait pas. Vous ne voyez donc pas que cela me donne encore plus envie de le faire ?

Sur ce, il la poussa dans une alcôve faiblement éclairée.

— Que ces dames bavardent à qui mieux mieux sur l'amour que je vous porte est exactement ce que nous cherchons, ma chérie.

— Il est inutile que vous m'appeliez ainsi, murmura-t-elle. Je ne suis pas votre chérie.

— Vous l'êtes quand nous sommes en public, dit-il en posant la main sur sa joue.

Elle la repoussa.

— Arrêtez, siffla-t-elle avant d'ajouter : Vous pensez qu'ils croient à notre fable ?

Il lui adressa un regard indigné.

— Pourquoi pas, mon amour ? Chaque mot est vrai.

— Vous savez bien ce que je veux dire.

Se penchant vers elle, il chuchota :

— Je sais que dans ce genre de maison les murs ont des oreilles.

Là-dessus, il lui lécha le lobe de l'oreille. Elle en chancela de plaisir et dut lui agripper les bras. Mais déjà il s'écartait, et lui soulevait le menton de l'index.

— Vous avez été splendide.

Splendide. Le mot résonna délicieusement en elle, et une onde de plaisir la submergea lorsqu'il déposa un baiser là où son pouls battait frénétiquement, à la base de sa gorge.

— Je n'aime pas la façon dont ils vous jugent, murmura-t-elle. Surtout Holloway.

— Holloway est une garce.

Elle ne put retenir un petit cri choqué, mais il poursuivit :

— Elle mérite une bonne fessée. Malheureusement, son comte de mari manque de cran.

Pénélope ne put retenir un sourire.

— Il semble que vous ne rechignez pas à fesser les dames.

— Seulement celles qui me plaisent, précisa-t-il en la regardant au fond des yeux.

Elle s'efforça d'ignorer la promesse contenue dans ces mots. S'efforça de se rappeler que tout cela n'était que comédie. Que son mari n'avait fait que l'utiliser pour obtenir ce qu'il voulait.

Sauf que cette soirée ne lui rapportait rien, à lui. Les bénéficiaires étaient ses sœurs et elle-même.

— Merci, Michael, dit-elle à mi-voix. Je sais que vous n'étiez pas obligé d'honorer cette partie de notre arrangement. Que vous n'aviez pas à aider mes sœurs.

Il garda le silence un long moment, puis :
— Si, je le devais.
— Il y a de l'honneur chez les voleurs, finalement, commenta-t-elle. Et l'autre partie de notre accord ? enchaîna-t-elle. Quand aurai-je droit à ma visite de votre club ?
— Vous avez appris à négocier, on dirait.
— Je n'ai pas grand-chose d'autre à faire en ce moment.
— Vous vous ennuyez, ma femme ?
— Pourquoi m'ennuierais-je ? Fixer les murs de votre demeure est fascinant.
Il étouffa un petit rire grave qui la fit frissonner.
— Certes. Eh bien, pourquoi ne pas s'offrir une petite aventure dès maintenant ?
— Parce que, pour l'heure, nous essayons de leur prouver que vous avez changé, et que notre disparition ne va pas les en convaincre.
— Je pense au contraire qu'elle va les convaincre de notre amour. Et surtout, je sais que cela va vous plaire, ajouta-t-il en se rapprochant.
— De me cacher comme une voleuse ?
— Pas comme une voleuse.
Il jeta un œil dans le couloir.
— Comme une dame qui a une liaison.
Elle émit un reniflement désapprobateur.
— Avec son *mari*.
— Avoir une liaison avec son mari est…
Il s'interrompit et son regard s'assombrit.
— Bourgeois ? hasarda-t-elle.
— Non, c'est une véritable aventure, corrigea-t-il avec un sourire en coin.
*Une aventure.*
Elle se figea. Les mains de Michael lui encadrèrent le visage, sa chaleur, son odeur l'enveloppèrent. Elle devait le repousser. Lui dire qu'elle avait trouvé sa nuit de noces aussi inintéressante que ce dîner. Il avait besoin d'être remis à sa place.

Sauf qu'elle en était incapable. Elle voulait qu'il l'embrasse, la touche, fasse renaître en elle ces sensations extraordinaires qu'il lui avait fait découvrir la veille.

Et tandis qu'elle plongeait les yeux dans ceux de cet homme qui pouvait se révéler si séduisant et drôle, un instant, si sombre et inquiétant, l'instant d'après, elle comprit qu'elle accepterait toutes les aventures qu'il lui proposerait, quelles qu'elles soient.

Pressant les mains sur son torse, elle sentit la force tapie sous la batiste et la laine de ses vêtements.

— Vous êtes tellement différent ce soir, souffla-t-elle. Je ne sais pas qui vous êtes.

Quelque chose étincela dans les yeux de Michael et disparut si vite qu'elle ne put l'identifier. Lorsqu'il parla, ce fut d'un ton légèrement taquin :

— Alors, pourquoi ne pas chercher à me connaître un peu mieux ?

*Pourquoi pas, en effet ?*

Elle se hissa sur la pointe des pieds tandis qu'il s'inclinait et s'emparait de ses lèvres en un baiser si brûlant qu'elle en fut bouleversée.

Il la poussa contre le mur, se plaqua contre elle si bien qu'elle n'eut d'autre choix que de lever les bras et de nouer les mains sur sa nuque. Ses lèvres fermes et douces lui donnèrent ce qu'elle désirait sans le savoir, ce qu'elle n'aurait pas cru possible – un baiser ardent, possessif, dont elle sut aussitôt qu'elle ne pourrait jamais, jamais l'oublier.

Il franchit le barrage de ses lèvres, la caressa de la langue, la savoura et elle crut mourir d'excitation. Agrippant les mèches qui bouclaient sur sa nuque, elle se cambra contre lui sans vergogne.

Les mains de Michael glissèrent avec une lenteur torturante le long de ses flancs, s'arrêtèrent sur les côtés des seins qu'il pressa juste assez pour que son intimité se mette à palpiter follement. Puis il continua sa progression, s'empara de ses fesses et la plaqua contre lui avec une force à la fois choquante et excitante.

Il émit un grondement de plaisir et elle recula, émerveillé à l'idée qu'il puisse éprouver la même chose qu'elle. Il ouvrit les yeux, brièvement, avant de reprendre sa bouche. Le plaisir la submergea.

Des secondes s'écoulèrent. Des minutes. Des heures… cela n'avait aucune importance.

Seul comptait cet homme. Ce baiser. Cette étreinte.

Qui s'acheva. Il releva la tête, déposa un baiser sur ses lèvres avant de dénouer doucement ses mains croisées sur sa nuque. Il lui sourit, le regard bouleversant, et elle se rendit compte que c'était la première fois qu'il lui souriait – à elle seulement – depuis leur enfance.

C'était magique.

Il ouvrit la bouche et, s'attendant à une déclaration, elle frémit de tout son être.

— Tottenham, dit-il.

Abasourdie, Pénélope fronça les sourcils.

— D'ordinaire, Bourne, je n'aime pas tomber sur des messieurs en train de retenir des dames dans les recoins de ma maison.

— Et les maris qui embrassent leurs femmes, cela vous déplaît-il aussi ?

— Franchement ? fit Tottenham d'un ton sec. Cela me plaît encore moins.

Mortifiée, Pénélope ferma les yeux. Michael l'avait utilisée, une fois de plus.

— Je parie que vous changerez d'avis quand vous aurez rencontré ma belle-sœur, Olivia, dit-il.

Pénélope eut soudain envie de lui faire mal. Très mal. Physiquement.

Il avait préparé cette petite mise en scène pour Tottenham.

Elle ne comprendrait donc jamais rien à rien ?

— Si elle ressemble un tant soit peu à sa sœur, voilà un pari que je perdrai à coup sûr, fit le vicomte.

Michael éclata de rire, et Pénélope en détesta la fausseté.

— Je suppose que vous ne pouvez pas nous accorder un moment de plus ?

— Je pense que je le dois, ou lady Bourne n'osera plus jamais croiser mon regard.

Pénélope fixait les plis de la cravate de Michael. Elle s'efforça de répondre d'un ton calme, la désinvolture étant hors d'atteinte :

— Je ne suis pas sûre qu'un moment y changera grand-chose, milord.

Tottenham s'autorisa un petit rire.

— Le cognac est servi, dit-il avant de s'éloigner.

— Bien joué, murmura-t-elle en gardant les yeux rivés sur la cravate de Michael.

S'il avait perçu sa tristesse, il ne le montra pas. Et lorsqu'il prit la parole, ce fut comme s'ils venaient de commenter le temps qu'il faisait et non de s'embrasser dans une alcôve.

— Après cela, les gens croiront volontiers que nous nous sommes mariés par amour, et non à cause de Falconwell.

*Elle-même y avait presque cru.*

Mais il était injuste d'en vouloir à Michael. Et stupide d'en souffrir. N'était-ce pas elle qui avait inventé cette histoire de mariage d'amour ? Si elle était déçue, elle seule était à blâmer.

Certes, il l'avait utilisée. Mais au moins ses sœurs feraient des mariages honorables. Cela en valait la peine. Elle devait le croire.

— Pourquoi faites-vous cela ? demanda-t-elle. Vous plier à cette comédie, précisa-t-elle comme il haussait les sourcils.

— Je vous ai donné ma parole.

— Vous n'avez pas l'impression que je… profite de vous ?

— N'ai-je pas profité de vous quand je vous ai épousée ? rétorqua-t-il avec un sourire narquois.

— Certes, admit-elle bien que sa façon de présenter les choses la choquât. Et cependant…

« J'ai l'impression que tout ce que je suis, tout ce que je possède est au service des autres », faillit-elle avouer. Elle s'en abstint.

— Cela semble différent. Et je regrette de vous demander de faire cela pour elles. Pour moi.

— Ne regrettez jamais.

— Une autre règle ?

— Pour les gredins uniquement. Les joueurs regrettent inévitablement.

Il en savait quelque chose, supposait-elle.

— Eh bien, je regrette quand même.

— C'est inutile. J'ai une bonne raison de jouer cette comédie avec vous.

— Ah bon ?

— Oui. Nous en tirons tous les deux un bénéfice.

— Qu'y gagnez-vous ?

Il garda le silence et l'inquiétude la gagna.

— De qui recevez-vous quelque chose ?

Comme il ne répondait pas, Pénélope comprit.

— De mon père, articula-t-elle. Qu'est-ce que c'est ?

— Ce n'est pas important, dit-il sur un ton qui lui fit penser que c'était au contraire très important. Disons juste que vous n'avez pas à vous croire ma débitrice dans notre accord, car j'en bénéficierai aussi. Venez, je vais vous ramener auprès de ces dames.

Il voulut lui prendre le coude, mais l'idée qu'il ait joué la comédie pour son propre bénéfice la révolta. Elle se sentait trahie.

Hors d'elle, elle le repoussa presque violemment.

— Ne me touchez pas.

— Je vous demande pardon ? fit-il, surpris.

— Nous pouvons feindre une histoire d'amour pour tous ces gens, mais je ne suis pas eux. Ne me touchez plus. Sauf s'il s'agit de les convaincre.

Il leva les mains en signe d'accord.

Elle se détourna de peur de fondre en larmes, ou d'exploser – elle ignorait ce qui l'emporterait, de la rage ou du chagrin.

— Pénélope...

Elle s'immobilisa tandis qu'un mince espoir frémissait en elle ; l'espoir qu'il s'excuse. Qu'il lui dise qu'elle se trompait. Qu'elle ne lui était pas indifférente.

— C'est maintenant que vous allez jouer la partie la plus difficile – avec les dames –, vous en êtes consciente ?

*Un espoir déçu de plus.*

Certes, elle allait devoir affronter un feu roulant de questions autrement plus indiscrètes de la part des femmes qui l'attendaient dans le petit salon, mais dire que ce serait la partie la plus difficile de la soirée lui paraissait risible en regard de ce qu'elle venait de vivre.

— Je saurai les convaincre, milord, ne vous inquiétez pas. À la fin de la soirée, elles ne douteront pas une seconde que vous et moi sommes follement épris l'un de l'autre, et mes sœurs seront en bonne voie d'avoir une saison réussie. Mais vous feriez bien de vous rappeler que vous m'avez promis de me faire visiter votre club, ajouta-t-elle d'une voix dure, ce qui, je le comprends à présent, n'était pas une générosité de votre part mais le paiement de ma participation à votre ruse.

— En effet, dit-il en se raidissant.

— Quand m'y emmènerez-vous ?

— Nous verrons.

Elle étrécit les yeux.

— Oui, je suppose que nous verrons.

Elle tourna les talons et regagna le salon, la tête haute et le dos raide. À bout de nerfs, mais s'exhortant à l'impassibilité.

# 12

*Cher M.*

*Thomas était là pour la Saint-Michael que nous avons fêtée en grande pompe, tout en regrettant l'absence de notre Michael à nous. Nous avons néanmoins courageusement fait face à votre désertion, nous avons cueilli les dernières mûres de l'été et, afin de respecter la tradition, nous en avons mangé jusqu'à en être malades. Nos dents ont pris une jolie teinte bleu-gris, preuve de notre exploit – vous auriez été fier de nous.*

*Nous verrons-vous à Noël ? La fête de la Saint-Étienne à Coldharbour est chaque année plus belle et plus animée.*

*Nous pensons tous à vous, et vous nous manquez beaucoup.*

*Toujours vôtre, P.*
*Needham Manor, septembre 1818*

Lettre restée sans réponse.

Elle l'avait prié de ne plus la toucher, et il avait obéi. Il avait fait même mieux : il l'avait laissée complètement seule.

Il l'avait ramenée à la maison et était reparti aussitôt, sans mot dire, là où les maris se rendaient le soir sans leur épouse.

Le lendemain soir, elle s'était retrouvée de nouveau seule pour dîner dans l'immense salle à manger, sous le regard vigilant de gamins déguisés en valets de pied.

Le soir d'après, telle une idiote, elle se tenait devant la fenêtre de sa chambre, les yeux rivés sur l'extrémité de la rue où l'attelage de Michael venait de disparaître comme si une ficelle la reliait à sa voiture. Comme si, à force de regarder dans cette direction, elle le ferait revenir.

— Ça suffit ! décréta-t-elle en pivotant sur ses talons.

Elle alla tremper les mains dans la cuvette de la toilette.

— Plus de fenêtre, s'ordonna-t-elle alors que le bruit d'une voiture qui s'arrêtait devant la maison lui faisait battre le cœur.

Résistant à l'envie de se ruer vers la fenêtre, elle s'essuya calmement les mains, puis alla coller l'oreille à la porte.

De longues minutes s'écoulèrent et elle commençait à avoir mal au cou. Cédant à la curiosité, elle entrouvrit le battant.

Et tomba nez à nez avec Mme Worth.

Elle sursauta et referma brusquement la porte, le cœur battant, avant de se rendre compte qu'elle se ridiculisait.

Inspirant profondément, elle rouvrit la porte avec un grand sourire.

— Pardonnez-moi, madame Worth, mais vous m'avez fait peur.

La gouvernante inclina la tête.

— Vous avez un visiteur.

— Un visiteur ? répéta Pénélope, déconcertée.

Il était 23 heures passées.

— Il dit que c'est très important, expliqua Mme Worth en lui tendant une carte.

Pénélope s'en empara et y jeta un œil. *Thomas.*

Un flot de joie l'envahit. C'était la première personne à lui rendre visite – sa mère elle-même s'était contentée d'envoyer un mot pour dire qu'elle viendrait la voir lorsque sa lune de miel serait achevée.

Elle ignorait que sa lune de miel n'avait jamais commencé.

Mais Thomas était son ami. Et les amis se rendaient visite. Elle fut incapable de réprimer un sourire.

— Je descends tout de suite. Offrez-lui du thé. Ou bien... du vin. Non, du whisky... Enfin, ce qu'on boit à Londres à cette heure-ci.

Elle referma la porte, remit un peu d'ordre dans sa tenue avant de se précipiter dans le couloir.

Un instant plus tard, elle pénétrait dans le salon. Un verre de whisky à la main, Thomas se tenait devant la grande cheminée en marbre, visiblement époustouflé par l'extravagance des lieux.

— Thomas ! s'écria-t-elle en se ruant vers lui. Que faites-vous ici ?

— Je suis venu vous chercher, bien sûr, dit-il en souriant.

Ç'aurait dû être une plaisanterie, mais il y avait une tension dans sa voix qui l'inquiéta. C'est à cet instant qu'elle se rendit compte qu'il n'aurait pas dû être là – que Michael serait furieux s'il le découvrait en compagnie de sa femme, et peu importait qu'ils soient amis d'enfance.

— Vous n'auriez pas dû venir, dit-elle alors qu'il lui prenait les mains et les portait à ses lèvres. Michael ne va pas apprécier.

— Vous et moi sommes toujours amis, n'est-ce pas ?

— Bien sûr, dit-elle sans hésiter.

— En tant qu'ami fidèle, je suis venu m'assurer que vous alliez bien. Et étrangler Michael.

Cette dernière proposition n'aurait pas déplu à Pénélope que la conduite de son mari révoltait ; il n'empêche, rester seule dans cette pièce avec Thomas lui donnait l'impression de trahir ses vœux de fidélité.

— Ce n'est pas une bonne idée que vous soyez venu me voir à cette heure-ci, Thomas, insista-t-elle.

Il la regarda avec une gravité qui ne lui était pas coutumière.

— Dites-moi juste une chose. Est-ce que vous allez bien ?

Sa sollicitude la déstabilisa et l'émotion la submergea. Les larmes jaillirent, impossibles à retenir. Elle s'était mariée une semaine plus tôt lors d'une petite cérémonie bâclée, et personne n'avait pensé à s'inquiéter de son bonheur, ou de son malheur. Pas même son mari.

— Je...

Elle s'interrompit, la gorge serrée.

Le regard d'ordinaire amical de Thomas s'assombrit.

— Vous êtes malheureuse. Je vais le tuer !

— Non ! Je ne suis pas malheureuse, dit-elle en posant la main sur son bras. Pas du tout. Je suis seulement... je...

Elle inspira et se résigna à admettre :

— Ce n'est pas facile.

— Il vous a fait du mal ?

— Non ! Bien sûr que non.

Pas de la façon dont il l'entendait.

Il ne la croyait visiblement pas.

— Ne le protégez pas, dit-il en croisant les bras. Est-ce qu'il vous a fait du mal ? répéta-t-il.

— Non.

— Qu'y a-t-il alors ?

— Je ne le vois quasiment pas.

— Cela n'a rien de surprenant, commenta-t-il avec amertume.

L'amertume due à la perte d'une amitié. Elle en avait éprouvé quand Michael avait quitté leur Surrey natal. Lorsqu'il avait cessé de répondre à ses lettres. De se soucier d'elle.

— Vous aimeriez le voir davantage ? demanda Thomas après un silence.

Répondre à une telle question n'était pas aisé. Le Michael froid et distant qui l'avait épousée pour récupérer ses terres, elle s'en passait fort bien. Mais l'autre Michael – celui qui l'avait embrassée et étreinte, qui s'était soucié de son confort et lui avait fait découvrir des sensations inouïes –, oui, elle aimerait beaucoup le voir plus souvent.

Bien sûr, elle ne pouvait pas dire cela à Thomas. Elle ne pouvait lui dire qu'il y avait deux individus en Michael et que, si l'un la fascinait, l'autre la rendait furieuse.

Elle-même avait du mal à l'admettre.

— Pénélope ?

Elle soupira.

— Le mariage est une chose étrange.

— Sûrement. Surtout avec Michael, j'imagine. Je savais qu'il viendrait vous chercher. Je savais qu'il se montrerait froid, sans cœur, et se débrouillerait pour vous épouser en vitesse – afin de récupérer Falconwell.

Un peu tard, Pénélope songea qu'elle aurait dû protester et raconter à Thomas leur histoire d'amour fou, mais il ne lui en laissa pas le temps.

— J'ai essayé de le devancer… afin de vous éviter ce mariage-là.

Les mots qu'avait utilisés Thomas pour la demander en mariage lui revinrent à l'esprit. *Lançons-nous, voulez-vous ?*

— Vous vouliez me protéger de Michael ?

— Il n'est plus le même.

— Pourquoi ne me l'avez-vous pas dit ?

— Vous m'auriez cru ?

— Oui.

*Non.*

Il sourit. Un petit sourire, empreint d'une gravité inhabituelle.

— Pénélope, si vous aviez su qu'il viendrait vous chercher, vous l'auriez attendu. Vous l'avez toujours préféré.

Pénélope plissa le front. C'était faux. N'est-ce pas ?

Une image jaillit sans son esprit – une belle journée de printemps, tous les trois dans la vieille tour normande qui se dressait sur les terres de Falconwell. Comme ils l'exploraient, les dernières marches d'un escalier avaient cédé devant Pénélope, et elle s'était retrouvée piégée au-dessus de Michael et de Thomas. La distance à franchir n'était pas énorme, mais suffisante pour qu'elle ait peur de sauter. Elle avait appelé au secours et Thomas l'avait rejointe le premier. Il lui avait dit de sauter, avait promis de la rattraper. En vain. Elle était pétrifiée de peur.

Et puis, Michael était arrivé. Calmement, il l'avait regardée dans les yeux et lui avait communiqué sa force. *Saute, Sixpence, je serai ton filet.*

Elle l'avait cru.

Le souvenir du garçon auprès de qui elle s'était toujours sentie en sécurité l'émut.

— Il n'est plus le garçon d'autrefois, admit-elle en regardant Thomas.

— Non. Langford a fait ce qu'il fallait pour cela… Je regrette de n'avoir pas pu l'en empêcher, Pénélope. Je le regrette vraiment.

— Ne vous excusez pas, dit-elle en secouant la tête. Il peut être froid et odieux, mais il a fait fortune seul… Et puis, le mariage n'est-il pas toujours un défi ?

— Le nôtre ne l'aurait pas été.

— Le nôtre l'aurait été de manière différente, Thomas.

— C'est possible, admit-il avec un sourire contrit. Je pensais partir pour l'Inde, enchaîna-t-il. Il paraît qu'il y a des opportunités intéressantes là-bas.

— Vous quitteriez l'Angleterre ? s'étonna-t-elle. Pourquoi ?

Il but une longue rasade de whisky et posa son verre.

— Votre mari projette de me perdre.

Il fallut à Pénélope un moment pour comprendre.

— Je suis sûre que c'est faux, protesta-t-elle.

— Ça ne l'est pas. Il me l'a dit lui-même.

— Quand ?

— Le jour de votre mariage. J'étais retourné à Needham Manor pour vous convaincre de m'épouser et j'ai appris que c'était trop tard, que vous étiez déjà partie pour Londres avec lui. Je vous ai suivis et je suis allé directement à son club.

Bien entendu, Michael ne lui en avait rien dit.

— Vous l'avez vu ?

— Suffisamment longtemps pour qu'il affirme avoir de quoi se venger de mon père. Et de moi par la même occasion. Après cela, je n'aurai d'autre choix que de quitter l'Angleterre.

Cela ne la surprit pas. Reprendre Falconwell ne pouvait suffire à Michael. Il lui fallait aussi se venger de Langford. Mais pourquoi s'en prendre à Thomas ?

— Il ne ferait pas cela, voyons. Vous étiez amis. Nous étions amis tous les trois.

— Notre amitié passée pèse moins lourd que le désir de vengeance, j'en ai peur.

— Mais que pourrait-il bien trouver pour causer votre perte ? fit-elle, perplexe.

— Il se trouve que je ne suis pas… que je ne suis pas le fils de Langford, avoua-t-il. Et Michael le sait.

Elle en resta bouche bée.

— Vous ne parlez pas sérieusement, souffla-t-elle.

— Je ne m'amuserais pas à inventer une chose pareille, Pénélope, assura-t-il avec un petit rire d'autodérision.

Il avait raison, bien sûr.

— Vous n'êtes pas…

— Non.

— Qui est…

— Je l'ignore. J'ai appris que j'étais un bâtard il y a quelques années seulement, quand mon... quand Langford me l'a révélé.

Pénélope ne put s'empêcher de remarquer combien son regard était triste et résigné.

— Vous n'en avez jamais rien dit.

— Ce n'est pas le genre de chose qu'on raconte... Au contraire, on fait tout ce qu'on peut pour que cela ne se sache pas.

Et, malgré tout, quelqu'un l'avait appris.

Bouleversée, Pénélope était à court de mots.

— Ce serait effectivement la perte de votre père, finit-elle par murmurer.

— Son unique enfant, un bâtard.

— Ne parlez pas de vous ainsi, protesta-t-elle.

— Tout le monde le fera bientôt.

Thomas avait raison. La vengeance de Michael l'atteindrait aussi.

— Venez avec moi, Pénélope, reprit-il en faisant un pas vers elle. Nous pouvons quitter ce pays, cette vie, et repartir de zéro ailleurs. L'Inde. Les Amériques. La Grèce. L'Espagne. L'Orient. Où vous voudrez.

Elle écarquilla les yeux. Il était sérieux.

— Je suis mariée, Thomas.

— Avec Michael, précisa-t-il avec un sourire sarcastique. Vous avez autant intérêt que moi à fuir. Peut-être plus.

— Il se trouve que je suis mariée. C'est fait. Et vous...

— Je ne suis plus rien. Du moins quand il en aura fini avec moi.

Elle pensa à son mari, à qui elle avait juré fidélité et loyauté, qui s'était battu pour rebâtir sa fortune sans s'appuyer sur son nom. Il connaissait mieux que personne l'importance du nom. De l'identité. Elle ne pouvait croire qu'il ferait une chose pareille.

Elle secoua la tête.

— Vous vous trompez. Il ne ferait pas cela, assura-t-elle.

Mais elle savait que c'était faux. Michael était capable de tout pour se venger. Y compris de nuire à ses amis.

— Je ne me trompe pas, répliqua Thomas, l'air dur. Il détient la preuve de ma bâtardise. Il est prêt à l'utiliser. Il est sans pitié, Pénélope… Ce n'est plus l'ami que nous avons connu.

Thomas lui prit la main.

— Il ne vous mérite pas, insista-t-il. Venez avec moi et nous ne serons plus jamais seuls.

Elle garda le silence un long moment avant de répéter d'une voix douce :

— C'est mon mari.

— Il vous utilise.

Bien que vrais, ces mots la blessèrent.

— Bien sûr qu'il m'utilise, admit-elle en le regardant droit dans les yeux. Comme tous les autres l'ont fait : mon père, le duc de Leighton, mes différents prétendants… vous.

Comme il ouvrait la bouche pour protester, elle leva la main afin de l'en empêcher.

— Non, Thomas. Ne nous ridiculisez pas en niant. Vous ne m'utilisez peut-être pas pour obtenir des terres ou de l'argent, ou pour sauver votre réputation, mais vous redoutez la solitude qui sera la vôtre lorsque la vérité sera connue, et vous pensez que je ferai une compagne affectueuse.

— Est-ce mal ? demanda Thomas d'un ton où perçait le désespoir. Et que faites-vous de notre amitié ? De notre passé commun ? Que faites-vous de moi ?

Elle ne feignit pas de ne pas comprendre. Il lui demandait de choisir. Son plus fidèle ami – celui qui n'était jamais parti – ou son mari, sa famille, sa vie. Un choix qui n'en était pas un.

— C'est mon mari ! s'écria-t-elle. Peut-être n'aurais-je pas écrit cette histoire, mais c'est la mienne, voilà tout.

Elle s'interrompit, l'irritation et la frustration lui coupant le souffle. Thomas la contempla longuement.

— Très bien, dit-il enfin avec un sourire triste. Je l'avoue, je ne suis pas surpris. Vous l'avez toujours préféré.

— C'est faux !

— Mais non. Un jour, vous vous en rendrez compte.

Il lui caressa la joue d'un geste fraternel. C'était le problème, bien sûr. Thomas avait toujours été davantage un frère qu'un ami. Contrairement à Michael chez qui il n'y avait jamais rien eu de fraternel. De compatissant non plus. Mais si, dans cette guerre sinistre, elle choisissait de demeurer avec son époux, elle ne resterait pas les bras ballants lorsqu'il s'en prendrait à Thomas.

— Je ne le laisserai pas vous nuire, je le jure.

Thomas haussa les épaules.

— Oh, Pénélope... comme si vous pouviez l'arrêter !

Ces mots auraient dû l'attrister. Au lieu de quoi, ils l'agacèrent.

Michael l'avait arrachée à sa famille, il avait bouleversé sa vie, il lui imposait une comédie amoureuse humiliante, et maintenant il menaçait leur plus cher ami. Et il avait fait tout cela sans se soucier d'elle, de ce qu'elle pouvait en penser.

Eh bien, il avait intérêt à commencer à s'en soucier.

Elle releva le menton, et carra les épaules.

— Il n'est pas Dieu, déclara-t-elle d'une voix ferme. Il n'a pas le droit de jouer avec nous comme avec des soldats de plomb.

Thomas reconnut sa colère et sourit.

— Ne vous opposez pas à lui à cause de moi, Pénélope. Je n'en vaux pas la peine.

Elle haussa un sourcil.

— Je ne suis pas d'accord. Et quand bien même ce serait vrai, moi, j'en vaux la peine. Et j'en ai par-dessus la tête de ce comportement de dictateur.

— Il vous fera du mal.

— Il m'en fera de toute façon, répliqua-t-elle, désabusée. Alors autant l'affronter.

Elle se dirigea vers la porte et l'ouvrit.

— Je suis désolée, Thomas, murmura-t-elle comme il passait devant elle.

Il la prit par les épaules et l'embrassa sur le front.

— Je ne veux que votre bonheur, Pénélope. Vous le savez, n'est-ce pas ?

— Oui, je le sais.

— Vous me préviendrez si vous changez d'avis ?

— Promis.

Il la dévisagea encore un long moment.

— Je vous attendrai. Jusqu'à ce que cela ne me soit plus possible.

Elle eut envie de lui demander de ne pas partir. De rester en Angleterre, auprès de ses amis. Auprès d'elle. Mais c'eût été le laisser espérer qu'elle pourrait se raviser, aussi se contenta-t-elle de lui dire :

— Bonne nuit, Thomas.

Elle le suivit des yeux tandis qu'il traversait le vestibule. La porte se referma derrière lui. Elle entendit sa voiture s'ébranler un instant plus tard.

Elle était de nouveau seule.

Seule dans cette demeure somptueuse, pleine d'objets qui ne lui appartenaient pas et de serviteurs qu'elle connaissait à peine. Seule dans ce mausolée.

Il y eut un mouvement dans la pénombre à l'autre extrémité du vestibule. Mme Worth, devina Pénélope, qui sut d'emblée à qui allait la loyauté de la gouvernante.

— Combien de temps va-t-il s'écouler avant qu'il n'apprenne que j'ai reçu la visite d'un gentleman à 23 heures passées ? lança-t-elle.

La gouvernante sortit de l'ombre.

— J'ai envoyé un message au club dès l'arrivée de M. Alles, répondit-elle d'un ton neutre.

Pénélope dévisagea la gouvernante et sa trahison – bien qu'attendue – attisa sa colère.

— Vous avez gaspillé du papier pour rien.

Elle se dirigea vers l'escalier qu'elle commença à gravir. À mi-chemin, elle s'arrêta, se retourna. La belle gouvernante aux cheveux parfaits, à la peau parfaite et aux yeux parfaits se tenait au pied des marches, telle une sentinelle chargée de l'empêcher de faire quoi que ce soit susceptible d'irriter le maître.

Ce qui ne fit qu'attiser la colère de Pénélope. Soudain, elle se sentit l'âme rebelle.

— Où se trouve le club ?

La gouvernante écarquilla les yeux.

— Je l'ignore.

— C'est curieux, mais je suis sûre que c'est faux, répliqua Pénélope. Je suis sûre que vous êtes au courant de tout ce qui se passe dans cette maison. De toutes les allées et venues. Et je suis sûre que vous savez que mon mari passe toutes ses nuits au club et non ici.

Mme Worth garda le silence et Pénélope se demanda fugitivement si elle avait le pouvoir de renvoyer cette femme insolente et bien trop belle. Finalement, elle eut un geste désinvolte de la main et continua de monter l'escalier.

— Dites-le-moi ou pas. S'il le faut, je prendrai un fiacre et le cocher saura bien m'y emmener.

— Ça ne plaira pas à Bourne.

La gouvernante, qui l'avait suivie, lui emboîta le pas dans le couloir.

— Non, cela ne lui plaira pas, confirma Pénélope en entrant dans sa chambre. Mais il se trouve que je m'intéresse peu à ce qui lui plaît ou pas.

Elle se dirigea vers l'armoire, l'ouvrit, et en sortit une grande cape. Elle pivota sur ses talons pour découvrir la gouvernante qui la fixait d'un regard incrédule.

Peut-être était-ce elle, la déesse aux cheveux de jais de Michael, songea soudain Pénélope. Mais alors qu'elle détaillait son teint de porcelaine, sa taille élancée, son port de reine, Mme Worth lui adressa un sourire. Un vrai sourire. Chaleureux.

— M. Alles, dit-elle. Il n'est pas votre amant.

Une telle remarque dans la bouche d'une domestique laissa Pénélope sans voix. Elle finit pourtant par répondre, avec honnêteté :

— Non. Ce n'est pas mon amant. Et vous, vous n'êtes pas la maîtresse de Michael, enchaîna-t-elle sans réfléchir.

— Grands dieux, non ! Je ne lui céderais pas même s'il me suppliait. Enfin… je ne voulais pas dire… c'est un homme bien, milady.

— C'est un malotru, vous voulez dire, répliqua Pénélope en enfilant une paire de gants. Et je ne suis pas certaine que je lui céderais même s'il me suppliait. Mais, voilà, je l'ai épousé.

— Pardonnez-moi, mais vous ne devez pas lui céder. Pas avant qu'il vous supplie à genoux. Il ne devrait pas vous laisser seule si…

— Souvent ? suggéra Pénélope. Malheureusement, madame Worth, supplier ne fait pas partie du répertoire de mon mari.

— Je vous en prie, appelez-moi Worth. C'est comme ça que les autres me nomment.

— Les autres ?

— Les autres associés de *L'ange*.

— Comment se fait-il que vous connaissiez les associés de mon mari ? s'étonna Pénélope.

— Je travaillais là-bas, avant. Je nettoyais les casseroles, je plumais les poulets, je faisais le ménage, enfin des choses de ce genre.

La curiosité pointa son nez.

— Et comment vous êtes-vous retrouvée ici ?

Le beau visage de la gouvernante s'assombrit.

— De la gamine que j'étais je suis devenue une femme. Les gens ont commencé à le remarquer.

— Les hommes ?

La question était inutile.

— Le personnel s'efforçait d'empêcher les clients d'approcher – pas seulement de moi, des autres filles aussi qui travaillaient là-bas.

Le cœur de Pénélope se serra. Elle ne devinait que trop ce qui allait suivre.

— Mais j'étais insouciante. Et les hommes puissants peuvent se montrer insistants. Je me suis laissé convaincre. Et Bourne nous a découverts, acheva Worth avec un sourire triste.

— J'imagine qu'il a été furieux, dit Pénélope, sachant d'instinct que, quels que soient ses défauts, son mari n'accepterait jamais qu'un client use de son pouvoir pour séduire une innocente.

— Il a failli tuer l'homme, avoua Worth, et Pénélope ne put s'empêcher d'éprouver de la fierté. Si vous comptez aller à *L'ange,* enchaîna la gouvernante, passez par l'entrée des propriétaires. C'est l'unique accès à l'étage principal. Et n'oubliez pas de rabattre votre capuche afin de dissimuler votre visage.

Pénélope n'y avait pas songé.

— Merci, dit-elle en sortant de la chambre.

— Il sera furieux en vous voyant, l'avertit Worth. Mon message n'arrangera pas les choses. Je suis désolée.

Pénélope lui adressa un regard pénétrant.

— Vous êtes ma débitrice et je réclamerai mon dû, mais pas ce soir. Ce soir, je vais simplement dire que votre message était incomplet. Et j'ai l'intention de délivrer le reste en personne.

*Cher M.*

*Me voilà avec une année de plus et ma mère s'est mis en tête de donner un bal en mon honneur. J'ai l'impression d'être un veau qu'on engraisse et qu'on pomponne avant de le proposer à la vente (n'est-ce pas une métaphore élégante ?). Bref, elle est déjà en train de tout organiser pour le mois de mars – je suis certaine de ne pas survivre à l'hiver.*

*Promettez-moi d'assister à ce funeste événement... Je sais qu'à vingt ans vous vous trouvez beaucoup trop jeune pour aller au bal ou vous intéresser à la saison mondaine, mais cela me réconforterait de voir un visage ami.*

*Toujours, votre P.*
*Needham Manor, août 1820*

Lettre restée sans réponse.

— Tu devrais être chez toi, avec ta femme.

Debout devant le vitrail qui dominait la salle de jeu, Bourne ne se retourna pas.

— Ma femme est bien au chaud dans son lit, et elle dort.

Dans une chemise de nuit blanche, couchée sur le côté sous une montagne de couvertures, ses cheveux blonds déployés sur l'oreiller, lâchant des petits soupirs dans son sommeil...

Ou, mieux, allongée sur son couvre-lit en fourrure, attendant qu'il revienne et la dénude.

Hélas, tout cela était du domaine du rêve et condamné à le demeurer !

La soirée chez Tottenham avait eu pour unique objectif d'asseoir les fondations de leur fausse histoire d'amour. Pénélope avait joué son rôle à la perfection, feignant tendresse et dévouement à son égard, allant même jusqu'à le défendre.

Il avait beau se dire qu'il l'avait entraînée dans le couloir pour convaincre les invités de Tottenham de leur passion, il savait bien que c'était faux. Les invités, il n'y pensait plus à ce moment-là ; il devait la toucher, l'embrasser, l'étreindre.

Très vite, le souffle court, le corps en feu, il avait perdu le contrôle de la situation. Quant au vicomte, il avait frôlé la mort en les interrompant. D'un autre côté, Dieu seul savait à quelles folles indécences ils se seraient livrés si Tottenham n'avait pas surgi.

Elle s'était pétrifiée entre ses bras, et il avait compris qu'elle supposait le pire, à savoir qu'il ne l'avait attirée dans le couloir que pour le bénéfice de Tottenham. Ce qui n'était pas faux, sauf que la passion n'avait pas été simulée le moins du monde – ce qu'il ne lui avouerait jamais.

Eh bien, tant pis, s'était-il dit en l'informant de l'arrangement pris avec son père. Tant pis si l'aveu la blessait et si elle le haïssait. Et quand elle lui avait interdit de la toucher, il s'était dit que c'était mieux ainsi.

— Tu as passé toutes tes soirées et tes nuits ici depuis ton retour, insista Chase.

— Qu'est-ce que ça peut te faire ?

— Je connais les femmes. Et je sais qu'elles n'aiment pas qu'on les ignore.

Bourne ne répondit pas.

— J'ai entendu dire que tu œuvrais pour que l'une des filles Marbury devienne lady Tottenham.

— Tu l'as *entendu dire*, répéta Bourne en lui jetant un regard scrutateur.

Chase haussa les épaules.

— J'ai mes sources, fit-il avec un sourire narquois.

Bourne regarda de nouveau la salle de jeu, et en particulier le petit groupe de gens parmi lesquels se trouvait Tottenham.

— Les filles Marbury arrivent aujourd'hui en ville. Cela me donne quelques jours pour ferrer le vicomte.

— Alors, ce dîner a été un succès ?

— Je fais des rêves dans lesquels je suis submergé d'invitations.

Chase éclata de rire.

— Pauvre Bourne. Obligé de restaurer la seule chose dont il ne veut pas pour obtenir la seule chose qu'il désire réellement.

Bourne lui adressa un regard noir, mais ne nia pas.

— Est-ce que tu te rends compte que le club t'a fait gagner plus d'argent que tu ne pourras jamais en dépenser ? reprit son associé. Cela ne te suffit pas comme revanche ?

— Ce n'est pas une question d'argent.

— De quoi, alors ? Ton titre ? La façon dont ce type l'a dévalorisé ?

— Je me fiche du titre.

— Allons donc. Tu es comme tous les aristocrates – fasciné par le pouvoir magique de ton titre. Même si tu prétends ne pas lui accorder d'importance. Mais peu importe, poursuivit Chase après une pause. Tu as épousé la fille, et tu as bien avancé sur le chemin de la revanche. Ou est-ce une résurrection ?

Bourne, qui regardait la roulette tourner à travers le vitrail rouge et jaune représentant les flammes de l'enfer, fronça les sourcils.

— Je n'ai pas de projets de résurrection. Je ferai ce qui est nécessaire pour causer la perte de Langford. Et, quand ce sera fait, je reprendrai le cours de ma vie.

— Sans elle ?

— Sans elle.

Pourtant, il la voulait. Mais renoncer à ce qu'il désirait, il l'avait fait bien des fois, et avait survécu.

— Et comment comptes-tu expliquer cela à la dame en question ?

— Elle n'a pas besoin de moi pour mener l'existence qui lui plaît. Elle peut vivre où elle veut, de la façon qu'elle veut, sur mes terres, avec mon argent. Je lui laisserai volontiers le choix.

Il l'avait déjà dit, et répété, mais y croire devenait de plus en plus difficile.

— C'est vraiment ce que tu envisages ? demanda Chase, dubitatif. Vous êtes mariés.

— Il existe d'autres façons pour elle d'être heureuse.

— C'est ce que tu cherches ? Son bonheur ?

L'étonnement de Chase était compréhensible. Bourne ne s'était certes pas lancé dans cette entreprise avec l'idée de faire le bonheur de Pénélope. Et, encore maintenant, il était prêt à sacrifier le bonheur de la jeune femme pour se venger. Mais n'étant pas un monstre, il tenterait de faire les deux : la rendre heureuse et ruiner Langford.

Et, preuve de sa bonne volonté, il respecterait sa requête de ne plus la toucher.

D'autant qu'il savait fort bien que l'emmener au lit serait une erreur, car elle ne s'en contenterait pas. Elle était le genre de femme à exiger plus.

Plus que ce qu'il avait à offrir.

Il se tiendrait donc à l'écart. Quand bien même il la désirait plus qu'il ne saurait le dire.

— Je l'ai obligée à m'épouser pour récupérer mes terres. Le moins que je puisse faire est de réfléchir à ce qui pourrait lui plaire une fois mon second objectif atteint. Je la renverrai dans le Surrey, ou ailleurs, dès que je posséderai de quoi faire tomber Langford.

— Pourquoi ?

*Parce qu'elle mérite mieux.*

— Je lui ai promis la liberté, répondit-il, feignant l'indifférence. Et l'aventure.

Chase ne put se retenir de glousser.

— Vraiment ? Je suis sûr que ces promesses l'ont enthousiasmée. Elle a attendu longtemps cette demande en mariage – suffisamment pour comprendre que la plupart des mariages ne valent pas le papier sur lequel les signatures ont été apposées. Alors, tu les tiendras, toi, tes promesses ?

— Oui, affirma tranquillement Bourne sans quitter les joueurs des yeux.

— N'importe quelle aventure ?

— Où veux-tu en venir ? demanda Bourne en tournant la tête vers son associé.

— Si j'en crois mon expérience, les dames éprises d'aventures sont plutôt… créatives. Es-tu prêt à la voir sillonner la planète ? Jeter ton argent par les fenêtres ?

Organiser des fêtes tapageuses et scandaliser la bonne société ? Prendre un amant ?

La dernière hypothèse avait été lancée d'un ton désinvolte, mais Bourne savait que Chase l'asticotait délibérément.

— Elle peut faire tout ce qui lui plaît, répondit-il, refusant de mordre à l'hameçon.

— Y compris te cocufier ?

C'était une provocation, il le savait. Et il savait aussi que réagir serait stupide. Il serra néanmoins les poings.

— Si elle est discrète, cela ne me dérangera pas.

— Tu ne veux donc pas la garder pour toi tout seul.

— Non.

*Menteur.*

— J'en déduis que la première nuit a été décevante, et que tu préfères laisser à un autre le soin de s'occuper d'elle.

Bourne se retint de projeter Chase contre le mur. L'idée qu'un autre homme ose toucher Pénélope lui était odieuse.

Il ne pouvait pas la rendre heureuse. Mais ce n'était qu'une question de temps avant qu'il se persuade du contraire et tente d'y parvenir.

Mieux valait renoncer tout de suite.

La porte s'ouvrit sur Temple, épargnant à Bourne d'avoir à poursuivre cette conversation. Le samedi soir, Chase, Cross et Temple avaient l'habitude de faire une partie de faro.

— Bourne joue avec nous ? s'étonna Cross en entrant derrière Temple.

Michael faillit accepter. Il avait envie de se laisser emporter par le jeu. De croire qu'il n'y avait rien de mieux dans la vie que la chance.

Il se raisonna. Cela faisait longtemps que la chance le boudait.

— Non, je ne joue pas, lâcha-t-il.

— Reste prendre un verre avec nous, suggéra Chase.

S'il restait, Chase continuerait à le harceler de questions indiscrètes. Mais s'il s'en allait, c'est Pénélope qui le hanterait, et il aurait l'impression de n'être qu'un abruti.

Il resta.

Les autres s'étaient installés autour de la petite table. Bourne s'assit un peu à l'écart.

Temple battit les cartes, une fois, deux fois, avant de les distribuer. Ils jouèrent un moment en silence avant que Chase lance à brûle-pourpoint :

— Et si elle désire des enfants ?

Cross et Temple tressaillirent.

— Si qui désire des enfants ? demanda Cross sans lever les yeux de ses cartes.

— La Pénélope de Bourne.

L'expression déplut à Bourne. À moins qu'elle ne lui plaise trop.

*Des enfants.* Qui auraient un père à Londres et une mère à la campagne. Dont l'enfance se passerait à l'ombre d'une maison de jeu. Des filles qui souffriraient de la réputation de leur père. Ce père qui détruisait tout ce qu'il touchait.

Y compris leur mère.

Nom de Dieu.

— Elle en voudra, décréta Chase. Elle est du genre à en vouloir.

— Comment le sais-tu ? grommela Bourne.

— J'en sais beaucoup sur cette dame.

Temple et Cross reportèrent leur attention sur Chase.

— Vraiment ? fit Temple, incrédule.

— Elle est laide ? s'enquit Cross. Bourne dit que non, mais il y a forcément une raison pour qu'il soit ici avec nous au lieu d'être à la maison en train d'initier la marquise aux plaisirs du lit.

— Tout le monde ne passe pas ses soirées à copuler comme des cochons, aboya Bourne qui contenait de plus en plus difficilement son irritation.

Cross contempla ses cartes.

— Je préfère les lapins, dit-il posément, remarque que Temple accueillit avec un rire sonore. Allez, franchement, reprit-il en regardant Chase, dis-nous ce que tu sais de la nouvelle lady Bourne.

— Elle n'est pas laide.

Bourne grinça des dents. *Non, elle ne l'était pas, en effet.*

— C'est une raseuse ? hasarda Cross.

— Pas à ma connaissance, répondit Chase avant de se tourner vers Bourne. C'est une raseuse ?

La vision de Pénélope déambulant dans la neige au milieu de la nuit, une lanterne à la main, fut aussitôt suivie d'une autre où elle était allongée nue sur son lit.

— Non, ce n'est pas du tout une raseuse.

— Alors qu'est-ce qui ne tourne pas rond chez toi ? lâcha Temple.

Il y eut un silence, et le regard de Bourne passa d'un associé à l'autre. Chacun le dévisageait sans vergogne.

— Honnêtement, on dirait trois commères avides de scandales, remarqua-t-il.

Chase haussa un sourcil.

— Je vais leur expliquer ce qui se passe, commença-t-il et, oubliant la partie, les deux autres se penchèrent sur la table. Le problème de Bourne, c'est qu'il a décidé de renvoyer la dame dans son Surrey natal.

— Pour combien de temps ? demanda Temple.

— Pour toujours.

Cross jeta un regard sévère à Bourne.

— C'est parce qu'elle était vierge ? Voyons, Bourne, tu ne peux pas le lui reprocher. Dieu seul sait pourquoi, mais la plupart des aristos y accordent de l'importance. Donne-lui un peu de temps. Elle apprendra.

— Elle s'est très bien débrouillée, assura Bourne entre ses dents.

— Elle n'a pas aimé ? s'inquiéta Temple.

Chase ricana, et Bourne lui jeta un regard meurtrier.

— Tu t'amuses bien ?

— Oui, beaucoup.

— Tu pourrais peut-être demander conseil à Worth, suggéra Cross.

— Je serais heureux de partager avec toi mon expérience personnelle, si tu veux, déclara Chase.

— Moi aussi, renchérit Temple.

C'en était trop.

— Je n'ai pas besoin de conseil. Ça lui a beaucoup plu.

— J'ai entendu dire que certaines n'apprécient pas tout de suite, observa Cross.

— C'est vrai, acquiesça Chase.

— Ce n'est pas grave si elle n'a pas aimé, vieux, dit Temple. Tu n'as qu'à réessayer.

— Elle a aimé, articula Bourne d'une voix sourde, prêt à tuer le prochain qui parlerait de Pénélope.

— Eh bien, une chose est sûre, commença tranquillement Temple, le seul des associés que Bourne ne risquait pas de tuer. Si elle veut des enfants, il va falloir que quelqu'un fasse le boulot.

*Si elle voulait des enfants, il ferait le boulot.*

— Si tu es sûr qu'elle n'est pas laide, je serai heureux de…

Cross n'acheva pas sa phrase. Bourne s'était rué sur lui et les deux hommes roulèrent au sol dans une cacophonie de chaises brisées et de cris.

Temple soupira et jeta ses cartes sur la table.

— Impossible de jouer sérieusement avec vous.

Justin entra à ce moment-là. Ignorant les combattants, il murmura quelques mots à Temple et à Chase.

C'est alors que, un poing s'écrasant par hasard sur l'une de ses joues, Temple entra dans la mêlée et arracha Cross des mains de Bourne. Sortant un mouchoir, Cross essuya le sang qui suintait d'une coupure juste au-dessus de l'œil et gratifia Bourne d'un regard entendu.

— Si au bout d'une semaine de mariage tu es aussi à cran, il faut que tu mettes ta femme soit dans ton lit, soit à la porte.

Bourne passa la main sur sa lèvre tuméfiée, conscient que son associé avait raison.

— J'ai besoin d'elle. Sans elle, je n'aurai pas Langford.

« Et si je la touche de nouveau, je ne pourrai pas la laisser partir », ajouta-t-il pour lui-même.

Et alors il la détruirait comme il avait détruit tout ce qu'il avait eu de précieux. C'était inévitable.

Les yeux de Cross s'éclairèrent comme s'il avait entendu ce que pensait Bourne.

— Voilà qui limite tes options.

— Bourne, intervint Justin, vous avez reçu un mot de Worth.

Inquiet, Bourne s'empara dudit mot, fit sauter le sceau et lut les quelques lignes griffonnées sur la feuille. Il passa de l'incrédulité à la fureur en une fraction de seconde.

Thomas Alles était chez lui. Avec sa femme.

S'il la touchait, il le paierait de sa vie.

Même s'il ne la touchait pas, il le tuerait.

Lâchant un juron, il se releva d'un bon et se rua vers la porte.

— Il paraît qu'on a besoin de toi à la roulette, lui cria Chase.

— Au diable, la roulette ! rétorqua-t-il en arrachant à moitié la porte de ses gonds.

— Eh bien, vu que ta femme y est, Cross voudra peut-être s'en occuper, mais…

Bourne se pétrifia. Le doute et la peur s'insinuèrent en lui tandis qu'il remarquait les sourires narquois de ses associés. Au bord de l'explosion, il revint se planter devant le vitrail et balaya la salle du regard. Il remarqua tout de suite la silhouette encapuchonnée qui se tenait près de la roulette, une main délicate poussant une pièce d'or sur le tapis numéroté.

— Apparemment, la dame a décidé de ne pas attendre plus longtemps l'aventure que tu lui avais promise, commenta Chase.

Non.

Ça ne pouvait pas être elle. Elle n'aurait jamais fait une chose aussi stupide.

Tout pouvait arriver en bas, dans la fosse aux serpents, au milieu d'hommes qui buvaient et pariaient sans compter... des hommes que leurs gains rendaient à moitié fous ou qui cherchaient à prouver qu'ils contrôlaient quelque chose, même si ce n'était pas leur portefeuille.

Il jura de nouveau, et gagna la porte en courant.

Il entendit un long sifflement, et la voix de Cross qui déclarait :

— Si son visage est à moitié aussi beau que son courage, je t'en débarrasserai volontiers.

« Il faudra me passer sur le corps ! » eut-il envie de lui crier.

# 13

*Cher M.*

*Sachez que la marquise de Needham et Dolby est très fière. Sa fille aînée a fait ses débuts dans le monde, elle a été présentée à la Cour, elle reçoit des invitations à l'*Almack*, et tout et tout, et il est évident qu'elle connaît un succès écrasant.*

*Cela ne vous surprendra pas, mais je suis officiellement sur le marché du mariage depuis près de deux semaines, et je n'ai pas encore eu une seule conversation intéressante. Pas une, le croirez-vous ? Ma mère vise un duc, mais ce n'est pas comme s'il y en avait des quantités à portée de main.*

*Je l'avoue, j'avais l'espoir de vous voir – à un bal, un dîner, ou tout autre événement mondain, mais vous avez disparu, et tout ce qui me reste, ce sont des feuilles de papier à lettres.*

*Pauvre de moi, qui dois me contenter de papier à lettres…*

*Dolby House, mars 1820*

Lettre ni signée ni envoyée.

*L'ange déchu* était magnifique.

Pénélope n'avait jamais vu un endroit aussi luxueux, coloré, illuminé, grouillant de gens qui lançaient des paris et rugissaient de rire, qui embrassaient leurs dés et maudissaient leur malchance.

Elle aurait préféré ne pas se présenter, mais les hommes qui gardaient l'entrée ne l'auraient sans doute pas laissée passer. Ils avaient écarquillé les yeux lorsqu'elle déclina son identité. Après quoi, il lui avait fallu attendre qu'ils choisissent ou refusent de la croire.

Après réflexion, l'un d'eux lui avait souri, puis avait frappé à la porte intérieure du club avec un poing de la taille d'un jambon. Le battant s'était entrouvert.

— La dame de Bourne. Mieux vaut la laisser entrer.

*La dame de Bourne.*

Un frisson avait traversé Pénélope. Elle avait bien l'intention d'utiliser ce titre à son avantage lorsqu'elle dirait à son mari ce qu'elle avait sur le cœur.

Mais la porte s'était ouverte en grand, un déluge de sons et de lumières l'avait submergée, et elle avait oublié complètement le but de sa visite.

Resserrant sa cape autour d'elle, elle remercia intérieurement Worth de lui avoir conseillé de rabattre sa capuche. C'était l'aventure absolue et elle en aimait toutes les facettes. Rien d'étonnant que Michael passe tant de temps ici ; cet endroit était sa déesse, sa beauté aux cheveux de jais. Et elle ne pouvait le lui reprocher. C'était une superbe maîtresse.

Les hommes en fracs noirs et cravates immaculées, les valets qui traversaient la salle avec des plateaux chargés de verres, les femmes aux corsages décolletés toutes plus belles les unes que les autres, quel spectacle !

Mais ce fut l'immense vitrail qui la fascina : Lucifer plongeant dans les flammes de l'enfer, une chaîne lui entourant une jambe, un sceptre brisé dans une main, une couronne dans l'autre.

C'était à la fois beau et grotesque – une toile de fond parfaite pour cet antre du vice.

Gardant la tête baissée, Pénélope traversa la foule, se laissant pousser d'un côté ou de l'autre par les corps qui l'entouraient, et se promit de s'arrêter à la première table qui se trouverait sur son chemin.

Ce fut la table de la roulette, et son cœur bondit d'excitation. Elle connaissait ce jeu et savait que celui-ci n'était qu'une question de chance.

Et soudain, elle eut la certitude que la chance allait lui sourire.

Elle croisa le regard du croupier, qui arqua un sourcil puis leva son long râteau au-dessus du tapis.

— Messieurs... madame, faites vos jeux, s'il vous plaît.

La main de Pénélope était déjà dans sa poche et jouait avec les quelques pièces qui s'y trouvaient. Elle sortit un souverain d'or et regarda les autres miser. Des pièces s'éparpillèrent sur le tapis, laissant un espace vide de couleur rouge au milieu de la table.

*Le 33.*

— Nous attendons la dame, dit le croupier.

Pénélope poussa timidement sa pièce qui scintilla à la lumière.

— Les jeux sont faits.

La roulette fut lancée, la boule tournoya le long de la gouttière avec un petit bruit qui était en soi une amorce de plaisir. S'appuyant sur la table, Pénélope se pencha en avant, le souffle court.

— On dit que la roulette est le jeu de Lucifer, murmura quelqu'un derrière elle.

Tout en veillant à ne pas découvrir son visage, elle ne put s'empêcher de se retourner.

— C'est probable, non ? demanda l'inconnu en posant la main si près de celle de Pénélope qu'on ne pouvait se méprendre sur ses intentions.

— Fascinant, dit-elle en s'écartant.

Elle reporta son attention sur le tourbillon rouge et noir de la roulette.

— On raconte l'histoire d'un Français qui était tellement captivé par ce jeu qu'il a vendu son âme au diable pour en connaître les secrets.

La roulette commençait à ralentir et, comprenant fort que le malheureux Français ait pu céder à la tentation, Pénélope se pencha davantage en avant. Son voisin en profita pour lui caresser le bras. Elle sursauta.

— Contre quoi vendriez-vous votre âme ? chuchota-t-il.

Elle n'eut pas le loisir d'ordonner à cet homme d'ôter sa main, car il fut brusquement arraché du sol et projeté quelques mètres plus loin. Abasourdie, Pénélope vit Michael s'élancer sur l'individu qui reculait à toute allure, heurtant les jambes d'un groupe de joueurs qui s'étaient immobilisés pour profiter du spectacle.

— Je vous interdis de porter la main sur une dame, gronda son mari en agrippant la cravate de l'impudent.

— Bon Dieu, Bourne, balbutia l'homme en refermant les mains sur les poignets de Michael. Arrêtez. C'est juste une…

La main de Michael s'enroula autour de son cou.

— Finissez votre phrase, Densmore, et donnez-moi le plaisir de vous couper définitivement le souffle, articula-t-il d'une voix menaçante. Si je vous vois poser la main sur une dame ici présente, ou si j'apprends que vous l'avez fait, votre carte de membre ne sera pas la seule chose que vous perdrez. Vous m'avez compris ?

— Oui.

— Dites-le.

Il avait l'air prêt à tuer, et Pénélope se souvint du récit de Worth.

— Oui. Oui, j'ai compris.

Michael le laissa tomber sur le sol et revint vers Pénélope, qui tira instinctivement sur sa capuche. Lui agrippant la main, il l'entraîna dans une alcôve à peine éclairée et se planta devant elle pour la dissimuler à la vue.

— Et vous, murmura-t-il avec une fureur mal contenue, que diable faites-vous ici ?

Elle soutint bravement son regard. Il était temps qu'elle assume le rôle qu'elle s'était choisi – la marquise se lançant dans une aventure.

— Je passais un bon moment avant que vous n'arriviez et ne déclenchiez une scène.

Un nerf palpita sur la joue de Michael et ses doigts se crispèrent sur le poignet de Pénélope.

— Moi, j'ai déclenché une scène ? La moitié de Londres se trouve dans cette salle, et vous croyez qu'une stupide capuche suffira à garantir votre anonymat ?

Elle tenta de se libérer. Sans succès.

— Je le crois, oui. Personne n'a fait attention à moi.

Il la poussa contre le mur.

— Personne ne m'a reconnue, continua-t-elle. Maintenant, bien sûr, tout le monde se demande qui je suis.

— Ils le savent probablement, répliqua-t-il avec un rire dur. Je vous ai reconnue à l'instant où je vous ai vue, sotte que vous êtes.

Il l'avait reconnue ? Ignorant le plaisir que cet aveu lui procurait, elle redressa les épaules. Pas question de céder.

Le croupier apparut derrière Michael.

— Bourne.

Michael lui jeta un regard qui aurait arrêté toute une armée.

— Pas maintenant.

— Eh bien, la moitié de Londres est présente, qu'aurait-il pu m'arriver de si dramatique ? demanda-t-elle.

— Voyons voir… commença-t-il, sarcastique. Vous auriez pu être enlevée, maltraitée, humiliée…

— Quelle différence avec le traitement que vous m'infligez ? dit-elle à mi-voix pour n'être entendue que de lui seul.

— La différence est énorme, riposta-t-il, les yeux brillant de fureur. Et si vous ne le voyez pas…

— Oh, je vous en prie ! Ne feignez pas de vous soucier de moi, ou de mon bonheur. Ce serait la même cellule, avec un geôlier différent.

— Trois minutes avec ce porc de Densmore, et vous auriez découvert que je suis un véritable saint comparé à certains des vauriens ici présents. Je vous l'ai dit, vous ne devez pas venir ici. Pas sans moi.

— Je ne veux plus qu'on me dise ce que je ne dois pas faire.

Elle inspira, ignorant d'où lui venait ce courage, mais espérant qu'il ne se dérobe pas maintenant que Michael était vraiment très, très en colère.

Et, se rendit-elle soudain compte avec stupeur, complètement débraillé. Il avait les cheveux en bataille, sa cravate était froissée, et sa redingote de travers.

— Que vous est-il arrivé ? demanda-t-elle.

— Bourne.

Lorsque le croupier l'appela pour la troisième fois, Michael fit volte-face.

— Qu'est-ce qu'il y a, bon Dieu ? cria-t-il.

— C'est au sujet de la dame.

— Eh bien, quoi ?

Jetant un coup d'œil derrière Michael, Pénélope tira sur sa capuche afin de ne pas être reconnue. Le croupier eut un demi-sourire.

— Elle a gagné.

Une pause, puis :

— Quoi ? aboya Bourne.

— Elle a gagné, répéta le croupier, l'air surpris. Le 33.

Michael tourna les yeux vers la table, puis vers la roulette.

— Elle a gagné ?

— J'ai gagné ? fit Pénélope, les yeux écarquillés.

— Oui, milady, répondit le croupier avec un sourire affable.

— Fais monter ses gains à l'appartement.

Quelques secondes plus tard, Michael fit franchir à Pénélope une porte bien gardée. Sans lui lâcher la main, il gravit un escalier étroit, emprunta un couloir et la poussa dans une grande pièce qui aurait été sombre sans le vitrail qui inondait l'espace d'une mosaïque de couleurs.

— Que c'est beau ! chuchota-t-elle. D'en bas, on ne voit pas qu'il y a quelque chose derrière cette fenêtre.

— C'est l'objectif.

— C'est saisissant, dit-elle en s'approchant pour passer la main sur une boucle dorée de Lucifer.

— Que faites-vous ici, Pénélope ?

Elle pivota pour lui faire face, mais elle le voyait à peine, car il était resté dans l'ombre.

— Nous devons avoir une conversation, répondit-elle, le cœur battant.

— Cela ne pouvait pas attendre mon retour ?

— Si j'avais pensé que vous comptiez rentrer, milord, j'aurais attendu, répliqua-t-elle sèchement. Ignorant totalement vos projets, j'ai jugé préférable d'aller vous trouver.

Il croisa les bras sur sa poitrine.

— Je vais licencier le cocher qui vous a amenée, déclara-t-il.

— Impossible. J'ai pris un fiacre.

— Si Thomas vous a aidée de quelque façon que ce soit, je prendrai grand plaisir à le détruire.

— Nous y voilà.

— Vous ne devez plus jamais le revoir.

Sa colère ne la troubla pas, car elle aussi était furieuse.

— Je ne suis pas sûre d'obéir à cet ordre.

Il s'approcha, la dominant de toute sa hauteur.

— Vous obéirez, décréta-t-il. Revoyez-le, et je le détruirai. Vous ne pourrez vous en prendre qu'à vous-même.

C'était l'ouverture qu'elle attendait.

— J'ai appris que vous prévoyiez de le détruire de toute façon.

Il ne nia pas et elle en ressentit un pincement de déception.

— Je n'en reviens pas de ma naïveté. Je persiste à penser du bien de vous uniquement pour découvrir que je me suis trompée une fois de plus. Vous n'avez pas de cœur, jeta-t-elle en retournant près du vitrail.

— Mieux vaut que vous vous en rendiez compte dès maintenant. Votre cher Thomas vous a demandé de vous enfuir avec lui, n'est-ce pas ?

Elle garda le silence. Qu'il croie ce qu'il voulait !

— Vous comptez le suivre, Pénélope ? Ruiner notre mariage, votre réputation et l'avenir de vos sœurs pour des raisons purement égoïstes ?

— Moi, égoïste ? s'esclaffa-t-elle en le contournant pour se diriger vers la porte. C'est un comble, venant de vous, l'homme le plus égoïste que j'aie jamais connu, capable de détruire ses amis et sa femme afin de satisfaire une obsession.

Elle tendit la main vers la poignée de la porte, retint un cri quand Michael lui attrapa le poignet.

— Vous ne partirez pas avant qu'on en ait fini. Avant que vous m'ayez donné votre parole d'éviter désormais tout contact avec Thomas Alles.

Bien sûr qu'elle n'irait nulle part avec Thomas. Mais il n'était pas question qu'elle lui donne la satisfaction d'en être sûr.

— Pourquoi ? Cela ne vous faciliterait-il pas les choses que je m'enfuie avec lui ? Vous avez déjà Falconwell et vous seriez libre.

— Vous m'appartenez.

— Vous êtes fou.

— C'est possible. Mais je suis aussi votre mari. Vous feriez bien de ne pas l'oublier. Comme le fait que vous avez juré de m'obéir.

— Et vous, vous avez juré de m'honorer, lui rappela-t-elle avec un rire sans joie.

*Et nous avons juré tous les deux de nous aimer. Autre échec.*

Il se raidit.

— Vous pensez que je vous ai déshonorée ?

— Je pense que vous me déshonorez chaque fois que vous me touchez.

Il la lâcha comme s'il s'était brûlé.

— Qu'est-ce que cela signifie ?

Elle hésita. La discussion s'orientait dans une direction qui la mettait mal à l'aise.

— Oh, non, madame ! jeta-t-il avec virulence. Vous répondrez à la question.

*Eh bien, soit.*

— Chaque fois que vous me touchez, chaque fois que vous me montrez quelque intérêt, c'est pour votre bénéfice. Pour vous rapprocher de vos objectifs. Dont cette vengeance à laquelle je ne veux aucunement participer. Il n'y a rien dans vos manigances qui soit pour moi. Uniquement pour moi.

— Ah bon ? fit-il, sarcastique. Voilà qui est intéressant, car vous avez paru prendre plaisir à mes attentions.

— Bien sûr que j'y ai pris plaisir ! Vous avez fait tout ce que vous pouviez pour m'aveugler sur vos intentions. Vous avez usé de vos… talents de séducteur pour me leurrer.

Les mots s'enchaînaient précipitamment à présent.

— Et vous avez fait un travail remarquable. Je l'avoue, je suis impressionnée. Mais le plaisir est chose fugace, lord Bourne – si fugace qu'il ne vaut pas le chagrin qu'on éprouve à s'être sentie utilisée.

— Vous pensez qu'il en aurait été autrement avec votre cher Thomas ?

Elle étrécit les yeux.

— Je l'aime bien, et je n'ai pas à m'en excuser. Il fut un temps où vous aussi, vous l'aimiez bien. C'était votre meilleur ami, rappelez-vous, acheva-t-elle sans dissimuler sa déception.

— Il n'a plus été du tout mon ami quand il l'aurait fallu.

— Vous pensez qu'il n'a pas souffert de ce qu'a fait son père ? Vous vous trompez. Il l'a regretté. Dès le début.

— Pas suffisamment. Mais ce n'est que partie remise. Il le regrettera vraiment quand j'en aurai fini avec lui.

— Je ne vous laisserai pas lui faire du mal, déclara-t-elle avec vigueur.

— Vous n'avez pas le choix. Il tombera sous le même couperet que son père. J'ai juré de me venger il y a neuf ans, et rien ne se mettra en travers de mon chemin. Et vous remercierez Dieu de ne l'avoir pas épousé, sinon je vous aurais écrasée en même temps qu'eux.

— Si vous gâchez la vie de Thomas, je regretterai jusqu'à la fin de mes jours de vous avoir épousé.

Il laissa échapper un rire sinistre.

— N'est-ce pas déjà le cas, chérie ?

Elle secoua la tête.

— Écoutez-moi bien, Michael. Si vous allez au bout de cette vendetta absurde, cela signifiera que tout ce que vous avez jamais fait d'honorable, tout ce qu'il y avait de bien en vous… aura disparu.

Il ne bougea pas. Ne cilla même pas.

Peu lui importaient Thomas, elle-même, leur passé, comprit-elle, accablée. Elle ne put s'empêcher d'ajouter :

— Il a été très malheureux de vous avoir perdu. Autant que…

Elle s'interrompit.

— Autant que quoi ?

— Autant que moi, cracha-t-elle. Oui, vous nous avez manqué à tous les deux. Il s'inquiétait à votre sujet autant que moi. Il vous attendait. Il a essayé de vous retrouver. *Tout comme moi.* Mais vous aviez disparu. Vous pensez qu'il vous a laissé tomber ? reprit-elle en faisant un pas vers Michael. Mais c'est vous qui êtes parti. Vous qui nous avez quittés.

Sa voix tremblait à présent, tandis que la colère, la tristesse et la peur éprouvées au fil des mois, des années, remontaient à la surface.

— Vous m'avez abandonnée, continua-t-elle en plaquant les mains sur sa poitrine pour le repousser avec force. Et vous m'avez terriblement manqué.

Il recula de plusieurs pas et Pénélope se rendit compte qu'elle en avait dit plus qu'elle n'aurait dû – plus qu'elle n'imaginait dire un jour. Elle ravala les larmes qui menaçaient. Elle ne pleurerait pas. Pas pour ce monstre d'égoïsme.

À la place, elle murmura, la gorge nouée :

— Vous m'avez manqué. Et vous me manquez encore, bon sang !

Elle attendit qu'il dise quelque chose. N'importe quoi. Qu'il s'excuse. Qu'il admette qu'elle aussi lui avait manqué.

Les minutes s'égrenèrent. Une. Deux.

Lorsqu'elle comprit qu'il ne dirait rien, elle tourna les talons et ouvrit la porte. Qu'il referma aussitôt en tendant le bras par-dessus son épaule. Elle tira sur la poignée. En vain.

— Vous êtes une brute. Laissez-moi sortir.

— Non. Nous n'avons pas fini. Je ne suis plus le garçon d'autrefois, celui que vous regrettez.

— Je sais, fit-elle avec un petit rire amer.

— Et je ne suis pas Thomas non plus.

— Je le sais aussi.

Il posa la main sur le cou de Pénélope, en suivit la ligne du bout des doigts, et elle sut qu'il devait sentir son pouls s'emballer.

— Vous croyez que vous ne m'avez pas manqué ?

Elle se figea, haletante, attendit qu'il continue.

— Vous pensez que je ne vous ai pas regrettée ? Que je n'ai pas regretté tout ce que vous représentiez ?

Il se pressa contre elle, son souffle lui caressant la tempe. Elle ferma les yeux.

— Vous pensez que je ne voulais pas rentrer à la maison ? demanda-t-il d'une voix que l'émotion rendait rauque. Mais il n'y avait plus de maison où rentrer. Il n'y avait plus rien là-bas pour moi.

— Vous vous trompez, protesta-t-elle. J'étais là. J'étais là et j'étais...

*Seule.* Elle avala sa salive.

— J'étais là.

— Langford avait tout pris. Et ce garçon... celui que vous regrettez... il l'avait pris aussi.

— Thomas n'y était pour rien. Vous ne le voyez donc pas, Michael ? Et aujourd'hui, il n'est qu'un pion dans votre jeu... comme moi... comme mes sœurs. Vous m'avez épousée ; vous les marierez. Vous aurez tenu parole. Très bien. Mais si vous ruinez son avenir... vous ne vous le pardonnerez jamais. Je le sais.

— Vous vous trompez, rétorqua-t-il. Je dormirai très bien. Mieux que je ne le fais depuis une décennie.

Elle secoua la tête.

— C'est faux. Vous pensez pouvoir vous venger en toute impunité ? Ne pas souffrir du mal que vous aurez fait ? Vous croyez pouvoir vous conduire de manière aussi cynique que Langford sans en être anéanti ?

— Thomas était une victime dans cette guerre. Mais après sa visite d'aujourd'hui, après avoir tenté de vous emmener, je ne suis pas sûr qu'il ne mérite pas le châtiment que j'ai prévu.

— Je vous propose un marché, s'écria-t-elle sans réfléchir. Choisissez un jeu et dites votre prix. Je jouerai. Contre les secrets de Thomas.

— Vous n'avez rien que je désire.

Quel homme haïssable ! Elle avait elle-même. Elle avait leur mariage. Elle avait leur avenir, mais rien de tout cela n'avait de valeur pour lui.

Thomas avait dit vrai, songea-t-elle – elle avait toujours préféré Michael, le garçon qui la faisait rire, avec qui elle avait grandi et qu'elle avait pleuré lorsqu'il avait cessé de répondre à ses lettres. Celui qui avait disparu, laissant la place à un homme ténébreux tout aussi attirant à sa façon.

— Laissez-moi partir, dit-elle, soudain lasse de cette discussion vaine.

Il se pressa un peu plus contre elle et lui souffla à l'oreille :

— J'aurai ma vengeance. Plus vite vous l'admettrez, moins pénible sera notre mariage.

Elle garda le silence, s'interdit de protester.

— Vous voulez vraiment partir ? demanda-t-il d'une voix rocailleuse.

*Non. Je veux que vous vouliez que je reste.*

Oh, pourquoi fallait-il qu'il ait un tel pouvoir sur elle ? Elle prit une profonde inspiration.

— Oui.

Sa main quitta son cou, il recula, et aussitôt elle eut froid.

— Allez-y.

Sans hésiter, elle ouvrit la porte et s'éloigna dans le couloir, avec l'impression qu'il venait de se passer quelque chose entre eux et qu'il n'y avait pas de retour en arrière possible. Le brouhaha provenant de la salle de jeu lui parvenait, assourdi.

— Lady Bourne ?

Elle sursauta et se plaqua contre le mur tandis qu'un homme immense sortait de l'ombre et esquissait un salut.

— Je m'appelle Cross, dit-il. Tenez, voici vos gains.

Il lui tendit une bourse, et il fallut un moment à Pénélope pour comprendre de quoi il s'agissait, pour se rappeler qu'elle était venue ici en quête d'aventure et de plaisir. Le poids de la bourse la surprit. Il s'en aperçut.

— Trente-cinq livres, ce n'est pas rien, commenta-t-il en riant. Et à la roulette ! Vous avez beaucoup de chance.

— Je n'en ai pas du tout.

*En tout cas, pas ce soir.*

— Eh bien, peut-être est-ce en train de changer.

*J'en doute.*

— Peut-être.

Il y eut un long silence durant lequel il l'étudia avant d'incliner la tête.

— Soyez prudente en rentrant chez vous. Il y a là de quoi tenter les voleurs.

Il fit demi-tour, et, cédant à une impulsion, elle le rappela :

— Monsieur Cross ?

— Milady ? fit-il en se retournant.

— Vous connaissez bien mon mari ?

L'espace d'un instant, Pénélope crut qu'il n'allait pas répondre.

— Aussi bien qu'on peut le connaître.

— Mieux que moi, sûrement, lâcha-t-elle avec un petit rire.

Il ne releva pas. Que dire, de toute façon ?

— Y a-t-il quelque chose que vous voudriez savoir ?

Il y avait tellement de choses qu'elle aurait voulu savoir. Trop.

Qui était-il ? Qu'était-il arrivé au garçon joyeux de son enfance ? Qu'est-ce qui l'avait rendu si distant ? Pourquoi se souciait-il comme d'une guigne de leur mariage ?

Autant de questions qu'il lui était impossible de poser.

— Non, murmura-t-elle.

Il lui laissa le temps de se raviser, puis déclara :

— Vous êtes exactement telle que je l'imaginais.

— Que voulez-vous dire ?

— Uniquement que la femme qui met Bourne dans un tel état de nerfs doit être vraiment remarquable.

— Je ne le mets dans aucun état. Il ne voit en moi qu'un instrument lui permettant d'atteindre ses objectifs.

Elle regretta aussitôt ses paroles. Et son ton grincheux.

Cross afficha un air étonné.

— Je vous assure, milady, que ce n'est pas du tout le cas.

*Si seulement c'était vrai.* Mais, bien sûr, ça ne l'était pas.

— Il semblerait que vous ne le connaissiez pas très bien, finalement, grommela-t-elle.

Comprenant qu'elle n'avait pas envie de discuter ce point, il changea de sujet.

— Où est-il ?

— Je l'ignore. Je l'ai planté là et je suis partie.

Un sourire amusé éclaira le visage de Cross.

— Il a adoré ça, j'en suis sûr.

— Je me moque de savoir ce qu'il a ressenti.

— Vous êtes parfaite, lâcha-t-il avec un rire amical.

Elle se sentait surtout parfaitement idiote.

— Je vous demande pardon ?

— Depuis le temps que je connais Bourne, c'est la première fois que je vois une femme lui faire un tel effet. Je ne l'ai jamais vu résister autant à quelqu'un.

— Ce n'est pas de la résistance, c'est du désintérêt.

L'homme arqua un sourcil.

— Lady Bourne, ce n'est absolument *pas* du désintérêt.

Seigneur, il n'avait pas vu comment Bourne se comportait avec elle ! Mais elle était lasse et ne voulait plus y penser.

— Vous pourriez m'aider à trouver un fiacre ? hasarda-t-elle. J'aimerais rentrer chez moi.

Il secoua la tête.

— Bourne me tuerait s'il savait que je vous ai laissée rentrer seule en fiacre. Attendez une seconde, je vais le chercher.

— Non ! l'arrêta-t-elle. Je ne souhaite pas le revoir, ajouta-t-elle, les yeux baissés.

*Lui non plus ne souhaite pas me revoir.*

— Dans ce cas, je vais vous ramener chez vous moi-même. Avec moi, vous ne risquez rien.

— Comment puis-je savoir que vous dites la vérité ? demanda-t-elle, les yeux étrécis.

— Sachez que Bourne prendrait un immense plaisir à me massacrer si je touchais à un cheveu de votre tête.

Se rappelant comment Michael avait jeté à terre le dénommé Densmore, elle hocha la tête.

Oui, bien sûr, Michael ne supporterait pas qu'on malmène son épouse.

Il se réservait ce privilège.

# 14

*Cher M.*

*On m'a raconté ce qu'a fait cet odieux Langford. C'est abominable, bien sûr. Personne ne peut croire qu'il a été capable de se comporter de façon aussi haïssable – personne à part Thomas et moi-même. Quant à Thomas… il vous cherche. Et je prie pour qu'il vous retrouve. Vite.*

*Votre P. toujours fidèle*
*Needham Manor, février 1821*

Lettre non envoyée.

Le direct du gauche de Temple fut le bienvenu.

D'autant qu'il était mérité.

Il heurta la mâchoire de Bourne, l'envoyant valdinguer contre le pilier du ring installé au sous-sol de *L'ange*. Bourne s'écroula dans la sciure. Il croisa le regard de Chase au-dessus de la corde supérieure du ring avant de se relever pour faire face à Temple.

Dansant d'un pied sur l'autre, celui-ci le regarda avancer.

— Tu n'es qu'un imbécile.

Ignorant l'insulte, Bourne lança un coup de poing qui aurait abattu un chêne.

Temple se baissa, feinta, puis afficha un sourire narquois.

— Tu n'es qu'un imbécile et, en plus, tu perds la main. Avec les dames aussi ?

En réponse, Bourne lui envoya un direct du droit à la joue.

— Alors comme ça, tu trouves que je perds la main ?

— C'est un peu mieux, admit Temple en pivotant pour éviter un autre coup. Mais ta femme est rentrée chez elle avec Cross, je n'en sais donc pas plus sur ce point-là.

Lâchant une rafale de jurons, Bourne se rua sur son ami. Ce dernier était beaucoup plus grand et plus large que lui, mais il compensait par son agilité et, ce soir-là, sa fureur.

Il attaquait sans hésiter, les poings enveloppés de bandes de tissu – droite, gauche –, arrachant des petits grognements à Temple qui dansait sur place pour esquiver.

— Ne le taquine pas trop, Temple, conseilla Chase qui, occupé à feuilleter des papiers, n'accordait au combat qu'une attention réduite. Il a eu une soirée suffisamment pénible comme ça.

Dieu savait que c'était vrai, songea Michael.

Il l'avait laissée partir alors qu'il mourait d'envie de lui faire l'amour sur le sol. Qu'il aurait voulu lui prouver qu'il n'avait jamais souhaité la déshonorer. Car savoir qu'elle s'était sentie déshonorée l'emplissait de honte.

Un coup dans la mâchoire le fit chanceler.

— Pourquoi ne cours-tu pas la retrouver ? demanda Temple qui, bondissant de côté pour éviter le poing de Bourne, parvint à lui décocher un petit coup rapide dans la poitrine. Pour l'emmener au lit. En général, elles sont de meilleure humeur après, tu n'as pas remarqué ?

C'était parce qu'il avait emmené Pénélope au lit qu'il se retrouvait dans cette situation. Mais Bourne ne pouvait avouer cela à ses amis.

— Quand tu auras une femme, tu pourras donner tous les conseils que tu veux, rétorqua-t-il.

— À ce moment-là, ce sera inutile. Tu auras perdu la tienne pour de bon. J'aime bien cette fille, conclut-il après avoir esquivé un autre coup.

Hélas, Michael aussi.

— Tu ne la connais même pas.

— Pas besoin.

Le crochet du droit de Bourne, qui aurait assommé un homme moins robuste, n'affecta pas Temple, qui poursuivit :

— Quelqu'un qui arrive à te mettre dans cet état mérite mon admiration. Et elle a gagné ma gratitude rien que pour avoir pimenté notre soirée. Quant à Cross, j'imagine qu'il sera à demi amoureux d'elle à son retour.

Temple cherchait à le provoquer, et il y parvint. Lâchant un grognement, Bourne se rua sur son ami qui para deux coups brefs avant de riposter. Bourne s'effondra sur son adversaire, le souffle court, ruisselant de sueur, et demeura ainsi une seconde, deux. Au bout de cinq, Temple recula, et avant que Bourne ait le temps de lever les poings, deux coups successifs l'envoyèrent dans les cordes, le nez en sang.

Cette fois, il perdit l'équilibre et s'affala sur les genoux.

— Fin du round, annonça Chase.

Bourne jura de nouveau et Temple vint lui tendre la main pour l'aider à se relever.

— C'est bon, grogna Bourne en se mettant debout.

Il alla s'asseoir sur son tabouret dans un angle du ring.

— Trente-huit secondes grommela-t-il, la tête en arrière, un mouchoir appliqué sous le nez. Prépare-toi à la suite.

Temple but d'un trait le verre que lui avait apporté Bruno, son adjoint, puis s'appuya contre les cordes en tendant ses bras aux biceps ornés de tatouages. Il avait beau être né dans l'aristocratie, c'était ici qu'il se sentait chez lui.

— Qu'est-ce qu'elle a dit pour que tu aies tellement envie de te prendre une raclée ?

Bourne ignora la question. La douleur censée lui vider la tête n'y parvenait pas, si bien qu'il ne cessait de voir les yeux brillant de colère de Pénélope lorsqu'elle l'avait accusé d'utiliser son corps pour atteindre ses objectifs, la façon qu'elle avait eue de carrer les épaules et de défendre son honneur – ce qu'il aurait dû faire pour elle –, et, surtout, surtout, ses yeux emplis de larmes lorsqu'elle lui avait avoué combien il lui avait manqué.

Il en avait été époustouflé. Que la pure et parfaite Pénélope ait pensé à lui, se soit inquiétée pour lui, ait souffert de son silence l'avait pris de court.

Parce qu'elle aussi lui avait manqué.

Et là, au creux de l'estomac, palpitait malgré les coups bien ajustés de Temple ce qu'il redoutait depuis le début.

*Les remords.*

Car elle avait dit vrai. Il l'avait utilisée. Il l'avait traitée honteusement. Et elle s'était défendue avec force et fierté. Remarquablement.

Et alors même qu'il s'efforçait de la repousser, il l'avait désirée. Il n'était pas dupe ; il l'avait désirée dès le Surrey, alors qu'elle se tenait devant lui une lanterne à la main pour unique protection. Mais ce désir avait pris un tour plus sérieux. Plus viscéral. Plus dangereux.

À présent, il la voulait tout entière, corps, cœur et âme ; il voulait la femme intelligente et généreuse, plus sûre d'elle que la jeune fille effarée du Surrey.

Il serra le poing gauche, jouissant de la douleur sous les bandelettes de toile – rappel du combat qui venait de s'achever et promesse de celui à venir –, et se débarrassa de son mouchoir. Son nez ne saignait plus.

— Il me faut quelqu'un pour la surveiller, décréta-t-il tout à trac.

— Pourquoi donc ? s'écria Chase, surpris.

— Alles lui a demandé de s'enfuir avec lui.

Ses associés échangèrent un regard.

— Et tu voudrais payer quelqu'un pour être sûr que cela n'arrive pas ?

Il aurait préféré en être sûr sans avoir à y veiller. Il aurait aimé savoir qu'elle le choisirait de toute façon. Qu'elle se battrait pour lui comme elle se battait pour Thomas.

Un souvenir lui revint : la petite Pénélope, bras tendus devant elle, jouant à colin-maillard. Des enfants tournaient autour d'elle, l'appelaient, tiraient sur le ruban de sa robe et elle se précipitait sur l'un, sur l'autre en riant comme une folle. Thomas et lui s'étaient approchés et avaient simultanément chuchoté son nom. Elle avait pivoté vers lui et l'avait attrapé. Elle lui avait palpé le visage.

— Michael, avait-elle murmuré avec un grand sourire.

Il se passa les mains sur la figure et baissa les yeux sur ses pieds couverts de sciure.

— Oui, je crois que cela vaut mieux, dit-il.

Chase fut le premier à réagir.

— À mon avis, la faire suivre n'est pas la meilleure façon de la séduire.

— Pourquoi ne vas-tu pas la retrouver ? renchérit Temple. Dis-lui ce qu'elle rêve d'entendre, emmène-la au lit et montre-lui que tu es bien meilleur qu'Alles là où ça compte.

De quelques coups de reins peu élégants, il simula le coït.

— Ce sera un combat différent, mais beaucoup plus agréable que celui-ci, conclut-il.

En réponse, Bourne le fusilla du regard. Il se leva, secoua les mains, plia deux ou trois fois les genoux.

— Cela fait combien de temps que tu n'as pas dormi ? s'enquit Chase.

— J'ai dormi.

*Peu.*

Il s'avança vers le milieu du ring. Et eut l'impression que la pièce tanguait. Temple ne retenait pas ses coups. Jamais. Ce qui faisait de lui l'adversaire idéal lorsqu'on ne cherchait que l'oubli.

— Depuis combien de temps tu n'as pas dormi plus d'une heure par-ci par-là ?

— Je n'ai pas besoin d'une mère.

— D'une épouse peut-être ? suggéra Chase.

Bourne regretta de ne pas l'avoir pour adversaire, lui aussi. Temple traça une ligne dans la sciure au milieu du ring.

— Viens là, mon gars, que je te donne la raclée que tu mérites. Après ça, on te renverra à ta marquise pour qu'elle te dorlote.

Bourne le rejoignit au centre du ring, le cœur lourd à la pensée que sa marquise n'avait plus du tout envie de le dorloter.

Un round plus tard, il quitta le ring, l'œil gauche à demi fermé. Chase lui tendit une tranche de bœuf cru qu'il avait sortie de la glacière aux pieds de Bruno. Michael alla s'asseoir, renversa la tête et appliqua la tranche de viande sur ses yeux. Resté sur le ring, Temple étira les bras sur les cordes.

Quelques minutes s'écoulèrent avant que Chase demande :

— Pourquoi est-elle partie sans toi ?

— Elle est furieuse contre moi.

— Elles le sont toujours, commenta Temple en déroulant les bandelettes de ses mains.

— Qu'est-ce que tu lui as fait ? s'enquit Chase.

Il y avait des dizaines de raisons possibles à la colère de Pénélope. Mais une seule avait de l'importance, et elle jaillit aussi vivement qu'un coup de poing de Temple.

— Je suis un imbécile.

Bourne s'attendait que ses associés acquiescent immédiatement. Aussi, n'entendant rien, il crut qu'ils étaient partis. Il souleva la tranche de bœuf. Chase, Temple et Bruno le fixaient d'un air stupéfait.

— Eh bien, quoi ? fit-il.

— Depuis cinq ans que je te connais… commença Chase.

— Et moi, plus longtemps, renchérit Temple.

— … c'est la première fois que je t'entends admettre tes torts, acheva Chase.

Le regard de Bourne passa de Chase à Temple, et revint au premier.

— Allez vous faire foutre, grommela-t-il en remettant la tranche de viande sur ses yeux. Je ne peux pas lui donner ce qu'elle veut.

— C'est-à-dire ?

Il était plus facile de leur parler sans les regarder, découvrit-il.

— Un mariage normal. Une vie normale.

— Et pourquoi tu ne peux pas ? insista Chase.

— Je ne réussis que dans le péché et le vice. Elle est tout le contraire. Elle veut plus. Elle veut…

Il se tut.

*L'amour.*

La seule chose qu'il ne pouvait lui acheter. La seule chose qu'il ne pouvait prendre le risque de lui donner.

— D'où ta peur d'Alles, conclut Chase.

— Ce n'est pas de la peur !

— Non, bien sûr, acquiesça Chase, ironique. Faire suivre cette femme n'est en tout cas pas la solution, Bourne. La solution, c'est de lui donner ce qu'elle veut. C'est d'être le mari qu'elle mérite.

Le mari qu'elle méritait ! Comme s'il suffisait de le souhaiter pour y parvenir !

Décidément, tout s'était déroulé de travers. C'était censé être facile et tranquille : un enlèvement, un mariage prompt et une séparation à l'amiable.

Sauf qu'avec cette femme rien n'était facile ni tranquille.

Michael plia et déplia ses doigts douloureux.

— Ce n'est pas aussi simple que ça en a l'air.

— Avec les femmes, ça ne l'est jamais, observa Chase. Tu peux raconter que tu te débarrasseras d'elle après t'être vengé, mais tu n'en seras pas capable. Pas complètement. Vous serez toujours mariés.

— Sauf si elle part avec Alles, risqua Temple, toujours sur le ring.

Michael lâcha un juron sonore.

— Elle n'a pas besoin d'Alles pour avoir l'existence qu'elle souhaite. Je la lui donnerai. Je lui donnerai tout ce qu'elle veut.

— Tout ? demanda Chase.

Michael ne répondit pas.

— Si tu t'accroches à elle, ce n'est plus pour les terres et ta vengeance, n'est-ce pas ? Tu tiens à elle.

Comment le nier ? Et en même temps, quelle erreur ! N'avait-il pas abîmé tout ce qu'il avait possédé ? Tenir à Pénélope, c'était la détruire.

Mais il défiait n'importe quel homme de passer une journée avec sa femme et de ne pas s'attacher à elle.

— Au moins, il la veut, intervint Temple. Et on ne peut pas le lui reprocher. Le courage dont elle a fait preuve ce soir ne laisserait pas un saint indifférent.

— N'a pas laissé un saint indifférent, rectifia Chase. Cross l'a ramenée chez elle.

— Cross ne la touchera pas, s'écria Michael avec colère.

— Non, en effet, reconnut Chase. Non pas parce qu'elle n'est pas attirante, mais parce qu'il est Cross.

— Et s'il ne l'était pas, il n'y toucherait pas parce qu'elle t'appartient, ajouta Temple.

— Non, elle ne m'appartient pas.

Ce n'était pas faute de le vouloir, mais il avait ruiné ses chances avec elle, comme il avait toujours tout gâché dans sa vie.

— Allons donc, Bourne, bien sûr qu'elle t'appartient, répliqua Temple.

Si c'était le cas, elle ne l'aurait pas quitté et il ne serait pas là, puant la sueur et la viande crue.

— Nous sommes mariés, ce n'est pas la même chose, rectifia-t-il.

— C'est un début, décréta Chase en se levant, ses papiers à la main. Elle est tienne, achetée et payée. Et puisque vous voilà liés l'un à l'autre – Dieu lui vienne en aide –, il est peut-être temps que tu tentes d'améliorer votre vie conjugale.

L'idée, la possibilité qu'elle puisse un jour avoir de l'affection pour lui, que leur mariage ne soit pas qu'une coquille vide, le tentait autrement plus que les cartes ou les dés.

Cela lui donnait envie d'être le mari qu'elle méritait.

*Cher M.*

*Sa Grâce, la duchesse de Leighton. Eh bien, on n'a pas eu besoin d'une foule de jeunes ducs célibataires. Un seul a suffi. Le duc de Leighton a exprimé le désir de me courtiser, mon père a donné son accord, et ma mère est aux anges.*

*Il a tout pour lui, bien sûr. Il est beau et intelligent, puissant et fortuné, et, comme ma mère ne cesse de me le rappeler, il est DUC. S'il avait été un cheval, il aurait eu le même succès.*

*Bien entendu, je ferai mon devoir. Ce sera le mariage du siècle. J'ai du mal à croire que je vais être duchesse – le Saint-Graal pour la fille aînée d'une famille de l'aristocratie. Hourra.*

*Vous me manquez plus que jamais. Où êtes-vous ?*

*Dolby House, septembre 1823*

Lettre ni signée ni envoyée.

Le lendemain matin, Pénélope envoya un mot à Dolby House pour inviter ses sœurs à passer la journée avec elle – la première qu'elle ne consacrerait pas à attendre son mari.

Elles iraient patiner à Hyde Park, décida-t-elle.

La présence de ses sœurs lui rappellerait pourquoi il lui fallait poursuivre cette comédie du mariage d'amour.

Elle savait que tout Londres la scruterait dès qu'elle franchirait le seuil de sa maison, chercherait la faille dans l'armure de la nouvelle marquise de Bourne. La femme qui avait, croyaient-ils, capturé le cœur du plus scélérat des associés de *L'ange déchu* et l'avait convaincu de reprendre son titre et sa place dans la bonne société.

Elle opta pour une robe de laine vert vif et y associa la cape bleu marine qu'elle portait lorsqu'elle s'était aventurée sur les terres de Falconwell en pleine nuit.

Elle s'était coiffée d'un chapeau bordé de fourrure et enfilait des gants fourrés lorsqu'elle entendit ses sœurs discuter dans le vestibule. Comme elle traversait le palier, la porte du cabinet de travail de Bourne s'ouvrit et il sortit, des papiers à la main, la redingote déboutonnée.

Remarquant son œil tuméfié et l'écorchure sur sa lèvre inférieure, elle se figea.

— Que vous est-il arrivé ? s'enquit-elle en tendant instinctivement la main vers le visage de son mari.

Il recula, la balaya du regard.

— Où allez-vous ?

— Patiner. Mais votre œil…

— Ce n'est rien, coupa-t-il en portant les doigts à l'hématome.

— C'est affreux.

Il haussa les sourcils, et elle rectifia aussitôt :

— Je veux dire… Enfin, vous savez ce que je veux dire. C'est tout noir et jaune.

— Plutôt répugnant ?

— Tout à fait.

— C'est ce que j'espérais, dit-il. Merci de votre sollicitude.

Il y eut une longue pause durant laquelle elle aurait pu croire que Michael était mal à l'aise si elle ne l'avait pas connu aussi bien.

— Vous avez vu que j'ai accepté une invitation au bal Beaufetheringstone ? reprit-il.

— Oui, j'ai vu. Vous ne savez pas que, d'ordinaire, c'est l'épouse qui accepte les invitations ?

— Lorsque nous en recevrons plus, je vous laisserai volontiers vous charger de cette tâche. J'ai été surpris qu'on nous invite.

— Je ne le suis pas. Lady B. adore les scandales. Surtout s'ils se passent dans sa salle de bal.

Des rires leur parvinrent du rez-de-chaussée. Michael s'approcha de la rampe et se pencha pardessus pour jeter un coup d'œil dans le vestibule.

— Vos sœurs, je suppose ?

Pénélope s'efforça de ne pas regarder l'écorchure sur sa lèvre.

— Elles sont en ville. Dans l'espoir de se marier bientôt, ne put-elle s'empêcher d'ajouter.

— Vous allez patiner ? dit-il, l'air intrigué.

— Vous ne vous rappelez pas que nous patinions sur le lac quand nous étions enfants ?

Les mots avaient jailli spontanément et elle regretta d'avoir évoqué ce souvenir, le souvenir d'un Michael qu'elle comprenait alors.

— Je suis en retard, enchaîna-t-elle en se dirigeant vers l'escalier.

— Pénélope ?

Elle ne s'attendait pas qu'il lui parle, aussi tressaillit-elle, prise de court.

— Oui, fit-elle en se tournant vers lui.

— Puis-je me joindre à vous ?

— Pardon ?

— Puis-je aller patiner avec vous ?

Elle lui adressa un regard méfiant.

— Pourquoi ? Pour que les journaux racontent demain que lord et lady Bourne ont patiné main dans la main ?

Il fourragea dans ses cheveux.

— Cette pique, je l'ai méritée, admit-il.

— Oui, acquiesça-t-elle, bien décidée à ne pas se sentir coupable. Et plus encore.

— J'aimerais me racheter.

Elle écarquilla les yeux.

À quoi jouait-il ?

À la manipuler sans doute, mais, cette fois, elle ne se laisserait pas duper. Elle en avait assez de cette douleur qui lui oppressait la poitrine lorsqu'il était à proximité – et lorsqu'il ne l'était pas. Elle en avait assez des bagarres, des petits jeux, des mensonges. Elle en avait assez des déceptions.

Il n'imaginait tout de même pas qu'offrir sa compagnie l'espace d'un après-midi rachèterait tout ce qu'il avait fait… tout ce qu'il avait menacé de faire.

— N'y pensez pas, répliqua-t-elle sèchement.

Il cilla.

— J'aurais dû m'y attendre.

Vu la façon dont ils s'étaient quittés la veille, en effet, il aurait dû s'y attendre. Elle se dirigea vers l'escalier.

— Pénélope…

Malgré elle, elle se retourna de nouveau.

— Oui ?

— Que vous faut-il ? Pour que je puisse me joindre à vous ?

— Que me *faut*-il ?

— Dites votre prix… Un après-midi avec ma femme sans le spectre du passé ni celui de l'avenir entre nous. Que faudrait-il ?

— Que vous ne gâchiez pas la vie de Thomas, répondit-elle sans hésiter.

— Vous pensez toujours aux autres. Jamais à vous-même.

— Et vous, c'est l'inverse. Vous ne pensez qu'à vous. Jamais aux autres.

— Il se trouve que je préfère cela.

Dieu qu'il était exaspérant ! Il s'approcha d'elle et répéta d'une voix grave :

— Que devrai-je faire en échange d'un après-midi avec vous ?

Le souffle de Pénélope s'accéléra. Des images s'imposèrent à elle, qui n'avaient rien à voir avec le patinage ou avec ses sœurs, et tout avec un couvre-lit en fourrure.

Il tendit la main, lui caressa la joue de l'index.

— Dites votre prix.

Seigneur, il la manœuvrait si facilement !

— Une semaine, dit-elle d'une voix tremblante. Une semaine pendant laquelle vous ne songerez plus à lui nuire.

*Une semaine pour vous convaincre que vous avez tort. Que la vengeance n'est pas la solution.*

Comme il ne répondait pas, elle posa le pied sur la première marche, déçue du peu d'influence qu'elle avait sur lui.

— Pénélope ! s'exclama Philippa qui se tenait en bas de l'escalier. Et lord Bourne !

Pénélope tourna la tête vers Michael et murmura :

— Je n'ai pas besoin d'escorte. Je suis tout à fait capable de retrouver mon chemin jusqu'à la porte d'entrée.

— Marché conclu, dit-il en la rejoignant. Une semaine.

Le succès la grisa, et ils furent en bas avant qu'elle ait trouvé quoi répliquer.

— Vous avez vu *La feuille à scandales* d'aujourd'hui ? s'écria Olivia.

— Non, je regrette, se moqua Pénélope, feignant de ne pas remarquer combien Michael était proche. Quel passionnant ragot as-tu lu ?

— Des ragots à votre sujet à tous les deux.

— Quel genre de ragot ? demanda Pénélope en luttant pour ne pas laisser paraître son inquiétude.

— Des ragots selon lesquels tout le monde envie votre merveilleux mariage si terriblement romantique ! répondit Olivia, tout excitée.

Pénélope mit quelques secondes à comprendre de quoi parlait sa jeune sœur.

— Nous ne savions pas que vous vous étiez retrouvés à la Saint-Étienne, continua celle-ci. Nous ne savions même pas que lord Bourne avait passé quelques jours dans le Surrey à Noël.

— Non, nous ne savions pas, renchérit Philippa en regardant Pénélope d'un air grave.

Elle n'était pas dupe, de toute évidence. Pénélope se força à lui sourire.

— Lis-leur l'article, Philippa, demanda Olivia.

La jeune fille remonta ses lunettes sur son nez et leva le journal à hauteur des yeux.

— *Les derniers jours de janvier ne sont pas le meilleur moment pour les ragots intéressants, mais cette année nous avons de quoi nous régaler avec le retour parmi nous du marquis de Bourne !* C'est vous, milord, ajouta-t-elle à l'adresse de Michael.

— Je le soupçonne de le savoir, gloussa Olivia.

Philippa l'ignora et poursuivit :

— *Nos lecteurs perspicaces…* – je doute que les lecteurs de *La feuille à scandales* soient particulièrement perspicaces, et vous ? s'interrompit-elle.

— Voyons, Philippa. Lis !

— *Nos lecteurs perspicaces ont certainement appris que le marquis s'était marié.*

Philippa leva les yeux sur Pénélope, mais, avant qu'elle ait pu dire un mot, Olivia lui avait arraché le journal des mains.

— Bien. C'est moi qui vais lire : *On raconte que lord et lady Bourne sont si épris qu'on les voit rarement l'un sans l'autre. Et, précision délicieuse, il semble que ce ne soient pas seulement les yeux de lord Bourne qui demeurent rivés sur son épouse... mais ses mains et ses lèvres ! En public, pas moins !* Excellent !

— Le dernier mot est d'Olivia, intervint Philippa.

Pénélope crut qu'elle allait mourir de honte. Sur-le-champ. Olivia reprit :

— *Non pas que nous nous attendions à moins de la part de lord Bourne – mari ou non, il demeure un forban ! Et quel que soit le nom que nous lui aurions donné, il nous aurait scandalisés tout aussi délicieusement !*

— Mon Dieu, on vous *complimente* avec du Shakespeare à peine modifié ! s'écria Pénélope en regardant Michael, qui avait l'air de jubiler.

Il lui adressa un regard innocent.

— Ce n'est pas mérité ?

— Toute citation de Shakespeare est en soi un compliment, observa Philippa.

— Tout à fait d'accord, acquiesça Michael. Mais poursuivez, je vous prie.

— *Sachez, chers lecteurs, que nous sommes très heureux de ce conte d'hiver.*

— Vous croyez que cette autre allusion à Shakespeare était volontaire ? demanda Philippa.

— Oui, répondit Olivia.

— Non, dit Pénélope.

— ... *Et nous ne pouvons qu'espérer que l'arrivée des sœurs Marbury pimentera suffisamment ces froides journées d'hiver pour nous tenir chaud.* N'est-ce pas l'article le plus coquin que vous ayez jamais lu ? s'enquit Olivia.

Pénélope dut se retenir pour ne pas lui arracher ce torchon des mains et le déchirer en mille morceaux. Bourne choisit ce moment pour glisser le bras autour de sa taille – geste qui n'échappa pas à ses sœurs – et l'y laisser comme si c'était là sa place.

Et qu'elle-même était à sa place avec lui.

Elle s'écarta. Elle était peut-être capable de mentir à la moitié de la chrétienté, mais pas à ses sœurs. Elle ouvrit la bouche pour réfuter l'article, leur dire ce qu'il en était vraiment, et n'alla pas plus loin.

Leur prétendu mariage d'amour était une farce, certes, et l'objectif de Michael était loin d'être clair, mais Pénélope avait une bonne raison de jouer la comédie. Ses sœurs avaient vécu trop longtemps dans l'ombre de son échec matrimonial. Il était temps qu'elle cesse de leur nuire.

Déjà, Michael déclarait :

— Avec cet article, vous allez avoir besoin de protection contre la foule de prétendants qui va certainement accourir.

— Venez avec nous ! proposa Olivia.

Pénélope faillit hurler d'indignation.

Il lui jeta un coup d'œil, et elle lui ordonna mentalement de refuser, de se rappeler ce qu'elle avait dit sur le palier.

— Je crains de ne pas pouvoir, dit-il.

Elle aurait dû être contente, mais elle savait d'expérience qu'il ne fallait pas se réjouir trop vite quand il s'agissait de son mari. D'ailleurs, surprise et touchée qu'il ait satisfait à sa requête, elle en vint à regretter qu'il ne les accompagne pas. Ce qui était ridicule, bien sûr. Les hommes étaient agaçants, vraiment. Et son mari, plus que quiconque.

— Oh, je vous en prie ! insista Olivia. Ce serait charmant de faire davantage connaissance de notre nouveau frère.

— C'est vrai, intervint Philippa. Vous vous êtes mariés si rapidement… nous n'avons pas eu vraiment l'occasion de nous voir.

Le regard de Pénélope se riva sur sa sœur. Philippa savait. Sûrement.

Michael secoua de nouveau la tête.

— Je suis désolé, mesdames, mais je n'ai pas de patins.

— Nous en avons une paire supplémentaire dans la voiture, dit Olivia.

Ce qui éveilla la suspicion de Pénélope.

— Pourquoi avez-vous apporté d'autres patins ?

— Qui sait si on ne va pas rencontrer quelqu'un avec qui on aura envie de patiner ? répondit Olivia avec un sourire rayonnant.

Pénélope adressa un regard surpris à Michael qui semblait avoir du mal à garder son sérieux.

— Excellent adage, commenta-t-il. Eh bien, apparemment, je n'ai pas d'autre choix que de jouer les chaperons.

— Les « forbans » ne font pas les meilleurs des chaperons, Bourne, observa Pénélope entre ses dents.

Il lui décocha un clin d'œil. Un clin d'œil !

— Ah, mais si ! Qui mieux qu'un forban repenti peut en repérer un autre ? En outre, je l'avoue, j'aimerais patiner avec ma femme. Comme autrefois.

*Mensonge.*

Quelques minutes plus tôt, il avait quasiment reconnu qu'il ne se souvenait pas de leurs séances de patinage sur le lac de Falconwell.

Elle doutait de pouvoir supporter cette sortie, les gestes caressants de Michael, ses regards, sa sollicitude.

Face à un agresseur, on s'armait de courage, on partait en guerre. Mais que faisait-on face à un Michael aimable, attentionné, irrésistible ?

# 15

*Cher M.*

*Aujourd'hui, où que vous soyez, vous avez forcément appris la nouvelle. Ma réputation est en miettes. Le duc a fait son possible pour m'éviter la honte mais, à Londres, un tel effort est vain. Il s'est marié avec une autre en l'espace d'une semaine – un mariage d'amour, pas moins. Ma mère est hors d'elle – ce qui n'a rien de surprenant. Elle gémit et se lamente comme un chœur de pleureuses.*

*Est-ce anormal que j'aie l'impression de respirer plus librement, comme si on m'avait enlevé un poids de la poitrine ? Probablement.*

*Je regrette que vous ne soyez pas là. Vous auriez su quoi dire.*

*Dolby House, novembre 1823*

Lettre ni signée ni envoyée.

Assise sur un banc, Pénélope regardait la Serpentine gelée sur laquelle la moitié de Londres semblait s'être donné rendez-vous. Échapper aux regards scrutateurs de la bonne société s'annonçait impossible, de toute évidence.

À peine arrivé, leur petit groupe avait entrepris d'attacher les lames d'acier aux semelles de leurs chaussures. Pénélope, elle, avait pris tout son temps, consciente que patiner avec Michael serait une épreuve, car il profiterait sûrement de l'occasion pour montrer au Tout-Londres combien ils étaient amoureux.

Pour la centième fois, elle maudit cette comédie ridicule. Mais un regard sur ses sœurs qui, main dans la main, s'aventuraient sur le lac lui rappela son objectif.

Elle était si distraite qu'elle n'arrivait pas à fixer ses lames. Au troisième échec, Michael posa ses propres lames, s'accroupit devant elle et lui souleva sa cheville. Elle écarta le pied si brusquement qu'il bascula en arrière et dut planter les mains dans la neige pour ne pas tomber, s'attirant les regards de quelques jeunes femmes rassemblées à proximité.

— Que diable faites-vous ? souffla-t-elle en se penchant en avant.

Il la regarda, l'air innocent.

— Je vous aide à mettre vos patins.

— Je n'ai pas besoin d'aide.

— Pardonnez-moi, mais il semble que si. Laissez-moi vous aider, reprit-il un ton plus bas.

Il ne l'aidait pas pour lui rendre service, mais pour que les gens qui les entouraient aillent raconter partout que le marquis de Bourne était l'homme le plus attentionné, le plus gentil, le plus merveilleux qui ait jamais foulé les berges de la Serpentine.

Pas question. Elle mettrait seule ces maudits patins.

— Tout va bien, je vous remercie, répliqua-t-elle.

Cette fois, elle attacha promptement ses patins.

— Voilà, annonça-t-elle en nouant les lanières de cuir.

— Parfait, dit Michael qui avait suivi la manœuvre avec attention.

Il se redressa et lui tendit la main.

— Au moins, laissez-moi vous aider à vous mettre debout, chuchota-t-il.

Incapable de résister à la douceur de sa voix, elle lui prit la main, et le laissa la soutenir le temps qu'elle trouve son équilibre.

— Si je me souviens bien, vous étiez moins habile pour marcher avec ces instruments perfides aux pieds que pour glisser, observa-t-il.

Elle le regarda en battant des paupières, faillit choir et lui agrippa instinctivement les bras.

— Vous disiez que vous aviez oublié.

— Non, dit-il en la guidant vers le lac. C'est vous qui l'avez dit.

— Donc, vous vous souvenez.

Il eut un demi-sourire triste.

— Vous seriez surprise de tout ce dont je me souviens.

Il y avait une douceur suspecte dans sa façon de parler. Que mijotait-il ?

— Pourquoi vous comportez-vous ainsi ? demanda-t-elle à brûle-pourpoint. Pour prouver que nous avons bel et bien fait un mariage d'amour ?

Une lueur s'alluma dans son regard, et disparut aussitôt.

— Toutes les occasions sont bonnes, dit-il avant de détourner les yeux.

Elle suivit la direction de son regard, et vit Olivia et Philippa qui posaient prudemment le pied sur la surface gelée du lac. Toutes les occasions de marier ses sœurs, acheva-t-elle en son for intérieur.

— Je vais les rejoindre, annonça-t-elle en levant les yeux sur Michael.

Elle se rendit compte soudain qu'il la tenait serrée contre lui.

— Vos joues sont aussi rouges que des cerises, observa-t-il.

Elle enfouit le menton dans son col.

— C'est à cause du froid, dit-elle, sur la défensive.

— Je ne me plains pas, c'est charmant. Vous ressemblez à une nymphe de l'hiver.

— Je n'ai rien d'une nymphe, contra-t-elle.

Levant la main, il caressa du doigt le front plissé de Pénélope.

— Vous ne fronciez jamais les sourcils, autrefois, dit-il. Vous n'étiez pas non plus sardonique.

Elle se déroba à sa caresse.

— J'ai dû apprendre cela à votre contact.

Il la dévisagea un instant, avec gravité, avant de se pencher et de lui murmurer à l'oreille :

— Les nymphes ne devraient pas être cyniques, mon ange.

L'air parut soudain se réchauffer de plusieurs degrés.

— Quel dommage ! fit-il en secouant la tête.

— Qui y a-t-il ?

Il se pencha de nouveau, son front touchant presque celui de Pénélope.

— J'ai l'impression que vous rougissez. Mais, avec ce froid, il est impossible d'en être sûr.

Pénélope ne put retenir un sourire. Ce badinage l'amusait et elle en oubliait presque que ce n'était qu'un leurre.

— Hélas, vous ne le saurez jamais ! lança-t-elle d'un ton moqueur.

Il s'empara alors de ses mains et les porta à ses lèvres. Elle regretta d'avoir mis des gants, se le reprocha aussitôt.

— Le lac vous attend, madame. Je vous rejoins tout de suite.

Elle regarda ses sœurs glisser au milieu de la foule, et soudain rester avec lui sur la berge lui parut beaucoup plus tentant. Mais elle n'avait pas le choix.

— Très bien.

Michael l'aida à prendre pied sur la glace, puis elle s'élança en direction de ses sœurs.

— Bourne est merveilleux, déclara Olivia dès qu'elle les eut rejointes.

Elle glissa son bras sous le sien et ajouta :

— Tu dois être aux anges. En tout cas, moi, à ta place, je le serais.

Pénélope garda les yeux baissés sur ses pieds.

— Je suis aux anges, oui, dit Pénélope.

Frustrée aussi, et en pleine confusion.

Olivia regarda ostensiblement autour d'elle, puis :

— Je me demande s'il connaît certains de ces célibataires.

S'il fallait croire Michael, la moitié d'entre eux devaient de l'argent à *L'ange*.

— Sans doute, dit Pénélope.

— Parfait ! s'écria Olivia. Bien joué, Pénélope. C'est le beau-frère idéal. Et en plus, il est séduisant ! Oh ! J'aperçois Louisa Holbrooke !

Lâchant sa sœur, elle patina énergiquement pour rejoindre son amie.

— Oui, il est séduisant, murmura Pénélope, heureuse de ne pas avoir à mentir.

Tournant les yeux vers la berge, elle vit Michael qui n'avait pas bougé et qui la regardait. Elle mourait d'envie de lui faire signe, mais n'osait pas de crainte de se ridiculiser.

Elle en était encore à peser le pour et le contre lorsqu'il leva le bras, et la salua.

L'ignorer serait grossier. Elle lui rendit son salut.

Il s'assit sur un banc et entreprit de fixer ses patins. Pénélope laissa échapper un petit soupir et détourna les yeux.

— Il s'est passé quelque chose.

Un instant, elle crut que Philippa faisait allusion à ses relations avec Michael.

— Que veux-tu dire ? demanda-t-elle, le cœur battant.

— Castleton a fait sa demande.

Prise de court, Pénélope tressaillit, puis attendit que sa sœur lui explique pourquoi elle avait attendu tout ce temps pour le lui annoncer. Comme celle-ci continuait à patiner sans mot dire, elle ne put s'empêcher de remarquer :

— Tu n'as pas l'air très enthousiaste.

— C'est un comte, répondit Philippa sans lever les yeux. Il semble plutôt aimable, se moque que je déteste danser, et il a une belle écurie.

Pénélope aurait souri à l'énoncé de ces qualités censées assurer un mariage satisfaisant si sa sœur n'avait pas affiché un air aussi résigné. Elle se demanda soudain si elle n'avait pas choisi d'en parler à ce moment-là parce que trop de regards curieux et d'oreilles indiscrètes empêchaient toute discussion sérieuse.

Lui prenant la main, elle l'entraîna au milieu du lac, hors du flot tournoyant, et l'obligea à s'immobiliser.

— Tu n'es pas obligée de dire oui, murmura-t-elle.

— Quelle différence cela fait-il si je dis non ? répliqua Philippa. Un autre gentleman ne surgira-t-il pas aussitôt pour s'emparer de ma dot ? Puis un autre ? Et encore un autre ? Jusqu'à ce que je n'aie plus le choix. Lui au moins sait que je suis plus intelligente que lui, et il est prêt à me confier la gestion de ses domaines. C'est déjà cela... Je sais ce que tu as fait, ajouta-t-elle abruptement en regardant sa sœur dans les yeux.

— Que veux-tu dire ?

— J'étais à Coldharbour, le jour de la Saint-Étienne. J'aurais remarqué Bourne. La moitié de la paroisse l'aurait remarqué, et on en aurait parlé pendant des semaines.

Ne sachant que répondre, Pénélope se mordilla la lèvre.

— Tu n'es pas obligée de me dire que j'ai raison, reprit Philippa. Mais sache que je sais ce que tu as fait et pourquoi. Et je t'en remercie.

Elles se remirent à patiner en silence, puis Pénélope déclara :

— J'ai fait cela justement pour que tu n'aies pas à épouser un Castleton. Michael et moi... toute cette histoire d'amour, c'est pour votre bénéfice, à Olivia et à toi.

— C'est très gentil de ta part. Mais c'est stupide de croire que nous nous marierons par amour, Pénélope. Ce genre d'union est tellement rare. Tu le sais mieux que personne.

Pénélope avala sa salive, la gorge nouée. Son mariage était tout sauf un mariage d'amour, elle n'avait pas besoin qu'on le lui rappelle.

— Certains se marient par amour, insista-t-elle pourtant. Regarde Leighton.

Philippa lui adressa un regard ironique.

— C'est tout ce que tu as trouvé pour me convaincre ? Un mariage qui a fait scandale, et vieux de huit ans ?

— Le nombre d'années n'a pas d'importance. Le scandale non plus.

— Bien sûr que si, protesta Philippa en s'arrêtant pour resserrer le cordon de son bonnet. Un autre scandale dans la famille, et Mère deviendra folle. Et nous n'aurons plus qu'à nous cacher.

— Pas moi.

— Non, en effet, pas toi. Tu as déjà un mari scandaleux.

Pénélope regarda de l'autre côté du lac son scandaleux mari avec un œil poché.

— C'est un scandale ambulant, acquiesça-t-elle.

Philippa se tourna vers elle.

— Quelle que soit la raison pour laquelle vous vous êtes mariés, Pénélope… il a l'air de tenir à toi.

Il pourrait surtout faire une brillante carrière de comédien. Mais Philippa n'avait pas besoin de le savoir.

— Je ferais aussi bien d'épouser Castleton, reprit Philippa. Papa sera content. Et je n'aurai plus à revivre cette épreuve qu'est une saison mondaine. Pense à toutes les séances chez la couturière que j'éviterai.

La plaisanterie fit sourire Pénélope, bien que l'injustice de la situation lui donnât envie de hurler. Hélas, dans la haute société, les mariages d'intérêt étaient la règle ! Elle soupira.

— Ne t'inquiète pas pour moi, Pénélope, reprit sa sœur en l'entraînant dans la ronde des patineurs. Je ne serai pas malheureuse avec Castleton. C'est un brave homme. Sinon notre père ne l'aurait pas autorisé à me courtiser. Et ne t'inquiète pas pour Olivia, ajouta-t-elle à mi-voix. Elle ignore totalement que lord Bourne et toi n'êtes pas... Elle ne pense qu'à attraper un bel aristocrate dans ses filets.

Pénélope ne trouvait pas réconfortant d'avoir réussi à duper sa cadette. Au contraire. Olivia, *La feuille à scandales*, les trois quarts de la bonne société croyaient que Michael l'aimait, et qu'elle aimait Michael...

Ne risquait-elle pas de finir par y croire à son tour ?

— Pénélope ?

Elle se força à sourire. Philippa la dévisagea longuement, l'air de voir plus qu'elle n'aurait dû. Elle se détourna.

— Je vais rejoindre Olivia et Louisa, déclara sa cadette. Tu viens ?

— Non.

— Tu veux que je reste avec toi ?

— Non, merci.

— Tu attends ton mari ?

Pénélope secoua la tête, mais sa sœur afficha un sourire entendu.

— Je crois que tu l'aimes bien, dit-elle. Envers et contre tout. Il n'y a pas de mal à cela, tu sais. J'aurais même pensé qu'il était plutôt agréable d'aimer son mari, conclut-elle d'un air détaché.

Sur ce, elle partit rejoindre les autres jeunes filles. Pénélope chercha Michael des yeux. Il était toujours sur la berge et discutait avec le vicomte Tottenham.

Elle le contemplait encore lorsqu'il balaya le lac du regard. Et il la repéra immédiatement. Embarrassée, elle se détourna, enfonça le menton dans son col, et se fondit dans la foule, tête baissée. Elle traversa le lac et prit pied sur la berge après avoir aperçu un vendeur de châtaignes chaudes installé un peu plus haut. Elle avait fait à peine trois pas lorsqu'elle entendit derrière elle :

— Vous vous rendez compte, Tottenham est prêt à lui accorder le bénéfice du doute ?

Devinant qu'il s'agissait de son mari, Pénélope s'immobilisa.

— Je ne peux même pas imaginer comment Tottenham a pu se lier à un individu de ce genre.

— D'autant plus que Bourne n'a pas renoncé à gérer cet affreux tripot. Qu'est-ce qu'il faut en déduire, à votre avis ?

— Rien de bon. Ce Bourne est mauvais comme le péché, et ceux qui fréquentent ce club le sont aussi.

Pénélope se retint de se retourner et de lancer aux commères qu'elles étaient probablement les épouses ou les filles de gentlemen qui sacrifieraient leur bras gauche pour avoir une chance d'entrer à *L'ange déchu*.

— Il paraît qu'il cherche à obtenir des invitations pour la saison. Et qu'il est prêt à réintégrer la bonne société. Pour elle !

Une bourrasque de vent força Pénélope à tendre l'oreille pour saisir la suite.

— Lady Holloway a raconté à la mère de mon cousin qu'à un dîner où ils étaient la semaine dernière il ne pouvait s'empêcher de la tripoter.

— J'ai entendu dire la même chose. Et avez-vous lu *La feuille à scandales* de ce matin ?

— N'est-ce pas incroyable ? Un mariage d'amour ! Avec Pénélope Marbury !

— N'oubliez pas Falconwell. C'était le siège du marquisat avant…

Les mots se perdirent dans une rafale, mais Pénélope les entendit quand même. *Avant qu'il ne le perde au jeu.*

— On se demande comment une personne aussi parfaite que Pénélope Marbury peut aimer un homme aussi épouvantable que le marquis de Bourne.

C'était, hélas, beaucoup trop facile, songea Pénélope.

— Allons donc ! Regardez-le et regardez-la. La vraie question, c'est comment un homme pareil a-t-il pu tomber amoureux d'une femme aussi ennuyeuse. Elle n'a même pas réussi à garder ce raseur de Leighton.

Les deux commères pouffèrent, et leur rire aigu perça les tympans de Pénélope, qui ferma les yeux.

— Vous êtes insupportable ! Pauvre Pénélope !

Dieu, qu'elle haïssait ce prénom qui symbolisait la patience et le sacrifice.

— C'est vrai, il est mauvais comme le péché et deux fois plus beau. Même avec cet œil au beurre noir. Où a-t-il récolté cette charmante décoration, à votre avis ?

— J'ai entendu dire qu'ils organisaient des combats dans sa maison de jeu. Et qu'ils se battaient aussi sauvagement que des gladiateurs.

Pénélope leva les yeux au ciel. Son mari était multiple, mais il n'était certainement pas un gladiateur des temps modernes.

— Eh bien, je l'avoue, je ne refuserais pas de soigner ses blessures…

La phrase s'acheva sur un soupir.

Pénélope se retint de montrer à ces odieuses commères quel genre de blessures une femme en colère pouvait infliger.

— Pénélope pourrait peut-être vous donner quelques conseils pour attraper l'un des autres membres du club.

Les rires cruels s'éloignèrent. Pénélope se retourna, les poings serrés, mais les commères étaient de dos, si bien qu'elle ne put les reconnaître. Non pas qu'elle aurait fait quoi que ce soit si ç'avait été le cas.

Elle devait admettre que l'histoire se prêtait aux médisances. Que Michael et elle vivent un mariage d'amour était risible.

Elle inspira profondément, s'efforçant de ravaler le nœud qui s'était formé dans sa gorge.

— Lady Bourne.

Pénélope fit volte-face, pour découvrir Donovan West qui se dirigeait vers elle. Bien que le journaliste n'en montrât rien, elle ne put s'empêcher de craindre qu'il n'ait entendu les commères. Écartant cette pensée, elle tenta de faire bonne figure.

— Monsieur West. Quelle surprise !

— Ma sœur avait besoin d'un chaperon, expliqua-t-il en désignant un groupe de jeunes filles qui s'ébattaient sur le lac un peu plus loin. Et j'avoue que j'ai un faible pour les sports d'hiver. Que diriez-vous d'aller manger des châtaignes ? enchaîna-t-il en indiquant le vendeur et sa carriole.

— J'y pensais justement.

Il lui offrit le bras et ils s'éloignèrent à pas lents, Pénélope clopinant sur ses patins, M. West feignant de ne pas remarquer sa maladresse.

— Moi aussi, j'ai des sœurs, dit-elle.

— Ce sont des créatures pénibles, vous ne trouvez pas ?

— Étant une sœur moi-même, je me garderai de répondre.

— Normal, admit le journaliste avant de poursuivre : J'imagine qu'avoir épousé Bourne rendrait n'importe quelle sœur pénible.

— Félicitez-vous de ne pas être mon frère.

Il paya le marchand et tendit le sachet de châtaignes à Pénélope.

— Vous vous débrouillez très bien, assura-t-il comme elle en épluchait une.

Elle leva les yeux et croisa son regard perspicace. *Il savait.* Elle fit de son mieux pour répondre en prétendant ne pas avoir compris le sens réel de ses paroles :

— J'ai patiné toute ma vie.

Il inclina la tête de côté, pas dupe.

— Eh bien, votre technique montre plus d'habileté qu'on en attendrait d'une dame.

Ils ne parlaient pas de patinage, elle le savait, mais faisait-il allusion aux ragots ? À son mariage grotesque ? À quelque chose d'encore plus accablant ?

Elle grignota sa châtaigne et réfléchit tout en savourant la chair sucrée.

— Je suis toujours heureuse de surprendre mon entourage, lâcha-t-elle à tout hasard.

— Une performance aussi adroite suppose une force de caractère peu commune.

Arquant un sourcil, elle darda sur le journaliste un regard franc.

— J'ai des années d'entraînement.

— Je n'en doute pas, milady, répliqua-t-il avec un sourire amical. Et, si je puis me permettre, je trouve que lord Bourne a eu beaucoup de chance de vous avoir retrouvée. Je me réjouis à l'idée de vous rencontrer souvent durant cette saison – vous serez, à n'en pas douter, le couple dont on parlera le plus. Mes chroniqueurs sont enchantés de vous savoir en ville.

— Vos chroniqueurs, répéta Pénélope, qui se figea, comprenant soudain.

Il hocha la tête avec un petit sourire.

— *La feuille à scandales* m'appartient.

— L'article d'aujourd'hui…

— N'est rien en comparaison de celui qui décrira vos talents de patineuse.

Elle pinça les lèvres.

— C'est inattendu.

Il rit. Elle n'avait pourtant pas cherché à être amusante.

— Pénélope pouvait dessiner des cercles autour de moi sur ses patins alors que nous savions à peine marcher.

La voix de Michael lui arracha un sursaut. Elle se retourna si abruptement qu'elle perdit l'équilibre et, poussant un petit cri, bascula dans ses bras, comme s'il l'avait prévu.

— Comme le montre mon attitude particulièrement gracieuse en ce moment, conclut-elle.

Le rire de Michael vibra en elle de façon très suspecte. Elle s'écarta pour croiser son regard. Il ne détourna pas les yeux tandis qu'il déclarait :

— C'est l'une des nombreuses raisons pour lesquelles je l'ai épousée. Je suis sûr que vous ne me le reprocherez pas, West.

Les joues en feu, Pénélope se risqua à regarder le journaliste.

— Pas le moins du monde. C'est un mariage heureux, assurément, répondit-il en décochant un clin d'œil à la jeune femme. Elle vous adore, de toute évidence.

Il jeta un coup d'œil vers le lac, puis souleva son chapeau et salua Pénélope.

— Je n'ai que trop négligé ma sœur. Lady Bourne, cela a été un honneur de discuter avec vous.

— Tout le plaisir était pour moi, répondit-elle en esquissant une révérence.

Comme West s'éloignait, elle se tourna vers Michael et murmura :

— Cet homme sait que notre mariage est davantage qu'un mariage d'amour.

— Moins qu'un mariage d'amour, vous voulez dire ?

— Vous vous dérobez.

— Bien sûr que West le sait, dit-il avec désinvolture. C'est l'un des hommes les plus intelligents d'Angleterre. Mais il gardera le secret.

— C'est un journaliste, lui rappela-t-elle.

Il eut un rire franc et joyeux qui le rendit plus séduisant encore.

— Vous n'êtes pas obligée de dire cela sur le ton du biologiste qui examine un insecte sous une loupe.

Il s'arrêta et regarda le journaliste en question rejoindre sa sœur et son petit groupe d'amies.

— West a mieux à faire que spéculer sur notre mariage.

Elle en doutait. La vérité sur leur mariage serait un scandale retentissant dont il pourrait faire ses choux gras.

— Comment le savez-vous ?

— Il aime le hasard.

— Voilà qui est paradoxal pour l'homme le plus intelligent d'Angleterre.

— Il l'aimerait moins s'il n'avait pas une chance de tous les diables.

— Le fait qu'il sache la vérité ne semble pas vous inquiéter.

— En effet, je ne suis pas inquiet. Je connais trop de ses secrets pour qu'il raconte les miens.

— Pas ceux de Thomas, en revanche ?

Michael lui glissa un regard de biais.

— Ne parlons pas de cela.

— Vous comptez toujours lui ruiner l'existence ? insista-t-elle.

— Pas aujourd'hui.

— Quand, alors ?

— Pas avant une semaine, comme promis, dit-il doucement, d'un ton presque résigné où perçait… le doute ? Des regrets ?

— Michael…

— J'ai acheté et payé cet après-midi, ma femme. Pas plus.

Plongeant les doigts dans le sachet de châtaignes, il en prit plusieurs à pleines mains.

— Elles sont brûlantes ! s'écria-t-il en les lâchant dans la neige.

Elle n'aurait pas dû s'amuser de le voir souffrir, mais elle ne put s'en empêcher.

— Si vous m'en aviez demandé, au lieu de vous servir, je vous aurais prévenu.

— Ne jamais demander, rétorqua-t-il. Prendre ce que l'on veut quand on le veut.

— Encore une règle de gredin ?

Il acquiesça d'un signe de tête.

— Cela ajoute au plaisir.

Un souvenir revint à Pénélope : Michael la hissant sans ménagement sur son épaule, la nuit où sa vie avait basculé.

— C'est vrai, reconnut-elle, le menton haut. J'ai découvert cela hier soir, quand j'ai gagné à la roulette.

Le voyant ciller, Pénélope fut très fière d'elle. Elle avait fait mouche.

— C'est un jeu de hasard, remarqua-t-il. Il ne demande aucun talent particulier.

— Pas de talent, oui, mais de la chance.

Il sourit. Seigneur, songea-t-elle, il était plus beau qu'un homme n'avait le droit de l'être.

— Venez, ma femme. Allons faire un tour sur le lac.

Il lui prit le sachet des mains, le fourra dans la poche de son manteau et guida la jeune femme jusqu'à la surface gelée.

— Ainsi donc, une partie de votre entreprise, c'est le commerce de secrets ?

— Uniquement en cas de nécessité.

— Uniquement pour atteindre vos objectifs, dit-elle plus pour elle-même que pour lui.

— Je sais que je suis resté une décennie à l'écart de la bonne société, mais Londres reste Londres, n'est-ce pas ? L'information est toujours la denrée la plus précieuse.

— Je suppose que oui.

Dieu qu'il était insensible, songea-t-elle. Garder un secret, le ressortir pour châtier un ennemi, il ne voyait là rien de répréhensible. Sachant que tout Londres les regardait, elle s'obligea à sourire.

— Et c'est ce que vous allez utiliser contre Langford ?

— Pas de Langford aujourd'hui. Nous avons passé un marché.

— Je n'ai jamais donné mon accord.

— Le fait que vous ne m'ayez pas jeté hors de la voiture en venant ici est un accord tacite, répliqua-t-il avec flegme. Mais si vous voulez un accord formel, j'accepterai votre garantie en signe de bonne foi.

— Je n'ai rien à vous offrir comme garantie.

— Empruntez-moi la mienne.

Souriant malgré elle, elle plongea la main dans sa poche et en sortit la pièce d'or qu'il lui avait donnée.

— Un après-midi, dit-elle.

— En échange d'une semaine.

Elle laissa tomber la pièce dans la paume de Michael. Puis pivota, et commença à patiner. Il la rejoignit.

— Lord Castleton a demandé Philippa en mariage, dit-elle en apercevant sa sœur qui riait au milieu d'un groupe de jeunes filles.

— Et ?

— Et elle va accepter.

Il ne répondit pas. Évidemment. Il ne comprenait pas.

— Ils sont très mal assortis.

— Est-ce si étrange que cela ?

Non, ça ne l'était pas, mais avait-il besoin de se monter aussi insensible.

— Elle mérite mieux, dit-elle en accélérant l'allure.

— Qu'elle refuse son offre dans ce cas.

Elle lui jeta un regard en coin.

— Je suis surprise que vous suggériez cela. N'avez-vous donc pas hâte qu'elle se marie ?

— Bien sûr que si, et vous le savez, répondit-il. Mais je ne vois pas l'intérêt de lui forcer la main.

— Il n'y a que ma main que vous aviez intérêt à obtenir de force ?

— Pénélope… commença-t-il.

Sans attendre la suite, elle s'élança et le distança rapidement, regrettant de ne pouvoir laisser de la même façon derrière elle cette existence bizarre et contrainte qu'elle menait.

Il la rattrapa aisément et, posant la main sur son bras, la fit ralentir.

— Pénélope, je vous en prie.

Ce fut peut-être cette supplication, si rare dans sa bouche. Sa douceur. Le fait qu'il admettait qu'elle puisse refuser de l'écouter. Quoi qu'il en soit, elle s'arrêta dans un crissement de patins et lui fit face.

— J'étais censée empêcher ce genre de mariage, dit-elle, maudissant l'émotion qui faisait chevroter sa voix. J'étais censée veiller à ce que mes sœurs aient une vie différente de celle à laquelle sont condamnées les trois quarts des jeunes filles de notre milieu. Qu'elles aient un mariage construit sur autre chose que…

— Qu'une dot conséquente.

— Vous m'aviez promis.

— Une, au moins, aura ce que vous vouliez, dit-il en désignant l'autre côté du lac.

Olivia, les joues rouges, et Tottenham, un grand sourire aux lèvres, discutaient avec animation.

— Il est riche et sa réputation est telle qu'il peut espérer devenir un jour Premier ministre. S'ils se plaisent, ce pourrait être une union idéale.

— Ils sont seuls ? s'écria Pénélope en s'élançant dans leur direction. Michael, il faut y aller !

Il lui prit la main pour la retenir.

— Pénélope, ils ne sont pas seuls sur la galerie à peine éclairée d'une salle de bal ou dans une alcôve. Ils sont sur la berge d'un lac grouillant de monde et conversent aimablement, semble-t-il.

— *Sans chaperon*[1], marmonna-t-elle. Je suis sérieuse. Nous ne pouvons pas les laisser seuls.

— Eh bien, si vous le dites en français, ce doit être sérieux en effet.

Il avait détourné le visage, si bien qu'elle ne voyait pas son expression, mais il lui semblait bien qu'il la taquinait.

— Il ne se passe rien qui ne soit honnête, affirma-t-il.

---

1. En français dans le texte.

La tirant par la main, il tenta de lui faire prendre une autre direction.

— Vous me devez un après-midi, ma chère épouse, lui rappela-t-il.

Elle cessa de résister, et il la fit pivoter jusqu'à ce qu'elle se retrouve face à lui. Il l'attira alors dans ses bras comme s'ils dansaient, et ils s'éloignèrent dans une sorte de valse jusqu'à ce qu'ils soient assez loin du flot de patineurs pour ne pas être entendus.

— Tout le monde nous regarde, chuchota-t-elle.

— Grand bien leur fasse, répliqua-t-il en resserrant son étreinte. Vous ne vous souvenez pas de cette émotion qui vous a coupé le souffle la première fois que vous vous êtes retrouvée seule avec un soupirant ?

— Non, dit-elle en tentant de se dégager. Michael, il faut les rejoindre.

Tout à coup, ce n'était plus pour Olivia qu'elle voulait à tout prix faire demi-tour, mais pour elle-même. Parce qu'être dans les bras de Michael et sentir son souffle lui caresser l'oreille sapait sa détermination.

— Nous les rejoindrons dans quelques minutes, promit-il en l'entraînant dans un lent tourbillon. Pour l'heure, répondez à ma question.

— J'y ai déjà répondu, dit-elle en essayant, vainement, de se libérer. Ce n'est pas convenable.

— Qu'est-ce qui n'est pas convenable ? De voir le marquis de Bourne épris de sa jolie femme ? Allez, répondez à ma question.

Sauf qu'il n'était pas épris d'elle.

N'est-ce pas ?

— Je n'ai jamais été courtisée. Du moins pas au point d'avoir le souffle coupé.

Elle n'en revenait pas de le lui avoir avoué.

— Votre duc n'était pas affectueux ?

Pénélope ne put retenir un éclat de rire.

— Vous ne connaissez pas le duc de Leighton ? Il n'est pas homme à se montrer affectueux. Du moins, il ne l'était pas avec moi.

— Et les autres ?

— Quels autres ?

— Vos autres prétendants, Pénélope. Il y en a sûrement eu un qui s'est efforcé…

Elle secoua la tête, et ne put s'empêcher de regarder autour d'elle de crainte d'être l'objet de l'attention générale.

— Je n'ai jamais eu le souffle coupé par aucun prétendant.

— Pas même Thomas ?

*Non.* Elle aurait dû dire non, mais s'y refusait. C'eût été trahir son ami. Michael n'avait pas à savoir que Thomas aussi n'avait vu en elle qu'un instrument pour atteindre un objectif.

— Je croyais que nous ne devions plus parler de lui.

— Vous l'aimez ? demanda-t-il d'un ton pressant, et elle comprit alors qu'il n'abandonnerait pas tant qu'elle n'aurait pas répondu.

— C'est un ami très cher et je l'aime beaucoup.

— Ce n'est pas ce que je voulais dire, vous le savez très bien, riposta-t-il, le regard sombre.

Elle se résigna à lui avouer la vérité. Afin qu'entre eux il n'y ait pas que des mensonges.

— Lui non plus ne me coupe pas le souffle.

Un petit enfant – pas plus de quatre ou cinq ans – les frôla en les dépassant. Son père, qui le suivait de très près, se confondit en excuses tandis que sa mère s'esclaffait et esquissait une révérence à leur intention. Pénélope leur sourit en réponse.

— Peut-être est-ce le problème, reprit-elle. J'ai attendu trop longtemps d'avoir le souffle coupé et j'ai manqué… eh bien, tout ce qui va avec.

Comme Michael ne répondait pas, elle tourna les yeux vers lui et s'aperçut qu'il suivait la petite famille du regard. Puis il revint à elle et elle fut incapable de détourner les yeux tandis qu'ils tournaient et tournaient sur le rythme lent d'une valse silencieuse. L'air parut vibrer entre eux.

— Je suis très heureux que vous n'ayez pas épousé Leighton, Thomas, ni aucun de ces autres sinistres prétendants, Sixpence.

Il était le seul à l'appeler Sixpence – le surnom idiot qu'il lui avait donné autrefois. À l'époque, elle l'accueillait d'un sourire.

Ce qu'elle fit de nouveau.

— Est-ce la vérité ? Ou un mensonge de plus ? Qui êtes-vous en ce moment même ? Le vrai Michael, ou l'homme que vous destinez à la façade ? Ne me dites pas que cela n'a pas d'importance, parce que… en ce moment… cela en a. Et je ne sais même pas pourquoi, ajouta-t-elle d'une petite voix.

— C'est la vérité.

Peut-être était-elle stupide, mais elle le crut.

Ils demeurèrent ainsi un long moment, les yeux noisette de Michael rivés sur elle comme s'ils étaient seuls sur ce lac – comme si la moitié de la bonne société ne patinait pas autour d'eux –, et elle se demanda ce qui se serait passé s'ils avaient été seuls.

Il était si près… Elle crut qu'il allait l'embrasser.

*Non.*

Elle s'écarta précipitamment.

L'idée qu'il l'utilise de nouveau lui était insupportable.

— Il faut que je rejoigne Olivia et Tottenham avant qu'ils ne décident de faire une fugue… Merci pour cet après-midi.

Elle tourna les talons et s'éloigna le plus vite possible. Elle trouvait vraiment odieux qu'il ait le pouvoir de la troubler à ce point d'un mot gentil, d'un sourire un peu tendre. Elle était abominablement faible. Et lui, abominablement fort.

— Pénélope, appela-t-il.

Elle se retourna, et son regard intense la transperça de part en part.

— L'après-midi n'est pas fini, lança-t-il.

Et elle en eut presque le souffle coupé.

# 16

*Cher M.*

*J'ai toujours su que cette saison serait horrible, mais elle est pire que je ne le pensais. Oh ! je peux supporter les ragots, les murmures, le fait que je sois devenue invisible aux yeux de tous ces célibataires qui, il y a peu, se pressaient pour m'inviter à danser, mais voir le duc et sa nouvelle et ravissante duchesse... cela, c'est vraiment pénible.*

*Ils sont follement épris et si absorbés l'un par l'autre qu'ils ne semblent même pas conscients des bavardages qu'ils suscitent sur leur passage. Et puis, hier, j'ai entendu dire qu'elle attendait un enfant.*

*C'est tellement bizarre de voir quelqu'un d'autre mener la vie que vous avez failli avoir ! Et encore plus bizarre d'en souffrir tout en se réjouissant de la liberté qui est désormais la vôtre.*

*Dolby House, avril 1826*

Lettre ni signée ni envoyée.

Courtiser sa propre femme était une expérience étrange.

En principe, cela aurait dû impliquer des chandelles, une chambre tranquille, et une heure ou deux de tendres murmures. Au lieu de quoi, courtiser sa femme impliqua la présence de ses sœurs, de la marquise de Needham et Dolby, de cinq des chiens du marquis, et un jeu de charades.

Il n'avait pas joué aux charades depuis qu'il avait quitté le Surrey pour Eton, dix-huit ans plus tôt.

— Vous n'êtes pas obligé de rester, lui chuchota Pénélope, assise à côté de lui dans le salon de Dolby House.

— J'apprécie une bonne partie de charades comme n'importe quel homme, répondit-il en se renversant confortablement contre le dossier du canapé.

— Quant à moi, je sais d'expérience que les hommes adorent les jeux de salon, rétorqua-t-elle, pince-sans-rire. L'après-midi est fini, vous savez.

Rappel peu subtil qu'elle avait payé son dû… et qu'il n'avait plus droit à rien. Il croisa son regard.

— Nous sommes toujours « après midi », Sixpence. Si je ne m'abuse, il me reste au moins cinq heures avec vous – jusque tard dans la nuit.

Elle rougit et il eut soudain terriblement envie de la dépouiller de sa trop jolie robe et de l'allonger sur le canapé.

Ce que sa famille n'aurait sûrement pas approuvé.

Ce n'était pas la première fois de la journée qu'il songeait à lui ôter ses vêtements – ni la dixième fois. Ni, probablement, la centième.

Quelque chose s'était produit sur le lac, quelque chose d'imprévu.

*Il avait passé un bon moment.*

Il avait aimé patiner avec Pénélope, la taquiner, la regarder bavarder avec ses sœurs. Et il avait été très tenté de la prendre dans ses bras, et de l'étreindre tendrement. Mais à chaque tentative, elle s'était écartée, fière, le menton haut et le regard buté.

Fasciné, il l'avait regardée patiner avec grâce, et il avait dû faire appel à toute sa volonté pour ne pas se lancer à sa poursuite et la forcer à rester auprès de lui.

Lorsque Olivia et Philippa lui avaient proposé de terminer la journée par une partie de charades, elle s'était attendue qu'il refuse, il le savait, et il aurait probablement dû le faire. Mais il avait découvert qu'il n'était pas prêt à se séparer de Pénélope – l'idée même l'accablait. Voilà pourquoi il se retrouvait dans le salon des Needham, en pleine réunion familiale.

Les sœurs de Pénélope entrèrent, Philippa portant un saladier rempli de morceaux de papier. Les suivait un gros chien au poil brun qui se dirigea droit vers le canapé, sauta entre Pénélope et lui, tourna trois fois sur place avant de caler son solide arrière-train contre la hanche de Michael, lequel dut se pousser un peu pour lui faire de la place. Satisfait, l'animal posa la tête sur la cuisse de la jeune femme dont la main alla instinctivement lui caresser les oreilles.

La jalousie pointa le nez lorsque le chien lâcha un soupir de contentement.

— Combien y a-t-il de chiens dans cette maison ? demanda Michael, un peu agacé d'en être réduit à envier le sort d'un chien.

Pénélope fronça le nez, l'air songeur, et cette expression – vestige de leur jeunesse – lui donna envie d'effacer du doigt les petites rides.

— Dix ? Onze ? Honnêtement, je ne sais plus. Celui-ci s'appelle Brutus.

— Il a l'air de bien vous aimer.

— Il aime qu'on s'occupe de lui, précisa-t-elle avec un sourire.

Michael décida que, stupide ou pas, il céderait volontiers sa part de *L'ange* en échange des mains si apaisantes de Pénélope sur lui.

— Avez-vous remarqué combien Tottenham est grand ? Et séduisant ? s'écria Olivia avec un enthousiasme non dissimulé en prenant place dans un fauteuil près de Michael. Vu votre réputation, je n'aurais jamais imaginé que vous aviez des liens avec un aussi beau parti.

— Olivia ! s'exclama sa mère, affreusement embarrassée. On ne parle pas de ces choses avec un pair !

— Quand bien même il s'agit de son beau-frère ?

— Quand bien même, répliqua lady Needham dont la voix avait grimpé dans les aigus. Des excuses ne seraient pas de trop, ma fille.

Philippa leva les yeux du récipient contenant les papiers des charades et repoussa ses lunettes sur son nez.

— Elle ne voulait pas dire que vous aviez mauvaise réputation, milord. Juste que…

Arquant les sourcils, Michael attendit, se demandant comment elle allait s'en sortir.

— Voyons, Philippa, intervint Olivia, il n'est pas idiot. Il sait qu'il a une réputation scandaleuse. Je parie même que ça l'amuse, conclut-elle en adressant à Michael un sourire espiègle.

Décidément, ces jeunes filles étaient fort sympathiques, se dit-il. Et amusantes.

— Bon, ça suffit, décréta Pénélope. Si nous jouions ? Olivia, tu commences.

Ravie d'être la première, Olivia alla piocher un papier dans le saladier, puis se tint devant la cheminée. Elle lut le papier en question, fronça les sourcils, réfléchissant ostensiblement.

Au lieu de se lancer dans une pantomime, elle releva les yeux et demanda :

— Pensez-vous que Tottenham va m'acheter une très grosse bague de fiançailles ?

— *Le Mariage de Figaro*, proposa Pénélope d'un air détaché.

— Oui ! Comment as-tu deviné ?

— Comment, en effet, répliqua Pénélope.

— Quelle fille intelligente ! claironna la marquise.

Michael ne put retenir un rire sonore. Pénélope le regarda avec ahurissement comme si elle découvrait quelque étrange spécimen de la flore.

— Qu'y a-t-il ? demanda-t-il.

— Rien. C'est juste que… vous riez rarement.

Il se pencha vers elle autant que le lui permettait le mastodonte couché entre eux.

— C'est inconvenant ?

Elle rit à son tour, et le son était incroyablement mélodieux.

— Non… je…

Elle rougit de nouveau, et il aurait donné une fortune pour pouvoir lire dans ses pensées en cet instant.

— Olivia, fais un autre essai, suggéra Philippa.

Olivia plongea les doigts dans le saladier tout en regardant Michael droit dans les yeux.

— J'ai toujours aimé les rubis, lord Bourne. Ils me vont particulièrement bien au teint, je trouve. Je vous dis cela à tout hasard, au cas où le sujet surviendrait dans une conversation avec qui vous savez.

Tottenham était dans le pétrin, songea Michael.

— Oh, le sujet surviendra sûrement ! assura Pénélope d'un ton railleur. Tout le monde sait que les messieurs comme Bourne et Tottenham parlent sans cesse de bijoux et du teint des dames.

— Vous seriez étonnée, lâcha Michael d'un air grave, ce qui la fit pouffer de nouveau. En tout cas, je ferai de mon mieux pour me souvenir de vos préférences en matière de pierres précieuses, lady Olivia.

— Je compte sur vous, dit celle-ci, tout sourire. Bon, c'est encore le titre d'une pièce. Trois mots.

— Je doute que des bijoux aillent au teint de qui que ce soit, commenta Philippa.

— Philippa, nous avons invité lord Castleton à déjeuner demain, annonça la marquise, qui avait visiblement autre chose en tête que les charades. J'espère que vous irez ensuite faire une promenade dans le parc.

— Ce serait parfait, Mère, dit Philippa.

— Tottenham n'a pas été invité à déjeuner, remarqua Olivia avec une moue.

— Tu n'es pas censée parler, Olivia, rappela Philippa.

L'indifférence de la jeune fille concernant le déjeuner avec Castleton n'avait pas échappé à Michael. Elle ne souhaitait visiblement pas l'épouser. Ce qu'il ne pouvait lui reprocher. Quelques heures lui avaient suffi pour découvrir que Philippa était plus intelligente que la plupart des hommes. Castleton ferait un très mauvais mari pour n'importe quelle femme, mais Philippa en souffrirait plus que d'autres.

Et Pénélope lui en voudrait de ne pas s'y être opposée.

Il regarda sa femme, qui l'observait avec attention.

— Ce projet de mariage ne vous plaît pas, murmura-t-elle en se penchant vers lui.

Il aurait pu mentir. Plus vite Philippa et Olivia seraient mariées, plus vite il pourrait se venger et plus vite il serait débarrassé de cette chape de colère qui l'étouffait depuis dix ans. Mais voilà, entre-temps, il y avait eu un changement.

*Il y avait eu Pénélope.*

— Non, admit-il. Il ne me plaît pas.

Une lueur s'alluma dans les beaux yeux bleus de la jeune femme, une lueur dont il risquait de devenir dépendant. Espoir. Bonheur. Il se sentit incroyablement heureux d'en être à l'origine.

— Vous l'empêcherez ? insista-t-elle.

Il hésita. L'empêcherait-il ?

Cela rendrait Pénélope heureuse.

Mais à quel prix ?

Il n'eut pas à répondre, car Philippa se tourna vers eux pour demander :

— Alors ? Vous avez une idée ?

Olivia feignait de manier un fouet, puis elle fronçait les sourcils, fermait les yeux, montrait les dents.

— Conduire un troupeau ! Fouetter le soleil ! s'écria la marquise avec assurance, ce qui fit rire toute l'assistance.

— J'aimerais beaucoup lire une pièce intitulée *Fouetter le soleil*, glousa Philippa. Pénélope, nous avons besoin de ton aide.

Pénélope observa Olivia avec attention et Michael se prit à regretter qu'elle ne lui accorde pas autant d'intérêt. La jalousie pointa de nouveau le nez. Fallait-il qu'il ait perdu la tête pour envier ses belles-sœurs ou les chiens de son beau-père !

— *La Mégère apprivoisée*, proposa Pénélope.

— Oui ! s'exclama Olivia, soulagée. Merci. Je commençais à me sentir idiote.

— Je me demande pourquoi ta mégère est aveugle, observa Philippa.

— Oh, arrête ! J'aurais voulu t'y voir. À qui le tour ?

— À Pénélope, puisque c'est elle qui a deviné.

Cette dernière se leva, lissa ses jupes, puis se planta au milieu du salon. Elle piocha un papier et, au bout d'une seconde, son visage s'éclaira. Michael eut brusquement envie de l'entraîner hors de la pièce, chez lui, dans son lit.

Elle leva quatre doigts, et il les imagina sur sa mâchoire, ses lèvres, ses joues.

— Quatre mots !

Elle se raidit, salua ses sœurs, puis se mit à marcher d'un pas raide, sa robe tendue sur sa poitrine pleine. Michael se pencha, les coudes sur les genoux, et la dévora des yeux.

— Marche !

— Soldats !

Elle les encouragea d'un geste.

— Napoléon !

Elle fit mine d'épauler un fusil et de tirer, et il fixa la chair tendre au creux de son cou qu'il mourait d'envie d'embrasser – qu'il embrasserait s'il était le genre d'homme qu'elle pourrait aimer. Si leur mariage était construit sur autre chose que le désir de vengeance.

*Ne me touchez plus*. Ses paroles lui revinrent à l'esprit, haïssables car elles ne disaient que trop ce que Pénélope pensait de lui. De la façon dont il l'avait traitée.

Dont il la traitait encore.

— Chasser !

— Père !

— Père chassant Napoléon !

La suggestion d'Olivia déclencha un fou rire. Pénélope fit non de la tête, puis se désigna du doigt.

— Père te chassant !

Philippa regarda Olivia.

— Pourquoi diable y aurait-il ce genre de phrase dans le saladier ?

— Je ne sais pas. Une fois, je suis tombée sur un papier où était marqué *La perruque de tante Hester*.

— C'est moi qui l'avait mis ! avoua Philippa en riant.

Pénélope se racla la gorge.

— Pardon, Pénélope, fit sa sœur. Qu'est-ce que tu ne disais pas ?

Pénélope se désigna du doigt.

— Lady ?

— Femme ?

*Épouse. Son épouse.*

— Fille ?

— Marquise ! jeta la marquise de Needham et Dolby avec tant d'enthousiasme que Michael crut qu'elle allait tomber de son fauteuil.

Pénélope leva les yeux au ciel et soupira. Croisant le regard de Michael, elle haussa les sourcils comme pour lui crier *À l'aide !*

L'idée qu'elle l'appelle à l'aide l'émut. Il découvrit que c'était cela, son ambition, à présent. Être celui vers qui elle se tournerait en cas de besoin. Il voulait l'aider, aujourd'hui, demain, toujours.

« Pour l'amour de Dieu, Bourne, ce n'est qu'une partie de charades », se tança-t-il.

— Pénélope, dit-il.

Les yeux de la jeune femme s'éclairèrent. Elle pointa le doigt sur lui.

— Pénélope ? Ton nom est dans la charade ? demanda Olivia, sceptique.

Pénélope recommença à mimer.

— Tu couds ?

Elle sourit et pointa le doigt sur Olivia. Avant de feindre de tirer sur un fil.

— Tu découds ?

Le doigt de Pénélope désigna Olivia de nouveau, puis elle-même. Après quoi, elle se remit à coudre et à découdre, et cette fois, ce fut Philippa qu'elle regarda, celle qui lui semblait la plus capable de deviner.

Michael ne voulut pas laisser à quelqu'un d'autre l'honneur de gagner. Tel un gamin orgueilleux, il voulait l'impressionner.

— *L'Odyssée*, suggéra-t-il.

Pénélope lui décocha un grand sourire et battit des mains en sautillant sur place, heureuse de ce triomphe fugace. Puis elle fit mine à nouveau de tirer au fusil et se remit à marcher au pas. S'arrêtant net, elle pivota vers Michael en le désignant et il se sentit l'âme d'un héros antique lorsqu'il lança :

— *La Guerre de Troie*.

— Oui ! s'écria-t-elle. Bien joué, Michael !

Il se rengorgea.

— Je ne comprends pas, dit Olivia. Quel rapport y a-t-il entre la couture de Pénélope et la guerre de Troie ?

— Pénélope était la femme d'Ulysse, expliqua Philippa. Il est parti guerroyer, et elle s'est mise à tisser, travaillant toute la journée et défaisant la nuit ce qu'elle avait fait. Et cela a duré des années.

— Pourquoi diable faire une chose pareille ?

— Elle attendait son retour, expliqua Pénélope en regardant Michael.

Il devina qu'elle ne parlait pas seulement du mythe grec. L'attendait-elle la nuit ? Elle lui avait demandé de ne pas la toucher, l'avait repoussé… mais s'il allait la trouver ce soir, le renverrait-elle ?

— J'espère que tu as des choses plus amusantes à faire lorsque tu attends ton mari, commenta Olivia en riant.

Pénélope sourit, mais il décela de la tristesse dans son regard. C'était sa faute, se dit-il. Avant lui, elle était heureuse. Avant lui, elle était gaie, vive, enthousiaste ; elle patinait, sortait, lisait, jouait à des jeux de société avec ses sœurs, tout ceci sans arrière-pensée.

Comme elle revenait vers le canapé, il se leva.

— Je ne laisserai jamais ma Pénélope pendant des années, déclara-t-il. J'aurais trop peur que quelqu'un ne me la vole.

Sa belle-mère soupira bruyamment et ses belles-sœurs pouffèrent. Il s'empara de la main de Pénélope et la porta à ses lèvres.

— De toute façon, Pénélope et Ulysse ne sont pas mon couple préféré de la mythologie, reprit-il. Je préfère Perséphone et Hadès.

Sa femme lui sourit et la pièce parut se réchauffer.

— Vous croyez qu'ils formaient un couple heureux ? s'enquit-elle.

Soutenant son regard, il répondit à mi-voix :

— Je trouve que six mois de festin valent mieux que vingt ans de famine.

Elle rougit si délicieusement qu'il eut envie de l'embrasser, là, au milieu du salon, en présence de sa famille.

— Lord Bourne, c'est votre tour, annonça Olivia.

— Il est tard, répondit-il sans quitter Pénélope des yeux. Je crois que je vais ramener ma femme à la maison.

Lady Needham se leva, faisant bouler au sol le petit chien qui dormait sur ses genoux.

— Oh, restez encore un peu ! s'exclama-t-elle. Votre visite nous fait tellement plaisir à toutes.

Il adressa un regard interrogateur à Pénélope. Même s'il avait très envie de partir avec elle sur-le-champ, c'était à elle de décider.

— Lord Bourne a raison, dit-elle. L'après-midi a été long et bien rempli. J'aimerais rentrer.

*Avec lui.*

Un flot de joie mêlé de triomphe envahit Michael qui dut se retenir pour ne pas la hisser sur son épaule comme l'autre nuit et l'emporter au plus vite. Ce soir, elle le laisserait la toucher, la courtiser.

Il en était certain.

Demain, c'était moins sûr, mais ce soir… elle serait sienne.

*Même s'il ne la méritait pas.*

*Cher M.*

*Victoria et Valérie se sont l'une et l'autre mariées aujourd'hui avec de bien médiocres prétendants. Le scandale de mes fiançailles rompues a limité leur choix, j'en suis sûre, et j'éprouve une colère sans nom devant une telle injustice.*

*Je trouve odieux que si peu d'entre nous aient droit à cette vie de bonheur et d'amour qu'il est légitime d'attendre d'un mariage, mais qu'on nous enseigne à ne pas souhaiter tant cela est improbable.*

*Je sais qu'envier est un péché, et convoiter aussi. Mais c'est plus fort que moi, je désire ce que d'autres ont. Je le désire pour moi-même et pour mes sœurs.*

*Dolby House, juin 1825*

Lettre ni signée ni envoyée.

Elle était en train de tomber amoureuse de son mari.

Elle s'en rendit compte avec ahurissement alors qu'il l'aidait à monter dans la voiture, puis s'asseyait à côté d'elle après avoir frappé deux fois sur le toit pour prévenir le cocher.

Elle était en train de tomber amoureuse de celui qui patinait, jouait aux charades, plaisantait et la regardait comme si elle était la seule femme sur terre. De la gentillesse qu'elle percevait sous la façade. Et cependant, elle n'était pas indifférente à l'autre personnage qui cohabitait en lui – le ténébreux, l'insensible. Comment pouvait-elle aimer les deux ? Elle l'ignorait.

Elle frissonna.

— Vous avez froid ? s'inquiéta-t-il, et il tira aussitôt la couverture sur elle.

— Oui, mentit-elle, s'efforçant de se rappeler que l'homme attentionné n'était qu'une facette de son mari.

*La facette qu'elle aimait.*

— Nous n'allons pas tarder à arriver, reprit-il.

Il se rapprocha, drapa le bras sur ses épaules.

— Vous avez passé un bon après-midi ? voulut-il savoir.

— Oui. Jouer aux charades avec mes sœurs est toujours amusant.

— Je les aime beaucoup toutes les deux. J'ai été heureux d'y participer.

— Je crois qu'elles sont heureuses de vous avoir pour beau-frère. Les maris de Victoria et Valérie sont moins…

Elle hésita.

— Moins beaux ?

Elle ne put s'empêcher de sourire.

— Oui, sans aucun doute, mais j'allais dire…

— Charmants ?

— Cela aussi, mais…

— Fascinants ?

— Parce que vous vous trouvez fascinant ? s'exclama-t-elle.

Il feignit d'être offensé.

— Vous ne l'aviez pas remarqué ?

Si, hélas, elle l'avait remarqué. Mais il n'était pas question de le lui dire.

— Non, mentit-elle. En revanche, je constate que vous êtes aussi infiniment plus modeste qu'eux.

— Ils doivent être vraiment pénibles, dit-il en riant.

— Je vois que vous connaissez vos limites.

Le silence retomba, et ce fut lui qui le brisa.

— J'ai d'autant plus aimé jouer aux charades que cela me donnait l'impression de faire partie de la famille.

La déclaration était si sincère et tellement inattendue que Pénélope en eut les larmes aux yeux. Elle cilla pour les chasser.

— Nous sommes mariés, lui rappela-t-elle.

Il chercha son regard dans la pénombre.

— Et cela suffit ? Un échange de serments devant le pasteur Compton et une famille est née ?

Comme elle ne répondait pas, il ajouta :

— J'aimerais bien que cela suffise en effet.

— Vous serez toujours le bienvenu à Dolby House et Needham Manor, milord, répliqua-t-elle d'un ton volontairement léger. Et mes sœurs seront contentes de vous avoir comme frère... puisque vous êtes un ami de lord Tottenham, et...

— Et ?

— Et que vous pourrez peut-être empêcher Philippa de devenir lady Castleton.

Il soupira et appuya la tête contre le dossier de la banquette.

— Pénélope... ce n'est pas si facile.

Elle se raidit, puis se dégagea de son étreinte.

— Vous voulez dire que cela ne vous arrange pas.

— Non, en effet.

— Mais pourquoi diable avez-vous besoin qu'elles se marient si rapidement ? Vous avez déjà la preuve que Thomas est un enfant illégitime... Ah, je comprends ! En fait, vous ne l'avez pas.

Il ne détourna pas les yeux, mais garda le silence. Les questions se bousculaient dans la tête de Pénélope. Sur quelle preuve comptait-il ? Quel genre de marché avait-il passé ? Et avec qui ?

— C'est mon père qui possède cette preuve, lança-t-elle à tout hasard. Et vous l'achetez en mariant mes sœurs.

— Pénélope...

Elle recula contre la portière, le plus loin possible de lui.

— Vous le niez ?

— Non.

— Et voilà, déclara-t-elle, accablée. Mon père et mon mari conspirent pour nous caser, mes sœurs et moi. Rien ne change. C'est donc le choix auquel je me trouve confrontée ? Le bonheur de mes sœurs ou la réputation de mon ami ?

— Au début, c'est vrai, le choix existait, admit-il. Mais maintenant… je ne permettrais pas que vos sœurs soient malheureuses, Pénélope.

— Pardonnez-moi si je ne vous crois pas, milord.

— Je veux les voir heureuses, martela-t-il. Je veux que vous soyez heureuse.

La rendre heureuse était en son pouvoir, elle n'en doutait pas. Déterminé comme il l'était, s'il décidait de lui offrir une vie de bonheur, il y parviendrait. Mais le bonheur d'autrui ne faisait pas partie du programme.

— Vous préférez vous venger, dit-elle, amère.

— Je veux les deux. Je veux tout. Vous rendre heureuses, vos sœurs et vous-même, et me venger.

Elle se détourna.

— Oh ! Michael, qui vous a dit que vous pouviez tout avoir ?

Ils n'échangèrent plus un mot jusqu'à ce que la voiture s'immobilise. Michael en descendit et tendit la main à Pénélope. En le voyant ainsi, la main tendue, elle se rappela cette nuit à Falconwell, lorsqu'il lui avait offert sa main, son nom, l'aventure, et qu'elle avait accepté le tout, croyant avoir affaire au compagnon de son enfance.

Il ne l'était plus depuis longtemps.

Et, Dieu lui vienne en aide, elle était tombée amoureuse de l'homme qu'il était devenu.

Ignorant la main de Michael, elle descendit de voiture et gravit le perron. Il lui emboîta le pas, pénétra à sa suite dans le vestibule. Sans prendre la peine d'ôter sa cape, elle se dirigea vers l'escalier.

— Pénélope, appela-t-il.

Fermant les yeux, elle continua à monter les marches.

Il la suivit jusque dans sa chambre et, sachant qu'il trouverait le moyen d'y entrer même si elle s'y enfermait, elle laissa la porte ouverte. Il la repoussa derrière lui tandis qu'elle se débarrassait de ses gants.

— Pénélope, reprit-il d'un ton ferme qui réclamait l'obéissance.

Cela tombait mal, car elle en avait fini avec l'obéissance.

— Regardez-moi, s'il vous plaît.

Elle ne bougea pas. Ne répondit pas.

— Pénélope…

Du coin de l'œil, elle le vit fourrager dans ses cheveux.

— Durant une décennie, je n'ai pensé qu'à me venger, continua-t-il. Cela m'a nourri.

Elle ne se retourna pas. Elle avait une envie folle de lui hurler qu'il n'y avait pas que la vengeance dans la vie.

Mais elle savait qu'il ne l'entendrait pas.

— Vous avez eu tort, lâcha-t-elle en s'approchant de sa table de toilette. Cette obsession vous a empoisonné.

— C'est possible.

Elle versa de l'eau dans la cuvette, y trempa les mains.

— Vous savez bien que vous ne vous arrêterez pas là. Lorsque vous aurez obtenu votre précieuse vengeance, il y aura autre chose. Falconwell, Langford, Thomas… et quoi d'autre ensuite ?

— La vie. Enfin, dit-il simplement. La vie sans le spectre de cet homme et de ce qu'il m'a infligé… La vie avec vous, acheva-t-il, soudain tout proche.

Elle sortit les mains de l'eau, pivota face à lui. Il avait prononcé les mots qu'elle attendait désespérément depuis le début de leur mariage – peut-être même avant. Peut-être les attendait-elle déjà lorsqu'elle lui écrivait des lettres qu'elle ne lui envoyait pas. Mais elle avait beau avoir rêvé de les entendre, elle découvrit qu'elle ne le croyait pas.

Et c'était la foi – et non la vérité – qui comptait, lui avait-il appris.

— Vous vous trompez, dit-elle. Vous ne changerez pas. Vous resterez empêtré dans la rancœur, le ressentiment… Vous serez malheureux, Michael. Et je serai malheureuse avec vous.

— Qu'en savez-vous ? Vous qui avez vécu une existence protégée, entourée d'une famille aimante, vous ignorez ce que sont la colère, la déception, l'anéantissement. Vous ne savez pas ce qu'on éprouve quand on vous arrache votre vie et que vous ne désirez plus qu'une chose, châtier celui qui vous a fait cela.

Les mots résonnèrent dans la pièce, puis Pénélope contre-attaqua :

— Vous n'êtes qu'un égoïste ! Vous croyez que je ne sais pas ce qu'est la déception ? Vous croyez que je n'ai pas été déçue quand j'ai vu tout le monde autour de moi – mes amies, mes sœurs – se marier ? Vous croyez que je n'ai pas été anéantie quand j'ai découvert que l'homme que je devais épouser était amoureux d'une autre ? Vous croyez que je n'étais pas en colère lorsque je me réveillais dans la demeure de mon père en sachant que je n'aurais sans doute jamais de maison à moi ? Vous croyez que c'est facile de passer de l'autorité d'un homme à celle d'un autre – père, fiancé, et à présent *mari* ?

Elle avançait sur lui, et le faisait battre en retraite vers la porte, trop furieuse pour apprécier sa reddition.

— Dois-je vous rappeler que je n'ai jamais choisi la direction que prenait ma vie ? Que je n'ai cessé d'être au service des autres ?

— C'est votre faute, Pénélope. Pas la nôtre. Vous auriez pu refuser. Personne ne menaçait votre vie.

— Bien sûr que si ! Mon bien-être, ma sécurité, mon avenir dépendaient de ma docilité. Si je n'épousais pas Leighton, ou Thomas, ou vous, que serais-je devenue à la mort de mon père ?

Il s'approcha d'elle et la prit par les épaules.

— Sauf que vous n'avez pas agi par instinct de conservation. Mais mue par les remords et le sens des responsabilités, le désir de donner à vos sœurs la vie que vous ne pouviez avoir.

— Je ne m'excuserai pas d'avoir fait ce qui était bien pour elles. Tout le monde n'est pas comme vous, Michael, gâté, égoïste, et…

Elle s'interrompit.

— Ne vous arrêtez pas, chérie, fit-il en la lâchant pour croiser les bras sur la poitrine. Vous en veniez au meilleur.

Comme elle se taisait, il reprit :

— Lâche. Que cela vous plaise ou non, c'est vous qui avez fait vos choix, Sixpence, et personne d'autre.

Elle trouva insupportable qu'il utilise son surnom en cet instant.

— Vous vous trompez, rétorqua-t-elle. Vous pensez que j'aurais choisi Leighton ? Vous pensez que j'aurais choisi Thomas ? Vous pensez que j'aurais choisi…

Elle se tut de nouveau. Elle avait désespérément envie d'achever la phrase, de dire *vous*. De le blesser. De le punir de se rendre impossible à aimer.

— Allez-y, dites-le.

— Non.

— Pourquoi ? C'est vrai. Si j'étais le dernier homme vivant sur terre, vous ne me choisiriez pas. Je suis le méchant de l'histoire, celui qui vous a arrachée à votre douillette vie provinciale. L'horrible individu qui ne pense qu'à se venger et ne vous mérite pas.

— C'est vous qui le dites. Pas moi.

Sauf qu'il avait tort. De tous les partis qu'on lui avait proposés, il était le seul qu'elle avait vraiment désiré.

Il recula d'un pas et éclata d'un rire amer.

— Vous avez appris à vous battre, n'est-ce pas ? Vous n'êtes plus la pauvre Pénélope.

Redressant les épaules, elle inspira profondément et répliqua :

— Non, en effet, je ne suis plus la pauvre Pénélope.

— C'est donc ainsi ? dit-il, et pour la première fois, elle lut de la résignation dans son regard.

Elle hocha la tête à contrecœur.

— C'est ainsi, confirma-t-elle. Si vous tenez à vous venger, ce sera sans moi.

Elle avait beau savoir qu'il ne céderait pas, le coup n'en fut pas moins violent lorsqu'il répondit.

— Eh bien, tant pis.

# 17

*Cher M.*

*J'étais au théâtre hier soir quand j'ai entendu des dames de la bonne société parler d'une nouvelle maison de jeu et de ses scandaleux propriétaires. Je l'avoue, je n'ai pas pu ne pas tendre l'oreille lorsqu'elles ont mentionné votre nom. C'est tellement bizarre de vous entendre évoquer sous le nom de Bourne – un nom que j'associe toujours à votre père quand bien même c'est le vôtre depuis une décennie.*

*Une décennie. Dix ans depuis que je vous ai vu, que je vous ai parlé pour la dernière fois. Dix ans depuis que tout a basculé. Dix ans, et vous me manquez toujours.*

*Dolby House, mai 1826*

Lettre ni signée ni envoyée.

Une semaine plus tard, Michael montait le perron de Dolby House, en réponse à une convocation reçue le matin même alors qu'il luttait pour ne pas se ruer dans la chambre de sa femme afin de lui prouver une bonne fois pour toute qu'elle lui appartenait.

La situation était devenue intolérable. Depuis six jours, il tendait tous les soirs l'oreille, écoutait les servantes remplir la baignoire dans la chambre voisine et bavarder avec Pénélope. Lorsqu'elle glissait dans l'eau, le clapotis lui mettait les nerfs à vif.

C'était une torture, mais il considérait qu'il la méritait amplement.

La nuit passée avait été la pire ; sa servante et elle riaient gaiement, et il était resté longtemps la main sur la poignée de la porte, attendant quelque miracle. Il s'était finalement détourné, pour découvrir Worth sur le seuil de sa chambre.

— On ne frappe plus ? avait-il demandé, à la fois gêné et irrité.

— Il est si rare que vous soyez ici à cette heure que je n'ai pas jugé cela nécessaire.

— Eh bien, ce soir, je suis là.

— Et vous êtes aussi un bel idiot, déclara la gouvernante qui n'était pas femme à mâcher ses mots.

— Je devrais vous renvoyer pour votre insolence.

— Vous ne le ferez pas, parce que vous savez que j'ai raison. Quel est votre problème, Bourne ? Il est évident que vous tenez à cette femme, et il est tout aussi évident qu'elle tient à vous.

— Cela n'a rien d'évident.

— Vous avez raison, dit la gouvernante en déposant des serviettes à côté de la table de toilette. Que vous passiez tous deux autant de temps de chaque côté de la même porte, à écouter ce que fait l'autre n'a rien de très normal.

Michael sursauta.

— Est-ce qu'elle…

— J'imagine que vous ne le saurez pas, coupa Worth avec un haussement d'épaules. Bon sang, Bourne ! Vous qui avez passé tant de temps à protéger les autres, qui vous protégera de vous-même ?

Il se détourna.

— Laissez-moi, à présent.

La nuit passée, il avait tendu l'oreille en espérant entendre Pénélope approcher de la porte. Si cela était le cas, s'était-il juré, il ouvrirait et il réglerait la question. Mais la lumière s'était éteinte, et c'est un bruissement de draps qu'il avait perçu. Déçu, il était allé passer la nuit à *L'ange* où des dizaines de milliers de livres avaient été jouées et perdues sous ses yeux, lui rappelant combien le désir pouvait être puissant, et les hommes faibles. Lui rappelant ce qu'il avait conquis.

Et ce qu'il avait perdu.

Gardant chapeau et manteau, Bourne suivit un valet dans le labyrinthe qu'était Dolby House – l'un des rares domaines situés dans Londres qui n'avaient pas été divisé en immeubles et hôtels particuliers –, puis sur une galerie extérieure qui menait dans le parc enneigé.

Une détonation rompit le silence, et Michael fit signe au valet qu'il allait poursuivre seul. Il se dirigea vers le fleuve.

Une bourrasque lui fit ralentir le pas et il baissa la tête pour s'en protéger. Un deuxième coup de fusil retentit derrière une petite éminence. L'angoisse le saisit. Il n'avait pas prévu de se faire tirer dessus par le marquis de Needham et Dolby. Du moins, pas accidentellement.

Il s'arrêta, mit les mains en porte-voix et cria :

— Needham !

— Hourrah ! hurla une voix.

Une cacophonie d'aboiements lui fit écho. Prenant cela pour un encouragement, Bourne gravit l'éminence. Arrivé en haut, il regarda la vaste étendue neigeuse qui descendait jusqu'à la Tamise. Planté au beau milieu, Needham, la main en visière, se protégeait les yeux de la lumière matinale. Michael descendit à sa rencontre.

— Je n'étais pas sûr que vous viendriez ! cria le marquis.

— Il me semble que se rendre aux convocations de son beau-père est une obligation.

— Surtout quand le beau-père en question détient quelque chose que l'on désire ardemment, s'esclaffa Needham.

Les deux hommes se serrèrent la main.

— Il fait sacrément froid, commenta Michael. Que faites-vous dehors ?

L'ignorant, le marquis pivota en criant :

— Ha !

Les chiens s'élancèrent vers des buissons trente mètres plus loin et un faisan s'envola. Needham épaula et tira.

— Tudieu ! Raté !

Un choc, assurément.

— Merci d'avoir laissé mes filles à l'écart de vos affaires sordides, reprit Needham en se mettant en marche. Castleton a demandé la main de Philippa.

— Je l'ai appris. J'avoue que je suis surpris que vous ayez accepté.

Un chien aboya, et Needham se retourna.

— Allons, Brutus ! Nous n'avons pas fini ! s'exclama le marquis. Décidément, ce chien ne vaut rien à la chasse. Castleton n'est pas bien malin, enchaîna-t-il, mais c'est un comte, et ma femme est ravie.

Les chiens levèrent un autre faisan, Needham tira et rata de nouveau sa cible.

— Philippa est trop intelligente pour son bien, jeta-t-il.

— Philippa est trop intelligente pour vivre avec Castleton.

Michael savait qu'il n'aurait pas dû dire cela. Peu importait qui la jeune fille épousait, du moment que cela lui offrait le moyen de se venger. Mais il ne pouvait s'empêcher de penser à Pénélope et au chagrin que lui causerait ce mariage. Et il la voulait heureuse.

Voilà qu'il s'attendrissait !

— Ma fille a accepté, dit Needham. Je ne peux pas m'y opposer maintenant. Du moins pas sans une bonne raison.

— Et le fait que Castleton n'a quasiment pas de cervelle ?

— Cela ne suffit pas. Il n'est pas le seul, vous le savez bien.

— Que ferez-vous si je vous trouve une bonne raison ?

Dans les dossiers de *L'ange*, il y avait sûrement de quoi annuler les fiançailles.

Needham lui jeta un coup d'œil.

— Vous oubliez, il me semble, que même des fiançailles rompues pour de bonnes raisons sont punies sévèrement par la bonne société. J'en sais quelque chose.

— Accordez-moi quelques jours, insista Michael. Je trouverai quelque chose.

Il lui paraissait soudain primordial de libérer Philippa de cet engagement.

Needham secoua la tête.

— Je dois accepter les propositions qui me sont faites ou je risque de me retrouver avec une autre Pénélope sur les bras.

La phrase hérissa Bourne.

— Pénélope est marquise.

— Elle ne le serait pas si vous n'aviez pas voulu reprendre Falconwell. Pourquoi croyez-vous que j'ai attaché cette terre à sa main ? C'était ma dernière chance.

— Votre dernière chance de quoi ?

— Je n'ai pas de fils, Bourne. Quand je mourrai, dit-il en se tournant vers Dolby House, cette maison et le manoir du Surrey reviendront à un cousin idiot qui s'en moque complètement. Pénélope est une bonne fille, docile. Je lui ai fait comprendre qu'elle devait se marier pour le bien de ses sœurs. Elle sait quel est son devoir. Elle savait aussi que Falconwell irait à ses enfants et avec lui un peu de l'histoire de nos terres.

Michael vit soudain une file de petites filles aux cheveux blonds.

Ce n'était pas un souvenir, mais un rêve.

*Les enfants de Pénélope.*

*Leurs enfants.*

L'idée le troubla. Il n'avait jamais pensé à avoir des enfants. Jamais imaginé en vouloir.

— Vous vouliez transmettre le passé à ceux qui feront l'avenir.

— Vous pouvez comprendre cela, je parie, dit Needham.

Bourne s'étonna de ne pas y avoir songé plus tôt. Il avait été tellement obsédé par le désir de récupérer Falconwell qu'il ne s'était pas demandé ce qu'il en ferait. Dans son esprit, après Falconwell, il n'y avait rien d'autre que la vengeance.

Ce n'était plus le cas. Désormais, il y avait quelque chose au-delà de Falconwell.

Quelque chose que la vengeance détruirait.

Il chassa cette pensée.

— J'avoue que lorsque Langford a mis Falconwell sur la table, j'ai accepté parce que je savais que vous tenteriez de le reprendre. Et quand j'ai gagné, j'ai été enchanté.

— Pourquoi ?

Needham haussa une épaule.

— J'ai toujours pensé qu'elle épouserait soit Thomas Alles, soit vous. J'espérais que ce serait vous – non pas parce que Thomas est un enfant illégitime, bien que cela ait son importance. Je vous ai toujours apprécié, mon garçon. Je croyais que vous reviendriez de l'université, prêt à prendre le titre, les terres et la fille. Quand Langford vous a ruiné, et que j'ai dû me rabattre sur Leighton, je n'étais pas heureux, je vous le garantis.

L'égoïsme de cette déclaration aurait amusé Michael s'il n'avait été aussi stupéfait d'apprendre que Needham l'avait toujours voulu pour gendre.

— Pourquoi moi ?

Needham laissa son regard errer sur la Tamise.

— C'est vous qui vous souciiez le plus de la terre.

C'était vrai. Il aimait la terre et les gens qui y vivaient, au point qu'après avoir perdu Falconwell il n'avait pas eu le courage de leur faire face. De faire face à Pénélope. Et maintenant, il était trop tard pour réparer ces erreurs.

— Cela, reprit Needham, et le fait que c'était vous qu'elle préférait.

Un flot de joie le submergea. Elle le préférait. Jusqu'à ce qu'il l'abandonne. Et qu'elle cesse d'avoir confiance en lui. Ce en quoi elle avait raison, bien sûr.

Elle était le sacrifice qu'il avait prévu de faire dès le début. À l'époque, ce n'était pas vraiment un sacrifice ; à présent, en revanche…

— Cela n'a plus d'importance désormais, continua Needham. Vous vous êtes bien débrouillé. Le journal du matin vantait votre mariage… J'avoue que je suis surpris ; vous n'avez pas ménagé vos efforts – manger des châtaignes, valser sur la glace, passer l'après-midi avec mes filles. Bravo. West a l'air d'y croire. Le journal jure que votre mariage est un mariage d'amour. Castleton n'aurait pas fait sa demande si notre nom avait été souillé par un mariage scandaleux.

Michael ouvrait la bouche pour lui faire remarquer que c'était à lui de s'opposer à ce mariage, que Philippa serait plus heureuse avec n'importe qui d'autre, lorsque Needham ajouta :

— En tout cas, vous les avez bien roulés. La vengeance vous appartient donc, comme convenu.

*La vengeance vous appartient.* Les mots qu'il attendait depuis une décennie.

— Le document promis est à la maison.

— Vous ne voulez pas attendre qu'Olivia aussi soit fiancée ? demanda Michael sans réfléchir.

Needham braqua son fusil sur la haie qui longeait la rivière.

— Tottenham l'a invitée à monter à cheval aujourd'hui. Ce garçon sera Premier ministre un jour ; l'avenir d'Olivia s'annonce brillant.

Il tira, puis regarda Michael.

— Vous avez fait ce qu'il fallait pour mes filles. Vous avez tenu votre promesse, je tiens la mienne.

Non, il n'avait pas fait ce qu'il fallait pour les filles de Needham. Philippa allait épouser un imbécile, et Pénélope – Pénélope avait épousé un salaud. Il enfonça les mains dans les poches pour les protéger du froid.

— Pourquoi me donner ce document ?

— J'ai cinq filles et, bien qu'elles me rendent fou, je voudrais être sûr qu'à ma mort, leurs maris prendront soin d'elles comme je l'ai fait.

Needham rebroussa chemin en direction de la maison.

— En vous dépouillant, Langford a trahi la mission que lui avait confiée votre père. Il mérite tout ce que vous comptez lui infliger.

Michael aurait dû triompher. Éprouver une immense joie.

Au lieu de quoi, il se sentait vide. Une seule pensée le hantait.

Elle allait le haïr.

Mais pas autant qu'il se haïrait lui-même.

*Billard, ce soir.*
*Une voiture viendra vous chercher à 23 h 30.*

*Éloa*

Le petit carton blanc, orné d'un ange au corps de femme, arriva juste après le déjeuner et fut remis par Worth avec un sourire entendu. Les mains tremblantes, Pénélope déchira l'enveloppe.

Les joues roses d'excitation, elle leva les yeux et demanda à la gouvernante :

— Où est mon mari ?

— Il est sorti ce matin, milady.

— Et d'où vient ce carton ?

— On l'a déposé il y a cinq minutes.

Pénélope hocha la tête, et réfléchit. Elle n'avait pas revu Michael depuis qu'ils s'étaient querellés.

L'invitation venait-elle de lui ?

Peut-être. Peut-être avait-il finalement décidé de renoncer à sa vengeance pour elle, sa femme, songea-t-elle, le souffle court.

Ou peut-être pas.

Dans un cas comme dans l'autre, cette invitation était trop tentante pour qu'elle songe à y résister – elle voulait cette aventure, cette partie de billard, cette soirée à *L'ange*. Et, pour être honnête, elle voulait revoir son mari. Et tant pis si c'était idiot !

Elle attendit l'heure du rendez-vous avec une impatience mal dissimulée, s'habilla avec soin, optant pour une robe en soie saumon qui n'était pas du tout de saison, mais dont la couleur lui flattait le teint.

Ce fut Mme Worth qui vint la prévenir que la voiture l'attendait devant l'entrée de service.

— Vous aurez besoin de cela, dit-elle en lui tendant un masque de soie noir orné de rubans écarlates.

— Vraiment ?

— Vous profiterez mieux de la soirée si vous n'avez pas à craindre d'être reconnue.

— Merci, murmura Pénélope.

— Tout le plaisir est pour moi, répondit Mme Worth avec un sourire.

Elle regarda Pénélope ajuster le masque sur son visage.

— Puis-je vous dire, milady, combien je suis heureuse qu'il vous ait choisie ?

Ce n'était pas du tout le genre de choses qu'était censée dire une gouvernante, mais Worth n'était pas une gouvernante ordinaire.

— Je ne suis pas sûre qu'il soit d'accord avec vous, avoua Pénélope avec un sourire.

— Selon moi, cc n'est qu'une question de temps, assura Worth.

Le cœur dans la gorge, Pénélope se hâta de monter dans l'attelage avant de changer d'avis.

La voiture ne la déposa pas devant l'entrée principale de *L'ange*, mais devant une petite porte donnant sur la ruelle à l'arrière du bâtiment.

Le cocher frappa et s'effaça. Un judas s'ouvrit dans le battant et deux yeux noirs apparurent.

— Je… j'ai reçu une invitation, dit Pénélope d'une petite voix. Pour le billard.

Une pause, puis le judas se referma.

Les choses ne se passaient pas comme prévu, apparemment.

Elle frappa de nouveau, le judas se rouvrit.

— Mon mari…

Le judas se referma.

— … est votre employeur, dit-elle à la porte close.

Pénélope jeta un coup d'œil au cocher, qui venait de remonter sur son siège. Voyant son embarras, il expliqua :

— D'habitude, les gens donnent un mot de passe, milady.

Bien sûr. La signature étrange sur l'invitation.

Un mot de passe ! On se serait cru dans un roman gothique. Elle frappa de nouveau.

Le judas se rouvrit, et Pénélope sourit.

— J'ai le mot de passe ! annonça-t-elle triomphalement.

Les yeux ne cillèrent même pas.

— Éloa, chuchota-t-elle.

Le judas se referma.

Elle attendit un instant, puis retourna à la voiture et jeta un regard perplexe au cocher qui haussa les épaules.

Elle s'apprêtait à renoncer lorsqu'elle entendit le déclic d'une serrure… et la porte massive s'ouvrit.

L'homme qui l'accueillit était immense, brun de peau et de cheveux. Il portait des culottes, des bas, une chemise d'une couleur indéterminée et pas de veste. Une tenue inappropriée, ne put-elle s'empêcher de penser, avant de se rappeler qu'elle n'était encore jamais entrée dans une maison de jeu par une porte dérobée requérant un mot de passe et qu'elle était donc mal placée pour en juger.

Elle agita le carton qu'elle avait reçu.

— Vous voulez voir l'invitation ?

— Non, dit-il en s'effaçant.

— Ah, fit-elle, déçue.

Elle pénétra dans un petit vestibule. L'homme referma la porte et, sans se soucier d'elle, s'assit sur un tabouret, prit un livre sur une étagère toute proche et se plongea dans sa lecture.

Pénélope attendit sans mot dire, ne sachant que faire. Au bout d'un moment, elle se racla la gorge.

— S'il vous plaît ?

— Oui ? fit-il sans quitter son livre des yeux.

— Je suis lady…

— Pas de noms.

— Pardon ?

— De ce côté-ci, pas de noms, dit-il en tournant une page.

— Je…

Elle se tut. *De ce côté-ci.*

— Très bien, mais je…

— Pas de noms.

Elle le fixa un instant, perplexe, puis s'emporta :

— Vous pourriez au moins me dire si je dois rester là toute la nuit ? Si j'avais su, j'aurais apporté un livre, moi aussi.

Il la regarda enfin, et elle nota avec plaisir qu'il semblait quelque peu décontenancé. Il indiqua du doigt une porte qu'elle n'avait pas remarquée dans la pénombre.

— C'est là que se trouve la salle de billard ? s'enquit-elle.

Il la regarda avec attention, puis répondit :

— Entre autres.

Elle sourit.

— Parfait, j'aimerais connaître votre nom afin de vous remercier comme il faut, monsieur, mais…

— Pas de noms, dit-il en revenant à son livre.

— C'est bien ce que je pensais.

Elle ouvrit la porte et découvrit, surprise, qu'elle donnait sur un couloir brillamment éclairé.

— Eh bien, merci quand même, lança-t-elle par-dessus son épaule avant de refermer le battant derrière elle.

Un rire féminin fusa depuis l'une des extrémités du long couloir aux murs tapissés de soie lie-de-vin, et Pénélope prit d'instinct cette direction. Elle passa devant plusieurs portes avant d'en trouver une d'ouverte. Elle se risqua dans la pièce, qui était vide à l'exception d'une longue table recouverte d'un tapis vert. Des chiffres et des mots étaient inscrits sur sa longueur et sa largeur. Pénélope s'approcha et caressa du doigt le mot Chance.

— Vous avez découvert le jeu de hasard par excellence.

Elle fit volte-face, la main plaquée sur la gorge. Un demi-sourire aux lèvres, M. Cross se tenait sur le seuil.

— Je… je suis désolée, balbutia-t-elle. Je ne savais pas où… Il n'y avait personne dans…

Elle s'interrompit. Le silence valait mieux que des propos décousus.

— Vous n'avez pas à vous excuser, dit-il en entrant. Vous êtes membre du club à présent, vous pouvez aller où vous voulez.

— Membre ? répéta-t-elle.

— C'est un club privé, milady. Ne peuvent entrer que les membres.

— Je croyais n'être là que pour jouer au billard. Avec Michael ?

La question lui était venue naturellement.

— Avec moi, répondit Cross.

Elle se figea, sourcils froncés.

— L'invitation ne venait pas de lui ?

— Non.

Cross eut beau sourire, elle ne fut nullement rassurée.

— Il n'est pas là ? risqua-t-elle.

— Il est ici, quelque part. Mais il ne sait pas que vous y êtes aussi.

Elle était affreusement déçue.

Il se moquait de passer la soirée avec elle. À peine cette pensée se fut-elle formée dans son esprit qu'une autre jaillit : il va être furieux.

— L'invitation venait de vous.

— Elle venait de *L'ange,* corrigea-t-il.

— C'est plus qu'une invitation, alors ?

— Vous connaissez le mot de passe. Ce qui fait de vous un membre du club.

Elle songea à la joie qu'elle avait éprouvée en recevant le petit carton. À l'émotion ressentie lors de sa première visite.

Elle avait cru que sa visite ce soir-là se ferait au bras de Michael.

À tort.

Eh bien, puisqu'il ne voulait pas d'elle, puisqu'il ne pouvait lui offrir le genre de mariage dont elle rêvait… elle se contenterait de l'aventure.

— Allons-y pour le billard, dans ce cas, dit-elle à Cross.

— La salle est de l'autre côté du couloir. Puis-je prendre votre cape ?

Le cœur de Pénélope s'emballa.

— Vous êtes ravissante, la complimenta-t-il en admirant la robe qu'elle avait choisie pour plaire à un autre homme – un homme qui ne la verrait pas, et qui, de toute façon, ne se souciait pas de son apparence.

Elle chassa cette triste pensée, et sourit comme Cross lui tendait un rose blanche.

— Bienvenue de *L'autre côté,* dit-il. Venez.

Il s'effaça pour la laisser passer. Elle s'apprêtait à ouvrir la porte du billard lorsque des voix se firent entendre. Elle pivota et découvrit un groupe de femmes portant un masque semblable au sien qui venaient dans leur direction.

Elles les saluèrent d'un signe de tête en arrivant à leur hauteur. L'une d'elles s'arrêta devant Cross.

— Cross, murmura-t-elle en s'inclinant de façon à lui offrir une vue plongeante sur son décolleté, j'ai entendu dire que vous étiez parfois seul le soir.

Pénélope en resta bouche bée.

— Pas ce soir, chérie.

La femme se tourna vers Pénélope.

— C'est votre première soirée ici ? s'enquit-elle, son regard s'attardant sur la rose qu'elle avait à la main. Vous pouvez vous joindre à nous si vous voulez.

Pénélope ouvrit de grands yeux.

— Non, merci... Mais je suis très flattée, ajouta-t-elle précipitamment.

Rejetant la tête en arrière, la femme éclata de rire. C'était la première fois que Pénélope voyait une femme à laquelle elle n'était pas apparentée rire sans retenue devant elle. Où diable avait-elle mis les pieds ?

— Dépêchez-vous, mon ange, reprit Cross à l'adresse de l'inconnue. Un combat intéressant vous attend en bas.

Le sourire se transforma en une moue parfaite, que Pénélope eut d'emblée envie d'imiter. Certaines femmes donnaient l'impression que flirter était tellement facile.

— Il paraît que Temple est en grande forme, fit-elle. C'est peut-être lui qui se sentira seul ce soir.

— Peut-être, dit Cross, l'air sceptique.

— Ou bien Bourne... ajouta-t-elle pensivement.

Pénélope tressaillit

*Sûrement pas Bourne.*

Le simple fait d'imaginer cette femme avec son mari lui donna envie de lui arracher son masque et de lui offrir un exemple très précis de ce que pouvait être une gifle. Pressentant le problème, Cross intervint :

— Bourne ne sera sûrement pas disponible ce soir, chérie. Dépêchez-vous, vous allez manquer le début du combat.

— J'y vais, dit la femme. On vous verra au Pandémonium ?

Cross inclina la tête.

— Je ne manquerai cela pour rien au monde.

— Qu'est-ce que le Pandémonium ? chuchota Pénélope tandis que la femme s'éloignait.

— Rien dont vous devriez vous soucier, assura Cross en ouvrant la porte de la salle de billard.

Elle eut envie d'insister. Si cette femme y allait, pourquoi pas elle ? Après tout, elle aussi portait un masque et s'apprêtait à prendre une leçon de billard avec un homme qui n'était pas son…

— Bon sang, te voilà enfin ! Tu as mis le temps. Et pourquoi diable jouons-nous de ce côté-ci ? Chase nous arrachera la tête si…

… mari. Penché sur la table, queue de billard en main, il était plus séduisant que jamais.

Et très, très en colère.

Il se redressa de toute sa hauteur.

— Pénélope ?

À quoi servait donc un masque ?

— Jouer de ce côté-ci est moins compromettant pour les dames, expliqua Cross, que la situation amusait visiblement.

Michael fit deux pas vers eux, les poings serrés, les yeux lançant des éclairs.

— Elle ne joue pas.

— Je ne crois pas que vous ayez votre mot à dire, j'ai une invitation, riposta Pénélope.

— Enlevez ce masque ridicule.

Cross ferma la porte. Pénélope ôta son masque, et cela lui parut aussi difficile que de se déshabiller devant tous les membres du Parlement.

— J'ai été invitée, Michael, rétorqua-t-elle, sur la défensive.

— Comment ? C'est Cross qui vous a offert une invitation en vous raccompagnant l'autre soir ? Que vous a-t-il proposé d'autre ?

— Bourne, gronda Cross d'un ton d'avertissement.

Pour se défendre, lui, ou pour la défendre, elle. Elle n'avait pas besoin qu'on la défende. Elle n'avait rien à se reprocher.

— Non, dit-elle d'une voix glaciale. Lord Bourne sait exactement où j'ai été et avec qui durant notre court et désastreux mariage.

Elle marcha sur Michael, l'indignation la rendant hardie.

— À la maison, et seule. Et non pas ici où la moitié des femmes de la capitale souhaitent visiblement avoir le mot de passe donnant accès à son lit.

Il écarquilla les yeux.

— J'aimerais que vous sortiez, Michael, ajouta-t-elle en jetant son masque et la rose sur la table. J'étais impatiente de prendre cette leçon de billard, et votre présence gâche mon plaisir.

# 18

*Cher M.*

*J'aimerais avoir le courage de me rendre à votre club en me présentant comme votre vieille amie, mais, bien sûr, je ne l'ai pas. C'est probablement mieux car j'ignore ce que j'ai le plus envie de faire : vous gifler ou vous serrer dans mes bras.*

*Dolby House, mars 1827*

Lettre ni signée ni envoyée.

Elle l'épuisait.

Sa douce et timide épouse avait laissé la place à une Amazone qui ne craignait pas de jouer à la roulette sous les yeux du Tout-Londres, qui multipliait les exigences, qui n'hésitait pas à prendre une leçon de billard avec l'un des hommes les plus puissants et les plus redoutés de la capitale.

Et qui, de surcroît, l'envoyait promener.

Le plus sage n'était-il pas de s'en aller et de faire comme s'ils n'étaient pas mariés ?

Ou de la ramener dans le Surrey. Ou, mieux encore, de l'envoyer dans le Nord assouvir loin de lui les appétits scandaleux qu'elle venait de se découvrir. Il avait récupéré Falconwell et obtenu l'instrument de sa vengeance, cela lui suffisait. Il était temps qu'il chasse cette jeune femme rebelle de sa vie.

Sauf qu'il n'en avait pas envie.

Ce qu'il voulait, c'était la hisser sur son épaule et l'emmener à la maison, dans sa chambre, sur son lit. Cela dit, un lit n'était pas indispensable. La table de billard ferait amplement l'affaire.

— Je n'irai nulle part tant que vous ne m'aurez pas dit ce qui vous amène ici, martela-t-il.

Il devait lutter pour ne pas crier, histoire de lui faire bien comprendre que cet endroit n'était pas pour elle.

Qu'elle s'y perdrait.

Cette pensée exacerba sa colère.

— Répondez-moi, Pénélope ! Que faites-vous ici ?

— Je vous l'ai dit. Je suis venue jouer au billard.

— Avec Cross.

— Eh bien, pour être franche, je pensais que ce serait avec vous.

— Et pourquoi cela ?

C'était absurde. Jamais il ne lui serait venu à l'idée d'inviter Pénélope dans une maison de jeu.

— L'invitation m'a été transmise par Mme Worth. Je pensais que c'était vous qui l'aviez envoyée.

— Pourquoi, diable, vous enverrais-je une invitation ?

— Je ne sais pas. Parce que vous souhaitiez faire amende honorable, mais ne vouliez pas l'admettre à haute voix, par exemple.

Cross laissa échapper un petit rire narquois, et Michael songea brièvement à l'étrangler. Plus tard, se dit-il. Pour le moment, il avait trop à faire avec son insupportable épouse.

— Eh bien, vous vous trompiez. Ne me dites pas que vous avez de nouveau pris un fiacre.

— Non, une voiture est venue me chercher.

Il afficha une expression effarée.

— La voiture de qui ?

— Je ne sais pas.

Il crut sincèrement devenir fou.

— Vous avez accepté de monter dans la voiture d'un inconnu et de vous faire déposer à la porte de service de la plus célèbre maison de jeu de Londres…

— Dont mon mari est propriétaire, précisa-t-elle comme si ce détail faisait la moindre différence.

— Mauvaise réponse, chérie, dit-il. Vous avez accepté de monter dans la voiture d'un inconnu.

— Je pensais que c'était vous qui l'aviez envoyée !

— Eh bien, non ! tonna-t-il.

— Eh bien, ce n'est pas ma faute !

Le silence retomba sur la réplique rageuse de Pénélope.

Mais il n'était pas question qu'il lui laisse le dernier mot.

— Comment, diable, avez-vous pu entrer ?

— Il y avait le mot de passe sur le carton d'invitation.

Il ne put dissimuler sa surprise, et il vit qu'elle jubilait.

Elle fit un pas vers lui, et il inspira profondément – pour se calmer, tenta-t-il de se convaincre, et non pour saisir son parfum délicat.

— Quelqu'un vous a vue entrer ?

— Personne en dehors du cocher et du portier.

La réponse n'apaisa pas les craintes de Michael.

— Vous ne devriez pas être ici.

— Je n'avais pas le choix.

— Vraiment ? Vous n'aviez d'autre choix que de quitter notre demeure en pleine nuit, de monter dans la voiture d'un inconnu et d'entrer dans cet établissement où je vous avais pourtant expressément demandé de ne pas mettre les pieds ?

Pénélope se raidit et son regard s'assombrit.

— Tout d'abord, ce n'est pas notre maison, mais la vôtre – bien que je ne comprenne pas pourquoi vous en possédez une vu le peu de temps que vous y passez. En tout cas, ce n'est pas la mienne.

— Bien sûr que si !

Que diable racontait-elle ?

— Non, s'entêta-t-elle. C'est à vous que les serviteurs obéissent. C'est à vous que le courrier est adressé, et vous ne me laissez même pas répondre aux invitations.

Il ouvrit la bouche pour répliquer, mais ne trouva rien à dire pour sa défense.

— Nous sommes censés être mariés, mais j'ignore complètement comment fonctionne cette maison. Comment vous vivez. Je ne sais même pas quel est votre pudding préféré !

Les mots se télescopaient tant elle était en colère.

— Je croyais que vous ne vouliez pas d'un mariage fondé sur le pudding, s'étonna-t-il.

— Je n'en veux pas. Enfin, je croyais que je n'en voulais pas. Mais puisque je ne sais quasiment rien de vous, je me contenterais du pudding !

— Le pudding aux figues, chérie, dit-il d'un ton moqueur. C'est mon préféré.

Elle étrécit les yeux.

— Je vous écraserais volontiers un pudding à la figue sur le nez.

Le ricanement de Cross rappela à Michael qu'ils avaient un public. Il jeta un coup d'œil à son associé.

— Dehors.

— Non, intervint Pénélope. Il m'a invitée, je veux qu'il reste.

— Je me vois mal dire non à une dame, Bourne, fit Cross.

Michael se promit d'étrangler cette grande perche de rouquin dès qu'il aurait cinq minutes. Et d'y prendre grand plaisir.

— Qu'est-ce qui t'a pris d'inviter ma femme à sortir de chez elle au milieu de la nuit ? aboya-t-il.

— Crois-moi, Bourne, je m'amuse tellement à la voir te faire tourner en bourrique que je regrette que ce ne soit pas moi qui ai pensé à l'inviter.

— Quoi ? s'écria Pénélope. Ce n'est pas vous ? Qui est-ce, alors ?

— Chase, devina Bourne.

Chase était incapable de rester à l'écart des affaires d'autrui.

— Qui est Chase ? s'enquit Pénélope.

Bourne ne répondant pas, Cross expliqua :

— C'est le fondateur de *L'ange*, milady. Il nous a proposé de nous associer pour développer le club.

— Mais pourquoi m'aurait-il invitée ?

— Excellente question ! s'exclama Bourne. Cross, tu as une idée ?

Ce dernier croisa les bras et s'adossa à la porte.

— Il a l'air de penser que nous devons quelque chose à cette dame.

Bourne arqua un sourcil mais ne dit mot.

— C'est impossible, assura Pénélope. Nous ne nous sommes jamais rencontrés.

Les yeux étrécis, Michael fixa Cross, lequel sourit.

— Chase a toujours un train d'avance sur nous. À votre place, j'accepterai simplement ce paiement.

— On me paie avec une leçon de billard ?

— Apparemment.

— Refuser serait grossier, fit-elle en souriant.

— À coup sûr, milady, s'esclaffa Cross, ce qui ne fit qu'irriter davantage Michael.

— Pour accepter des invitations de Chase ou de n'importe qui d'autre, il faudra qu'elle me passe sur le corps, gronda-t-il. Dehors !

Cross parut enfin comprendre qu'il ne plaisantait pas.

— Je serai de l'autre côté de la porte si vous avez besoin de moi, lança-t-il à Pénélope.

— Elle n'aura pas besoin de toi ! rugit Bourne.

*Je lui suffirai.*

Il n'eut pas à le dire, Cross était déjà sorti.

— J'en ai supporté beaucoup de la part des hommes ces dernières années, commença Pénélope d'une voix tendue. Des fiançailles avec un duc qui ne s'intéressait qu'à ma dot et à ma réputation, et une rupture dont les commères ont fait leurs choux gras, pendant que mon ex-fiancé épousait l'amour de sa vie et engendrait un héritier.

Elle reprit son souffle avant de poursuivre en comptant sur ses doigts :

— Durant les cinq années qui ont suivi, des hommes qui ne voyaient en moi qu'une dot conséquente m'ont courtisée. Que j'aie réussi à éviter ces mariages ne m'a servi à rien puisque je me retrouve piégée dans une union qui n'a rien à voir avec ma personne et tout avec les terres attachées à ma dot.

— Et qu'en est-il de Thomas, votre très cher amour ?

Les yeux de Pénélope lancèrent des éclairs.

— Il n'est pas mon très cher amour, et vous le savez. Il n'a même pas été mon fiancé.

Michael ne put cacher sa surprise.

— Vous n'avez pas été fiancés ?

— Non, je vous ai menti. Je vous ai raconté cela afin que vous renonciez à votre projet absurde de me compromettre pour rendre notre mariage inévitable.

— Cela ne m'a pas arrêté.

— En effet, et, du coup, je n'ai pas eu envie de vous avouer la vérité. Vous étiez comme les autres, reprit-elle après une pause, alors pourquoi me montrer honnête ? Au moins, les fiançailles avec Leighton convenaient à une facette de mon caractère – même si c'était la facette ennuyeuse et collet monté.

Michael tint sa langue. Il n'y avait rien d'ennuyeux ni de collet monté chez cette Pénélope furieuse qui se tenait dans cette salle de billard comme si elle lui appartenait. Elle était splendide et vibrante, et extrêmement désirable.

Elle insista.

— Comme vous ne vous souciez aucunement de ce que je souhaite, j'ai décidé de me passer de vous. Sachez-le : désormais, j'accepterai toutes les invitations que je recevrai.

*Pas sans moi.*

— Est-ce que vous vous rendez compte des risques que vous avez pris en venant ici ? gronda Michael en s'avançant vers elle. Vous auriez pu être agressée et laissée pour morte.

— Les gens sont rarement agressés et laissés pour morts dans le quartier de Mayfair, riposta-t-elle avec un petit rire qui donna à Michael l'envie de l'étrangler de ses propres mains. À moins que votre portier amateur de littérature ne soit un être violent, cet endroit me paraît plutôt sûr.

— D'où tenez-vous cela ? Vous ne savez même pas où vous êtes.

— Je sais que je suis de l'autre côté de *L'ange*. C'est ce qu'a dit le portier. C'est aussi ce qu'a dit Cross. Et vous-même l'avez dit.

— Quel mot de passe vous a-t-on donné ?

— Éloa.

Il tressaillit. Chase lui avait laissé carte blanche. Elle pouvait aller où elle voulait, assister à tous les événements. Sans chaperon.

Sans lui.

— Qu'est-ce que cela signifie ? demanda Pénélope, à qui son tressaillement n'avait pas échappé.

— Cela signifie que je vais devoir avoir une petite conversation avec Chase.

— Je voulais dire : que signifie Éloa ?

— C'est le nom de l'ange, expliqua-t-il.

— Je n'ai jamais entendu parler de cet ange. C'est un ange déchu ?

— Elle l'était, oui.

Il hésita une seconde à lui raconter toute l'histoire, mais ne put s'en empêcher.

— Lucifer l'a piégée.

— Comment ?

— Elle est tombée amoureuse de lui.

— Et lui, il l'aimait ?

*Comme un toxicomane aime sa drogue.*

— À sa façon.

Sceptique, elle secoua la tête.

— Comment Lucifer a-t-il pu la piéger ?

— Il ne lui a jamais dit son nom.

Pénélope se souvint de la consigne du portier.

— Pas de noms.

— Pas de ce côté-ci, en effet.

— Pourquoi ? Que se passe-t-il de ce côté-ci ? demanda-t-elle en s'adossant à la table de billard.

— Rien qui vous regarde.

— Vous ne pouvez pas me le cacher, Michael. Je suis membre du club, désormais.

C'était justement ce qu'il ne voulait pas. Il s'approcha d'elle.

— Vous ne le devriez pas.

— Et si je veux l'être ?

Il était si près, à présent, qu'il pouvait la toucher. Mais lorsqu'il tendit la main vers son visage, elle s'écarta et pivota face au billard, dont elle fit lentement le tour.

*Ne me touchez pas*.

Ses paroles résonnèrent dans son esprit, il n'insista pas.

— Michael, que se passe-t-il ici ?

— C'est le côté du club réservé aux dames.

— Il y en a aussi de l'autre côté.

— Là-bas, ce ne sont pas des dames. Ce sont des femmes qui arrivent avec des hommes… ou repartent avec eux.

— Des maîtresses, vous voulez dire ?

Les doigts de Pénélope trouvèrent une boule et se mirent à jouer avec, la faisant rouler d'avant en arrière.

Et soudain il eut envie de cette main sur lui.

— Oui, répondit-il.

— Et de ce côté-ci ?

Elle était en face de lui à présent, séparée de lui par le billard.

— De ce côté-ci, il y a des dames.

— De *vraies* dames ?

— Eh bien, je ne suis pas sûr que toutes méritent ce qualificatif, mais, oui, la plupart sont censées l'être.

— Combien ?

Elle était fascinée, et il ne pouvait le lui reprocher. L'idée que des femmes de l'aristocratie aient accès à la débauche et aux jeux de hasard quand l'envie les en prenait était à la fois ahurissante et scandaleuse.

— Pas beaucoup. Je dirais une centaine.

— *Une centaine ?* répéta-t-elle, sidérée.

Posant les paumes sur la table, elle se pencha en avant, et il ne put s'empêcher de fixer les globes pâles de ses seins qui s'élevaient et s'abaissaient rapidement au rythme de sa respiration. Son décolleté était fermé par un long ruban blanc qui ne demandait qu'à être dénoué.

— Comment cela peut-il rester secret ?

— Je vous l'ai dit, mon ange, nous faisons commerce des secrets.

Elle secoua la tête, admirative.

— C'est stupéfiant. Et elles viennent ici pour jouer ?

— Entre autres.

— Que font-elles d'autre ?

— La même chose que les hommes. Elles parient, elles assistent à des combats de boxe, elles boivent et mangent avec excès...

— Elles retrouvent aussi leurs amants ?

La question l'agaça, mais il ne voyait pas comment l'éluder.

— Parfois.

— Que c'est excitant.

— N'allez pas vous faire des idées.

— Au sujet d'un amant ?

— Au sujet de tout. Vous n'avez rien à faire ici, Pénélope. *L'ange déchu* n'est pas pour les femmes comme vous.

Elle le regarda longuement, puis contourna la table sans cesser de faire rouler la boule de billard.

— Les femmes comme vous, répéta-t-elle. Qu'est-ce que cela signifie exactement ?

Il y avait des quantités de réponses possibles, il se contenta de murmurer :

— Je ne veux pas que cette vie vous contamine.

— Pourquoi ? C'est la vôtre, après tout.

— C'est différent. Elle ne vous convient pas.

*Elle n'est pas assez bien pour vous.*

Elle s'arrêta au coin de la table et il vit dans son regard qu'il l'avait blessée. Tant pis. Mieux valait qu'elle souffre et reste à l'écart. Le mal serait moindre.

— Qu'est-ce qui ne va pas chez moi ? souffla-t-elle.

Il la fixa d'un air stupéfait. Jamais il ne lui serait venu à l'esprit qu'elle puisse penser que son interdiction était liée à quelque défaut de sa part.

Doux Jésus, il n'y avait rien d'anormal chez elle. Au contraire. Elle était parfaite. Trop parfaite pour cet endroit.

Trop parfaite pour lui.

— Pénélope.

Il fit un pas, s'arrêta. Que dire ? Avec toutes les autres femmes, il savait quoi dire. Avec elle, jamais.

Elle lâcha la boule de billard qui roula et en heurta une autre.

— Et si je n'étais pas Pénélope ? demanda-t-elle tout à trac, ses grands yeux bleus brillant à la lueur des chandelles. Et si on appliquait la règle de l'anonymat ? S'il n'y avait vraiment pas de nom ?

— S'il n'y avait vraiment pas de nom, vous seriez sérieusement en danger.

— Quel genre de danger ?

*Le genre qui s'achève avec la chute d'un ange.*

— Là n'est pas la question. Il y a des noms. Vous êtes ma femme.

— N'est-ce pas le comble de l'ironie, répliqua-t-elle avec un sourire narquois, que, derrière cette porte, les épouses d'une centaine des hommes parmi les plus puissants d'Angleterre fassent ce qu'elles veulent avec qui elles veulent, et que je n'arrive même pas à persuader mon mari de me montrer le club qu'il possède ? Pourquoi ne pas partager avec moi cette partie de votre existence ?

En cet instant, il n'y avait rien que Michael désirât davantage.

Mais, pour une fois dans sa vie, il ne se comporterait pas égoïstement.

— Parce que vous méritez mieux.

Il s'avança vers elle, la forçant à reculer.

— Vous méritez mieux qu'une salle de billard dans une maison de jeu, que jouer à la roulette avec des hommes qui pensent que vous êtes, au mieux, la maîtresse d'un des leurs. Vous méritez mieux qu'un endroit où une bagarre peut avoir lieu à tout moment, où l'on peut perdre sa fortune ou son innocence en l'espace d'un instant. Vous méritez de demeurer à l'écart de cet univers où l'on passe brutalement du plaisir à la ruine. Vous méritez mieux que moi, Pénélope. Je détruis tout ce que je touche, et je préférerais mourir que de vous détruire, acheva-t-il.

— Vous ne me détruirez pas. Vous en êtes incapable.

Ce fut plus fort que lui, il leva la main et lui caressa la joue.

— Vous ne voyez donc pas que c'est déjà fait, Sixpence ? Je vous ai compromise, épousée quasiment de force, et amenée ici.

— Mais non, voyons ! Je suis venue spontanément. J'ai fait ce choix.

— Sans moi, vous ne l'auriez pas fait. Et le pire, c'est que…

Il s'interrompit. Elle posa sa main sur la sienne, et la maintint contre sa joue.

— C'est quoi le pire, Michael ? murmura-t-elle.

Il ferma les yeux, luttant contre le chaos d'émotions qui le submergeait, auquel se mêlait un désir dévorant.

Appuyant le front contre celui de Pénélope, il répondit d'une voix rauque :

— Le pire, c'est que j'ai envie de vous garder ici.

Il s'écarta légèrement, et lut du désir dans les profondeurs marines du regard de Pénélope.

Elle posa les mains sur son torse, les y laissa un long moment avant de les faire glisser jusqu'à sa nuque, les y nouant en une caresse subtile qui lui arracha des frissons. Le temps parut s'arrêter tandis qu'il savourait sa proximité, sa chaleur, son parfum.

— Et vous me haïrez, ajouta-t-il dans un souffle, paupières closes. Vous méritez mieux.

*Tellement mieux que moi.*

— Michael, murmura-t-elle, personne n'est mieux pour moi que vous.

Elle se hissa sur la pointe des pieds et l'embrassa sur la bouche.

Ce fut un baiser parfait, les lèvres douces et fermes de Pénélope se pressant délicatement sur les siennes, les mordillant, les titillant jusqu'à ce qu'il s'ouvre à elle, et laisse sa langue l'explorer timidement. Le souffle coupé, il referma les bras autour de son corps souple et l'attira contre lui.

Lorsqu'elle s'écarta, ses lèvres étaient roses et gonflées.

— Je n'ai pas envie d'apprendre à jouer au billard, ce soir, chuchota-t-elle.

— Non ?

— Je préférerais apprendre à vous connaître vraiment.

Elle captura de nouveau sa bouche, et ses résistances s'effondrèrent d'un coup.

Tendant le bras derrière elle, il appuya sur un bouton dissimulé dans la paroi. Celle-ci coulissa, révélant un escalier dont les marches disparaissaient dans l'obscurité. Il tendit la main à Pénélope, paume vers le haut, lui laissant le choix de l'accompagner ou pas.

Elle posa sa main dans la sienne sans hésiter, et un flot de joie mêlée de désir le transperça. Il l'attira de nouveau dans ses bras pour l'embrasser avec ardeur avant de la guider vers l'escalier. Lorsque la paroi se referma derrière eux, les ténèbres les enveloppèrent.

— Michael ? murmura-t-elle.

Il se tourna vers elle, la prit par la taille et la déposa sur la première marche. Les lèvres de la jeune femme se retrouvant au même niveau que les siennes, il en profita pour lui voler un autre baiser. Avec un doux soupir, elle enfouit les doigts dans ses cheveux. Des visions de corps nus enlacés jaillirent dans l'esprit de Michael.

Grognant de désir, il s'écarta.

— Pas ici. Je veux vous voir.

Mais déjà elle reprenait sa bouche, se pressait contre lui.

N'y tenant plus, il la souleva dans ses bras et gravit l'escalier d'un pas déterminé.

# 19

*Cher M.*

*Aujourd'hui, j'ai vingt-six ans.*

*Vingt-six ans et toujours célibataire – vieillissant et me ratatinant d'heure en heure, malgré les exhortations de ma mère.*

*Huit saisons mondaines, et pas un seul parti convenable… piètre record pour la fille aînée de la maison Needham et Dolby. Ce matin, pendant le petit-déjeuner, j'ai vu dans leurs regards combien tous étaient déçus.*

*Mais, sachant quels choix m'ont été offerts, je ne peux me résoudre à les approuver.*

*Faut-il que je sois une mauvaise fille !*

*Needham Manor, août 1828*

Lettre ni signée ni envoyée.

L'escalier menait à l'appartement réservé aux associés. Michael déposa Pénélope dans l'entrée, referma la porte derrière eux et en poussa une autre.

Elle pensait qu'il allait l'emmener au lit – car il y en avait sûrement un dans cette maison où il passait tant de temps. Un lit où ils pourraient faire des tas de choses délicieuses avant que la dure réalité ne se charge de leur rappeler toutes les raisons qui condamnaient leur mariage à l'échec.

Elle s'immobilisa, médusée, en reconnaissant le grand vitrail qui surplombait la salle de jeu.

Il voulait qu'ils…

*Ici.*

Elle recula instinctivement.

— Où allez-vous ? s'enquit-il d'une voix rauque qui la fit frémir.

— On risque de nous découvrir.

— Personne ne nous dérangera.

— Comment le savez-vous ?

— Je le sais.

Elle le crut. Son pouls s'emballa tandis qu'il continuait d'avancer vers elle, l'acculant vers le vitrail.

Il allait la prendre là. Et ce serait magnifique.

Et soudain, à la nervosité, la gêne, l'inquiétude, succéda une ineffable excitation. Elle trouvait soudain délicieux d'être pourchassée par cet homme si beau, si élégant, et si déterminé.

Elle s'immobilisa. Et aussitôt, il fut sur elle. Lui soulevant le menton, il souda son regard au sien.

— À quoi pensez-vous ? demanda-t-il en lui caressant la joue du pouce.

— À la façon dont vous me regardez, souffla-t-elle, incapable de détourner les yeux. Elle me donne l'impression d'être…

Cherchant le mot juste, elle s'interrompit. Il inclina la tête pour déposer un baiser à la base de son cou, là où une petite veine palpitait follement.

— L'impression d'être quoi, mon ange ?

— D'être puissante.

Il sourit, fit courir ses doigts le long de son décolleté, lui arrachant des frissons de plaisir.

— Comment cela ?

Elle inspira profondément.

— Vous me désirez.

Les yeux noisette virèrent au brun.

— C'est vrai, admit-il d'une voix sourde.

— Cela me donne l'impression que je pourrais tout obtenir.

Il tira doucement sur le ruban qui fermait son corsage, insinua le doigt sous la soie et se mit à jouer, titiller, asticoter.

— Je vous donnerais tout ce que vous voulez. Tout ce que vous demanderez.

*Aimez-moi.*

Non, pas cela. Cela, il ne le lui donnerait pas, elle le savait.

Il entreprit de lui ôter ses gants, lentement, d'un geste si sensuel que plus jamais elle ne pourrait mettre ou ôter des gants sans y voir un acte sexuel.

Glissant la main dans son décolleté, il prit un sein en coupe et le sortit de sa robe. Elle poussa un petit cri qu'il étouffa d'un baiser.

— Je veux vous allonger dans la lumière de l'Ange et vous faire l'amour.

Il caressa du pouce la pointe dressée de son sein et lui mordilla le cou avant d'ajouter :

— Et je crois que vous en avez envie aussi.

Elle ne put s'empêcher d'acquiescer.

— Oui…

Il la fit alors pivoter face au vitrail et entreprit de déboutonner sa robe.

— Dites-moi ce que vous voyez, murmura-t-il, les lèvres pressées sur la courbe de son épaule.

— Il y a… des hommes… partout, murmura Pénélope en retenant son corsage sur ses seins.

Les lacets de son corset ne résistèrent pas longtemps aux doigts habiles de Michael qui la libéra prestement de sa prison. Elle laissa échapper un soupir de bien-être, et, chancelante, prit appui d'une main sur le vitrail.

Il lui lécha le lobe d'une oreille tout en glissant les mains sous sa camisole.

— Pauvre amour, chuchota-t-il, vous avez été négligée.

Oui, Dieu savait qu'elle l'avait été ! Sa peau appelait ses caresses, et ses lèvres ses baisers.

— Il n'y a que des hommes ? demanda-t-il, obligeant Pénélope à reporter son attention sur la salle de jeu.

Les mains de Michael se refermèrent sur ses seins, les soupesèrent, les palpèrent, et les pincèrent juste assez pour qu'une flèche de plaisir la transperce si violemment qu'elle en eut le souffle coupé.

— Répondez-moi, Pénélope.

Elle s'obligea à scruter la foule.

— Non. Il y a aussi des femmes.

— Que font-elles ?

Elle repéra une femme vêtue d'une jolie robe en soie bleu pervenche dont les cheveux rassemblés sur le sommet du crâne retombaient en boucles souples.

— Il y en a une qui est assise sur les genoux d'un gentleman.

Il se pressa contre elle en ondulant du bassin. Pénélope regretta que des épaisseurs de tissu les séparent.

— Quoi d'autre ?

— Elle a noué les bras autour du cou du gentleman en question.

Détachant du vitrail la main de Pénélope, il la posa sur son propre cou afin d'accéder plus aisément aux courbes alléchantes de son corps.

— Et ?

— Elle lui parle à l'oreille.

— Elle lui dit quelle carte jouer, sans doute.

Il la pinça de nouveau. Elle poussa un petit cri et tourna la tête vers lui, en quête d'un baiser.

— Michael…

— J'aime votre façon de dire mon nom. Vous êtes la seule personne à m'appeler Michael, dit-il avant de lui donner ce qu'elle demandait – un long baiser profond qui la fit se cambrer et presser ses seins contre ses paumes.

— Vous le détestiez, lui rappela-t-elle, haletante.

— Vous m'avez fait changer d'avis.

Il suça doucement la peau tendre de son cou.

— Dites-m'en plus sur cette femme.

Pénélope regarda de nouveau la salle. La femme se pencha en avant, offrant à son partenaire une vue imprenable sur son décolleté. Il sourit, déposa un baiser sur la clavicule avant de glisser la main sur sa cuisse. Un instant plus tard, elle disparaissait sous sa robe.

— Oh ! s'exclama Pénélope. Il la touche…

Les caresses de Michael se firent plus légères, presque aériennes.

— Il la touche où ?

— Sous ses…

Elle s'interrompit. La main de Michael descendait vers l'endroit où elle avait très envie de le sentir.

— … ses jupes, acheva-t-elle dans un soupir comme ses doigts s'insinuaient entre les replis de son sexe.

— Comme ceci ?

Du genou, Michael lui écarta les cuisses, tandis que le talon de sa paume la caressait doucement.

Elle laissa sa tête basculer sur son épaule musclée.

— Je l'espère pour elle.

Elle ferma les yeux, prisonnière des deux mains qui s'affairaient au même rythme, l'une sur son sein, l'autre entre ses cuisses. Elle soupira et se plaqua contre lui. Il répondit d'un mouvement des hanches si parfait qu'elle faillit crier.

— Encore un peu, chérie, et vous ne serez plus capable de les regarder.

— Je ne veux plus les regarder, Michael.

— Non ? fit-il, en lui mordant l'épaule.

— Non, c'est vous que je veux regarder.

Les doigts de Michael s'activèrent si délicieusement entre ses cuisses qu'elle ne put s'empêcher d'ajouter, suppliante :

— Je vous en prie.

— Eh bien, puisque vous le demandez si gentiment…

Il la fit pivoter face à lui, et riva les yeux sur le corsage qu'elle maintenait contre sa poitrine.

— Lâchez votre robe, Pénélope, ordonna-t-il.

— Et si…

— Personne ne peut vous voir.

— Mais…

— Vous n'imaginez quand même pas que je laisserais qui que ce soit poser les yeux sur vous, ma douce.

Le ton était si possessif qu'elle en éprouva un bonheur sans nom.

Elle le scruta, troublée par la supplication qu'elle lut dans ses yeux, puis lâcha sa robe, livrant son corps nu à son regard avide.

— Vous êtes si belle, souffla-t-il.

Il s'agenouilla pour la déchausser, la débarrassa de son sous-vêtement, ne lui laissant que ses bas. Puis il promena les mains sur ses jambes, s'attarda à l'endroit où la soie laissait la place à la peau pâle. Comme un hoquet de surprise lui échappait, il lui lécha la cuisse.

— J'ai un faible pour vos bas, mon ange. Lisses et soyeux, comme la partie la plus tendre de votre anatomie.

Elle rougit, refusant d'admettre que depuis leur nuit de noces elle aimait la caresse de la soie sur ses jambes, aimait s'imaginer que c'étaient ses mains à lui.

— Ils vous plaisent aussi, je vois, la taquina-t-il avant de poser de nouveau les lèvres sur sa cuisse.

— C'est vous qui me plaisez, murmura-t-elle en lui caressant les cheveux.

Il se redressa et l'embrassa avec ardeur.

— Vous êtes toute en courbes parfaites, et si douce, dit-il en lui caressant le dessous des seins.

Les paroles de Michael la rendaient aussi folle que ses caresses. Comme elle se cambrait vers lui, il la gratifia d'un baiser si voluptueux qu'elle en eut le souffle coupé. Lorsqu'il s'arracha à sa bouche, elle faillit protester. Mais en le voyant ôter ses vêtements, elle se ravisa, et se contenta de le dévorer des yeux. Dieu tout-puissant, il était parfait ! Tout en muscles saillants, hanches étroites, épaules larges et…

Non. Elle ne devait pas regarder cela.

La curiosité l'emporta.

Juste un bref regard.

*Oh, mon Dieu !*

En proie à un accès de pudeur, Pénélope tenta de cacher sa nudité.

— Nous ne pouvons pas… je n'étais pas… ce n'est pas ce à quoi je m'attendais.

Il eut un sourire de prédateur.

— Vous êtes nerveuse ?

Elle aurait dû nier, bien sûr, mais à quoi bon ?

— Un peu, admit-elle.

Il la souleva dans ses bras et alla s'asseoir dans un fauteuil, puis, la calant sur ses genoux, lui donna un long baiser fougueux qui la débarrassa de ses inquiétudes. Comme elle lui mordillait la lèvre, il s'écarta.

— Désolé… les coups de Temple ont tendance à marquer durablement.

Elle repoussa ses cheveux de son front, le scrutant à la recherche d'autres blessures.

— Vous n'auriez pas dû vous battre avec lui, murmura-t-elle en l'embrassant doucement près de sa plaie.

— C'était l'unique moyen d'oublier que je ne pouvais pas vous rejoindre dans votre lit. Vous me terrifiez, chuchota-t-il en lui caressant le bras.

— Comment est-ce possible ?

— Je ne peux pas me contenter de vous goûter, mon ange. Je dois me gorger de vous. Vous êtes irrésistible.

Il l'embrassa sur l'épaule.

— Vous incarnez toutes les tentations : le tintement des dés, le bruissement des cartes, le chant de la roulette. Je pourrais aisément devenir dépendant de vous.

— Et c'est ennuyeux ? s'enquit Pénélope dont le cœur battait à tout rompre.

Le rire grave de Michael se répercuta en elle.

— Pour moi, oui. C'est très, très ennuyeux. Et pour vous aussi. Vous m'avez demandé de ne plus vous toucher, et je veux respecter votre souhait.

Elle le lui avait demandé, certes, mais sans le vouloir vraiment.

Il était sa faiblesse.

— Michael, haleta-t-elle comme il lui pinçait doucement la pointe d'un sein.

Les yeux rivés aux siens, il la souleva comme si elle était aussi légère qu'une plume, l'incitant à s'asseoir sur lui à califourchon.

Elle n'hésita qu'une fraction de seconde avant de se plier à son désir. Il y avait de la fierté dans la voix de Michael lorsqu'il murmura :

— Ma beauté aventureuse…

C'était excessif, elle le savait. Elle était loin d'être une beauté. Mais ce soir-là elle se sentait belle et ne songea même pas à protester. Cette position nouvelle lui permettait de caresser Michael plus aisément, et elle ne s'en priva pas.

Avec un grondement de plaisir, il se pencha et souffla sur ses seins, qui durcirent presque douloureusement.

— Touchez-moi, murmura-t-elle.

Il ne se fit pas prier. Il la lécha, la téta, la suça, et elle crut mourir de plaisir, ses mains maintenant la tête de Michael de crainte qu'il ne l'abandonne.

Elle ondulait entre ses bras au rythme de ses coups de langue. Dieu du ciel ! Il dispensait le plaisir en maître, avec art et talent. Et elle n'avait qu'un désir, que cela ne finisse jamais.

Il s'écarta, la souleva tout en la plaquant contre lui avant de s'emparer de sa bouche. Déjà ses doigts s'affairaient dans ses cheveux et envoyaient voler les épingles.

Sa bouche descendit le long de son cou, sa langue caressa la peau délicate là où son pouls battait frénétiquement.

— *Michael*... soupira-t-elle, extatique.

Avec un sourire satisfait on ne peut plus masculin, il glissa la main entre leurs deux corps. Pénélope ne put s'empêcher de baisser les yeux sur cette main maraudeuse, et la fixa, fascinée. Retenant son souffle, elle la vit se mettre en mouvement, sentit une onde brûlante déferler entre ses cuisses.

Elle se tortilla sur les genoux de Michael, puis, timidement, laissa sa propre main glisser jusqu'à ce sexe dur dont elle était si curieuse.

— Pénélope... gronda-t-il.

— Montrez-moi ce qu'il faut faire... Apprenez-moi.

Les pupilles dilatées, il la guida de sa main libre, lui fit enrouler les doigts autour de sa virilité, et aller et venir lentement sur toute la longueur.

Comme il laissait échapper un long gémissement de plaisir, elle se pencha, déposa un baiser sur sa joue et avoua dans un murmure :

— C'est beaucoup plus intéressant que le billard.

Il lâcha un rire rauque.

— Je ne peux qu'être d'accord.

— Vous êtes si lisse, si dur.

Il ferma les yeux sous l'assaut du plaisir, et elle en ressentit de la fierté. Enhardie, elle se risqua à frotter du pouce l'extrémité de son sexe ; il sursauta.

— Refaites cela.

Elle s'exécuta volontiers, ce qui lui valut un long baiser reconnaissant. Elle continua son apprentissage sous la tutelle experte de Michael, explorant, caressant, exerçant une pression ici, s'attardant là.

— C'est bien ? hasarda-t-elle au bout d'un moment.

— C'est parfait. N'arrêtez pas.

Elle n'avait aucune envie d'arrêter !

Il finit pourtant par la repousser, non sans brusquerie.

— Je veux être en vous, lâcha-t-il sans détour.

Elle rougit, et il ne put s'empêcher de rire.

— Cela vous gêne, beauté, que j'aie envie d'être en vous ?

Elle secoua la tête.

— C'est davantage le fait que j'ai envie de vous avoir en moi qui me gêne. Les dames ne sont pas censées avoir ce genre de pensées.

— Je ne veux pas que vous taisiez vos pensées coquines, ma douce. Je veux les connaître toutes. Je veux qu'elles deviennent réalité.

Ses doigts continuaient de s'affairer habilement entre les cuisses de Pénélope.

— Où me voulez-vous ? demanda Michael. Ici ?

— Oui...

— Ou bien là ?

Un doigt s'introduisit en elle lui arrachant un long gémissement sensuel.

— Oui... Partout.

— Quelle femme avide j'ai épousée, souffla-t-il en introduisant un second doigt en elle. Là aussi ?

— *Oui*, articula-t-elle.

— J'aime vous caresser intimement, Pénélope, murmura-t-il. J'aime vous sentir chaude et moite, et prête à m'accueillir.

Elle perdait pied... elle allait se noyer.

— Et là, mon ange ? C'est agréable ?

Elle murmura des mots sans suite, se tortillant, ondulant du bassin.

— Michael...

— Attendez-moi, la supplia-t-il en lui écartant davantage les jambes.

Il se pressa contre elle en creusant les reins ; ses doigts laissèrent la place à son sexe érigé.

— Mon Dieu, Pénélope… vous êtes si brûlante… vous n'imaginez pas à quel point j'ai envie de vous, d'être en vous… Vous êtes mon nouveau vice, mon ange… plus dangereux que tous ceux auxquels je n'ai jamais succombé.

Il se nicha à l'orée de son sexe, luttant pour ne pas plonger en elle d'un seul coup de reins.

— Pénélope, souffla-t-il entre deux baisers, je suis profondément navré que vous vous soyez sentie déshonorée… Mon ange, sachez qu'il n'y a rien en vous que je ne trouve extrêmement précieux.

Les yeux emplis de larmes, elle ne put que chuchoter :

— Je le sais.

— Vraiment ? insista-t-il.

Elle hocha la tête et une larme roula sur sa joue.

— Je vous adore, dit-il en cueillant la larme solitaire du pouce. J'aimerais être l'homme que vous méritez.

Elle referma la main sur la sienne.

— Vous pouvez l'être.

Il ferma les yeux, prit sa bouche avec fièvre et la caressa de nouveau au creux des cuisses, là où le plaisir était le plus aigu, le plus intense. Il joua avec elle, la laissant chevaucher la vague et l'abandonnant juste avant la chute. Elle en gémit de frustration.

— Michael…

Il l'embrassa dans le cou.

— Bientôt, ma douce, bientôt…

Cette fois, lorsqu'elle atteignit la crête de la jouissance, il la pénétra d'un mouvement fluide, l'emplit toute, et continua d'aller et venir farouchement en elle lorsqu'elle bascula dans l'abîme en criant son nom.

Il la maintint contre lui durant une éternité, lui caressant le dos avec une infinie douceur. Et tandis qu'elle remontait lentement à la surface, elle sut que jamais elle ne cesserait de l'aimer.

Au-delà du plaisir sans nom qu'il venait de lui offrir – sans se soucier du sien – il y avait cette tendresse presque insupportable qu'il lui manifestait à présent.

Elle aimait cet homme.

Et il ne l'accepterait jamais.

Elle se raidit à cette pensée.

— Je vous ai fait mal ? demanda-t-il aussitôt d'une voix inquiète.

— Non.

Il tenta de se dégager.

— Pénélope, il vaut mieux que je me retire… Je ne veux pas vous faire mal.

— Michael, se contenta-t-elle de murmurer en se soulevant légèrement, avant de se laisser glisser sur lui.

Il rejeta la tête en arrière, les yeux mi-clos, les dents serrées, s'efforçant visiblement de garder le contrôle.

Elle répéta le mouvement et ordonna :

— Prenez-moi.

Enfin, il cessa de lutter et commença à se muer lentement en elle.

Exhalant un soupir, elle se cramponna à ses épaules tandis qu'il lui empoignait les hanches.

— Ma belle Pénélope… si chaude et si douce… Lorsque vous avez joui dans mes bras, j'ai cru défaillir de bonheur… Vous êtes belle dans l'extase… Je veux vous voir jouir encore… et encore… et encore…

Il ponctuait ses paroles de coups de reins de plus en plus puissants, ses mains fortes glissées sous les fesses de Pénélope l'aidant à se mouvoir en rythme.

— Michael, je…

Il s'enfouit si profondément en elle qu'elle ne put finir sa phrase. Le plaisir était de nouveau là, tel un précipice l'attirant inexorablement.

— Dites-moi, la pressa-t-il en ondulant de plus en plus vite, de plus en plus fort.

*Je vous aime.*

La jouissance les balaya tous les deux avant qu'elle ait pu ouvrir la bouche.

# 20

*Cher M.*

*Je suis d'humeur songeuse – six années se sont écoulées depuis ce que mon père appelle « la débâcle Leighton », et j'ai décliné trois demandes en mariage.*

*Ce qui n'empêche pas ma mère de me pousser de couturières en thés mondains, comme si elle pouvait effacer le passé avec quelques mètres de soie ou une gorgée de thé à la bergamote. Cela ne peut pas durer éternellement, n'est-ce pas ?*

*Pire encore, je continue à écrire des lettres à un spectre et à imaginer qu'un jour, des réponses arriveront par la poste.*

*Dolby House, novembre 1829*

Lettre ni signée ni envoyée.

— Purée de groseilles.

— Je vous demande pardon ? dit Pénélope, la tête reposant sur la poitrine de Michael.

— Toujours si polie, sourit-il en lui caressant le dos.

Craignant qu'elle n'ait froid, il se pencha sans la lâcher et attrapa sa redingote sur le sol. Elle se blottit contre lui comme il la drapait sur eux, et il en éprouva un bonheur inouï.

— Purée de groseilles, répéta-t-il.

— Ce n'est pas très gentil d'appeler ainsi votre femme ? commenta Pénélope sans ouvrir les yeux.

Il éclata de rire.

Depuis combien de temps n'avait-il ri d'aussi bon cœur ? s'interrogea-t-il

Une éternité.

— Très drôle, dit-il en resserrant son étreinte. La purée de groseilles, c'est la farce de mon pudding préféré.

Les doigts de Pénélope, qui se promenaient paresseusement sur son torse, s'immobilisèrent. Il lui prit la main et la porta à ses lèvres.

— J'aime aussi beaucoup le pudding à la framboise. Et à la rhubarbe.

Elle releva la tête et le regarda comme s'il venait de lui faire un aveu bouleversant.

— La purée de groseilles, répéta-t-elle.

Il commença à se sentir idiot. Elle ne se souciait pas vraiment de son pudding préféré.

— Oui, répondit-il.

Elle le gratifia d'un grand sourire rayonnant, et il ne se sentit plus du tout idiot. Elle reposa la tête sur sa poitrine et déclara simplement :

— Moi, j'aime la mélasse.

Et il eut envie de lui faire de nouveau l'amour.

Comment était-il possible qu'une conversation sur les puddings puisse être un tel aphrodisiaque ?

Il glissa la main au creux des reins de Pénélope et la pressa contre lui.

— Je m'en souviens, dit-il avant de l'embrasser sur la tempe. Vous vous débrouilliez toujours pour que notre cuisinière vous autorise à lécher le saladier.

— Jamais de la vie, protesta-t-elle.

— Mais si.

Elle secoua la tête.

— La cuillère, peut-être. Mais sûrement pas le saladier. Les dames ne lèchent pas les saladiers, ni les autres récipients, du reste.

Il rit, et laissa échapper un soupir d'aise. C'était tellement bon d'avoir Pénélope dans les bras et de rire avec elle. Même en sachant que cela ne durerait pas, que l'enfer allait se déchaîner et anéantirait le peu de bienveillance qu'elle ressentait à son égard.

Pour l'heure, elle était sienne.

— Eh bien, apparemment, votre aventure a été un succès.

Elle releva la tête et le regarda avec une expression taquine.

— J'ai hâte de connaître la prochaine.

— Pourquoi est-ce que j'hésite à demander de quoi il s'agit ?

— Je veux jouer aux dés.

Il imagina Pénélope embrassant les dés d'ivoire avant de les lancer sur le tapis vert de l'une des salles de jeu du rez-de-chaussée.

— Vous savez que c'est un jeu où l'on ne peut pas gagner.

— On dit aussi cela de la roulette.

— En effet. Vous avez eu de la chance, tout simplement.

Elle haussa une épaule, ce qui fit glisser la redingote.

— Pourquoi n'en aurais-je plus ?

Il embrassa sa peau nue.

— Un autre soir, s'il vous plaît, madame. J'en suis encore à me remettre de l'aventure de cette nuit.

*Et demain, vous vous rappellerez toutes les raisons pour lesquelles vous ne voulez pas de moi.*

Elle ferma les yeux et soupira, et il dut se déplacer pour lui dissimuler son désir naissant.

Il fallait qu'ils se lèvent, à présent.

Vœu pieux.

— Michael ? dit-elle en se redressant de nouveau pour le fixer de ses grands yeux d'azur. Où êtes-vous allé ?

— Quand ?

— Après que… que vous avez tout perdu.

Il frissonna. Il n'avait pas envie de lui répondre, de lui donner une raison supplémentaire de regretter leur mariage.

— Je ne suis allé nulle part. Je suis resté à Londres.

— Que s'est-il passé ?

Quelle question ! Il s'était passé tant de choses. Tant de choses qu'il regrettait.

Il referma les mains sur la taille de Pénélope et se redressa pour l'aider à se lever.

— Cela ne va pas vous plaire.

Appuyant des deux mains sur son torse, elle l'empêcha d'aller plus loin.

— Je veux savoir, dit-elle en le regardant droit dans les yeux.

Il se résigna.

— Que savez-vous exactement ?

— Que vous avez tout perdu dans un jeu de hasard. Quel jeu était-ce ?

La honte et les regrets le submergèrent. Il aurait tant aimé être quelqu'un d'autre. Être digne d'elle.

Mais peut-être que s'il lui racontait toute l'histoire, cela l'empêcherait de s'attacher à lui. Et lui à elle.

Sauf qu'il était sans doute trop tard.

S'armant de courage, il murmura :

— Le vingt-et-un.

Elle ne détourna pas les yeux.

— Vous étiez très jeune.

— J'avais vingt et un ans. J'étais assez âgé pour pouvoir parier tout ce que je possédais.

— Vous étiez très jeune, s'entêta-t-elle.

Il ne discuta pas.

— J'ai tout joué. Tout ce qui n'était pas inaliénable. Langford me poussait à parier. Il m'aiguillonna, me harcela jusqu'à ce que tout ce que je possédais soit sur la table. J'étais convaincu que je ne pouvais que gagner.

— Pourquoi cela ?

— Je n'avais plus toute ma tête. J'avais gagné partie après partie, c'était… euphorisant. En matière de jeu, il arrive un moment où la raison s'envole, et où l'on est certain qu'il est impossible de perdre.

Les mots lui venaient facilement à présent, de même que les souvenirs.

— Chez certains, jouer est une maladie. Et je souffrais de cette maladie. L'unique traitement, c'était de gagner. Cette nuit-là, je n'avais cessé de gagner. Langford a réussi à me persuader de parier de plus en plus…

— Pourquoi vous ? demanda-t-elle, les sourcils froncés, la voix emplie de colère. Vous étiez si jeune !

Du bout du doigt, il lissa la petite ride qui s'était creusée sur son front.

— Toujours prête à me défendre, murmura-t-il. La vérité, c'est que Langford avait développé le domaine. Mon père était un brave homme mais lorsqu'il est mort le marquisat n'était pas aussi prospère qu'il aurait pu l'être. Langford l'a rendu rentable. Grâce à lui, je me suis retrouvé avec des terres qui valaient plus que les siennes : il n'a pas voulu y renoncer.

— La cupidité est un péché.

*La vengeance aussi.*

Il réfléchit à la partie qu'il avait rejouée dans sa tête des centaines, des milliers de fois.

— Il m'a déclaré que je le remercierai un jour de m'avoir tout pris, dit-il d'un ton empreint de dérision.

Le regard grave, Pénélope le fixa un long moment.

— Peut-être avait-il raison, dit-elle enfin.

— Non.

Il ne se passait pas un jour sans que Michael méprise jusqu'à l'air que Langford respirait.

— Être reconnaissant est peut-être un peu excessif, mais pensez à la façon dont vous avez surmonté les obstacles. Dont vous vous en êtes sorti envers et contre tout. C'est vous qui avez gagné, finalement, insista-t-elle.

— Je vous ai déjà dit de ne pas faire de moi un héros, Pénélope. Rien de ce que j'ai fait, de ce que je suis n'est héroïque.

Elle secoua la tête.

— Vous vous trompez. Vous êtes beaucoup plus héroïque que vous ne le pensez.

Il songea aux documents dans la poche du manteau. À la vengeance, si proche à présent. Pénélope découvrirait bientôt qu'il n'était pas un héros.

— J'aimerais que ce soit vrai, avoua-t-il.

*Pour vous.*

— Vous ne voyez donc pas que vous êtes quelqu'un de beaucoup plus intéressant que vous ne l'auriez été ? De plus fort ? De plus puissant ? Sans cet événement qui a bouleversé votre existence vous ne seriez pas ici… Et moi non plus, ajouta-t-elle dans un murmure.

Il resserra son étreinte.

— Certes.

Ils demeurèrent un instant perdus dans leurs pensées.

— Et après cette partie désastreuse, que s'est-il passé ?

Michael leva les yeux au plafond.

— Il m'a laissé une guinée.

— Celle que vous m'avez prêtée ?

— Oui. Je n'ai pas voulu la dépenser. Je ne voulais rien lui devoir avant d'être en mesure de lui prendre tout. Je n'avais plus que les vêtements que je portais et une poignée de pièces dans la poche quand je suis tombé sur Temple. Nous avions été amis en pension et, depuis, la vie ne l'avait pas gâté. Pour vivre, il se battait avec tous ceux qui voulaient tester leur force avec un adversaire de son gabarit. Les nuits où il ne boxait pas, nous tenions un stand de jeu de dés dans la rue, dans le quartier de Temple Bar.

— Ce n'était pas dangereux ? s'inquiéta-t-elle.

Sa sollicitude le toucha. S'il n'avait été au-delà de la rédemption, peut-être aurait-elle pu le sauver, ne put-il s'empêcher de penser.

Il haussa une épaule.

— Nous avions vite appris à savoir quand nous battre et quand prendre la fuite.

— Vous vous battez encore, dit-elle en effleurant sa lèvre tuméfiée.

— Et cela fait longtemps que je n'ai pas pris la fuite.

Le regard de Pénélope se porta sur le vitrail derrière lequel les lustres s'éteignaient les uns après les autres.

— Et *L'ange* ?

Il enroula une boucle blonde autour de son doigt.

— Quatre ans et demi plus tard, notre affaire avait pris de l'ampleur. Une nuit, nous avions vingt ou trente hommes en train de parier. J'avais une liasse de billets dans la poche, et nous savions qu'il ne faudrait plus tarder à nous éclipser. Le risque d'être dépouillés devenait trop grand.

Il lâcha la boucle de Pénélope et lui caressa la joue.

— Le problème, c'est que je n'ai jamais su quand m'arrêter.

— Vous continuiez à parier ? s'étonna-t-elle.

Il la regarda dans les yeux et répondit :

— Cela fait neuf ans que je n'ai pas joué.

Elle était fière de lui, il le lut dans son regard.

— Pas depuis la partie avec Langford, comprit-elle.

— Les tables de jeu continuent à me tenter. Les dés me font signe. Et quand la roulette tourne… je choisis toujours des numéros.

— Mais vous ne misez pas.

— Non. Mais j'aime regarder les autres jouer. Cette nuit-là, Temple a suggéré plusieurs fois que nous partions. Mais je continuais à accepter les paris. Encore un coup de dés. Encore un tour de paris.

Il était perdu dans les souvenirs.

— Ils sont sortis de nulle part, et nous avons eu de la chance qu'ils n'aient que des gourdins et pas des pistolets. Nos clients se sont enfuis, mais ils ne craignaient rien de toute façon.

— C'était vous qu'ils voulaient, devina Pénélope.

— C'était notre argent. Un millier de livres. Peut-être plus.

*Plus qu'on ne devrait avoir en poche dans une rue de Temple Bar.*

— Nous nous sommes battus vaillamment, mais nous étions à deux contre six, qui comptaient pour neuf, en réalité. Ou même dix-neuf, ajouta-t-il avec un petit rire.

— Vous auriez dû leur donner l'argent plutôt que de risquer votre vie. Cela n'en valait pas la peine.

— Quelle femme intelligente. Si seulement vous aviez été là.

Elle avait pâli, il déposa un baiser sur ses lèvres.

— Je suis là, sain et sauf, malheureusement pour vous.

— Ce n'est pas drôle, protesta-t-elle. Comment cela s'est-il terminé ?

— Je pensais que nous étions fichus quand une voiture est arrivée. Un bataillon d'hommes bâtis comme Temple en est sorti. Ils se sont rués à nos côtés, et ont rossé nos agresseurs qui se sont enfuis, la queue entre les jambes. Après quoi, ils nous ont jetés, Temple et moi, à l'intérieur de la voiture pour que nous fassions la connaissance de notre sauveur.

— Chase, devina Pénélope.

— Le propriétaire de *L'ange déchu*.

— Que voulait-il ?

— Des associés. Quelqu'un pour surveiller les jeux. Quelqu'un pour veiller à la sécurité. Des hommes issus de l'aristocratie, qui en comprenaient le fonctionnement.

— Il vous a sauvé la vie.

— Effectivement.

Elle l'embrassa doucement sur les lèvres.

— Il se trompe, reprit-elle.

— Chase ?

— Oui. Il croit qu'il me doit quelque chose.

— Il semblerait.

— C'est moi qui lui dois beaucoup. Puisqu'il vous a sauvé la vie.

Elle l'embrassa de nouveau, et il fut tenté de s'abandonner à ce baiser où le soulagement le disputait à la gratitude et à autre chose... qu'il n'était pas certain de mériter.

Il s'arracha à ses lèvres. Il ne pouvait se permettre de feindre d'avoir oublié qui il était... ce qu'il était.

— J'ai tout perdu, Pénélope. *Tout*. Les terres, l'argent, le contenu des maisons de mes pères. J'ai perdu tout ce qui me rappelait d'où je venais.

Il y eut un long silence, avant qu'il ajoute doucement :

— Je vous ai perdue.

La tête inclinée sur le côté, elle le regarda dans les yeux.

— Vous avez rebâti votre fortune. En la multipliant par deux. Au moins.

Il secoua la tête.

— Ce n'est pas là le plus important. Ce que j'ai surtout perdu, c'est le respect de mes pairs. Ma place dans la société. Choses que j'étais censé offrir à mon épouse. À vous.

— Michael...

— Vous n'écoutez pas, coupa-t-il. Je ne suis pas l'homme qu'il vous faut. Je ne l'ai jamais été. Vous méritez un homme qui n'a rien à se reprocher. Un homme respectable dont les qualités ne font aucun doute.

Il la sentit se raidir entre ses bras.

— J'aimerais être cet homme, Sixpence. Mais je ne le suis pas. Je n'ai rien pour vous rendre heureuse.

— Mon Dieu, quelle idée ! s'exclama-t-elle. Vous avez tant à donner... plus qu'il ne m'en faudra jamais.

Elle se leurrait.

Il pourrait amasser des richesses pendant encore vingt ans que ce ne serait pas suffisant. Parce que cela n'effacerait pas son passé, son imprudence, son échec. Aucune fortune au monde ne ferait de lui l'homme qu'elle méritait.

— Si je ne vous avais pas obligée à m'épouser…

— Vous ne m'avez obligée à rien du tout. Je vous ai choisi.

Il secoua la tête. Elle ne pouvait croire une chose pareille !

— Vous ne voyez vraiment pas à quel point vous êtes remarquable ? enchaîna-t-elle.

Il détourna les yeux, mal à l'aise.

— Non, regardez-moi. Vous pensez avoir perdu la respectabilité en même temps que votre fortune, mais cette fortune, c'était l'œuvre des générations qui vous ont précédé. Pas la vôtre. Vous avez construit votre propre avenir, vous vous êtes fait vous-même.

Ainsi raconté, l'histoire était belle. Mais fausse.

— Vous parlez de l'homme qui a enlevé sa femme au milieu de la nuit, l'a compromise pour la contraindre à l'épouser, à seule fin de récupérer des terres et se venger ? L'homme qui, ce soir, l'a déshabillée et possédée dans la plus célèbre maison de jeu de Londres ?

Le dégoût de lui-même faisait trembler sa voix.

— Je jure de ne plus jamais vous déshonorer. Je suis tellement désolé, Pénélope, murmura-t-il en se détournant.

Posant la main sur sa joue, elle le força à la regarder.

— Ne salissez pas ce que nous avons fait. Je l'ai voulu. J'y ai pris du plaisir. Je ne suis pas une enfant qu'il faut dorloter. Je vous ai épousée pour vivre… et ceci… vous… ce que nous avons fait, c'est vivre.

Elle sourit. Et Michael eut l'impression de recevoir un coup au plexus.

— Ce soir, reprit-elle, pas un instant je ne me suis sentie déshonorée ou abusée. À vrai dire, je me suis sentie… adorée.

À raison, songea-t-il.

— Vous méritez mieux.

Elle s'enveloppa dans sa redingote et quitta ses genoux.

— C'est vous qui n'écoutez pas, à présent. Je déteste que vous me rangiez sur le plus haut rayonnage avec les choses de valeur que vous craignez de casser. Je ne veux pas de cette place d'honneur. Je déteste que vous me teniez ainsi à l'écart de peur de me blesser. Comme si j'étais une poupée de porcelaine dépourvue de force et de caractère.

Il se leva à son tour. Jamais il n'avait pensé qu'elle n'avait pas de caractère. Quant à la force, elle valait Atlas. Un charmant petit Atlas, nue sous sa redingote.

Il tendit la main vers elle, mais elle recula.

— Non. Je n'ai pas fini. J'ai du caractère, Michael.

— Je sais.

Plus qu'il ne l'aurait imaginé.

— Je ne suis pas parfaite. J'ai renoncé à la perfection lorsque j'ai compris que tout ce que j'y gagnerais, ce serait un mariage ennuyeux avec un époux tout aussi parfait.

Elle tremblait de colère, et il eut envie de la prendre dans ses bras.

— Vous non plus n'êtes pas parfait et j'en remercie le Seigneur. La perfection est d'un ennui mortel. Je veux l'homme qui m'a hissée sur son épaule dans les bois et m'a convaincue de l'épouser. Je veux l'homme qui souffle le chaud et le froid, qui me bouscule et me câline. Celui qui dirige cet endroit incroyable. Vous croyez que je vous ai épousé en dépit de vos imperfections ? Vous vous trompez. Je vous ai épousé à cause d'elles, espèce d'idiot. De vos splendides et exaspérantes imperfections.

— Pénélope ?

Elle lâcha les pans de la redingote qui s'entrouvrit.

— Oui ?

Son ton maussade l'aurait fait rire s'il n'avait été aussi troublé par la vision qu'elle offrait.

— Vous avez terminé ?

— Peut-être, dit-elle, se réservant le droit d'en rajouter.

— Vous n'êtes pas facile parfois, vous savez.

— C'est l'hôpital qui se moque de la charité ! répliqua-t-elle, mais cette fois-ci, elle le laissa l'attirer dans ses bras.

— Je suis trop imparfait pour vous, murmura-t-il contre sa tempe.

— Vous êtes parfaitement imparfait pour moi.

Elle avait tort, mais il n'avait plus envie de discuter.

— Savez-vous que vous êtes nue dans une maison de jeu, ma douce ?

— Je ne peux le croire.

— Moi, si, dit-il en lui caressant le dos.

Il déposa un baiser sur le sommet de son crâne, puis glissa la main sous la redingote pour s'emparer d'un sein charmant. Le frisson qui la secoua l'enchanta.

— J'aimerais que vous soyez tous les jours nue sous mes vêtements.

— Savez-vous que je suis nue sous mes vêtements tous les jours que Dieu fait ?

Il grogna.

— Vous n'auriez pas dû dire cela. Je ne vais pas arrêter d'y penser.

Elle s'écarta en riant, et ils entreprirent de se rhabiller, Pénélope tapant sur les mains de Michael chaque fois qu'il les tendait vers elle.

— Je veux juste vous aider, se défendait-il.

— Vous me gênez.

Elle arrangea le ruban qui fermait son décolleté tandis qu'il nouait sa cravate devant le miroir, et il songea combien il aimerait s'habiller ainsi avec elle jusqu'à la fin de ses jours.

Sauf que cela ne se ferait pas.

— C'est de l'eau ? demanda-t-elle en désignant un broc à côté d'une cuvette.

— Oui.

Elle s'approcha de la cuvette, la remplit et y plongea les mains. Elle les laissa ainsi dans l'eau sous le regard intrigué de Michael, ferma les yeux et inspira profondément. Trois fois.

Puis elle sortit les mains de l'eau, les secoua et se tourna vers lui.

— Il y a une chose que je veux vous dire.

Après neuf années passées à la tête d'une maison de jeu, Michael était passé maître dans l'art de déchiffrer les expressions. Il savait reconnaître la peur, la nervosité, l'euphorie, le mensonge, la fureur, bref, toute la variété des émotions humaines.

Toutes sauf celle qui éclairait à présent le regard de Pénélope. Et, curieusement, c'est parce qu'il ne l'avait jamais vue auparavant qu'il sut ce que c'était.

L'amour.

Il se raidit, le souffle coupé, en proie à un mélange de peur et de désir, et de quelque chose d'autre qu'il se refusait à identifier.

Il ne pouvait pas la laisser lui dire qu'elle l'aimait.

Parce qu'il en avait beaucoup trop envie.

Alors il s'approcha d'elle et la prit dans ses bras pour lui donner un baiser, histoire de couper court à tout épanchement. S'écartant, il murmura :

— Il se fait tard, chérie. Nous discuterons une autre fois.

Dans le regard de Pénélope, l'amour céda la place à la confusion, et il se détesta. Une fois de plus.

Un petit coup à la porte lui sauva la mise. Il consulta la pendule. Il était près de 3 heures du matin, trop tard pour une visite.

Il alla ouvrir. Cross se tenait sur le seuil, et son expression lui suffit.

— Il est là ?

Son associé jeta un coup d'œil à Pénélope avant de répondre :

— Oui.

Michael ne put se résoudre à regarder Pénélope. Il se contenta de respirer son parfum, probablement pour la dernière fois.

— Qui est là ? demanda-t-elle.

Il hésita. À l'instant où il le lui dirait, il la perdrait définitivement. Mais comment le lui cacher ?

— Langford, dit-il en pivotant pour lui faire face.

Elle se pétrifia.

— Une semaine, murmura-t-elle, lui rappelant le marché qu'ils avaient passé. Michael, je vous en supplie, ne faites pas cela.

Renoncer était au-dessus de ses forces. Il attendait depuis trop longtemps.

— Restez ici. Quelqu'un vous ramènera à la maison.

Il sortit et la porte claqua derrière lui tel un coup de fusil. Il remonta le couloir à grands pas, s'armant de courage en prévision de ce qui allait suivre. Non pas la confrontation avec Langford, mais la perte de Pénélope.

— Michael !

Elle l'avait suivi. Incapable d'ignorer son appel angoissé, il se retourna.

Elle courait vers lui, et il ne put faire autrement que l'attraper et la soulever tandis qu'elle encadrait son visage de ses mains et plongeait son regard dans le sien.

— Vous n'êtes pas obligé de faire cela, murmura-t-elle en lui caressant les joues de ses pouces. Vous avez Falconwell, vous avez *L'ange*… et plus d'argent qu'il n'en possédera jamais. Et vous m'avez, moi.

Elle sonda son regard avant d'ajouter d'une voix étrangement fêlée :

— Je vous aime.

Il avait cru ne pas vouloir entendre ces mots, et, cependant, lorsqu'elle les eut prononcés, il ressentit un bonheur inouï, poignant, presque insupportable. Il ferma les yeux et l'embrassa avec ferveur, s'efforçant de graver cet instant dans sa mémoire. Puis il la reposa sur le sol, recula d'un pas et, le souffle court, la dévora du regard.

*Je vous aime.*

Son aveu résonnait encore dans son esprit.

— Vous ne devriez pas, dit-il.

Et il tourna les talons pour aller affronter son passé.

# 21

*Cher M.*
*Non. J'arrête.*

*Needham Manor, janvier 1830*

Lettre détruite.

Bourne avait imaginé la scène des centaines de fois. Elle se déroulait dans un salon privé du club où l'attendait un Langford un peu nerveux, impressionné qu'il était par la taille de *L'ange*, le royaume sur lequel Michael régnait.

Jamais il n'aurait pensé éprouver autre chose qu'un sentiment de triomphe. Pourtant, lorsqu'il ouvrit la porte du salon réservé aux visiteurs et qu'il croisa le regard imperturbable de son ennemi de longue date, ce furent de la frustration et de la colère qu'il ressentit.

Car encore à présent, cet homme se débrouillait pour le dépouiller. Ce soir-là, c'était son avenir avec Pénélope qu'il lui avait volé.

Le souvenir qu'il avait gardé de Langford, c'était celui d'un homme imposant, à la peau hâlée et aux dents blanches – le genre d'individu qui prenait ce qu'il voulait sans hésiter, qui anéantissait des existences sans ciller.

Près de dix ans plus tard, Langford n'avait pas changé. Il était aussi vigoureux et hâlé qu'autrefois, avec certes quelques cheveux gris supplémentaires, mais le même cou puissant et les mêmes épaules larges. Les années avaient été clémentes.

Le regard de Michael se porta sur sa main gauche, posée sur le tapis vert, et il se rappela comment son ennemi abattait le poing sur la table pour réclamer d'autres cartes ou célébrer sa victoire.

Il s'assit en face de Langford et attendit.

Les doigts de Langford se crispèrent.

— Rien ne vous autorise à me faire enlever par vos sbires au beau milieu de la nuit, dit-il.

— J'ai pensé que vous déclineriez mon invitation.

— Vous aviez raison.

Michael gardant le silence, Langford reprit dans un soupir :

— Je suppose que vous m'avez fait venir pour pavoiser au sujet de Falconwell ?

— Entre autre, répondit Michael en sortant de sa poche intérieure la preuve de la naissance illégitime de Thomas.

— J'avoue que j'ai été surpris que vous vous abaissiez à épouser la fille Marbury, même pour avoir Falconwell. La demoiselle n'est pas une beauté… Mais vous vouliez les terres à tout prix, n'est-ce pas ? Bien joué. La fin justifie les moyens, j'imagine.

Michael serra les dents. C'était ce que lui-même avait pensé de son mariage au début. Entendre ces mots dans la bouche de Langford lui rappelait qu'il ne valait pas mieux que lui.

*Ne faites pas cela.*

Les paroles de Pénélope lui revinrent à l'esprit, le troublant perfidement. Il tourna et retourna entre ses mains le document censé le venger. La voix de Pénélope continuait de chuchoter dans un coin de sa tête. *Vous avez tant à donner…* Et puis ceci, *Je vous aime*, l'arme ultime, celle qu'elle avait sortie en dernier recours.

Langford s'impatienta.

— Allons, mon garçon. Qu'y a-t-il de si urgent ?

D'un seul coup, Michael fut de nouveau le gamin de vingt et un ans mourant d'envie d'écraser l'homme qui venait de le dépouiller. Sauf qu'à présent, il en avait le pouvoir. D'un geste souple du poignet, il lança la feuille de papier de l'autre côté de la table.

Langford l'attrapa au vol, la déplia et la parcourut rapidement.

— D'où tenez-vous cela ? demanda-t-il sans lever les yeux. Ce document pourrait causer ma perte.

— C'est mon plus cher espoir.

La victoire était à portée de main. Michael attendit que le visage de son ennemi exprime étonnement et regret, et que, levant enfin les yeux, il admette sa défaite. Mais lorsque Langford le regarda, ce ne fut pas l'aveu de sa défaite que Michael lut dans son regard, mais de l'admiration.

— Depuis quand attendez-vous cet instant ?

— Depuis que vous m'avez tout pris.

— Depuis que vous avez tout perdu, rectifia Langford.

— Je n'étais qu'un gamin, avec juste quelques parties à mon actif, rétorqua Michael, qui sentait la colère le gagner. Je ne le suis plus. Je sais aujourd'hui que vous m'avez poussé à jouer. Que vous m'avez laissé gagner jusqu'à ce que je mette tout sur la table.

— Vous pensez que j'ai triché ?

— J'en suis certain.

Une ombre de sourire – preuve que Michael avait raison – flotta sur les lèvres de Langford, avant qu'il reporte son attention sur la feuille entre ses mains.

— Ainsi, vous êtes au courant. L'enfant était le bâtard que mon frère avait eu avec la fille d'un fermier. Sur ce plan, ma femme était une bonne à rien – une jolie dot mais incapable de porter un enfant. J'ai payé la fille et j'ai pris l'enfant. Mieux vaut un faux héritier que pas d'héritier du tout.

Thomas n'avait jamais ressemblé à cet homme, il n'était ni froid ni calculateur. Et soudain, Michael éprouva de la compassion pour son ami d'autrefois, pour le garçon qui s'était efforcé d'être le fils dont son père rêvait.

Le vicomte poursuivit :

— Seule une poignée de proches savaient que ma femme n'avait pas enfanté. Je constate que j'avais tort de leur faire confiance, ajouta-t-il avec un petit sourire, en agitant la feuille.

— Peut-être ont-ils estimé que vous n'étiez pas un homme d'honneur.

— Vous continuez à me blâmer ?

— Vous continuez à le mériter.

— Allons donc, riposta Langford avec dédain. Regardez autour de vous, ce que vous avez bâti, la fortune qui est la vôtre aujourd'hui. Comment réagiriez-vous si vous étiez obligé d'y renoncer ? De les laisser à un gamin qui n'a en rien contribué au succès de cette entreprise ? Oserez-vous prétendre que vous ne feriez pas la même chose que moi ? Ce serait un mensonge. Vous avez aussi peu de conscience que moi, et en voilà la preuve, conclut-il en posant le document sur la table.

Il se renversa contre le dossier de sa chaise.

— Quel dommage que j'aie dû me contenter de Thomas. Vous auriez été le fils idéal, vu la façon dont vous avez retenu mes leçons.

Michael tressaillit. L'idée que Langford et lui puissent avoir quoi que ce soit en commun lui était odieuse.

Il regarda la lettre sur la table, à la fois si légère et si lourde de conséquences. Le sang lui rugit aux oreilles tandis qu'il se rendait compte de ce qu'il avait fait. De ce qu'il était en train de faire.

— Parlons affaires, reprit Langford. Il n'y avait pas que Falconwell dans votre héritage. Il me reste encore beaucoup de choses. Vous croyez que je ne m'attendais pas que vous tentiez quelque chose de ce genre ?

Il plongea la main dans la poche de sa redingote et en tira une liasse de documents.

— Nous sommes taillés dans la même étoffe, vous et moi, déclara-t-il en posant les papiers sur la table. Vous aimez toujours jouer au vingt-et-un ? Mon héritage contre le vôtre.

Lorsque Michael se remémorait la nuit fatidique qui avait marqué la fin de sa jeunesse, il se disait que c'était à ce moment-là que tout ce qu'il y avait de bon en lui avait été perdu corps et bien.

Il se trompait.

C'était ce soir-là que tout se jouait.

Il pensa à Pénélope, à sa voix quand elle l'avait supplié de renoncer à sa vengeance.

De ne pas laisser la haine assombrir l'amour.

Il s'empara des actes notariés, les étala sur la table. Pays de Galles, Écosse, Newcastle, Devon – une collection de demeures rassemblées par des générations de marquis, autrefois tellement importantes à ses yeux... et dans laquelle il ne voyait plus qu'une collection de briques et de mortier.

Représentant le passé. Pas l'avenir.

Qui ne valaient rien sans Pénélope à ses côtés.

Seigneur, qu'avait-il fait ?

*Il l'aimait !*

Il eut l'impression de recevoir un uppercut, le plus violent qu'on lui ait jamais asséné.

Et comme s'il l'avait convoquée, soudain Pénélope fut là, sa voix résonnant haut et claire derrière la porte.

— Peu importe votre mutisme et votre... taille... vous ne m'empêcherez pas d'entrer dans cette pièce !

Michael se leva à l'instant où la porte s'ouvrit à la volée, révélant un Bruno confus et, juste derrière lui, une Pénélope furieuse. Le portier leva les mains en un geste d'impuissance qui l'aurait amusé en d'autres circonstances.

Pénélope le contourna et pénétra dans le salon au pas de charge, le menton haut. Michael l'arrêta et la tira à l'écart.

— Vous ne devriez pas être ici, dit-il.

— Vous non plus.

Il se tourna vers Cross, qui venait d'apparaître au côté de Bruno.

— Tu étais censé la ramener chez elle.

Son associé haussa une épaule.

— La dame est du genre… rebelle.

Pénélope se tourna vers le grand rouquin qu'elle gratifia d'un sourire.

— Merci. C'est l'un des compliments les plus flatteurs que l'on m'ait jamais fait.

Michael eut la très nette impression que les événements étaient en train d'échapper à son contrôle. Avant qu'il ait le temps d'ouvrir la bouche, Pénélope fonça sur Langford.

— Lord Langford, le salua-t-elle en se plantant devant lui.

— Pénélope, fit-il, incapable de cacher sa surprise.

— Pour vous, ce sera lady Bourne, corrigea-t-elle d'un ton glacial et hautain. Maintenant que j'y songe, j'ai toujours été lady même si vous n'avez jamais jugé nécessaire de m'accorder ce titre.

Le vieil homme étrécit les yeux, l'air exaspéré. Michael lui aurait volontiers envoyé son poing dans la figure, mais ce n'était pas nécessaire. Sa femme était plus que capable de se défendre seule.

— Ma remarque ne vous plaît pas ? enchaîna-t-elle. Eh bien, je vais vous dire ce qui ne me plaît pas, à moi. Je n'aime pas l'insolence. Et je n'aime pas la cruauté. Et, surtout, je ne vous aime pas. Il est temps que vous et moi mettions cartes sur table, Langford, parce que, après avoir volé les terres de mon mari, sa fortune et sa réputation, et avoir été un père exécrable pour mon ami Thomas, je refuse absolument que vous me preniez autre chose, espèce de vieil homme méprisable.

L'insulte fit sursauter Michael. Il aurait dû intervenir, la faire taire, il le savait. Mais il n'en avait nulle envie.

— Je n'ai pas à écouter ce genre de diatribe, répliqua Langford dont le visage avait viré au rouge.

Il bondit sur ses pieds et lança à Michael :

— Contrôlez votre femelle avant que je ne m'en charge à votre place !

Furieux, Michael se rua vers le vicomte. Pénélope s'interposa, droite et fière.

— Non, ce n'est pas votre combat.

Il la fixa, sidéré. Que diable racontait-elle ? Bien sûr que c'était son combat ! Non seulement il attendait ce moment depuis près de dix ans, mais Langford venait de menacer ce qu'il aimait le plus au monde !

*Ce qu'il aimait le plus au monde ?*

Oui, dut-il admettre. Les terres, l'argent, *L'ange*, la vengeance… rien de tout cela ne valait cette femme.

Cette femme merveilleuse qui, lui tournant le dos, désigna le seuil sur lequel se tenaient Bruno et Cross, l'air mauvais.

— Vicomte, voudriez-vous tenter de vous enfuir avant que j'en aie terminé ?

Michael ne put retenir un sourire. Sa femme était une reine guerrière. *Sa* reine guerrière.

— Vous avez joui trop longtemps de l'impunité, Langford, reprit-elle. Et bien que je serais ravie de vous voir perdre tout ce à quoi vous tenez d'un seul coup, je crains que vous ne soyez pas le seul à en souffrir.

Baissant les yeux, elle remarqua les papiers étalés sur la table.

— Encore un pari ? Le vainqueur rafle la mise ?

Elle regarda Michael, et, l'espace d'une seconde, il lut dans son regard ce qu'il ne voulait plus jamais y voir : de la déception.

— Vous alliez parier ?

Il voulut lui dire que, juste avant son arrivée, il avait décidé qu'aucun de ces titres ne valait qu'il risque leur bonheur futur. Mais déjà elle s'était tournée vers la porte.

— Cross ?

— Milady ?

— Apportez-nous un jeu de cartes.

Il jeta un coup d'œil à Bourne.

— Je ne pense pas…

— La dame veut un jeu, coupa Bourne.

Cross, qui n'allait nulle part sans ses cartes, les sortit de sa poche, et les apporta à Pénélope.

— J'ai l'intention de jouer, dit-elle. Il nous faut quelqu'un pour les distribuer.

Langford ricana.

— Je ne joue pas aux cartes avec les femmes.

Elle s'assit à la table.

— D'ordinaire, je ne joue pas avec des individus qui dépouillent des enfants de leur héritage, répliqua-t-elle, mais cette nuit semble être la nuit des exceptions.

— Elle est incroyable, souffla Cross à l'adresse de Michael.

— C'est ma femme, se contenta-t-il de répondre d'une voix vibrante de fierté en prenant place à la table.

Langford se pencha vers Pénélope, le regard noir.

— Je ne joue pas aux cartes avec les femmes, répéta-t-il. Et certainement pas avec une femme qui ne possède rien qui m'intéresse.

Pénélope sortit de son corsage un papier qu'elle posa sur la table.

— Vous faites erreur. Je possède quelque chose que vous désirez désespérément.

Michael se pencha pour voir de quoi il s'agissait, mais elle le couvrit de la main.

— Thomas n'est pas votre unique secret, n'est-ce pas ? demanda-t-elle, son regard bleu fixé sur le vicomte.

L'exaspération de celui-ci monta d'un cran.

— Qu'est-ce que ce document ? D'où le tenez-vous ?

— Il semble que vous allez jouer avec une femme, finalement, lâcha-t-elle.

— Quoi que vous ayez, cela nuira aussi à Thomas.

— J'en doute. Cela vous nuira à vous, en revanche... Et je pense que vous savez pourquoi.

Langford fronça furieusement les sourcils.

— Distribue les cartes, ordonna Michael en se tournant vers Cross.

Ce dernier lui adressa un regard interrogateur. Michael n'avait pas touché aux cartes depuis que Langford l'avait dépouillé, comme s'il avait attendu cette nuit pour reprendre la partie... et la gagner.

Mais tandis qu'il regardait sa femme affronter l'homme qu'il haïssait, il se rendit compte que le désir de vengeance qui l'avait rongé durant une décennie s'était éteint. Cette obsession appartenait au passé, alors que Pénélope représentait l'avenir.

S'il parvenait à la mériter.

— La dame joue pour moi.

Il poussa devant elle la preuve de la naissance illégitime de Thomas. Elle lui adressa un regard surpris. Il ne causerait pas la perte de leur ami d'enfance, comprit-elle. Un mélange de joie et de fierté illumina son visage.

— Vous avez obtenu ce que vous vouliez, mon ange, dit Michael. Cette lettre vous appartient. Mais, à votre place, je ne m'arrêterais pas là. Vous êtes dans une bonne période.

Elle fit un signe à Cross qui hocha la tête et battit les cartes prestement.

— Une main de vingt-et-un. Le vainqueur remporte la mise.

Cross distribua deux cartes à chacun, une face cachée, l'autre visible. Les règles du jeu étaient faussement simples, et il était peu probable que Pénélope y ait souvent joué, songea Michael. À moins d'avoir beaucoup de chance, elle allait se faire écraser par le vétéran qu'était Langford.

Devant elle, face visible, un quatre de trèfle. Elle souleva le coin de la carte retournée. Rien d'impressionnant, devina-t-il. Le poing gauche sur la table comme à son habitude, Langford avait un dix de cœur.

Cross lui jeta un coup d'œil.

— Je garde, dit le vicomte.

Il avait donc une main correcte, et devait penser que Pénélope renchérirait, comme le faisaient tous les novices.

— Milady ? fit Cross.

Elle se mordilla la lèvre inférieure avant de demander :

— Puis-je en avoir une autre ?

Toujours aussi polie, nota Michael en réprimant un sourire. Alors même qu'elle pariait pour plus de un million de livres de biens immobiliers dans la maison de jeu la plus sélective de Londres.

Cross poussa devant elle une troisième carte, le trois de cœur. Ce qui l'amenait à sept visibles. Michael espérait qu'elle s'arrêterait là, car, avec la carte cachée, le coup suivant risquait de lui faire dépasser vingt et un. C'était l'erreur la plus courante, parier sur une paire de cartes faibles.

— Une autre, s'il vous plaît.

Connaissant les risques, Cross hésita.

— La fille a demandé une autre carte, lança Langford d'un air suffisant, la victoire à portée de main.

Mais s'il quittait *L'ange* en vainqueur, Michael se jura de lui faire goûter à son poing.

Le six de cœur vint rejoindre les autres cartes. Ce qui faisait treize pour les cartes visibles.

Se mordillant la lèvre, Pénélope souleva une fois encore le coin de la carte retournée – nouvelle preuve qu'elle était novice à ce jeu. Si elle avait eu vingt et un, elle n'aurait pas eu à la regarder. L'air soucieux, elle chercha le regard de Cross, puis celui de Michael. Et ce dernier aurait parié toute sa fortune qu'elle avait plus de vingt et un.

— C'est fini ? demanda-t-elle en toute innocence.

— À moins que vous n'en vouliez une autre.

— Non, dit-elle en secouant la tête.

— La fille a dépassé, grogna le vicomte. Un aveugle le verrait.

Il retourna sa carte cachée avec un ricanement satisfait. Une dame. Ce qui lui faisait vingt.

Ce soir-là, lord Langford était l'homme le plus chanceux de Londres.

Ce dont Michael se fichait éperdument.

Il ne voulait qu'une chose, ramener sa femme chez eux et lui dire qu'il l'aimait. *Enfin.*

— J'ai, en effet, dépassé vingt, admit Pénélope en retournant sa carte cachée.

Michael se pencha sur la table, sûr de se tromper.

Le huit de carreau.

— La dame a vingt et un ! s'écria Cross, stupéfait.

— Impossible ! s'exclama Langford qui se coucha littéralement sur la table pour voir les cartes de Pénélope.

Michael éclata d'un rire sonore.

— Ma magnifique épouse ! s'exclama-t-il, encore incrédule.

Et soudain, ce fut le chaos. Langford, qui s'était rué sur Pénélope, l'empoigna par les épaules et la tira de sa chaise en hurlant :

— Espèce de salope !

Elle s'affala sur le sol avec un cri mais il la releva et la secoua.

— Vous croyiez qu'on jouait pour rire ? Garce ! Tricheuse !

Michael bondit au secours de Pénélope en moins de deux secondes, mais il eut l'impression qu'il mettait une éternité à l'arracher des mains de Langford. Il la confia à Cross, et fondit sur le vicomte.

— Je n'aurais pas besoin de causer votre perte, finalement, gronda-t-il. Parce que je vais vous tuer.

Agrippant le vicomte aux revers, il le poussa contre le mur avec brutalité.

— Vous croyez que je suis encore un gamin qu'on impressionne facilement ? rugit-il en écartant Langford du mur pour l'y plaquer de nouveau violemment. Vous croyez pouvoir entrer dans *mon* club et insulter *ma* femme impunément ? Vous croyez que je vais vous laisser porter la main sur elle ? Vous n'êtes même pas digne de respirer le même air qu'elle.

— Michael ! cria Pénélope. Arrêtez !

Il tourna la tête vers elle et vit qu'elle pleurait. Il se figea, déchiré entre le besoin de châtier Langford et celui de réconforter sa femme.

— Il n'en vaut pas la peine, Michael, reprit-elle d'une voix tremblante.

— Vous l'avez épousée pour récupérer les terres, articula Langford, le souffle court. Vous avez peut-être dupé tout Londres, mais pas moi. Je sais que Falconwell compte plus que tout à vos yeux. Elle n'a été que le moyen de parvenir à vos fins. Vous croyez que je ne le vois pas ?

*Le moyen de parvenir à vos fins.*

Ces mots – si souvent répétés au début de leur mariage – résonnèrent en Michael, en partie parce qu'ils étaient vrai, mais surtout parce qu'ils étaient aujourd'hui complètement faux.

— Espèce de salaud ! Vous croyez me connaître ? siffla-t-il en malmenant de nouveau Langford. Vous ne savez rien de rien ! *Je l'aime.* Elle seule compte à mes yeux. Et vous avez osé la toucher.

Langford ouvrit la bouche, mais Michael enchaîna :

— Vous ne méritez aucune pitié. Vous avez été une honte en tant que père, en tant que tuteur et en tant qu'homme. Et si vous êtes encore capable de marcher, c'est à la générosité de cette dame que vous le devez. Mais si vous vous approchez à moins de un kilomètre d'elle, ou si j'apprends que vous avez osé médire d'elle, je me ferai un plaisir de vous arracher les membres un à un. Est-ce clair ?

Langford déglutit bruyamment, puis hocha la tête.

— Oui.

Michael le poussa vers Bruno.

— Débarrasse-nous de lui. Et envoie chercher Thomas Alles.

Déjà il rejoignait Pénélope et la prenait dans ses bras. Elle enfouit le visage au creux de son cou.

— Qu'avez-vous dit ? souffla-t-elle avant de relever la tête pour le regarder, les yeux brillant de larmes. Qu'avez-vous dit ?

Ce n'était certes pas ainsi qu'il avait imaginé la scène, mais rien dans leur mariage ne s'était passé selon les règles. C'est donc au milieu du salon sens dessus dessous d'une maison de jeu qu'il plongea le regard dans celui de sa femme et murmura :

— Je vous aime.

Elle secoua la tête.

— Mais vous avez pourtant choisi la vengeance.

Il s'appuya contre la table et attira Pénélope entre ses cuisses.

— Non, dit-il. Je vous ai choisie, vous. Et l'amour.

— C'est vrai ? insista-t-elle en cherchant son regard.

— Oh que oui ! Je vous ai choisie, Pénélope, dit-il en prenant le visage de sa femme entre ses mains. J'ai préféré l'amour à la vengeance, l'avenir au passé, et votre bonheur plus que tout le reste.

Elle garda le silence un long moment, et il commença à s'inquiéter.

— Sixpence ? Vous me croyez ?

— Je…

Elle s'interrompit, et il sut ce qu'elle allait dire.

Il aurait voulu pouvoir l'en empêcher.

— Je ne sais pas, dit-elle enfin.

# 22

Cette nuit-là, Pénélope ne dormit pas. Elle n'essaya même pas. Si bien que lorsque Thomas se présenta le lendemain matin, bien trop tôt pour les visites, elle était déjà levée.

Lorsqu'elle entra dans le salon, il se tenait devant la cheminée, en manteau et chapeau, canne à la main. Il se tourna vers elle et s'écria :

— Seigneur ! Vous avez une aussi sale tête que lui.

Elle fondit en larmes.

— Oh, mon Dieu, non ! Ne pleurez pas. Je retire ce que j'ai dit. Vous n'avez pas une sale tête.

— Menteur, dit-elle en essuyant ses larmes.

— Pas du tout, se défendit-il. Vous semblez aller très bien. Rien à voir avec une femme en train de pleurnicher.

Elle se sentit idiote.

— Je ne peux pas m'en empêcher, vous savez.

— Vous l'aimez.

— Terriblement.

— Et il vous aime.

Les larmes menacèrent de nouveau.

— C'est ce qu'il dit.

— Vous ne le croyez pas ?

Elle aurait voulu le croire. Désespérément.

— Je n'y arrive pas… Je ne comprends pas ce qui en moi aurait pu le transformer… le toucher. Ce qui aurait fait qu'il m'aime.

Elle haussa les épaules et baissa les yeux.

— Oh, Pénélope ! murmura Thomas en la prenant dans ses bras. Je suis un idiot. Et Leighton aussi. Et tous les autres. Vous valez mieux que nous tous réunis.

Il recula et la prit par les épaules en la regardant au fond des yeux.

— Et vous valez mieux que Michael.

Elle prit une profonde inspiration, lissa les revers de son manteau.

— C'est faux, vous le savez très bien.

Il eut un sourire narquois.

— Je l'ai vu cette nuit, après votre départ. Il m'a remis la lettre expliquant ma naissance. Il m'a dit que vous l'aviez gagnée au jeu.

— Il me l'a donnée, corrigea-t-elle. Il avait renoncé à l'utiliser.

— Grâce à vous. Vous lui avez montré qu'il y avait autre chose dans la vie que la vengeance. Vous l'avez transformé. Vous lui avez offert une chance d'être de nouveau le Michael que nous connaissions plutôt que le Bourne froid et impitoyable qu'il était devenu. Vous soulevez des montagnes.

Il lui tapota le menton.

— Il vous adore. Il suffit d'avoir des yeux pour le voir.

*Je vous ai choisie, vous. Et l'amour.*

Ces paroles qui l'avaient hantée toute la nuit prirent tout leur sens. Et elle eut soudain la certitude que Michael avait dit la vérité. Il l'aimait.

Elle en eut le vertige.

— Il m'aime, dit-elle, testant les mots sur sa langue. Il m'aime, répéta-t-elle. Oui, il m'aime vraiment, affirma-t-elle en riant.

— Bien sûr qu'il vous aime, petite sotte, confirma Thomas avec un sourire attendri. Les hommes comme

Bourne ne font pas de fausses déclarations d'amour. Ce n'est pas conforme à leur image, ajouta-t-il d'un air complice.

Non, bien sûr. Le grand et dangereux Bourne, qui dirigeait une maison de jeu, enlevait des femmes au milieu de la nuit et ne vivait que pour se venger, n'était pas homme à s'éprendre de sa femme.

C'était pourtant ce qui était arrivé.

— Il faut que j'aille lui dire que je crois en lui, décréta-t-elle.

Thomas acquiesça d'un hochement de tête.

— Bonne idée. Mais avant que vous ne couriez sauver votre mariage, avez-vous un moment pour dire adieu à un vieil ami ?

— Oui, bien sûr… Attendez. Pourquoi vous dirais-je adieu ?

— Je pars pour l'Inde. Aujourd'hui.

— L'Inde ? Mais pourquoi ? Thomas, vous n'êtes pas obligé de partir. Votre secret n'appartient qu'à vous désormais.

— Et je vous en serai éternellement reconnaissant. Mais j'ai réservé ma cabine. Ce serait dommage de ne pas en profiter.

Elle l'étudia attentivement, puis :

— Vous le voulez vraiment ?

— Et, vous, vous voulez vraiment Michael ?

*Oui. Mon Dieu, oui !* Elle sourit.

— Alors, c'est l'aventure pour vous comme pour moi.

Il s'esclaffa.

— À mon avis, la vôtre sera plus périlleuse que la mienne.

— Vous me manquerez, murmura-t-elle.

— Vous aussi, vous me manquerez, assura-t-il. Mais j'enverrai à vos enfants des friandises de pays lointains.

*Vos enfants*. Elle eut envie de voir Michael. Sur-le-champ.

— Et, moi, je les régalerai d'histoires sur leur oncle Thomas.

— Voilà qui fera très plaisir à leur père, commenta-t-il en riant de bon cœur. Ils suivront mes traces, et deviendront de bons pêcheurs et de médiocres poètes. Allez retrouver votre mari, à présent !

— Tout de suite, acquiesça-t-elle avec un grand sourire.

Michael gravit les marches du perron deux à deux. Il avait hâte de retrouver sa femme et s'en voulait de ne pas l'avoir enfermée dans une pièce du club jusqu'à ce qu'elle croie dur comme fer qu'il l'aimait.

Comment pouvait-elle douter de lui ? Comment pouvait-elle ne pas voir qu'elle l'avait bouleversé, avait fait voler en éclats son calme légendaire, et qu'il l'aimait à la folie ?

La porte s'ouvrit alors qu'il atteignait la dernière marche, et l'objet de ses pensées jaillit de la maison, manquant de peu de l'envoyer bouler au bas de l'escalier. Elle s'immobilisa, sa cape verte tournoyant autour d'elle, et ils se dévisagèrent.

Comment avait-il pu la trouver banale ? Avec ses joues roses, ses grands yeux bleus et ses lèvres pleines, elle était un joyau illuminant cette froide journée d'hiver. Il eut envie de la soulever dans ses bras et de l'emporter jusqu'au lit le plus proche. Leur lit. Car il était temps qu'ils aient un lit conjugal. Il allait faire abattre le mur qui séparait leurs chambres afin que son regard ne bute plus jamais sur cette fichue porte de communication.

— Michael…

— Attendez, l'arrêta-t-il, refusant d'écouter quoi que ce soit avant qu'il n'ait dit ce qu'il avait à dire. Rentrons, je vous en prie.

Elle le suivit à l'intérieur. La lourde porte en chêne se referma derrière eux avec un bruit sourd qui résonna dans le vestibule. Le regard de Pénélope se porta sur le paquet qu'il avait à la main.

— Qu'est-ce que c'est ?

Il avait oublié qu'il l'avait. Son arme secrète.

— Venez avec moi.

Il lui prit la main, et ils gagnèrent le premier étage. Une fois dans la salle à manger, il posa le paquet sur la longue table en acajou.

— C'est pour vous.

Elle sourit, et il eut du mal à se retenir de l'embrasser. Mais il ne voulait pas précipiter les choses. Ni l'effrayer. Elle déplia le papier juste assez pour jeter un coup d'œil.

— Mais c'est...

Elle éclata d'un rire joyeux et Michael se détendit un peu.

— Un pudding aux figues !

— Je ne veux pas que ce soit un mensonge, Sixpence. Je veux que ce soit la vérité, dit-il d'une voix vibrante d'émotion. En vous, je vois mon cœur, ma raison de vivre... mon âme sœur.

Il y eut un moment de complet silence tandis qu'elle se rappelait sans doute la première fois qu'il lui avait fait cet aveu, et il se demanda fugitivement s'il n'était pas trop tard. Si ce stupide pudding n'était pas tout simplement ridicule.

Puis elle fut dans ses bras et l'embrassa, et il lui rendit son baiser avec une tendresse infinie.

— Je vous appartiens corps et âme, mon amour, jura-t-il lorsqu'elle s'écarta. Faites de moi ce que vous voulez. Je sais que je ne suis pas digne de vous, que je dois me racheter et m'amender, mais je vous le jure, je ferai tout ce qui est en mon pouvoir pour vous rendre heureuse. Chaque jour, je travaillerai à devenir digne de vous. Je vous en supplie... donnez-moi une chance.

Les yeux de Pénélope brillaient de larmes et lorsqu'elle secoua la tête, la peur l'étreignit.

— Des années durant, j'ai rêvé d'amour, souffla-t-elle. J'ai attendu cet instant. Je *vous* ai attendu.

Une larme roula sur sa joue, qu'il cueillit de l'index.

— Je crois que je vous aime depuis que nous sommes enfants, Michael. Je crois que je vous ai toujours préféré.

Il l'attira à lui, appuya le front contre le sien.

— Je suis là. Je suis à vous. Et, que Dieu me pardonne, Pénélope, moi aussi, je vous ai attendue. Pendant neuf ans, j'ai cru que la vengeance me sauverait, mais c'est vous, ma femme si belle et si forte, qui m'avez prouvé que j'avais tort, que c'est dans l'amour que je trouverai le salut.

Elle pleurait à chaudes larmes, à présent, et il la consola d'un long baiser ardent qui les laissa hors d'haleine.

— Dites-moi que vous me croyez, la pressa-t-il en s'arrachant à ses lèvres.

— Je vous crois.

Il ferma les yeux de soulagement.

— Répétez-le.

— Je vous crois, Michael.

— Je vous aime.

— Je sais, dit-elle en souriant.

Il l'embrassa de nouveau avant de remarquer :

— D'ordinaire, la dame retourne le compliment.

— Ah bon ? s'esclaffa-t-elle.

— Dites-moi que vous m'aimez, Pénélope, supplia-t-il.

— C'est lady Bourne, pour vous.

Elle noua les bras autour du cou de Michael, enfouit les doigts dans ses cheveux, puis murmura :

— Je vous aime, Michael. Je vous aime passionnément. Et je suis très heureuse que vous ayez décidé de m'aimer en retour.

— Impossible de ne pas vous aimer. Vous êtes ma guerrière, qui ne craint pas de défier Langford et Bruno.

— Je vous aurais suivi en enfer… mais pour vous en ramener.

— Je ne vous mérite pas, mais je crains de ne pas pouvoir vous laisser partir.

— Vous le promettez ? demanda-t-elle sans ciller.

— Oui, répondit-il en l'étreignant.

Se rappelant soudain qu'il avait quelque chose pour elle, il s'écarta et sortit de sa poche les documents notariés qu'il posa à côté du pudding.

— Voici vos gains. Les biens que vous avez gagnés.

— Je ne veux qu'une chose de mes gains de cette nuit, déclara-t-elle.

— Quoi ?

— Vous, dit-elle avant de déposer un baiser sur son nez.

— Je crains que vous ne le regrettiez, Sixpence.

— Jamais, répliqua-t-elle avec force.

Après avoir échangé un autre long baiser fougueux, Michael demanda, curieux :

— Qu'aviez-vous sur Langford ?

Avec un petit rire, elle fouilla parmi les papiers et en sortit un carton blanc.

— Vous avez oublié de m'enseigner la règle la plus importante du joueur.

— Qui est ?

— Dans le doute, bluffez, répondit-elle en lui tendant le carton.

C'était l'invitation qu'elle avait reçue de *L'ange*.

La surprise céda la place au rire, puis à la fierté.

— Ma vilaine joueuse de femme. J'étais persuadé que vous possédiez quelque chose de vraiment compromettant.

Elle lui adressa un sourire espiègle, et il décida qu'ils avaient assez parlé.

La soulevant dans ses bras, il l'allongea sur la table de la salle à manger et entreprit de la dévêtir. Et tandis que son rire se muait en soupirs, il lui prouva à de multiples reprises combien il l'aimait.

Des années plus tard, lorsque leurs enfants, puis leurs petits-enfants demanderaient d'où venaient les traces noires sur la table, la marquise de Bourne leur raconterait qu'un pudding aux figues avait eu des malheurs... avant que le marquis déclare qu'il était délicieux.

# Épilogue

*Chère Sixpence*

*Je les ai toutes gardées, vous savez. Chacune des lettres que vous m'avez envoyées, même celles auxquelles je n'ai pas répondu. Je regrette tellement de choses, mon amour : de vous avoir quittée ; de ne pas être revenu ; qu'il m'ait fallu tant de temps pour comprendre que vous étiez mon port d'attache, et qu'avec vous à mes côtés rien d'autre n'importait.*

*Sachez cependant que durant les heures les plus sombres, les nuits les plus froides, lorsqu'il me semblait avoir tout perdu, il me restait vos lettres.*

*Je vous aimais alors, Pénélope chérie, plus que je ne l'imaginais – comme je vous aime aujourd'hui, plus que vous ne l'imaginez.*

*Michael*

L'ange déchu, *février 1831*

*Une semaine plus tard.*

Comme d'habitude, Cross se réveilla sur le lit de fortune installé dans son bureau de *L'ange déchu*, coincé entre une bibliothèque surchargée et un globe massif.

Mais, contrairement à d'habitude, une femme était assise à sa table de travail.

Non, pas une femme. Une dame. Une jeune dame blonde à lunettes.

Elle était plongée dans son livre de comptes.

Il se redressa, sans se soucier du fait qu'il ne portait pas de chemise et que les convenances exigeaient que les messieurs n'accueillent pas les dames torse nu. Au diable, les convenances ! Si cette dame ne voulait pas le voir dans cette tenue, elle n'aurait pas dû s'introduire nuitamment dans son bureau.

Et peu importait que la plupart des hommes ne dorment pas dans leur bureau.

— Puis-je vous aider ?

— Vous avez fait une erreur de calcul dans la colonne F, dit-elle sans lever les yeux.

*Bon sang de bois !*

— Sûrement pas, protesta-t-il.

Toujours concentrée sur le grand cahier, elle remonta ses lunettes sur son nez et coinça une mèche derrière l'oreille.

— Si. Le total fait 112 346 livres et 17 pence.

*Impossible.*

Il se leva et alla regarder par-dessus son épaule.

— Oui, et alors ?

Elle secoua la tête et posa l'index sur une ligne.

— Vous avez écrit 112 345. Vous…

Elle leva les yeux, et les écarquilla en découvrant qu'il était torse nu.

— Vous… vous avez oublié une livre.

Il se pencha, se pressant délibérément contre elle et prenant plaisir à la troubler.

— C'est un six que j'ai écrit.

— Ah ! fit-elle en examinant le chiffre en question. Alors, vous avez oublié d'apprendre à écrire.

Il ne put s'empêcher de rire. Elle s'empara d'un crayon et refit le chiffre correctement.

— Êtes-vous une fée comptable envoyée au milieu de la nuit pour vérifier mes calculs ? lui murmura-t-il à l'oreille.

Elle s'écarta et le regarda.

— Il est 13 heures, annonça-t-elle d'un ton posé, et il fut pris d'un désir soudain de lui ôter ses lunettes et de l'embrasser à perdre haleine, histoire de voir ce qu'elle dirait.

Désir qu'il réprima aussitôt.

— Bon, alors, envoyée au milieu de la journée.

— Je suis Philippa Marbury.

Il recula précipitamment, heurta un portemanteau, et pivota pour le rattraper. Nom de nom ! Qu'est-ce que la belle-sœur de Bourne fabriquait dans son bureau ? La belle-sœur *fiancée*, qui plus est !

Il attrapa sa chemise. Elle était froissée, mais il ferait avec. Tout en cherchant le col, il recula de nouveau. Le plus loin possible.

La jeune fille se leva et s'approcha de lui.

— Je vous ai contrarié ? s'enquit-elle.

Pourquoi diable cette chemise n'avait-elle pas de col ? Renonçant à l'enfiler, il se contenta de la tenir devant lui, tel un bouclier censé le protéger du regard inquisiteur de Philippa Marbury.

— Pas du tout, mais je n'ai pas pour habitude d'avoir des rendez-vous clandestins avec les belles-sœurs de mes associés, et de les recevoir à moitié nu, qui plus est.

Elle réfléchit une seconde avant de répliquer :

— Vous dormiez, vous n'auriez donc rien pu faire pour l'empêcher.

— Je doute que Bourne y voie une circonstance atténuante.

— Accordez-moi au moins un instant. Que je ne sois pas venue pour rien.

Cross savait qu'il aurait dû refuser. Son expérience de joueur lui avait appris à reconnaître une partie perdue d'avance. Mais il y avait quelque chose chez cette jeune fille…

— Eh bien, puisque vous vous êtes donné le mal de venir jusqu'ici… que puis-je pour vous, lady Philippa ?

Elle inspira profondément, expira lentement.
— Je voudrais perdre ma réputation, répondit-elle. Et j'ai entendu dire que vous étiez expert en la matière.

*Découvrez les prochaines nouveautés*
*des différentes collections J'ai lu pour elle*

AVENTURES
& PASSIONS

**Le 5 février**

**Inédit** ***Les rebelles - 1 - Partie d'échec***

**Suzanne Enoch**

Oliver Warren a beau être un joueur habitué à masquer ses émotions, son cœur s'emballe face à Diane Benchley. La jeune femme qu'il a séduite puis abandonnée deux ans plus tôt s'est métamorphosée en une ambitieuse décidée à lui faire payer sa lâcheté. Elle compte ouvrir un club de jeu à Londres avec l'argent qu'il lui prêtera. Et s'il avait l'idée de refuser... elle rendrait publique une lettre très compromettante.

**Inédit** ***Les fantômes de Maiden Lane - 6 - Le duc de minuit*** **Elizabeth Hoyt**

La jeune Artemis Greave n'a aucun moyen d'aider son frère, interné dans l'horrible asile de Bedlam. Un soir, Artemis et sa cousine Penelope sont sauvées d'une agression par un individu masqué, costumé en Arlequin. Le célèbre fantôme de Saint-Giles ! Quelque temps plus tard, Artemis découvre qu'il n'est autre que le duc de Wakefield qui courtise sa cousine. Forte de cette découverte, elle le somme de l'aider à libérer son frère sinon elle révélera sa double identité.

***Prince de l'éternité*** **Lisa Kleypas**

Après avoir été abandonnée par l'homme qu'elle aimait, Emma accepte dépouser le prince Nicolas Angelovski. Toutes les ladies de la bonne société jalousent ce mariage, car le prince est riche et séduisant. Mais son passé est fort trouble. On sait qu'il a subi les tortures des services secrets du tsar, en Russie. Quel crime a-t-il commis ? Et pourquoi est-il si distant avec sa jeune épouse ?

**Le 19 février**

Inédit ***Les séductrices - 1 - L'empreinte de tes lèvres***

**Heather Snow**

Le comte de Stratford fulmine. Sa mère n'a rien trouvé de mieux que d'organiser une partie de campagne dans sa propriété de Somerton Park, où il ne peut plus faire un pas sans tomber sur une donzelle prête à compromettre sa réputation pour se faire épouser. Or il vient justement de surprendre une de ces petites intrigantes dans son bureau, en pleine nuit. Et elle est si jolie qu'il ne résiste pas à l'envie de lui voler un baiser pour lui donner une bonne leçon...

Inédit ***Les frères MacCarrick - 1 - Si tu oses***

**Kresley Cole**

Dans les Hautes-Pyrénées, une bande de mercenaires menée par Courtland MacCarrick part en guerre contre le général Pascal. Ce dernier ordonne que l'on exécute Courtland. Acculé par son ennemi et menacé de mort, Court réussit à s'échapper et se venge en kidnappant la fiancée du général. Lady Annalia Tristan Llorente méprise son ravisseur. Et son inexplicable attraction pour le Highlander ne fait qu'alimenter sa furie…

***Le chant de la louve*** **Rosanne Bittner**

Louve Bienfaisante n'en croit pas ses yeux. Toute la tribu s'est rassemblée pour l'accueillir après deux ans d'exil chez les Blancs. Les Cheyennes l'ont envoyée chez leur ennemi pour qu'elle se familiarise avec leurs coutumes et puisse par la suite faire respecter les traités. Pour l'instant, sa seule préoccupation c'est Patte d'Ours. Il est là, dans la foule, plus beau et plus fort que les autres guerriers. Et elle va devenir sa femme…

# PROMESSES

**Le 5 février**

***Sauve-moi !*** ☙ **Rachel Gibson**

Elle a 33 ans, est célibataire et est engoncée dans une robe de demoiselle d'honneur rose bonbon. La veille, elle avait croisé sur la route et dépanné un bel étranger musclé. Lorsqu'il lui avait demandé s'il lui devait quelque chose, elle lui avait proposé d'être son cavalier le lendemain au mariage de sa cousine. Le bel étranger musclé avait décliné l'invitation. Lorsqu'il apparaît, car il a finalement décidé d'honorer sa dette, elle est à table, entourée d'une horde de vieilles tantes qui lui font la morale. Elle accueille Vince en lui soufflant : « Sauve-moi ! »

*Inédit* ***Gansett Island - 1 - Cadeau d'amour***

☙ **Marie Force**

Maddie Chester est la maman d'un adorable petit Thomas de un an qu'elle élève seule sur l'Ile de Gansett. Elle gagne difficilement leurs vies comme femme de chambre à l'Hôtel McCarthy. Un matin, elle est renversée de sa bicyclette sur le chemin de son travail. L'auteur de l'accident n'est autre que le fils McMarthy, Mac, de retour sur l'île pour quelque temps afin d'aider son père à vendre l'hôtel. Maddie est sérieusement blessée, Mac sérieusement ennuyé... Aussi va-t-il tout faire pour réparer la catastrophe qu'il a provoquée.

# Passion intense

***Des romans légers et coquins***

**Le 5 février**

*Inédit* ***Séquences privées - Prodigieuses caresses & Portraits libertins*** **Beth Kery**

L'actrice hollywoodienne Jennifer Turner délaisse la ville le temps d'une balade dans la forêt de Shawnee. Tombée dans un fossé, elle se retrouve coincée aux côtés du ténébreux John Corcoran, avec qui elle va plonger dans le sombre abîme de ses fantasmes…

Photographe professionnel, Chance Hathoway a l'œil pour reconnaître les belles choses. Aussi ne peut-il résister à l'envie d'immortaliser l'image de la sensuelle Sherona Legion émergeant d'un lac dans le plus simple appareil…

# CRÉPUSCULE

**Le 19 février**

Inédit **_Le cercle des Immortels - Dark Hunters - 15 - La Chasseuse d'Artémis_** ↪ **Sherrilyn Kenyon**
Ancienne reine amazone, Samia Savage a autrefois vendu son âme à Artémis pour obtenir l'immortalité. Désormais guerrière sous les ordres de la déesse, elle est devenue une Chasseuse de la Nuit. Si elle possède un immense pouvoir, elle court aussi un grand danger, car le redoutable Stryker la pourchasse pour le lui dérober. Fou épris de Samia, Dev Peltier, du clan des ours, va s'opposer à cette traque sans merci…

***Et toujours la reine du roman sentimental :***

# Barbara Cartland

« Les romans de Barbara Cartland nous transportent dans un monde passé, mais si proche de nous en ce qui concerne les sentiments. L'amour y est un protagoniste à part entière : un amour parfois contrarié, qui souvent arrive de façon imprévue.
Grâce à son style, Barbara Cartland nous apprend que les rêves peuvent toujours se réaliser et qu'il ne faut jamais désespérer. »

*Angela Fracchiolla, lectrice, Italie*

**Le 5 février**
*N'oublie jamais l'amour*

10420

*Composition*
FACOMPO

*Achevé d'imprimer en Italie*
*par* GRAFICA VENETA
*Le 9 décembre 2013.*

Dépôt légal : décembre 2013.
EAN 9782290059975
L21EPSN000985N001

ÉDITIONS J'AI LU
87, quai Panhard-et-Levassor, 75013 Paris

*Diffusion France et étranger : Flammarion*